# WITCH AND GOD

## LES DIEUX DU TEMPS

Hachette Livre, 58 rue Jean Bleuzen, 92170 Vanves.

Liv Stone

# WITCH AND GOD

## LES DIEUX DU TEMPS

1

LE CHANT DE PASIPHAÉ

BMR

# Les Atrides

## Lignée à l'épaule d'ivoire

**Zeus**

**Tantale**
A servi son fils à dîner / Condamné au Tartare

**Pélops**
Ressuscité par Zeus / Épaule droite manquante

**Atrée**
Premier mortel de la lignée des Atrides

**Agamemnon**
Acteur de la guerre de Troie

**Ménélas**

**Clytemnestre**

**Cassandre**

**Hélène**

**Thyeste**
Descendant actuel de la lignée avec son fils Oreste

**Érope**

**Oreste**

# La Guerre de Troie

Seuls les noms de personnages présents dans le roman sont cités ici

## Les Achéens

### Agamemnon
Roi de Mycènes

### Ménélas
Roi de Sparte

### Ulysse
Roi d'Ithaque

### Diomède
Roi d'Argos

### Néoptolème
Fils d'Achille

Athéna

Héra

## Les Troyens

### Priam et Hécube
Roi et Reine de Troie

### Hélène
Veuve de Pâris

### Andromaque
Veuve d'Hector

### Cassandre
Fille de Priam et Hécube

### Énée
Prince troyen

Aphrodite

Arès

Deimos

Phobos

Apollon

# La lignée Olympienne

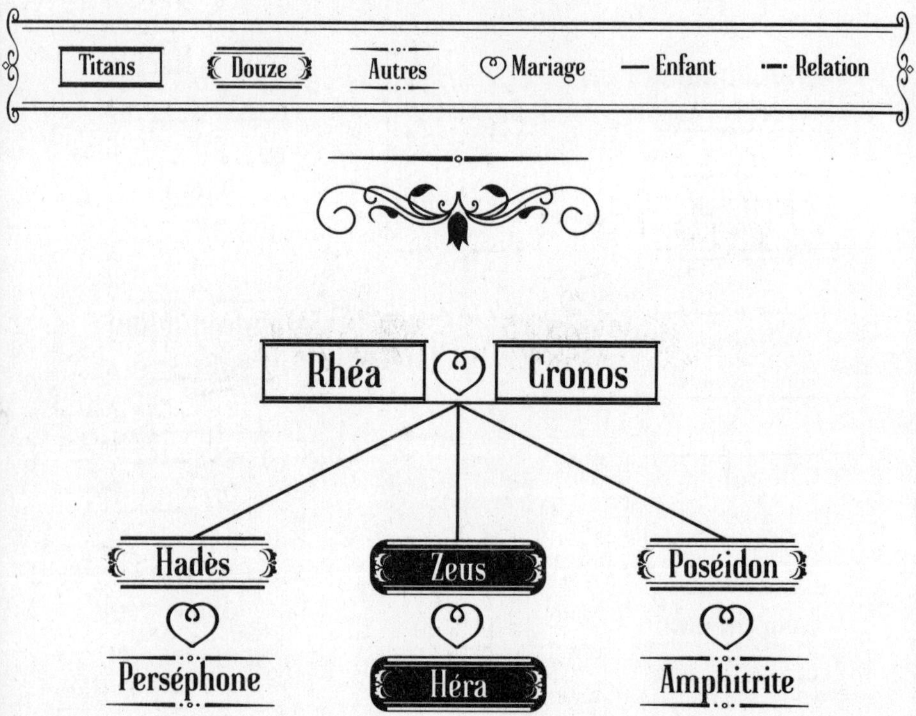

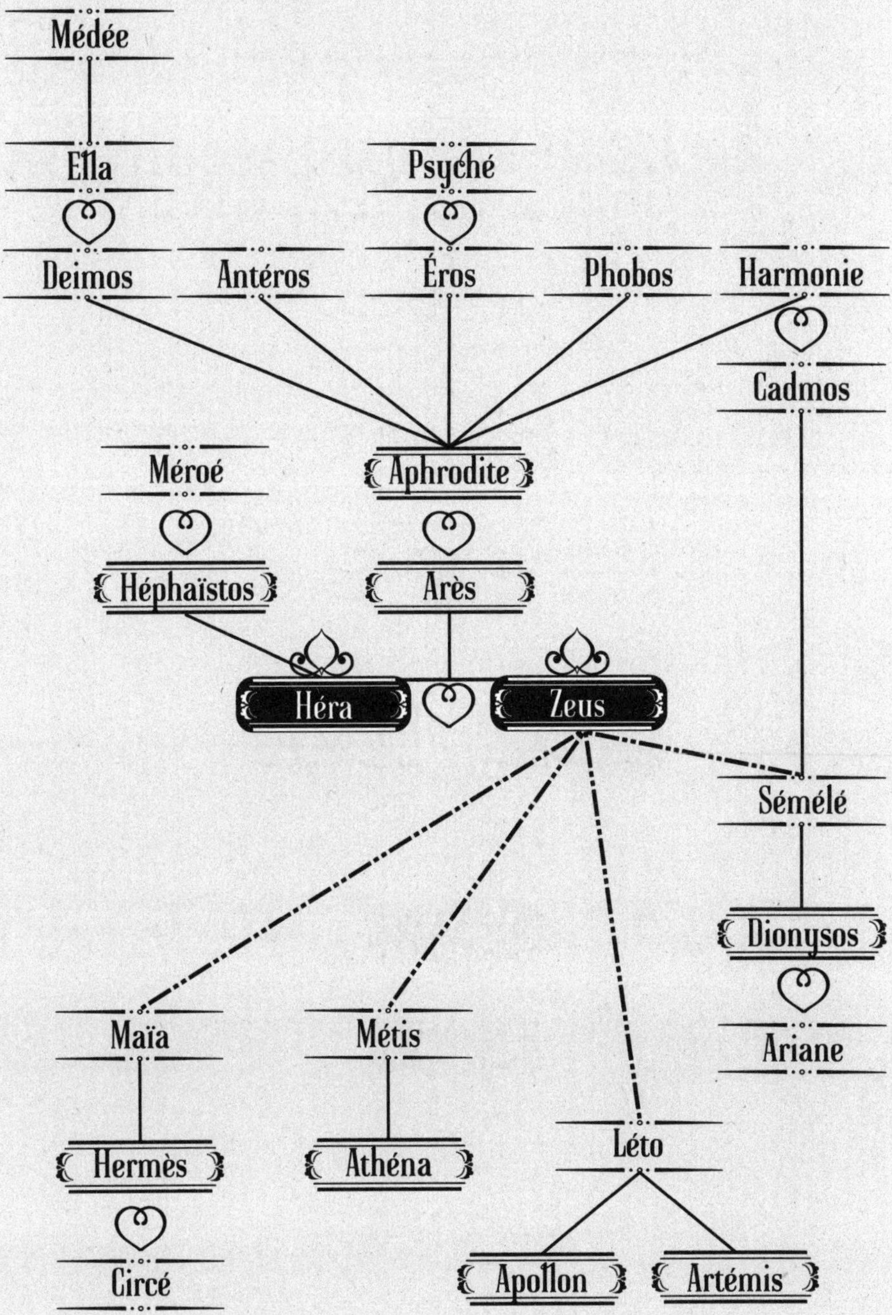
Médée
Ella
Psyché
Deimos
Antéros
Éros
Phobos
Harmonie
Cadmos
Méroé
Aphrodite
Héphaïstos
Arès
Héra
Zeus
Sémélé
Dionysos
Ariane
Maïa
Métis
Léto
Hermès
Athéna
Circé
Apollon
Artémis

Chers·ères sœurs sorcières et amis·es divins·nes,

Que la lune soit haute et les pages de vos livres tournent sans fin !

Nous sommes ravies de vous annoncer que nous entamons un nouveau cycle dans l'univers de Witch & God. Pour les nouveaux et nouvelles arrivées, sachez que la lecture du premier cycle n'est pas obligatoire pour comprendre le second. (Même si nous essayons fortement de ne pas vous juger de ne pas avoir plongé dans le premier,) nous pouvons vous assurer que vous ne serez pas perdus dans cette nouvelle aventure ensorcelante.

Ce nouveau cycle prend place après la bataille contre Zeus, qui a vu l'ascension d'une nouvelle triade de déesses : Athéna, Héra et Aphrodite, régnant sur l'Olympe. Cependant, les ennemis ne sont jamais loin et de nouveaux défis attendent nos héroïnes.

Nous espérons que vous êtes prêts à vous plonger dans les pages de ce nouvel opus, où la magie, les mystères et les forces obscures vous attendent. Que ce nouveau cycle vous apporte autant de plaisir et d'excitation que le précédent !

Que la bénédiction d'Hécate soit avec nous,

Le coven de Witch & God.

À mon petit neveu, Achille

*Temps, nous te défions*
*Moment, nous t'affrontons*
*Éternité, nous te brisons*
*Rendez-nous celle que nous pleurons*
*Et que son ombre revienne selon notre vision*

Le sort interdit. Ces trois sorcières ont osé le prononcer. Voilà trop longtemps que les dieux du temps sont humiliés et écartés des enjeux de notre monde. D'abord par Zeus Cronide vaincu, et à présent par ces descendantes d'Hélios trop confiantes. Assez.

Moi, Chronos, je vous appelle, Kairos et Aiôn.

Notre temps est venu.

*Ta descendance croisera la route du dieu de la peur et de la servante d'Hécate*

*Ils arriveront ensemble par le ciel sur les terres achéennes*

*Et provoqueront le réveil de votre dévoreur*

Oracle prononcé par la Pythie de Delphes
au roi de Mycènes, Agamemnon.

# PRÉLUDE

La salle du trône est plongée dans le silence. Je passe parfois mes après-midis ici, assise contre une colonne, dans l'ombre, jetant un œil à la statuette qui ne quitte plus le siège du pouvoir. Le temps s'y égrène avec lenteur. Je tente de focaliser mes pensées sur les affaires de l'Olympe pour ne plus songer à ma lance qui s'enfonce dans *sa* poitrine. À *son* regard muet, frappé de stupeur. À l'Égide brandie par mon père craintif pour parer *sa* lance, la forçant à reculer d'effroi. Comme si ma vie était en jeu alors que nous nous sommes affrontées toutes les deux durant toute notre enfance, sans jamais faire couler mon ichor et son sang une seule fois.

Ma lance s'enfonçant dans *sa* poitrine. Tranchant son cœur en deux.

Je réprime un souffle trop émotif. Se remet-on un jour du deuil de sa meilleure amie ? Tuée de sa propre main ? J'ai passé dix jours à hurler sur son corps. Hécate a dû m'arracher à elle pour emmener au royaume d'Hadès son ombre que je retenais malgré moi. Je l'ai alors sculptée dans du bois pour ne jamais oublier le visage de Pallas, arguant à toutes les divinités qu'il fallait à présent m'appeler Pallas Athéna. Je l'ai ornée des répliques de mon casque et de ma lance, de l'Égide et de mon péplos. J'ai conféré à mon œuvre toute ma puissance invincible, m'assurant que le bois ne pourrisse jamais et que quiconque la place au cœur de son foyer profite de ma grâce.

Et j'ai repris le cours de ma vie, plus réfléchie que jamais, un nœud me tordant de temps en temps le ventre, dès que je songe à *son* cœur et à ma lance.

*Le temps guérit tout*, m'a un jour dit Chronos, de son ton placide et fataliste. Mais ces concepts abstraits, impossibles à calculer, m'échappent. Alors, quand le besoin s'en fait sentir, je m'assieds là, près de la statuette, m'écartant petit à petit de son aura, espérant un jour m'en détacher, et je réfléchis à cette délivrance qui ne vient toujours pas.

Le son brutal des portes soudain bousculées me sort de mon introspection. Sans quitter ma base de colonne, je me penche sur le côté pour vilipender l'intrus. La vision qui s'offre à moi me coupe dans mon élan. Une Pléiade, une nymphe céleste et brillante, s'élance dans la salle du trône, une frayeur comme j'en ai rarement vue la faisant trébucher dans sa course. Sa robe pâle et fluide est déchirée par endroit, sa chevelure éparse. Des traces ocre de mains autour de son cou de ses bras laissent à peine imaginer la violence subie. L'ichor qui tache son entrejambe ne laisse plus aucun doute. Essoufflée et en larmes, elle se jette aux pieds du socle supportant la statuette de Pallas et elle empoigne ses jambes.

Sans un bruit, j'invoque ma lance et m'appuie sur elle pour me redresser, l'inquiétude me prenant à la gorge. La question ne se pose plus dans mon esprit. Qui a osé violer une nymphe dans le palais de mon père ? L'évidence. Est-elle poursuivie par son agresseur ? Sûrement. A-t-elle entendu parler du pouvoir de la statuette ? Très probable. Peut-elle en bénéficier ? Dans la maison de mon père, rien n'est moins certain. Que puis-je faire, moi ? Je n'en sais rien.

— Palladion, protège-moi, supplie-t-elle.

Mon casque apparaît de lui-même.

Je *sais*. J'aime mon père et il m'aime en retour, sans compter. Il nous dirige, nous protège, tuerait pour nous. Il est le maître des orages et des tempêtes, le vainqueur des Titans, le tout-puissant roi de l'Olympe. Mais je *sais*. C'est un dilemme impossible à résoudre.

— En a-t-on terminé, nymphe ? lance la voix amusée de Zeus en pénétrant dans la salle.

Tous les muscles de la Pléiade frissonnent de terreur. J'entends sa respiration se couper tant elle semble fébrile. Mon père avance, calme, fier. Un drap noué autour de la taille, de la sueur perlant sur son front. L'horreur me barre l'estomac.

— Provocatrice. Avec tes robes légères et tes sourires, tu ne pouvais pas t'attendre à autre chose, tu ne crois pas ?

Mes doigts tremblent. J'aimerais dire quelque chose, m'interposer, mais cette réaction n'est pas dictée par ma raison que je vénère par-dessus tout. C'est ma part sensible qui se révolte, celle qui m'a plongée dix jours dans un chagrin bien trop vaste et tumultueux. J'ai peur d'y céder et de ne plus savoir quoi faire ensuite. Que se passera-t-il si mon père me foudroie ? Il pourrait s'y résoudre. Il a déjà puni ses propres enfants. Jusqu'où puis-je le contredire si je m'avise d'intervenir ? Perdrai-je son admiration ? Son amour inconditionnel ?

— Et tu oses aspirer à la protection du Palladion ? Comme si tu pouvais prétendre à l'invincibilité de ma fille, crache-t-il avec mépris.

Mais puisqu'il parle lui-même en mon nom, peut-être puis-je au moins donner mon avis sur la question. Alors je sors de ma cachette. Mon père masque sa surprise, s'il en ressent une, mais je lis pourtant une très brève méfiance dans son regard à mon approche.

— Si la nymphe veut ma protection, la nymphe aura ma protection, affirmé-je.

Ma déclaration – que je voulais la plus formelle possible – fait tiquer mon père. Il croise les mains dans son dos et prend du recul pour me toiser. Je ne parviens plus à discerner si ma décision vient de mon cœur ou de ma tête.

— Te places-tu au-dessus de ton propre père, Athéna ? Mon adorable Promachos ?

Il ponctue sa phrase d'un sourire complice. Ma réaction lui plaît ou lui déplaît ?

Puis il ajoute un surnom dont il ne m'avait jamais affublé encore.

— Ma petite Pallas ?

Un haut-le-cœur me saisit. Je vibre de colère et de désespoir. C'est pourtant moi qui ai souhaité ce nom, mais dans sa bouche, une cruauté sans pareil se fait entendre. C'est lui qui a perturbé Pallas alors qu'on s'entraînait. Lui qui a détourné son attention et l'a rendue incapable d'éviter ma lance.

— Non, jamais je n'oserais, père, m'empressé-je de répondre en espérant que ma voix ne chevrote pas. Mais la nymphe a demandé…

— La nymphe se montre bien ingrate, corrige Zeus d'une voix forte. Elle devrait être honorée de mon attention.

Il s'approche de moi alors que mes muscles se raidissent. La tension qui m'habite me fait tout regretter. J'aurais dû rester dans mon coin. La nymphe n'est pas la première et ne sera malheureusement pas la dernière.

— Ma fille bien-aimée, reprend mon père avec plus de calme. Il est temps que tu te défasses de cette émotion inutile qui parasite toutes tes pensées. Pallas est morte, c'est ainsi. Ta statuette est un hommage indéniable, mais elle trouble ton adorable tête jusqu'aux insignifiantes créatures bonnes à écarter les cuisses.

Dans sa main, il invoque le foudre. Je voudrais le supplier de ne pas le faire, mais rien ne franchit ma bouche. Un mélange d'indignation, de peur et de chagrin m'envahit.

— Un jour, tu me remercieras.

Et il vise la pauvre nymphe ainsi que le Palladion. Il espérait peut-être les anéantir tous les deux, mais son arme ne les pulvérise pas, elle les propulse hors de l'Olympe. Zeus demeure hébété quelques secondes, observant le trou de vers qui perce son domaine de la plus étrange des façons.

— Ma chère fille, tu n'as pas volé ton surnom d'Invincible, semble-t-il soudain se réjouir, secoué d'un rire satisfait. Ton Palladion a peut-être sauvé la vie de cette traînée comme tu le souhaitais. Considérons l'affaire close. Je ne veux plus jamais que tu te tortures avec cette histoire, tu me comprends ?

Je hoche la tête sans discuter. Il n'a pas l'air de se rendre compte. Je le regarde faire demi-tour, serein, alors qu'il vient de se débarrasser de son garant d'invulnérabilité. Je l'avais placé ici, à son côté, au cœur de son foyer, et il s'en est débarrassé.

Mon esprit s'agite comme le pétillement des eaux bouillantes.

D'une manière tout à fait limpide, je me rends compte que Zeus n'est *pas* tout-puissant. Demain ou dans une éternité, il peut tomber. Jamais encore cette vérité ne m'avait traversé l'esprit.

Je m'éclipse sur Terre, curieuse de suivre la destinée du Palladion. Car mon père a raison sur un point : cet objet, lié à ma culpabilité, trouble mon raisonnement depuis bien trop longtemps. Et s'il peut devenir utile à d'autres, alors je saurai m'en détacher.

Je suis son trajet jusqu'à son point d'impact. Un petit cratère fumant s'est formé dans une plaine d'herbes sèches, parsemée de cèdres et de hêtres, de cyprès et de fourrés d'épines, à l'autre bout de la mer Égée et des royaumes qui nous vénèrent. Un monticule rocheux, non loin de là, semble accueillir des humains, si j'en crois la fumée des feux et les tentes montées. La nymphe s'est détachée de la statuette, d'autres ont accouru pour l'aider. Elles l'entourent et l'emmènent à l'abri, me jetant des regards craintifs.

Le Palladion, lui, est intact. Son atterrissage a interpellé, puisque la silhouette d'un homme finit par apparaître sur le bord du cratère. Je masque ma présence à ses yeux. Intrigué, il se laisse glisser dans le creux et observe avec prudence l'objet tombé du ciel.

Une femme se penche à son tour.

— Ilos ? Qu'as-tu trouvé ?

— Une statuette prodigieuse, répond-il, fasciné par l'aura lumineuse qu'elle émet. Elle est en bois mais elle n'a pas brûlé ni ne s'est brisée en chutant.

Curieuse, la femme le rejoint.

— Regarde, Eurydice, les dieux ont répondu à nos prières, semble-t-il s'enchanter. Nous voulions un signe pour savoir si cet endroit était le bon pour bâtir notre cité et voilà que cette statuette apparaît !

Le couple se met à sourire tout en époussetant le Palladion avec soin.

— On dirait Athéna, s'aperçoit Eurydice. Nous devrions élever un temple pour honorer son image.

Ilos approuve, emballé. Il laisse son regard parcourir son environnement, résolu.

— Nous nous installons ici. Et grâce à la bénédiction de la déesse, Troie prospérera.

# PROLOGUE

Notre mère tourne en rond, pleine d'une colère vive, teintée d'angoisse. Éros est blotti dans ses bras, recroquevillé, ses ailes rétractées, chouinant comme il sait si bien le faire. Antéros, minuscule à ses pieds, bras tendu pour tenir la main maternelle, subit ses incessantes allées et venues, s'emmêlant parfois dans ses propres mouvements. Ils n'ont qu'une année de moins que nous, et pourtant j'ai l'impression qu'on a un siècle de différence. Qu'est-ce que ce sera lorsque le bébé qui alourdit le ventre de maman sortira ?

« Si c'est une fille, nous l'appellerons Harmonie », déclare-t-elle souvent, « car elle en apportera peut-être enfin dans cette maison ! » On prend toujours cette remarque pour nous, avec Deimos.

— Ils ne se rendent pas compte de ce qu'ils ont fait ! tempête notre mère.

— On savait que ça pouvait arriver, temporise notre père.

Seulement vêtu d'un pagne long, exposant les muscles recourbés de son torse au soleil, il demeure statique mais ça ne veut rien dire. Le dieu de la guerre ne fait jamais preuve d'un calme réel. Il est impulsif et bagarreur. C'est ce qui nous plaît chez lui.

— Peut-être, mais pas Zeus ! réplique notre mère. Imagine qu'il découvre leurs pouvoirs ? Ce serait catastrophique !

— Calme-toi, ma Nymphia, Zeus n'en saura rien.

— Ah parce que c'est bien le genre de Zeus de ne rien savoir ! éclate-t-elle d'un rire caustique. Il nous les enlèverait, soi-disant pour notre sécurité mais lui seul en connaîtrait la vraie raison !

Le regard bleu de notre père s'enflamme. Jusqu'ici, on a l'habitude des sursauts de panique de notre mère, mais je ne me souviens pas de les avoir déjà vus chez lui. J'attrape la main de mon frère, il referme ses doigts sur les miens. A-t-on vraiment fait quelque chose de mal ?

Notre père s'avance vers nous et s'accroupit avec un maigre sourire.

— Racontez-moi. Que s'est-il passé au village de pêcheurs ?

Deimos et moi nous regardons. Notre ressemblance déstabilise tous les dieux. Du moins, c'est ce que je croyais. Peut-être qu'ils ne fuient pas notre présence parce que notre similitude les inquiète, peut-être qu'il s'agit d'autre chose. Le seul détail qui nous différencie est l'inversion de nos couleurs d'yeux : mon droit est azur, mon gauche noir, tandis que Deimos a le gauche azur et le droit noir. Sans qu'on ait besoin d'échanger, je me lance et il m'approuve.

— On voulait des pistaches salées, dis-je alors d'un ton coupable.

Notre père semble attendre de plus amples explications mais la conséquence de notre désir est difficilement avouable. Alors je baisse les yeux.

— Vous les avez volées ? en conclut-il.

— Juste une poignée, dans le sac du marchand, précise Deimos en grognant. On aurait ramené une pièce de la maison la prochaine fois.

Notre père opine de la tête.

— Soit. Et après ?

On échange un autre regard. La suite est confuse.

— Le marchand nous a vus et nous a hurlé dessus, explique Deimos comme s'il accusait l'humain. Alors…

Il s'interrompt. « Alors quelque chose est sorti de nous et a tout envahi », c'est ce que j'aimerais dire, mais je n'y arrive pas. Les hommes, les femmes, les enfants, tous se sont mis à courir loin de nous alors que c'est nous qui nous sentions pris au piège. Ils se bousculaient et renversaient des amphores, des sacs d'épices se déversaient en de gros nuages odorants, des étals envoyaient leurs poissons au sol. Un feu a pris quelque part et a ravagé le marché du port, alors que nous étions figés, tous les deux, ahuris du chaos. Que leur arrivait-il ? Ça ne pouvait pas avoir de lien avec ce que nous ressentions, ça ne s'était jamais produit auparavant. On s'est éclipsés jusqu'à la maison, déconcertés. Les prières lancées à notre mère, maîtresse de Cythère, l'île sur laquelle nous vivons, l'ont alertée.

Et nous voilà convoqués, risquant une punition cruelle pour une simple bêtise.

— Vous avez eu peur, comprend notre père.

Notre mère, qui s'est immobilisée le temps du récit, reprend ses cent pas. « Jusqu'où ça peut aller ? », marmonne-t-elle. « Nulle part, on va enrailler ça », la rassure notre père.

— Venez avec moi, les garçons, dit-il en nous tendant ses mains.

On les prend et il nous emmène au large, sur une minuscule île rocheuse. De là, on aperçoit notre maison sur la côte et le nuage de l'incendie au loin. C'est isolé de tout, même si quelques dauphins sautent parmi les flots, près de nous.

— Si un jour, vous avez à nouveau peur ou que vous êtes trop en colère, et que vous sentez comme un débordement en vous, vous vous éclipsez ici immédiatement, nous somme notre père. Vous ne ferez de mal à personne et personne ne pourra vous en faire, vous comprenez ?

— On est punis ? m'étonné-je.

Notre père affiche une mine résolue et anxieuse tout à la fois.

— Non, Phobos. Votre mère et moi, on vous protège.

# CHAPITRE I

**PASIPHAÉ**

Je me précipite sur mon sac que j'ai failli oublier, attrape mes clés, ferme la porte de mon appartement et dévale l'escalier de l'immeuble de trois étages, en plein cœur de Springfall, petite bourgade de l'État de New York. J'habite au dernier, avec un accès au toit terrasse que j'exploite pour mes plantes. Mes voisins humains sont, d'une manière générale, très intrigués par mes occupations « saugrenues », comme les a un jour qualifiées ma voisine octogénaire, Mme McKlausky, qui vit en face. Mais ce qui provoque le plus de commérages, c'est la Chevrolet Bel Air 1956 de Méroé, bleu et bronze, rutilante et qui fonctionne sans essence ni électricité. Très souvent, elle klaxonne en bas et le son surnaturel fait vibrer les vitres et attire l'attention de toutes et tous. Méroé est ma chauffeuse attitrée.

Je ne conduis pas, j'ai peur au volant.

— Pasiphaé ! lance-t-elle en agitant le bras à travers la fenêtre.

Comme si j'avais pu louper son immanquable présence ! Ma meilleure amie ne passe jamais inaperçue. Je cours jusqu'à son véhicule et m'engouffre à côté d'elle.

— En route ? demande-t-elle en souriant.

Sa bonne humeur contagieuse me ramollit le ventre.

— En route, confirmé-je.

Méroé démarre, j'en profite pour ramasser ma volumineuse chevelure noire et bouclée en arrière et tenter de la dompter à l'aide d'un ruban. Nous nous rendons au rassemblement annuel de notre communauté, alors que l'automne s'est installé. Les arbres exposent fièrement leur feuillage jaune et rouge, le fond de l'air est frais – il me permet de dégainer mon pull à grosses mailles aubergine, mon préféré d'entre tous – et les cafés de Springfall servent enfin le fameux *pumpkin spice latte* que nous sommes nombreuses, nous les sorcières, à guetter.

— Attention, ne colle pas trop la voiture, ne puis-je m'empêcher de l'avertir, mon cœur s'emballant dès que je parviens à lire l'autocollant plaqué sur le coffre du véhicule devant nous.

Méroé ralentit sans discuter, elle me connaît bien. Puis, au bout d'une minute à se mordiller la lèvre inférieure et à passer les mèches de ses longs cheveux châtain roux derrière ses oreilles, elle reprend.

— Tu sais que c'est une voiture magique ? Elle ne foncera jamais dans une autre, elle s'arrêtera avant. C'est Heph qui l'a créée et il ne me mettra pas en danger.

Ce dernier argument fait mouche. Le coup de la « voiture magique », malgré le fait que nous sommes dotées de pouvoirs bien divers, ne m'a jamais convaincue. Mais Heph – Héphaïstos de son prénom complet –, le compagnon adoré de Méroé, dieu des forges et des volcans, créateur et inventeur de talent, est bien trop amoureux de mon amie pour lui offrir une chose peu sûre ou sujette aux accidents.

— D'accord, d'accord, grogné-je. Mais ça m'angoisse, c'est plus fort que moi.

— Je fais attention, promis.

Elle m'adresse un clin d'œil complice qui clôt le sujet.

— Et en parlant de choses angoissantes, tu as repensé aux trois bachelors divins que je t'ai présentés ? relance-t-elle d'un ton intéressé.

Je me demande encore pourquoi j'ai fini par passer la porte de l'agence de rencontre Méros, dirigée d'une main de maîtresse et de maître par Méroé et Éros, le dieu de l'amour en personne. Dans un moment de détresse et de solitude, j'ai déposé mon dossier et depuis, je rétropédale. Disons, avec difficulté. Je ne sais pas comment avouer à ma meilleure amie, sans la blesser, que finalement, ce n'est pas fait pour moi. Elle s'est mise bille en tête de me caser, je n'ai pas envie de la décevoir.

— Ben, tu sais, Âgon, divinité du concours... marmonné-je, indécise.

— Il présente bien pourtant, il est droit et fonceur, il peut te sortir de ta zone de confort !

Je dodeline de la tête, sceptique.

— Il est trop dans la performance et l'ambition.

— OK, d'accord. Et le deuxième, Ponos ?

— Le dieu du dur labeur ? rappelé-je, le regard critique.

— Un rat de bibliothèque, comme toi ! Et physique en plus, il s'adapte à tout style de travail. Il est le profil le plus similaire au tien.

Oh là, là, c'est comme ça qu'elle me voit ? Certes, j'aime bien travailler dans la bibliothèque de la Clairière, mais pas seulement.

— Bon. Le troisième est ma perle rare. Tu ne peux pas me le renvoyer comme ça, c'est impossible ! Asclépios, dieu de la médecine, un très bon parti, crois-moi !

Comme chaque fois que je me sens au pied du mur, je me mets à me ronger les ongles. Ce geste anodin suffit à décourager Méroé qui se lamente dans son coin avec des « Par Hécate, je vais pas la caser... »

Il faut dire que son agence lui tient très à cœur. Elle symbolise, selon ses dires, la concrétisation de la paix entre l'Olympe et la Clairière. Nous étions en guerre depuis une centaine d'années contre les dieux, jusqu'au moment où un mariage a scellé l'entente entre nos deux peuples : Ella, la sœur de Méroé, a épousé Deimos, dieu de la terreur et petit-fils de Zeus. Les dieux ont à nouveau eu accès à l'Olympe après un siècle de bannissement, et nous avons retrouvé notre déesse tutélaire, Hécate. Seulement voilà, Zeus n'avait finalement pas très envie de vivre en harmonie avec la Clairière. Il a tenté de se débarrasser de Circé, la sœur aînée de Méroé et nouvelle guide de notre communauté. Il a même enlevé et menacé de mariage ma meilleure amie. Il a tout mis en œuvre pour se débarrasser des siens dès qu'ils le défiaient afin de fonder une nouvelle lignée en engendrant des enfants avec les sorcières. Mais c'était sans compter son épouse Héra, sa fille Athéna et sa belle-fille Aphrodite. Avec notre aide, leur fronde a renversé le maître de l'Olympe au cours d'une bataille douloureuse, il y a deux ans de cela. À présent, Zeus est prisonnier au Tartare et les trois déesses règnent sur les dieux.

Nous vivons enfin en paix, au point où ce n'est plus tabou pour une sorcière de chercher un ou une compagne parmi les divinités. D'où « l'importance magistrale », toujours selon Méroé, de son agence Méros. Jusque-là, elle n'a pas encore connu d'échec.

Elle a bien tenté de me convaincre que le frère de son beau-frère était un prétendant parfait pour moi, je l'ai toujours rabrouée à ce sujet. Phobos, dieu de la peur, frère jumeau de Deimos et fils d'Aphrodite et d'Arès, est aux antipodes de moi. Je ne ressens que malaise et trouille quand il est dans les parages. Rien de très glorieux ni sympathique.

Au comble de la culpabilité, je me force à répondre.

— Mais je vais étudier avec sérieux tous les prétendants que tu vas me proposer, c'est promis.

Elle resserre le volant entre ses doigts et acquiesce, déterminée.

— Oui. On va trouver.

Méroé va peut-être dénicher l'élu, et peut-être que d'ici là, je vais retrouver l'envie d'avoir quelqu'un dans ma vie. Mais depuis la bataille de l'Olympe, j'avoue avoir perdu beaucoup de raisons de partager mon quotidien, mes pensées, mes désirs comme mes tourments. Je suis en mode « hérisson » : je me recroqueville sur moi-même pour me protéger.

Mon amie tourne sur la petite route qui s'enfonce dans la forêt. On franchit les boucliers invisibles qui protègent la Clairière et on arrive devant la maison dressée au cœur du grand cercle, au milieu des arbres. La nuit tombe, les osmanthus orange et nacrés parfument l'air, les chrysanthèmes se déploient contre les clôtures du jardin d'herbes médicinales. Pour toute sorcière, cet endroit représente un havre de paix à la sécurité inébranlable.

Et pourtant, l'appréhension me gagne.

Méroé m'entraîne à l'intérieur. Le grand hall est plein à craquer ! Les murs terres de Sienne, recouverts des statuettes de nos guides passées, paraissent moins hauts lorsque les tribunes qui suivent le pourtour de la pièce à l'étage sont également remplies de sorcières. Au fond, près des cuisines, la statue de notre déesse Hécate nous surplombe, entourée de trépieds dans lesquels brûlent des offrandes de fleurs.

— Méroé ! l'interpelle Circé la Grande, sa sœur aînée.

Notre guide se tient un peu plus loin en compagnie d'Ella qui porte Médée dans ses bras. Tant qu'elle n'aura pas dix-huit ans, la fille d'Ella et de Deimos devra patienter pour devenir guide. Médée la Jeune conserve sa place jusqu'à ce que sa successeure soit prête.

— On se retrouve tout à l'heure ? proposé-je à Méroé. Je vais rejoindre les autres dans la bibliothèque.

— Ça marche, à plus tard.

Je pars de mon côté, bois une gorgée de *ginger beer* au passage, salue des comparses sur ma route et grimpe à l'étage. Je m'enfonce dans les couloirs de la grande maison, jusqu'à une porte en bois verni toute simple. C'est plus calme ici. Ça l'est toujours, d'ailleurs. J'entre dans la bibliothèque et retrouve Panthéa et Endora, mes deux amies avec lesquelles nous formons un cercle de magie.

Une sorcière peut très bien pratiquer dans son coin et évoluer selon ses propres termes – comme Méroé, même si elle a toujours été très proche de sa sœur, Circé. Si une sorcière choisit de former un cercle, elle côtoie au moins deux autres consœurs et elles échangent ensemble leur flux de magie. Les sorts sont plus puissants, mais plus bruts aussi. Ils requièrent davantage de concentration et de synchronisation. Les échanges sont nombreux, les impasses rares.

— Aaah ! Pasiphaé ! se réjouit Endora en me voyant apparaître.

Comme moi, elle a opté pour un jean mais combiné à un hoodie gris souris, sur lequel se détache en grosses lettres à paillettes aigue-marine le mot « *Witchy* ». Elle glisse la main dans ses cheveux courts. Après la teinte aigue-marine, Endora est passé au rouge pétant. À chaque fois, c'est osé et inattendu, et à chaque fois, ça lui va très bien. Je me dis que je devrais tenter à mon tour, mais je n'ai jamais le cran d'aller jusqu'au bout. C'est certain que ça ne me conviendra pas. Je peine déjà à coiffer mes boucles en roue libre…

— On t'attendait, me dit Panthéa, un mince sourire aux lèvres.

Elle se lève du canapé, son large pantalon retombe juste au-dessus de ses bottines. Elle a enfilé une jolie blouse à dentelle par-dessus laquelle elle porte un corset court bleu pastel, brodé de fleurs. Son style oscille toujours entre la jeune fille romantique un peu passée et la jardinière débrouillarde. Ses cheveux bruns sont ramassés en une natte large qui retombe sur sa nuque tandis que deux autres encerclent sa tête.

On s'enlace toutes les trois, ravivant notre cercle d'une étreinte. Toute mon angoisse les atteint alors de plein fouet.

— Ne panique pas comme ça ! s'alarme Endora.

— Pardon, désolée ! m'exclamé-je en reculant. Mais je ne peux pas m'en empêcher ! Ce qu'on a fait est…

Je cherche la bonne formule, les bras croisés.

— Grave, conclus-je en culpabilisant.

— Tu regrettes ? s'inquiète Endora.

Je lève les yeux sur elle. Comment regretter ? Comment revivre le déchirement de mon amie qui a heurté notre cercle tout entier ?

— Bien sûr que non, lui assuré-je. Mais mentir à Méroé, à nos guides et même à l'Olympe, c'est plus difficile que je le croyais.

— Bientôt, tu n'y penseras plus, ça finira par devenir anecdotique, dit Panthéa en frottant mon bras.

— Oh je l'espère, soupiré-je en baissant la tête.

Cette situation me tourmente au plus haut point. D'autant plus que, si nous sommes découvertes, nous décevrons tant de personnes qui nous sont chères. Méroé n'est impliquée en rien dans toute cette histoire, mais elle est ma confidente la plus proche, mon amie de toujours. Et ses sœurs sont si importantes pour la communauté… Si jamais l'Olympe se retournait contre nous trois, les reines fustigeraient aussi Circé la Grande pour n'avoir rien vu, ni rien fait.

— Vous n'avez rien remarqué d'anormal ? Tout vous semble fluide et naturel autour de vous ? demande Endora.

Avec Panthéa, on hausse les épaules.

— Rien à signaler, dit cette dernière.

— Alors notre sort n'a provoqué aucune catastrophe, en conclut Endora. Peut-être que les mises en garde étaient superflues.

— Peut-être, oui, avoué-je. Les dieux auraient déjà flairé quelque chose sinon, n'est-ce pas ?

— S'ils sont aussi puissants qu'ils le disent, oui, soutient-elle. Parfois, la magie n'a pas de contrepartie.

— Si ce n'est notre culpabilité, nuancé-je.

— Je peux vivre avec. Nous n'avons fait de mal à personne.

Panthéa acquiesce. Elles me réconfortent, car c'est la vérité. Mais je ne suis pas tranquille. Il y a toujours un revers de médaille avec les sortilèges interdits.

— Le sort est en sécurité, tout va bien, ajoute Endora.

C'est moi qui leur ai soufflé l'idée de la cachette, en m'inspirant de Méroé et de sa quête de la baguette de Circé, de quoi rapprocher un peu plus cette épée de Damoclès au-dessus de ma tête.

Une suite de coups à la porte nous sort de notre bulle. Notre attitude change du tout au tout quand le battant s'ouvre. On se détend et on sourit. Pandore, la petite sœur d'Endora, surgit, un grand sourire communicatif aux lèvres, ses longs cheveux couleur *bubblegum* coiffés en deux nattes et son hoodie semblable à celui de son aînée, mais pourpre et aux lettres d'or.

— On va commencer la célébration, vous venez, les rats de bibliothèque ?

— Hé, attention à ce que tu dis, sœurette ! prévient Endora en tassant au maximum son sourire amusé.

Pandore croise les bras et nous scrute tour à tour, une expression de juge suprême sur le visage. Enfant, elle était la bagarreuse de sa promotion de sorcières. Celle qui fonçait dans le tas, grimpait aux arbres et espérait produire les sorts les plus fantastiques. Du haut de ses vingt-deux ans, elle n'a pas changé d'un iota. Méroé a Ella, nous, nous avons Pandore.

— Pardon, les filles, mais vous êtes toujours fourrées dans cet endroit qui sent la cire et la poussière. Vous avez même un club, le Witch and Book, pour lire et parler de romances honteuses, entre vous, sans témoins possibles.

Mes joues s'enflamment, tout comme celles de Panthéa qui bredouille que « non, on a lu une fantasy récemment – avec une histoire d'amour intense au milieu, OK ! – mais aussi des batailles de dragons et de faes, d'abord ».

— Il n'y a pas de mal à ça, fillette, grommelé-je alors.

— Rhooo, je vous adore ! Vous êtes comme les trois fées marraines. Aussi choupi qu'inoffensives.

Endora se jette sur elle et les voilà parties pour un affrontement dont seule celle qui parviendra à étrangler l'autre sortira triomphante. Avec Panthéa, on partage un air habitué et dubitatif. On est filles uniques, toutes les deux. Il y a des comportements de sœurs qu'on ne comprend toujours pas en observant les sorcières concernées.

— Allez ! Dis que tu as perdu face à un rat de bibliothèque ! s'exclame Endora après avoir retourné le hoodie de sa sœur, faisant disparaître sa tête à l'intérieur.

— Jamais de la vie ! rugit Pandore, les deux mains agrippées aux poignets de sa sœur.

— Bon, ça suffit peut-être, non ? me dit Panthéa.

J'approuve et lève un doigt pour lancer un sort qui les sépare immédiatement. Pandore replace correctement ses nattes en grognant, Endora ébouriffe ses cheveux en se targuant d'avoir gagné – une fois de plus !

— Allons à la célébration, nous pousse Panthéa.

On quitte notre antre pour nous mêler aux nôtres. Panthéa rejoint sa mère en bas, dans le grand hall, Pandore et Endora, bras dessus, bras dessous, se rapprochent des chaussons aux pommes et à la cannelle. De mon côté, je préfère rester sur la tribune et observer d'en haut Circé la Grande, secondée par Ella et sa fille, et Médée la Jeune demander le silence pour prendre la parole. Je m'appuie sur la rambarde et écoute.

— Mes sœurs, sorcières de la Clairière, bienvenue à la fête annuelle de notre communauté !

Une vague d'approbation et de joie retentit dans la maison.

— La cuisine de Zelda, son fameux gin et la *ginger beer* de ma mère Thessa vous accompagneront tout au long de la soirée. Mais je voudrais profiter de ces quelques minutes d'attention pour que nous nous rappelions de celles que nous avons perdues lors de la bataille de l'Olympe, il y a deux ans.

L'atmosphère joyeuse se rembrunit. Mon sang se glace. Ces quelques heures passées là-haut, face à une armée d'automates parés d'électricité par Zeus, à éviter ses foudres qui nous tombaient dessus au hasard, à éprouver la peur qui nous envahissait et qui m'étouffait… Ma main gauche, celle qui a lancé des dizaines de sorts ce jour-là, tremble à cette évocation, comme si elle ressentait encore et toujours la fatigue et les crampes à répétition.

— Cinq des nôtres ainsi que notre guide, nous n'oublions pas.

Alors, d'une même voix, toutes les sorcières de l'assemblée répondent :

— Nous n'oublions pas.

Moi, ma gorge est trop nouée pour parler. Mon cœur s'emballe. Je cherche les membres de mon cercle des yeux : Panthéa me sourit de loin, Endora enlace sa sœur pour la garder près d'elle. Un recueillement général habite l'assemblée. D'année en année, il sera moins douloureux.

Puis Circé la Grande reprend la parole d'une voix plus apaisée.

— J'ai une annonce à vous faire. Hécate, notre déesse, s'est rendue aux Enfers pour y implanter un siège de sorcières autour de Circé la Première et de ses empousas. Grâce aux autorisations des souverains Perséphone et Hadès, certaines d'entre nous pourront y travailler si jamais elles sont intéressées.

La nouvelle suscite des discussions agitées.

— Mais les sorcières sont toujours restées soudées ici, à la Clairière, souligne l'une de nous. Visiter les Enfers, soit. Mais y travailler ? Y vivre ?

— C'est vrai, oui. Mais peut-être est-il temps pour nous de nous rendre utiles ailleurs, répond Circé la Grande.

Faire sortir les sorcières de leur cocon, en voilà une idée saugrenue ! Après tout, les trois sœurs, Circé, Méroé et Ella, ont toutes vécu des aventures en dehors de la Clairière, que ce soit aux Enfers, sur l'Olympe, sous la mer ou à Cythère…

— Quoi qu'il en soit, ce sont des discussions que nous mènerons avec les trois reines olympiennes puisqu'il s'agit de s'ancrer dans les royaumes divins.

L'effervescence se tasse. Je comprends l'intérêt de ce genre d'annonce alors que rien n'est décidé : préparer le terrain pour convaincre un peuple ultra sédentaire de bouger le moment venu.

— Allez, mangeons et buvons, belle fête à toutes !

Le brouhaha et le mouvement reprennent dans le hall. Je décide de suivre mon plan, au cas où l'angoisse serait trop forte. Je ramasse quelques denrées dans une assiette, saisis un grand verre de *ginger beer* et remonte discrètement à l'étage en espérant que Méroé ne remarque pas ma fuite. Je retourne à la bibliothèque, me pose dans un canapé avec un plaid et ouvre mon livre favori regroupant les récits d'Homère.

La lecture, au-delà de cet endroit, est mon véritable refuge. Moi qui ai toujours eu peur de tout, depuis que je suis enfant – peur du noir, peur du loup dans les histoires, peur des autres, peur de me perdre, peur d'être séparée de mes proches –, je me rassure avec un récit qui ne me met pas en scène. Je peux compatir et espérer pour des personnages qui éprouvent maints obstacles, à l'abri. Achille, Hector, Hélène ou Pâris, Hippolyte, Cassandre ou Ulysse, tous font palpiter mon cœur grâce à leurs aventures, sans que je ne les envie une seule seconde. La dernière fois que je me suis permis d'agir avec témérité me hante à chaque instant.

Ma vie, de ma naissance à ma mort, se tiendra ici, à Springfall, avec mes livres et j'espère bientôt un chat.

# CHAPITRE II

**PHOBOS**

Les humains ont bien changé en cent ans. Je n'ai jamais été proche d'eux et durant un siècle, je suis resté cloîtré dans une clinique et dans ma propre tête sans être témoin des évolutions extérieures. J'ai manqué la chute de l'Olympe et l'exil des miens sur Terre, l'installation dans cette tour de New York et la vie des années folles. J'ai manqué le mariage de mon frère jumeau, même si j'ai été témoin de l'attachement le plus pur d'Ella pour lui. Car c'est la lumière du sort d'Ella, produite grâce à mon frère, qui m'a sorti du vide dans lequel j'errais.

Je n'ai pas tellement de souvenirs de cette bataille contre Hécate et les sorcières il y a cent ans, il ne me reste que la sensation d'évanouissement et de perte de mes sens, et la dérive dans un cauchemar sans fin. Le pouvoir de Deimos a tout dévasté. Mais je me rappelle clairement ma vie avant ce choc. On demeurait en cercle fermé, entre dieux et en famille, sur l'Olympe et surtout à Cythère. Débarquer à New York, au milieu d'autant d'humains, m'a déboussolé au départ. Heureusement que le manoir d'Athéna, occupé par mon frère et son épouse, m'offre un espace isolé de tous.

Deimos a changé, lui aussi. *Surtout* lui, d'ailleurs. Moi qui le connaissais sur le bout des doigts, le voilà amoureux. *Deimos*. Je nous pensais incapables de ce genre de sentiments. Ils demandent d'abaisser toute défense, non ? Et de risquer de glisser dans l'incontrôlable. J'ai toujours été persuadé qu'on ne pourrait jamais remplacer l'autre, jusqu'à aujourd'hui. Ella est parfaite pour lui et Médée, leur fille, est une gamine en or. Cette petite chose de deux ans, curieuse, bruyante et bavarde, me plonge dans un état inconnu depuis sa naissance : un mélange d'enthousiasme et d'attendrissement très bizarre.

Aujourd'hui, mon jumeau dirige le Siège de New York et m'a confié son ancienne place à la tête de la sécurité pour une seule raison : il ne se passe rien. L'ennui total. Deimos doit se dire que j'ai besoin de réapprendre à vivre au calme, après une telle coupure, et donc il ne m'impose rien de chronophage ni de trop intense. Au départ, c'était rassurant. Mais aujourd'hui, je m'ennuie.

J'arrive au bureau le matin, je bois un café, j'essaie les banquettes, je passe ma main à travers les flammes des braseros, je refais du café, je joue à un obscur jeu sur mon portable – peut-être la meilleure invention des humains depuis des siècles –, pose mon front sur la vitre de la tour pour dessiner dans la buée, rebois un café, m'installe au bureau et tourne sur le fauteuil, je rôde dans les couloirs, fais le pied de grue devant les distributeurs d'Ambroisie, tape la discussion avec Rhapso quand elle apparaît, retourne au bureau, reprends encore un café… puis vient la fin de la journée et je rentre au manoir.

Il est peut-être temps que j'aille voir mon frère pour lui confirmer que tout roule sur Terre, que l'Olympe a repris tant de créatures et de divinités en son sein que ce poste ne sert plus à rien. Je devrais chercher à quoi je pourrais bien me consacrer aujourd'hui. Les humains aiment se faire peur, je peux peut-être amplifier les sensations ? Je m'amuse aux séances des films d'horreur en pleine nuit, me réjouis des sursauts et des cris étouffés et provoque des tressaillements plus intenses encore… Faire pleurer de trouille cette bande de mascus devant *The Devil God*, alors qu'ils se vantaient de ne pas connaître la peur, ça avait refait ma nuit.

*Y a quoi à l'affiche en ce moment ?* J'ouvre le programme sur mon portable.

— Maître ! s'exclament les trois Érinyes en déboulant dans mon bureau.

Je lève des yeux dépités. On peut débarquer en trombe sans être annoncé, ça ne me surprend jamais. Je suppose qu'en tant que dieu de la peur, je ne serai pas la cible du *jump scare* qui fait bondir et hurler tout le monde au cinéma. Un avantage. Ou peut-être un inconvénient. Je ne m'en rends pas compte.

— Quoi ?

Les Érinyes foncent sur mon bureau et plaquent leurs mains sur la table, excitées au plus haut point. Parce que si moi je m'ennuie, l'état de ces déesses infernales à la peau rouge, aux grandes ailes noires et à la chevelure sombre et agitée comme des serpents, est proche de la neurasthénie générale. Les voir soudain raidies d'impatience m'intrigue. Les sillons dorés qui ornent leurs joues en traits verticaux flamboient.

— On a un *cas*, maître ! s'exclame Megaira.

— Un cas ? reprends-je, perplexe.

— Un intrus ! se réjouit Alecto.

Je fronce les sourcils.

— C'est tout ? marmonné-je.

— Un type a tenté de s'introduire dans le Siège sans y être invité ! relance Tisiphone en se redressant, outrée que je ne prenne pas la nouvelle au sérieux. Un humain !

Ah, voilà un détail qui change la donne.

— Un humain a forcé les portails ?

Le hall d'entrée de la tour est plongé dans une illusion pour le regard des mortels. Tout ce qu'ils voient est une ligne de portillons de sécurité impossibles à franchir sans badge. En vérité, il n'y a rien à part des ascenseurs auxquels seules les divinités ont accès. L'espace était d'ailleurs occupé par la Sphinge qui surveillait l'endroit, avant la chute de Zeus. J'ai délégué la tâche aux Érinyes et aux Semés pour qu'ils s'occupent. Jusqu'à présent, personne n'avait rien tenté.

— Oui ! répondent-elles, leur chevelure s'électrifiant de plaisir.

— Amenez-le, les pressé-je, enfin motivé par quelque chose.

Les trois Érinyes pivotent et tapent dans leurs mains. Un Semé pousse les deux battants de mon bureau et les quatre autres s'avancent derrière lui en procession, portant sur leurs épaules un corps emmailloté dans un rouleau de corde, un bâillon dans la bouche, se tortillant comme un vers. On dirait un cortège funéraire.

— On a soigné l'entrée, m'indique fièrement Megaira, à mi-voix.

— Merci, ne puis-je que dire, touché.

Voir les Semés, ces ombres noires et antiques, vêtues de cuirasses et de casques, et armées d'une lance, d'un glaive, d'un arc, de poignards et d'un trident, s'avancer avec cérémonie de la sorte, réveille en moi quelques souvenirs de batailles anciennes et de processions jusqu'au bûcher qui me font presque regretter ce temps-là.

Soudain, les Semés lâchent leur fardeau qui chute lourdement sur le sol. Il s'agite d'autant plus lorsque je m'approche de lui. Mes agents reculent, me laissant le champ libre pour l'interrogatoire. Je m'accroupis et retire le bâillon. L'homme halète et une masse de jurons en grec franchit ses lèvres. Intéressant. Il a bien un profil méditerranéen, avec ses cheveux mi-longs et noirs, ses yeux brun et son teint mat. Il est peut-être de New York – j'ai vite compris que cet endroit était un melting-pot infini d'hommes et de femmes venus de tout horizon – mais je miserais pour un visiteur spécialement venu de Grèce pour nous voir.

— Qui es-tu ? demandé-je dans sa langue.

— Relâchez-moi, je ne suis pas un ennemi !

— C'est à moi de le déterminer, répliqué-je. Qui es-tu et que viens-tu faire ici ?

Il cesse de remuer, essoufflé.

— Parle, si tu ne veux pas provoquer Phobos, dieu de la peur ! enjoint Alecto avec un sourire sadique.

Aaah, cette reconnaissance est si bonne à entendre !

— Parle, si tu ne veux pas être témoin du réveil de son pouvoir qui a anéanti des armées entières ! rugit Tisiphone.

Bon. Elle exagère un peu.

L'homme braque son regard sur moi, blême. Il perd la colère du prisonnier pour afficher la crainte d'une victime en devenir. C'est vrai que vêtu d'un costume de ville entièrement noir, je n'impressionne peut-être pas autant que lorsque je fonçais dans les lignes ennemies à bord d'un char avec mon jumeau. Pourtant, mon regard dépareillé devrait un minimum inquiéter.

— Ne me faites pas de mal, je ne suis pas un humain comme les autres, je viens en quête de réponses, c'est tout !

J'acquiesce.

— Très bien, concédé-je en retenant un soupir. Est-ce que je dois répéter mes questions ?

— Non, non, non ! se presse-t-il. Je m'appelle Thyeste ! Je suis un Atride !

— Un Atride ? marmonne Megaira.

— J'ai déjà entendu ce nom quelque part, murmure Alecto.

De mon côté, cet intrus finit d'éveiller tout mon intérêt. Les Atrides sont les descendants d'Atrée, une lignée très célèbre de l'Antiquité, qui compte parmi ses représentants les plus fameux Agamemnon et Ménélas, les deux rois grecs qui ont pris Troie que ma famille défendait. Il n'y a qu'une façon de s'assurer qu'il dise bien la vérité.

— Détachez-le, ordonné-je.

Les Semés, d'un coup d'épée, tranchent le cordage et l'homme peut enfin s'asseoir. Il se masse les bras et les jambes en grimaçant. Lui aussi, il a adopté la mode actuelle, avec son costume d'humain bleu nuit et sa chemise blanche.

— Merci, dit-il, soulagé.

— Ne me remercie pas encore, tes ancêtres et moi n'étions pas dans le même camp sous les murs troyens, lui rappelé-je.

Ça suffit à le faire déglutir. Il opine de la tête et se relève.

— Déshabille-toi, ajouté-je.

Il se braque à nouveau, surpris.

— Pardon ?

Les Érinyes se mettent à grogner comme si elles étaient prêtes à lui sauter à la gorge.

— Retire ta chemise, précisé-je.

Durant une seconde, il demeure circonspect avant de comprendre.

— Je vois, répond-il en s'exécutant.

Alors qu'il retire veste et chemise, je me rends compte que la présence surnaturelle de mes employés ne le bouscule pas vraiment. Il a peut-être déjà vu des créatures ou des nymphes là où il vit. Thyeste pose sa mise sur le dossier d'une de mes chaises et me tourne le dos.

— Vous me croyez maintenant ?

Je ne connais pas tout des Atrides, mais je suis certain de ce détail-là : depuis leur ancêtre Pélops, ils naissent tous avec une tache blanche étendue sur l'épaule droite.

— Tu peux te rhabiller, oui. Et m'expliquer ce que tu viens faire ici sans t'être annoncé.

En deux trois gestes rapides, il est à nouveau présentable. Je prends place dans mon fauteuil et le laisse s'installer en face de moi. Les Érinyes et les Semés se dressent derrière lui, prêts à tout pour un peu de sport. Je ne voudrais pas les décevoir, mais jusque-là, l'Atride ne représente pas un niveau de menace suffisant pour le rouer de coups.

— Ma famille m'envoie pour discuter avec les dieux. Nous avons cru comprendre que des changements avaient eu lieu sur l'Olympe. Est-ce la vérité ?

Comment des humains peuvent-ils être au courant de cela ? Avec qui discutent les Atrides, au juste ? J'observe son allure et note plusieurs détails qui affinent le personnage. Il porte une montre de luxe au poignet. Il est rasé de près et bien coiffé, il prend soin de lui. Son costume est coupé sur mesure, dans des tissus de qualité. Cette lignée possède donc des moyens et semble familière avec les divinités.

— Qu'est-ce qui te fait dire ça ? demandé-je avec prudence.

Il s'éclaircit la gorge et cherche ses mots.

— Nous savons que nous descendons de Zeus, aborde-t-il alors. Puisque Zeus a engendré Tantale, Tantale a engendré Pélops, Pélops a engendré Atrée, et qu'à partir d'Atrée, notre lignée devient complètement humaine à force de mariage avec des femmes mortelles. Mais nous avons toujours gardé un contact plus ou moins établi avec des nymphes ou des enfants d'Éole, le dieu des vents. Nous avons fini par entendre des bruits.

L'inquiétude qu'il ressent finit par transparaître dans ses paroles. Il tourne autour du pot sans formuler avec exactitude ce qu'il espère retirer comme information. Je peux toujours expliquer sans entrer dans les détails et évaluer ce que j'en retire.

— Zeus n'est plus roi sur l'Olympe, dis-je alors. Aphrodite, Héra et Athéna en sont les reines.

Il écarquille les yeux à mesure qu'il assimile la nouvelle.

— C'est ce que nous craignions, quelle catastrophe, murmure-t-il.

— Et pourquoi donc ? m'agacé-je.

— Qu'en est-il des prisonniers du Tartare ? Vont-ils être… libérés ?

La sueur s'empare de son front. Voilà donc le véritable sujet de sa visite. C'est vrai que le Tartare, la prison de haute-sécurité de Zeus, situé en plein cœur des Enfers, regorge de ses ennemis. Nous en avons libéré Méduse, Circé la Première et les empousas d'Hécate, mais rien n'a été décidé à propos des autres. Je crois me souvenir que ma mère évoquait la situation de certains condamnés lors de ses discussions avec ses consœurs.

Et parmi eux, se trouve Tantale, l'ancêtre divin des Atrides.

— Qu'espères-tu au juste ? m'impatienté-je. Que Tantale soit relâché ?

Il s'alarme aussitôt et pose les mains sur mon bureau pour se pencher vers moi.

— Surtout pas ! C'est pour cela que je suis ici ! M'assurer que vous n'allez pas faire une telle chose ! Tantale a tué son propre fils, c'est pour cela qu'il a été condamné à son supplice ! S'il venait à sortir de là, qu'adviendrait-il de nous ? Nous ne pouvons pas risquer cela !

Je penche la tête sur le côté. Il n'a pas tout à fait tort. Tantale pourrait dégommer toute sa descendance pour assouvir sa vengeance. Il profiterait du fait que son père, Zeus, est hors-jeu. Et puis, après des millénaires de sa punition – Tantale ne peut ni boire l'eau qui s'écarte de lui dès qu'il veut l'atteindre, ni manger la poire qui s'éloigne de lui dès qu'il tend la main pour l'attraper –, on n'a plus les idées très claires. D'autant plus qu'il a cuisiné, servi et mangé son propre fils lors d'un banquet donné aux dieux.

— Tout ce que je peux faire pour le moment, c'est remonter la requête de ta famille aux reines pour que Tantale demeure bel et bien aux Enfers.

Ses muscles s'affaissent de soulagement.

— Est-ce tout ce que tu souhaitais nous communiquer, Thyeste ?

Il hoche la tête, reconnaissant, les lèvres souriantes et pourtant scellées. Il ne devrait éprouver que de l'apaisement, mais sa peur reste. *Il a peur*. Au-delà de la menace que son ancêtre représente, il a peur de moi et de ce que je pourrais découvrir d'autre. Il ment, donc. Autant garder un œil sur cette famille des Atrides qui vient tout juste de s'exposer à notre attention.

— Où peut-on vous joindre, si je veux vous donner des nouvelles ?

Il plonge sa main dans la poche intérieure de sa veste et me sort une carte de visite : « Thyeste des Atrides – Lignée à l'épaule d'ivoire, Mycènes, Grèce ».

— Nous sommes restés sur les terres d'Agamemnon, précise-t-il avec fierté.

C'est bon à savoir.

— Megaira, Alecto et Tisiphone, vous pouvez raccompagner Thyeste jusqu'à la sortie ?

Les Érinyes avancent d'un pas si menaçant, les poings serrés et les ailes se déployant d'un coup, que l'Atride sursaute.

— Sans violence ! rappelé-je aussitôt.

Les trois déesses, déçues, grognent dans leur coin tout en poussant avec lenteur Thyeste en dehors du bureau.

— Merci pour votre écoute, Seigneur Phobos ! lance-t-il avant de disparaître.

Je lève les yeux au ciel. « Seigneur Phobos »... Ridicule. C'est là que les temples manquent. Les humains s'adressaient aux prêtres et formulaient des prières à coup de sacrifices. Nous recevions l'information principale dans un second temps, sans toutes les génuflexions insipides des mortels.

— Désolé, les Semés, l'affaire était prometteuse, mais pas suffisante pour une passe d'armes.

Les cinq silhouettes, le dos courbé, s'enfoncent dans le sol pour retourner à leur poste, plus dépitées que jamais. J'en profite pour mettre par écrit les craintes et la sollicitation des Atrides afin de la présenter à Deimos qui la rapportera aux souveraines de l'Olympe.

Dès que j'ai terminé, j'en reviens à mon point de départ : je m'ennuie.

Il est 17 heures, je parcours les films projetés au cinéma en espérant tomber sur une perle de thriller ou de gore, quand les cris aigus de ma nièce retentissent derrière la porte. Ella est mignonne, elle prend la peine de frapper alors que sa fille annonce leur arrivée plusieurs mètres avant.

— Entrez !

J'éteins mon portable, heureux de voir surgir la fillette en bottes de pluie et en ciré jaune – je n'avais même pas remarqué qu'il pleuvait dehors – beaucoup trop fière de son parapluie grenouille vert qu'elle brandit devant moi alors que je m'approche d'elle.

— Regarde tonton Phoby !

*Ploup !* Elle le déploie devant moi, m'éclaboussant de gouttes d'eau. Deux yeux globuleux de grenouille sont cousus sur la toile humide et me fixent d'un drôle d'air. Quelque chose me dit qu'elle a passé son temps à l'ouvrir et à le fermer depuis qu'elle l'a en main.

— Médée, on n'ouvre pas un parapluie à l'intérieur, ça porte malheur, serine Ella.

Sa fille le replie et l'ouvre à nouveau avec un petit rire satisfait de désobéir, son regard vairon – un œil noir et un œil bleu-vert – posé sur moi, comme si elle attendait de provoquer un rire ou un blâme de ma part. J'ai plutôt envie de m'amuser tout en sachant que sa mère n'en est pas à ce stade-là.

— Tu as dit bonjour correctement ? relance Ella.

— Bonjour, tonton Phobyyyy ! chantonne-t-elle.

— Bonjour, bébé Médée.

— Désolée de débarquer comme ça, s'excuse ma belle-sœur en retirant son imperméable trempé.

Elle doit sortir du musée où elle travaille, si j'en crois la robe et les bottines qu'elle porte, avec sa carte d'accès pendue à son cou. D'habitude, Ella est une accro des pulls en laine et des pantalons confortables.

— Pas de souci. Tu montes voir Deimos ?

— Oui, mais Médée tenait a-bso-lu-ment à te montrer son parapluie, alors on a fait un crochet, dit-elle avec un sourire.

Pfiou, je suis content. Je l'aime tellement, ce petit peck bruyant. Elle est si drôle et, chose inédite, elle n'a pas peur de moi. Comme si elle était immunisée contre mes pouvoirs. Ella ne me craint pas, mais elle m'a déjà avoué ne pas être insensible à ce que je dégage. Ce qui est tout à fait normal. La peur ou la terreur sont des émotions violentes et impulsives, on ne les contrôle pas. Médée est la fille de Deimos, et il a toujours été le seul à ne pas souffrir de ma présence, peut-être qu'elle a hérité ça de son père.

— Fais le chien-loup ! Fais le chien-loup, tonton Phoby ! S'il te plaaaaît !

— Médée, laisse tonton Phobos tranquille. Ne te sens pas obligé, hein, me dit-elle ensuite, embarrassée par cette demande récurrente.

— Elle ne s'est toujours pas transformée ? demandé-je, curieux.

— Jamais, confirme Ella. Et j'espère que ça va continuer ainsi, pour tout t'avouer. Elle joue déjà avec l'électricité, si en plus elle se rue partout en chien-loup, on n'a pas fini.

Je ravale un souhait contraire. Je comprends Deimos qui n'en peut plus de fierté dès qu'il parle de sa fille.

— Attention, recule, préviens-je.

Avec sérieux, elle retourne auprès de sa mère, les poings collés sous le menton, impatiente. En un tour de main, je prends la forme d'un gros chien-loup argenté et Médée hurle à en crever les tympans. Sa mère sourit et grimace tout à la fois en voyant sa fille se ruer sur moi. Elle me poursuit dans le bureau, se roule par terre à mes côtés et finit agrippée à mon cou, ses doigts un peu collants de friandises dévorées plus tôt, dans le pelage de mon dos.

Notre jeu doit interpeller l'attention de Deimos puisqu'il apparaît auprès d'Ella pour la saluer d'un baiser. Ils sont bien occupés tous les deux, en ce moment, à organiser la déification d'Ella auprès des reines de l'Olympe. Voilà bien longtemps qu'une mortelle n'avait pas accédé au rang de déesse. Une cérémonie en grandes pompes sera donnée sur l'Olympe, avec l'octroi du domaine d'expertise, des tâches et la codification d'attributs divins. On a encore le temps, les reines veulent que ce soit un événement exceptionnel.

— Papa ! s'exclame Médée en me relâchant pour sauter dans les bras de mon frère.

Je me transforme à nouveau et en profite pour saisir mes notes sur la visite inattendue de l'après-midi.

— Tout s'est bien passé aujourd'hui ? s'enquiert Deimos.

La gêne qui passe sur son visage m'indique qu'il commence à douter de la pertinence de mon rôle. Lui-même n'a pas un travail incroyable à fournir. La paix qui règne a vraiment changé la donne. Mais il a une famille à laquelle il consacre un maximum de son temps. Il ne s'ennuie jamais avec Ella et Médée. Je devrais peut-être songer un peu plus à cela. Ce n'est peut-être pas si fou de s'imaginer avec quelqu'un.

— Tiens, on a eu la visite d'un Atride aujourd'hui, lui dis-je en lui remettant mon rapport.

— Un Atride ? s'étonne Deimos en parcourant les lignes.

— Il faudra juste passer le mot aux reines, mais je vais garder un œil sur eux. Je trouve étrange qu'ils débarquent comme ça, si subitement, deux ans après la chute de Zeus.

Mon frère approuve sans discuter. Il glisse le papier dans sa poche. Ella, de son côté, fouille son sac et en sort une enveloppe rose bonbon, fermée par un autocollant en forme de cœur. Notre réaction, à Deimos et à moi, est simultanée : une grimace écœurée.

— Je voulais te la donner à la maison mais puisqu'on te voit tout de suite…, entame-t-elle avant de me la refourguer.

— C'est quoi ? grogné-je.

— Un faire-part de l'agence Méros que ma sœur m'a fait passer pour toi. Je devais te la remettre en mains propres.

Ça fait un bail que Méroé tente de me faire signer dans son agence, persuadée qu'elle va me dénicher l'âme-sœur parfaite. Elle oublie trop souvent que ma confiance envers les pouvoirs de mon propre frère Éros est bancale. J'ouvre l'enveloppe et en sors un carton fleuri avec une invitation officielle à prendre un café en compagnie de Méroé, à Springfall, pour une « discussion détendue mais sérieuse au sujet de mes souhaits et désirs ».

J'ai envie de râler et de refuser, mais au moment où je lève les yeux pour croiser l'attention de mon frère, je ne vois que la complicité de cette cellule familiale qu'ils forment à eux trois : Ella blottie contre Deimos, Médée dans ses bras, devisant sur ce qu'ils vont prendre au dîner, ce qui ferait plaisir à leur fille.

Je relis l'invitation et me fais une raison. Ce n'est pas une si mauvaise idée que cela. Je m'ennuie déjà terriblement, au moins je ferai quelque chose de nouveau. Si c'est un échec, ce sera un simple échec, une expérience qui tourne mal.

Mais si c'est une réussite, qui sait ?

# CHAPITRE III

**PASIPHAÉ**

La belle boutique de Méroé, située sur une rue piétonne et tranquille, donne vraiment envie de s'aventurer à l'intérieur. La vitrine confère une belle luminosité, le coin salon dépareillé attire l'œil, au moins autant que la machine à café en étain créée par Héphaïstos, la théière en fonte fabriquée à partir d'un métal récupéré au fond de l'Etna, les coussins aux couleurs chaudes et les gros vases remplis de branches aux feuilles d'or. Même le bureau de Méroé, en plaques de bronze épaisses, gravées de motifs végétaux en relief, est une curiosité à lui seul. Pourtant, je me force à pousser la porte, pas du tout emballée par son coup de fil excité de la veille : « Pasiphaé, j'ai la solution, la réponse à toutes les questions ! Et je te propose aussi un *date.* »

— Aaah ! Te voilà ! se réjouit-elle du fond de sa boutique, là où des casiers recouvrent les murs pour ranger ses dossiers.

— Oui, tu m'intriguais, dis-je avec un sourire.

J'ai promis que je fournirais un effort, je m'exécute. La matinée débute à peine, tout est à faire !

— Et tu peux l'être, crois-moi, on va révolutionner le marché !

Elle me rejoint, une chemise rouge remplie de papiers sous le bras, m'invite à m'asseoir sur l'un des beaux sièges en osier, face à elle, et prend place à sa table.

— Éros n'a plus de bureau ici ? Ça y est ? lancé-je, afin de repousser la discussion.

— Il est en train d'organiser la future succursale sur l'Olympe, mais ne t'en fais pas, on a pris l'engagement de passer voir l'autre le plus souvent possible.

Elle me désigne un pot en terre cuite rempli de plumes d'argent, les fameuses plumes d'Hermès. Elles sont indispensables aux sorcières pour se rendre sur l'Olympe, même si on n'a plus besoin de boire d'Ambroisie. À présent, notre invitation à demeurer dans le royaume céleste est permanente.

— En parlant d'Éros, enchaîne-t-elle. On a eu la plus brillante des idées.

Généralement, avec Méroé, c'est là qu'il faut commencer à s'inquiéter.

— Je t'écoute.

— On a combiné un sort de ma fabrication au pouvoir d'Éros pour guider le ou la cliente vers la personne faite pour lui ou pour elle.

Je ne retiens pas un regard de travers.

— Tu veux dire que tu vas manipuler nos sentiments ?

— Non ! Jamais de la vie ! Ça ne pousse pas à tomber amoureux, ça ouvre un chemin. Le sort outrepasse cette petite voix bien trop prudente et inhibitrice dans la tête, qui empêcherait d'aborder la bonne personne.

— Tu n'as pas utilisé la baguette de Circé pour ce sort, n'est-ce pas ? suspecté-je.

— Bien sûr que non, elle est bien trop puissante pour ce genre de magie douce.

Voilà qui me rassure un tout petit peu. Parce que si c'est pour exploser en prononçant la formule, très peu pour moi.

— On a déjà combiné notre magie à celle d'un dieu pour un sort ? relancé-je, persuadée qu'il y a un traquenard quelque part.

— Maintenant que tu le demandes…, se met à réfléchir Méroé en croisant les bras, affaissée dans son fauteuil. Je ne crois pas, non.

Mon cœur manque un battement. Elle est là, l'arnaque !

— Non, non, non ! Je ne te laisserai pas m'utiliser comme cobaye, la préviens-je.

— Il ne s'agit que d'un sort pour trouver une compagne ou un compagnon, pas un sortilège de désintégration. Mais qu'est-ce qui t'arrive, Pasi ? Depuis quelques semaines, tu es nerveuse, renfermée sur toi-même, tes phobies ont empiré. Tout va bien ?

Ses grognements ont cédé la place à l'inquiétude. Elle me scrute, mettant de côté toutes ses idées farfelues pour ne se consacrer qu'à moi, comme seule une meilleure amie peut le faire.

— Tu veux qu'on prenne un moment toutes les deux pour discuter de tout et de rien ?

La honte me bat à nouveau les tempes. Je souris et agite la main, émue.

— Non, pardon, Méroé. Pardon, je suis à fleur de peau en ce moment. Cette histoire de…

Quelle histoire ? Où je vais avec ça ?

— De me caser, j'en ai envie et en même temps, ça m'effraie. Tu vois ? Et si ton sort ne me menait à personne ? Tu imagines ? Il n'y aurait *personne.*

Méroé acquiesce, prête à me rassurer.

— Attention, il n'est pas question de trouver une âme-sœur d'un coup et *hop !* le tour est joué. Il s'agit seulement de désigner un profil qui matcherait à la perfection avec le tien. Il peut y en avoir plusieurs, Éros ne l'a pas exclu en créant sa boussole d'amour.

Je laisse échapper un rire incrédule et railleur sans pouvoir le retenir.

— Répète un peu ? Une « boussole d'amour » ?

Méroé se raidit et semble soudain embarrassée. Elle remue sur son fauteuil, les joues rougies.

— Oui, bon, reste à trouver le terme juste, même si Éros y tient. Mais pour l'instant, l'objet ressemble à une boussole. Tu vois les flèches qu'Éros décoche pour provoquer l'amour ?

Je hoche la tête, peu convaincue pour le moment.

— Il a utilisé le même principe en les taillant et en les enfermant dans un cadran. L'aiguille sera focalisée sur l'amour. Quant à mon sort, il liera la personne qui tiendra la boussole à la mini flèche. Elle ne choisira donc pas n'importe qui, mais un ou une prétendante répondant aux critères de la personne. Il n'y aura plus qu'à se laisser guider.

OK, c'est plutôt malin, je dois l'avouer. Cela dit, une question surgit.

— Mais… et tes talents d'entremetteuse dans tout ça ?

Méroé tend le bras vers moi et pose sa main sur le mien en surjouant la compassion.

— Pasiphaé, chérie, cette boussole d'amour ne concerna que les clientes comme toi, qui ont peur de se lancer et qui vont préférer se saboter plutôt que d'accepter l'évidence.

Elle ponctue sa phrase d'un sourire mi-taquin, mi-résolu. *Oh, ça, elle est douée.* Elle ouvre un tiroir et sort un rouleau de papier noué d'un cordon végétal.

— Voilà le sort, et si tu souhaites la boussole, tu n'as qu'à te rendre sur l'Olympe pour en demander une à Éros. Il sait déjà que tu es potentiellement intéressée. On attend l'ouverture de la succursale pour en mettre à disposition ici, précise-t-elle avant de glisser une plume d'Hermès dans le rouleau, à l'aide d'un papier de soie pour éviter de la toucher.

Je me saisis du tout et je le range avec précaution dans mon sac. J'ignore si je vais l'utiliser ou non, mais disons que je l'ai, qu'il est là, qu'on ne sait jamais. La curiosité finira peut-être par l'emporter. Rien que pour savoir si la magie des sorcières est compatible avec un pouvoir divin. Ce qui me rassure – et me plaît au final – c'est que mon amie me laisse le choix. Elle se démène pour me trouver un type parfait et me remet un plan B qui a tout l'air efficace entre les mains.

— Et le rendez-vous dont tu parlais ?

Méroé joint ses mains, visiblement heureuse de sa trouvaille.

— Oui ! Un bijou, tu vas voir ! Je...

Elle s'interrompt, son regard capte quelque chose derrière moi, et donc dans la rue. Je jette un œil par-dessus mon épaule et une pierre roule dans mon estomac à l'instant même. La silhouette immense de Phobos se tient derrière la porte vitrée. Avec ses cheveux blonds, quasi blancs, et ses yeux fixes, aux couleurs opposées, il parfait son portrait de divinité inquiétante qui me plonge, à chaque fois, dans un effroi incontrôlable.

Je fusille du regard mon amie qui lève aussitôt les mains pour se défendre.

— Ça fait longtemps que j'essaie de l'attirer à l'agence, il se présente enfin, je ne vais pas louper l'occasion !

Elle se rue vers la porte sans me laisser le temps de l'accuser de quoi que ce soit. Elle ouvre la porte et accueille le jumeau de son beau-frère avec un grand sourire.

— Entre, Phobos ! Entre !

Il fait quelques pas avant d'enfin m'apercevoir et de se figer. Alors oui, Phobos a ce physique taillé au ciseau d'un dieu grec, avec son nez droit, ses lèvres minces et roses, ses mâchoires carrées et sa carrure d'athlète à peine masquée par un pull de cachemire fin. Un pur fantasme pour beaucoup, mais pas pour moi. Je me mets à trembler, me sentant passer du feu à la glace en un quart de seconde. Je recule en me prenant les pieds dans la lanière de mon sac. L'élégance de la fuite, jusqu'au bout ! Je me réfugie près de la cafetière et manipule la machine sans la moindre idée de ce que je fais, seulement pour trouver une occupation à mes mains et à mon esprit, espérant détourner ce dernier de la présence magnétique du dieu de la peur.

Phobos, de son côté, me sonde de loin, impassible. Parce qu'en plus, niveau expression, on repassera. Comment il peut ignorer sa capacité infaillible à mettre mal à l'aise les gens ? J'appuie sur un bouton au hasard et de l'eau brûlante se met à couler par terre, provoquant un sursaut de ma part et une panique croissante. Je pousse tous les boutons, du lait surgit alors que l'eau s'arrête. Je saisis un bol avec maladresse et en fais tomber deux autres qui se brisent sur le sol. Je jure, au comble de l'embarras et de l'épouvante. Vraiment, je n'aurais pas fait mieux dans ce silence pesant, alors que le dieu de la peur demeure figé, une Méroé confuse à côté de lui.

Puis, au milieu de mon bazar, Phobos opère un demi-tour sans avoir prononcé un mot. Méroé s'empresse de lui barrer le chemin, bras tendus et dos collé à la porte.

— Non ! s'exclame-t-elle. Tu viens à peine d'arriver, Phobos !

— Je pensais avoir été clair, déclare-t-il de sa voix tranchante. *Pas elle.*

Mon estomac se resserre violemment. Je ne passe pourtant pas inaperçue, je suis là, dans la même pièce que lui, il pourrait choisir ses mots, non ? Alors, OK, ça tombe bien, parce que moi non plus, je ne veux pas de lui, mais je prendrais garde aux paroles que j'emploierais si j'étais lui !

— Tu fais fausse route, sa présence ici n'a rien à voir avec toi, explique Méroé. On va aller ensemble au café dans la rue principale, mais Pasiphaé va découvrir son rendez-vous là-bas, et nous, on va boire une boisson chaude et échanger tous les deux.

Des morceaux de céramique dans les mains, je me relève, le cœur cognant ma poitrine avec force.

— Méroé, l'interpellé-je. C'est vrai, ce mensonge ?

Mon amie m'adresse un regard outré.

— Oui, c'est la vérité, gronde-t-elle. Je rassemble mes affaires et on y va.

Elle pose son index sur l'épaule de Phobos et fronce les sourcils avec sévérité.

— Tu ne pars pas sans moi, je te préviens.

Par Hécate, si elle nous ment, je ruine toute sa vaisselle. Et ce ne sera pas une bévue !

Je le vois arriver gros comme une maison : on va débarquer au café et mon rendez-vous ne sera pas là, alors Méroé va nous proposer de prendre un café tous les trois pour faire plus ample connaissance. Ce fameux prétendant nous aurait rejoints à l'agence, sinon. Pourquoi on se retrouve, Phobos, Méroé et moi, ici tandis que ce soi-disant « bijou » se rendrait directement sur place ?

J'attrape mon sac et nous voilà dehors, avec une distance de sécurité maintenue entre lui et moi, Méroé au milieu. Elle nous parle de la douceur de cet automne, du soleil présent tous les jours, de la forêt qui se pare de plus en plus de ses robes rouge-orangé, des nouveaux roulés à la cannelle proposés à la boulangerie... Elle nous récite même une blague qu'un Cyclope lui a racontée avant d'éclater d'un rire gêné. J'aimerais être plus présente pour elle, mais je suis paralysée de mon côté, me contentant de marmonner des « oui », « c'est vrai » et « OK » sans aller plus loin. Cela dit, c'est toujours mieux que monsieur qui ne pipe mot, les traits crispés.

On arrive dans le café et je me prépare déjà à taper un scandale et à faire demi-tour. Je rêve de rentrer chez moi, d'enfiler un bas de jogging et de parcourir le site Adopteunchatounet.org, un plaid sur les genoux et un chocolat chaud dans les mains. Méroé scanne la salle des yeux et désigne une table vide dans un coin.

— Avec Phobos, on va s'installer là, propose-t-elle.

Puis elle me saisit les épaules et m'oriente dans la direction opposée.

— Toi, tu as rendez-vous avec ce charmant jeune homme, assis là-bas.

Ah bah mince, il est réel. J'en suis déconfite, j'étais persuadée de l'inverse. Mon rendez-vous lève la tête vers nous et nous sourit avec un signe de la main. Il a les cheveux auburn en épis et il porte un pull en laine blanche sur lequel apparaît un motif de... d'embryon chelou.

Le pouffement contenu de mon voisin me sort de mon apathie.

— Kyamites ? se moque-t-il.

— Une pépite, gronde Méroé.

Il hoche la tête, les lèvres serrées.

— Vous avez un commentaire à faire ? m'agacé-je, incapable de tutoyer ce monstre.

— Amuse-toi bien, me souhaite-t-il en s'éloignant pour rejoindre sa table.

Je l'observe, plaignant d'ores et déjà le ou la pauvre qui aura affaire à lui. Je galère peut-être dans mes rendez-vous, mais lui, il passera son temps à les faire fuir en courant !

— Goujat.

— Laisse tomber, me réconforte Méroé en me prenant en charge.

On s'approche de la table de Kyamites et mon amie en profite pour me glisser une ou deux informations.

— Il est mignon comme tout, passionné de jardinage et de potager, c'est le dieu des haricots.

Je stoppe net et tourne le dos à la table qui n'est plus qu'à trois mètres.

— Le quoi ?

— Le dieu des haricots.

— Le dieu des haricots… ?

— Un dieu infernal.

— Tu as bien dit : « le dieu des haricots » ?

Méroé me fait à nouveau pivoter et me presse jusqu'à son « bijou ».

— Kyamites, voici Pasiphaé, la plus gentille des sorcières. Pasiphaé, voici Kyamites, le plus sincère des dieux.

Alors que je suis raidie par l'appréhension, lui, il semble raidi par le stress malgré son sourire aimable et ses yeux verts doux. Ce n'est donc pas un embryon chelou tricoté sur son torse, mais un coco. Tout s'explique.

— Salut, dit-il avec un tremolo dans la voix.

— Bonjour, répliqué-je, de la même.

— Je vous laisse ! lance Méroé en s'éclipsant.

On s'assied tous les deux, autant troublés l'un que l'autre. Un silence gênant s'installe, vite interrompu par une serveuse qui note nos commandes : une *ginger beer* locale pour lui, un *pumpkin spice latte* pour moi. Puis Kyamites déniche un peu plus de courage que moi et se lance.

— C'est la première fois que tu participes à un rendez-vous arrangé ?

— À vrai dire, Méroé m'en a déjà organisé quelques-uns, mais je n'ai jamais trouvé chaussure à mon pied.

Ses yeux s'arrondissent de crainte.

— Oh, quelle pression, dit-il alors. Tu vas sûrement être à nouveau déçue avec moi.

— Non, voyons, le contredis-je.

C'est marrant comme la crainte de l'autre fait basculer la mienne. Je me sens un poil plus à l'aise à présent.

— Méroé m'a dit que tu étais un dieu infernal mais aussi des haricots. C'est un peu étrange puisque rien ne pousse dans les mondes souterrains, non ?

Il acquiesce, lui aussi requinqué.

— C'est vrai. Je suis né aux Enfers et mon seul pouvoir est la germination des haricots. Après plusieurs expérimentations infructueuses, j'ai abandonné le haricot et je me suis contenté de m'occuper des vergers de grenadiers, puisque ce sont les seuls fruits capables de survivre en bas.

La serveuse dépose nos commandes. Je plonge ma cuillère dans la crème à la cannelle, attentive à la suite de l'histoire.

— Et puis, un jour, notre roi Hadès est tombé amoureux de la déesse du printemps. Lorsqu'il l'a conviée aux Enfers, j'ai eu l'espoir que tout change. Malheureusement, non. Le temps s'est écoulé et si Hadès et Perséphone étaient heureux avec nous, Déméter a maudit les terres et les cultures à la surface. La famine s'est abattue parmi les humains. Alors, Hadès m'a dépêché à la surface pour planter des haricots et les nourrir.

Il termine son récit avec une modestie inattendue compte tenu de l'exploit. Embarrassé, il baisse les yeux et sirote sa *ginger beer*.

*Vous entendez ça, dieu de la peur ? Kyamites a sauvé des vies et ne juge personne.*

— Tant mieux pour lui ! s'exclame la voix de Phobos au loin.

Les autres clients lui jettent des regards interloqués, sans comprendre d'où sort cette remarque qui a survolé le brouhaha tranquille de la salle. Glacée sur ma chaise, je n'ose pas me retourner. Il a peut-être perçu mes pensées comme une prière tant j'espérais qu'il pourrait entendre une telle chose.

— Curieux, commente Kyamites, largué.

— Oui, il est complètement toqué, approuvé-je.

Le dieu des haricots semble plus prudent dans ses déclarations.

— Phobos, c'est la noblesse de l'Olympe, murmure-t-il.

— Peut-être, mais toi, tu as fourni de la nourriture au cœur d'un hiver total, c'est incroyable.

— C'est gentil, répond-il, confus. Mais ce n'était rien, en vérité. Et quand tout s'est tassé avec Déméter, je suis rentré aux Enfers et j'ai repris les grenadiers. J'ai conservé un des tout premiers haricots que j'ai plantés lors de cet hiver mémorable.

— C'est vrai ? douté-je. Il est dans quel état ?

Il tire une fine chaîne autour de son cou et un petit coco doré apparaît en pendentif.

— Midas l'a changé en or, indique-t-il en l'exposant à mon regard.

— Ah oui ? Midas ? m'extasié-je.

— Oui, confirme-t-il en souriant.

Il m'en faut peu pour m'emballer, et l'évocation de ce roi légendaire qui transformait en or tout ce qu'il touchait me fascine. Je m'accoude et pose mon menton dans mes mains, finalement charmée par ce dieu discret. Il remet son coco en sécurité, tout fier.

— « Sa place est dans un musée », cité-je, amusée.

Kyamites hausse les sourcils, surpris.

— Moi aussi, j'adore ce film, je l'ai découvert au cinéma en plein air, dans les champs d'Asphodèle !

Un homme – ou dieu – qui aime Indiana Jones ne peut qu'être intéressant !

— J'ai toujours rêvé d'être archéologue, soupiré-je.

— Qu'est-ce qui t'en empêche ?

— Je suis une sorcière, dis-je avec un haussement d'épaules.

— Il me semble que les archéologues ne fouillent pas tous les jours de l'année. Tu peux aussi faire une campagne de temps en temps.

Je dodeline de la tête. Bon, il va vite comprendre que je suis timbrée.

— Oui, mais pour ça, il faudrait que je prenne l'avion pour l'Égypte, la Grèce ou l'Italie. Ce sont les civilisations qui m'intéressent le plus, mais j'ai peur de l'avion.

— Oh. Je vois. Tu peux aussi… demander à un dieu de t'y déposer, propose-t-il, le regard fuyant.

On entre en zone de flirt et pour le moment, c'est très agréable.

— C'est une idée, je vais la garder en tête.

On boit une gorgée de nos boissons, profitant du confort de notre situation.

— Et aujourd'hui, qu'est-ce que tu fais ? le questionné-je.

— Eh bien, puisque maintenant les divinités infernales ont l'autorisation de venir à la surface de la Terre, j'aimerais reprendre la culture du haricot. Je pensais ouvrir une petite ferme quelque part et les vendre en vrac. Je pourrais appeler mon affaire la Bean Factory, ou Haricoco.

Il sourit au bout de sa phrase, avec complicité et humour, me faisant rire à mon tour. Quelle belle surprise, finalement !

— Parle-moi de toi, j'en ai assez dit sur mon compte, ajoute-t-il en me portant toute son attention.

Je pars dans le sujet qui me passionne par-dessus tout : l'histoire ancienne.

# CHAPITRE IV

**PHOBOS**

J'écoute Méroé d'une oreille, piqué par la présence indésirable de cette sorcière froussarde. J'ai vraiment cru que la sœur d'Ella allait retomber dans son forcing pour qu'on passe du temps tous les deux alors que je la terrorise. J'ai même fini par la surnommer « petit bao tremblant dans son assiette » à mesure que nos chemins se croisaient. Parce qu'elle ressemble vraiment à ce petit bun pâle et mou, malgré son teint lumineux et ses cheveux noirs tout en volume.

Et puis, vraiment, Kyamites… Méroé aurait pu lui dégoter un rencard plus passionnant. Cette divinité inférieure des Enfers porte un pull avec un haricot géant dessus. Un *haricot.* Il ne parle d'ailleurs *que* de haricots. Ça ne va pas arranger Petit Bao qui a peur de tout. Ils ne sont pas du tout accordés, tous les deux. Lui, il est quelconque, frisant le ridicule. Elle, elle est… solaire, quoi. C'est une sorcière, pas une fermière.

Méroé se racle la gorge, captant mon attention dissipée. Elle affiche un sourire entendu, accoudée à la table, me dégageant la vue sur le fond de la salle, là où sont installés Mister Bean et Petit Bao.

— Pardon, tu disais ? me reprends-je aussitôt.

— Rien d'intéressant, j'ai déjà tout ce que je voulais savoir.

Et elle s'arrête là, me dévisageant en fredonnant, sereine.

OK. J'ignore ce qu'elle manigance, mais j'en ai assez. Je fais mine de regarder ma montre et de m'alarmer du temps qui s'écoule.

— Ce n'est pas tout, mais je dois passer voir mes parents.

— D'accord, à plus tard et merci d'être venu. Je garde ton dossier avec moi, répond-elle en posant sa main sur sa chemise rouge.

Elle a bien pris quelques notes tout à l'heure, mais je n'ai pas tout suivi. Et je ne préfère pas en savoir plus. Je me lève et sors du café, direction Cythère.

Le soleil est bas lorsque je débarque sur l'île familiale, il doit être 17 heures. La chaleur et la sécheresse sont plus ardentes ici qu'à Springfall. Je retire mon pull et franchis le portail de la villa. Les enchantements de ma mère m'ont toujours rendu perplexe, mais je dois avouer qu'après des années d'isolement, ces illusions que je trouvais grotesques auparavant me rassurent aujourd'hui. Le murmure des fontaines dans les jardins, le bruissement d'une brise dans les orangers alourdis de fruits, l'odeur sirupeuse et sucrée des raisins sous l'astre du jour, les couleurs chatoyantes des fresques qui recouvrent les murs, les reflets du marbre blanc des terrasses superposées… Tout est beau, tout est d'un luxe tranquille ici. À côté, New York me semble toujours gris et terne.

Je parcours les salons aux sculptures modernes étranges – je ne suis pas accoutumé à ce style abstrait qui paraît si commun aujourd'hui. Pourquoi ce dauphin en résine bizarre ressemble plus à une courgette qu'à un animal ? Quand est-ce que le monde a perdu la tête à ce point ? Je crois que je suis nostalgique d'une époque révolue depuis longtemps. J'apprécie le marbre de Paros utilisé dans la construction de la villa, celui qui est d'un blanc pailleté, presque gris et ocre, celui dont se servaient les anciens dans leur architecture et leur art. J'exècre cette pierre immonde striée de noire et polie comme un miroir qu'on voit dans les halls de la Grosse Pomme et qu'on ose appeler « marbre de qualité ».

Comme la villa semble vide, je monte dans la galerie ouverte sur la mer, là où nos parents ont encastré dans le mur les mosaïques de nos portraits d'enfant. Deimos et moi avons grandi ensemble, on était très fusionnels, jusqu'à la guerre contre Hécate. Et voilà que nous ne passons plus nos journées l'un près de l'autre, même si je ne doute pas de son attachement. Depuis mon retour, je tente de m'ouvrir aux autres, d'être social auprès des humains, je sors dans les bars en espérant que l'alcool annihile les effets de mes pouvoirs, mais ce n'est jamais complètement le cas.

Tout ce que je commence à comprendre, après quelques années d'effort, c'est que j'inspire toujours autant la peur et que je me sens seul. L'idée de me caser grâce à l'agence de Méroé me paraît de moins en moins pertinente. Enchaîner les rendez-vous avec des prétendantes qui vont me craindre à chaque fois… Je ne suis pas sûr d'être prêt à vivre ça.

— Tu cherches ta mère ?

Mon père apparaît au bout de la galerie, en short rouge, les muscles de son torse à l'air.

— Pas spécialement, je passais vous voir comme ça.

Ses sourcils se froncent d'inquiétude.

— Quelque chose ne va pas ?

Je hausse les épaules.

— Je tourne en rond.

Il me rejoint et jette un œil sur les deux visages de Deimos et moi, devant lesquels je me suis arrêté. On avait une vingtaine d'années en apparence. Notre enfance passe en un clin d'œil avant que l'immortalité ralentisse notre vieillissement à l'extrême.

— Deimos a une famille à présent, déclare mon père en devinant à moitié l'objet de mon tourment.

— Et il fait tout pour moi, mais ce ne sera jamais plus pareil.

— Non, en effet, confirme-t-il. Aphrodite a du travail au palais sur l'Olympe, Éros est occupé à ouvrir son agence là-haut, Antéros traîne avec Thanatos quelque part entre les Enfers et le Pacifique, Harmonie et Psyché prennent des cours de taekwondo auprès des Centaures.

L'air désabusé de mon père me fait sourire.

— Et toi ? relancé-je alors.

— Je tourne en rond, répond-il avec un sourire. Tu veux boire un ouzo ?

J'acquiesce, content de passer du temps avec lui. On descend au bord de la piscine et il nous sert un grand verre d'ouzo rafraîchi par une poignée de glaçons. L'atmosphère, d'une manière générale, et depuis que Zeus n'est plus à la tête de l'Olympe, s'est apaisée comme jamais auparavant. J'ai l'impression que… que quelque chose a changé en profondeur. Le pouvoir sur les dimensions n'appartient plus à un seul maître, il n'est plus le même. Est-ce que tout roule pour autant ? Curieux de savoir ce qu'en pense mon père, plus sensible que quiconque à la moindre étincelle conflictuelle dans le monde, je l'interroge.

— Cette situation de paix perpétuelle ne t'inquiète pas ?

— Rien n'est perpétuel, c'est bien ce que la chute de Zeus nous a appris.

— Pourtant l'Olympe ne répond plus qu'à nos trois reines à présent. Qui serait assez fou pour les défier ?

— Zeus l'a suffisamment été pour renverser Cronos. Ta mère, Athéna et Héra l'ont été à leur tour pour renverser ton grand-père. Qui sait ? Il faut toujours rester aux aguets, ajoute-t-il en trinquant avec mon verre.

Je bois une gorgée de l'alcool anisé, dilué à l'eau. Le remous de la mer sur la plage est presque hypnotique.

— Pourquoi ces questions ? Quelque chose te tracasse ? s'enquiert-il.

— Pas vraiment, non. Mais j'ai eu la visite étrange d'un Atride à New York, il y a quelques jours. Ça m'a intrigué.

— Ils n'ont pas disparu, eux ? grommelle mon père.

— Il faut croire que non. Et il disait la vérité quant à sa lignée, il avait la tache blanche sur son épaule.

Le dieu de la guerre pousse une exclamation moqueuse.

— Ah ! Leur ancêtre Tantale ne pouvait pas mieux faire pour qu'on identifie chacun de ses rejetons ! J'y étais, à son banquet donné en l'honneur de notre père, Zeus, avec les Douze ! Tantale n'avait pas prévu assez de nourriture, alors il a tué son propre fils Pélops, l'a découpé en morceaux et il nous l'a servi, rôti. Ce fou pensait qu'on ne s'en rendrait pas compte, mais c'était mal connaître les Olympiens. On a tous recraché avec dégoût son plat, sauf Déméter. Elle a avalé l'épaule droite de Pélops, trop occupée à penser à sa fille, Perséphone, qui venait tout juste de disparaître. Déméter ignorait bien que son voisin de table, Hadès, y était pour quelque chose. Il est passé en coup de vent, prétextant un surplus de travail alors qu'en fait, il se la coulait douce aux Enfers avec Perséchou.

J'opine de la tête, remettant les événements en ordre dans ma tête.

— Alors Zeus a puni Tantale et quand il a voulu réassembler les morceaux de Pélops pour lui rendre vie, il manquait l'épaule droite, dis-je.

— Oui. Remplacée par une épaule en ivoire. D'où la tache blanche sur ces fils de chiens.

S'il y a bien une chose que mon père déteste, c'est qu'on lui rappelle sa plus grande défaite : celle de Troie. On soutenait les Troyens avec notre mère Aphrodite, face aux Grecs conduits par Héra et Athéna, et par deux Atrides, Agamemnon et Ménélas[1].

— Il te voulait quoi ?

— S'assurer que Tantale ne bougera pas du Tartare.

— Il ne manquerait plus que ça, commente mon père en buvant son ouzo.

Je garde le silence une poignée de secondes avant de reprendre, de plus en plus titillé par un détail.

— Mais… est-ce que ce serait pourtant possible ?

Le dieu de la guerre me dévisage, surpris.

— Je veux dire que les prisonniers du Tartare sont là-bas uniquement sur décision de Zeus. Mais maintenant qu'il n'est plus le maître, est-ce qu'il ne faudrait pas juger à nouveau tout ce petit monde pour asseoir la punition ? Est-ce que le Tartare ne va pas… péricliter ? En est-on certain ?

Cette fois, l'inquiétude envahit l'expression goguenarde de mon père.

— La cage en bronze olympien qui retient Zeus ne fléchira pas puisque ce sont les trois reines qui règnent à présent, poursuis-je. Mais les châtiments qui tiennent Tantale, Sisyphe, Prométhée, les Titans renégats, les Géants… sont-ils encore infaillibles ? Peut-être que d'une manière ou

---

1. *Note de Mnémosyne, Titanide de la mémoire.* N'hésite pas à consulter l'annexe sur la Lignée des Atrides en début de livre.

d'une autre, les Atrides ont fini par ressentir la menace de leur ancêtre Tantale sur eux et qu'ils craignent son retour ?

Mon père s'enfile le verre entier.

— Tu as le don de faire peur, plaisante-t-il à moitié.

Je souris, confus de plonger mon entourage dans mes angoisses.

— Ou peut-être que je m'ennuie au point d'inventer des problèmes !

— Ne sous-estime pas ton instinct. Il faudra en parler aux reines.

— Deimos leur a porté l'affaire. Il me tiendra au courant de la suite.

Mon père pince ses lèvres.

— Et ça te convient comme situation ? suspecte-t-il.

Je me redresse, devinant où il veut en venir.

— Je n'envie pas la place de mon frère.

— Mais tu t'ennuies.

— Au point où j'ai confié mon dossier à l'agence d'Éros et de Méroé sans réellement le vouloir, marmonné-je avec un soupir.

Mon père retrouve le sourire.

— Une femme, ça occupe.

Je le scrute d'un œil critique.

— On ne se case pas parce qu'on s'ennuie, il n'y a rien de sain là-dedans.

— Tu peux aussi passer du bon temps, sans responsabilité.

Il pose sa main sur mon épaule.

— Tu es le fils d'Aphrodite et d'Arès, crois-moi, tu n'auras qu'à te baisser.

La vantardise, c'est bien un truc qui le caractérise, ça. Et si je lance mon père sur ce sujet, ma mère prendra le relai sans réfléchir. Changeons de voie, vite !

— Tu crois qu'il y a d'autres lignées de héros encore actives ? Achille a eu Néoptolème, Néoptolème a eu des enfants il me semble, et ensuite ?

Arès s'appuie contre la rambarde en pierre et croise les bras.

— On dit qu'Alexandre le Grand descendait d'Achille et de Néoptolème, mais l'unique enfant du roi macédonien n'a pas survécu. J'ignore si Néoptolème a donné d'autres lignées qui ont perduré.

— Il n'y a plus eu de demi-dieu ou de demi-déesse depuis longtemps ?

— Depuis *très* longtemps. Exception faite de bébé Médée, mais sa mère n'est pas une simple mortelle.

— Phobos !

La voix de ma mère surgit depuis les ouvertures de la villa. La déesse de l'amour et de la beauté s'avance vers nous, le pas pressé. Sa chevelure brune virevolte sur ses épaules. Elle porte encore son péplos blanc de reine et ses parures d'or. Enfants, Deimos était celui qui fuyait le plus ses câlins, moi, je les appréciais. Pas autant qu'Éros et Antéros, mais c'était important pour moi de savoir que je ne faisais pas fuir tout le monde. Alors, lorsque ma mère arrive auprès de moi, je me laisse enlacer quelques secondes.

— Comment vas-tu ?

Avant même que je puisse répondre, mon père me coupe l'herbe sous le pied.

— Phobos a toqué à la porte de Méros.

Ma mère me fixe, les yeux ronds.

— Tu veux trouver une compagne ?

— Je n'irai pas plus loin avec Méros, ils n'ont que des sorcières dans leur catalogue, et elles sont autant sujettes que les humaines à me craindre.

Et ce que je n'ajoute pas à voix haute, c'est que Petit Bao me fait toujours me sentir mal. Je déteste ce que je ressens quand elle est dans les parages, à être le témoin impuissant de la peur que j'éveille en elle.

— Il y a des sorcières comme Ella, réplique ma mère.

— Je ne veux pas une « Ella ».

Ma mère se met à se balancer sur ses pieds, des talons aux pointes.

— Mais tu cherches quand même ? Parce que, moi, je peux te dénicher une perle rare sur l'Olympe et on organise un mariage royal au palais dans l'année !

Des étoiles plein les yeux, elle scrute la moindre de mes réactions. De mon côté, j'en conclus que ma mère est pire – bien pire – que mon frère et Méroé. Je lève les yeux sur mon père qui *savoure* l'instant. C'est le signal du départ.

— Bon, eh bien, je vais vous laisser…

— Attends, Phobos, attends, on doit discuter de potentielles prétendantes ! Tu es entre de bonnes mains ! s'emballe la déesse de la séduction. Je n'ai rien eu à dire pour Deimos, ni pour Éros, ni pour Antéros, et je ne parle pas du mariage de ta sœur qui m'est resté en travers de la gorge, alors crois-moi, le tien, je ne vais pas le louper !

Par tous les fleuves des Enfers, j'ai réveillé un monstre…

— Papa, maman, bonne soirée.

— Arès, retiens ton fils, on doit lui parler !

— À la prochaine ! m'exclamé-je en m'éclipsant.

J'atterris sur le rocher au large de Cythère. Notre refuge d'enfance, au milieu de la mer, avec la villa au loin. Pas envie de rentrer à New York, pas tout de suite. Je vais laisser Deimos et Ella mener leur vie de famille, ils n'ont pas besoin de moi. Je m'assieds sur un rocher, près de l'unique arbre qui est parvenu à pousser là, sors une cigarette au laurier d'Apollon et au dictame de Crète, et la fume très lentement.

— Besoin de compagnie ?

La voix de Deimos ne m'étonne pas.

— Ella ne t'attend pas ?

Il prend place à côté de moi.

— Ella comprend. J'ai senti que tu étais là, je suis venu. Aucun de nous ne reste seul ici, c'est la règle.

Il sort une cigarette de son côté et je n'ai même pas besoin d'expliquer pourquoi je me suis isolé. Pas besoin de développements détaillés entre nous. Je craignais de ne plus retrouver ces instants précieux que nous partagions à chaque heure du jour et de la nuit, et finalement, ils existent encore. Je me laisse bercer par le bruit soyeux de la mer et l'odeur des embruns, mêlée à celle de nos cigarettes. Et puis, toujours aussi taraudé par mes questionnements actuels, je me tourne vers mon frère.

— Tu ne regrettes pas les temps anciens, Deimos ? Si tu pouvais revivre la guerre de Troie, tu le ferais ?

Son œil noir s'assombrit alors qu'il semble en pleine réflexion. Il hésite. J'ignore si c'est pour ne pas me contrarier ou parce qu'il se pose réellement la question. Cela dit, il finit par afficher un sourire complice.

— Peut-être bien. Uniquement pour rappeler à tous que le plus inquiétant sur les champs de bataille n'a jamais été moi, mais toi, Phobos.

Je souris, amusé du souvenir qu'il ramène du fond des âges.

— « Tout le monde craint la Terreur en oubliant qu'elle ne dure qu'un instant… », entame Deimos.

— « Personne ne songe à la Peur qui s'insinue en chacun, ruinant les os des guerriers les plus braves », terminé-je.

Mon frère partage ma nostalgie, mais elle demeure moins ancrée en lui qu'en moi.

— Personne, à part père ou moi, ne pouvait t'approcher, et encore…, se remémore Deimos. Tu étais imprudent, susceptible et féroce.

— C'était une autre époque, soupiré-je, un demi-sourire aux lèvres.

— Une tout autre vie, Phobos.

# CHAPITRE V

**PASIPHAÉ**

Pandore fait défiler les photos de chats sur l'écran de son portable, blottie à côté de moi sur mon canapé. Le milieu de l'après-midi est pluvieux à Springfall, le temps parfait pour trouver le compagnon félin idéal sur Adopteunchatounet.org. La technologie humaine ne m'attire pas plus que ça, contrairement à Méroé qui a foncé tête baissée sur les téléphones. Je ne vois pas tellement l'intérêt de ces appareils chronophages. Tout ce dont j'ai besoin est auprès de moi, comme pour beaucoup de sorcières. Le système de capsules envoyées par tube pneumatique d'Hermès s'avère plus utile à mes yeux lorsqu'il faut contacter quelqu'un d'éloigné.

— Oh là làà, il est trop mignon, luiii, m'extasié-je devant un chat roux.

Pandore, qui a suivi la mode de Méroé avec joie, déroule le détail de l'animal qui vient de me taper dans l'œil comme à peu près les dix-huit précédents.

— Houdini a été secouru il y a trois mois après avoir été maltraité par ses anciens maîtres, lit-elle. Il a environ deux ans et aime rester seul dans son coin apparemment. Il lui faudra du temps pour s'ouvrir à toi.

Les yeux noirs de la petite sœur d'Endora me fixent avec calme même si ça va faire deux heures qu'on est là. À chaque fois, je *crushe* sur un chat, et à chaque fois je prends peur dès qu'il s'agit de déposer un dossier pour l'adopter. Et si je n'étais pas assez responsable ? Et s'il ne m'aimait pas ? La plupart ont connu des situations difficiles, je ne sais pas si je suis faite pour recueillir un être malmené par la vie…

— Pasiphaé, tu vas *encore* me dire « finalement non » ? soupire Pandore en levant les yeux au ciel.

J'arrive au bout de sa patience d'ange.

— Mais imagine qu'Houdini soit malheureux avec moi, après tout ce qu'il vient de traverser ?

— Je doute que tu fasses pire que ses anciens propriétaires.

Je me ronge les ongles, perdue dans mes choix. Je veux tellement un chat mais j'ai tellement peur de ne pas savoir y faire.

— Tu crois qu'on peut le garder dans le… « panier », là, le temps de réfléchir un peu ?

Pandore se redresse, indignée.

— Tu n'es pas en train d'acheter une cafetière, mais d'adopter un animal.

Je m'affaisse contre le dossier en ruminant des « tu as raison, pardon ». Pandore met en veille son téléphone et se lève. Elle a ramassé ses longs cheveux rose en chignon et a enfilé le même hoodie qu'au dernier rassemblement. C'est dans la poche avant de son vêtement qu'elle fourre téléphone et mains avant de tourner en rond sur mon tapis.

— Pasi, il va falloir que tu prennes un jour des risques. Je sais qu'on aime le confort de notre petite ville et de notre Clairière, et je ne te demande pas de parcourir le monde mais d'au moins faire quelque chose d'imprévisible, d'un peu fou, de dangereux. Tu découvriras peut-être que tu as bien plus d'assurance et de courage en toi que tu ne le crois.

Je dévisage la petite Pandore plus si gamine, les yeux ronds. Il n'y a pas de colère dans son ton, ni d'agacement, mais une réelle envie de me pousser hors de ma zone de confort. Elles le veulent toutes, Panthéa, Endora, Pandore et Méroé. Mais c'est plus fort que moi.

— Qu'as-tu fait dernièrement, à part lire à la bibliothèque et espérer un chat que tu ne prendras pas ? m'interroge-t-elle, mains dans le dos, jambes écartées, telle une générale sur un champ de bataille.

Je réfléchis à toute vitesse.

— Euh, j'ai pris un café avec un dieu très sympa, réponds-je, plutôt fière de moi.

— C'est vrai ? s'étonne-t-elle avec un large sourire. Avec Phobos ?

*Q-que… Hein ?*

— Mais non ! Pas avec lui ! m'exclamé-je, le feu aux joues. Vous allez arrêter avec ça !

— Ben, avec qui ?

Je ravale mon souffle et ma salive. C'est sûr, elle ne va pas m'épargner en entendant ma réponse.

— Avec Kyamites.

Pandore garde le silence sans sourciller.

— Qui ? finit-elle par dire.

— Le dieu des haricots qui a empêché une terrible famine.

Elle esquisse un sourire moqueur que je réprime d'un grognement. Alors elle lève les mains pour s'excuser.

— Et tu l'as revu depuis ? Vous avez un autre rendez-vous ? Est-ce que tu vas l'emmener dans ta chambre de vieille fille à chat ?

— Hé ! m'insurgé-je.

Pandore ricane sans méchanceté. Elle a toujours été comme ça, taquine. Kyamites m'a bien invitée à lui écrire dès que je le souhaiterais mais quelques jours ont passé sans que je n'en fasse rien. Pourtant, j'ai apprécié notre tête-à-tête. Il était sincère et réconfortant. Mais… je n'éprouve pas l'envie d'aller plus loin. Ni même d'aller réclamer la fameuse boussole d'amour pour tenter d'y voir plus clair.

— Non, non et non, réponds-je alors.

— Pasiiiii, soupire Pandore en reprenant place près de moi.

Elle m'enlace et pose sa tête sur mon épaule.

— Depuis que ma mère nous a quittées, Panthéa et toi, vous êtes comme Endora pour moi, mes grandes sœurs chéries. C'est pour ça que je ne voudrais pas que tu passes à côté de plein de choses. Si rester ici, dans ton cocon, te convient en tout point, alors ne change rien. Mais si jamais tu désires plus, vas-y. On n'a qu'une seule vie, il faut en prendre soin.

Mon cœur se serre à ses paroles. *Si elle savait…*

Je la blottis contre moi.

— Tu as raison, on n'a qu'une vie.

On demeure ainsi une poignée de minutes avant que Pandore se redresse.

— Bon, allez, j'ai promis à Endora de lui ramener une *ginger beer* en revenant à la maison, je ne vais pas la faire plus attendre.

— Tu l'embrasseras pour moi ?

— Plutôt deux fois qu'une, répond-elle avec un sourire.

Elle attrape sa besace déposée dans un coin et se dirige jusqu'à ma porte avant de s'immobiliser. Elle pose une main sur son flanc avec une grimace.

— Pandore ? Tout va bien ?

— Oui, ce n'est rien, un point de côté, dit-elle. À force de te réprimander.

— Épargne-moi, tu t'épargneras, grommelé-je.

Elle se met à rire en se massant le flanc, plus détendue.

— Cette fois, j'y vais. Et n'oublie pas, un grain de folie ! Houdini ou Kyamites ! lance-t-elle avant de sortir.

Je pousse un soupir, les idées curieusement un poil plus claires. Je remets les coussins du canapé en ordre et lave les mugs dont nous nous sommes servis pour savourer un chocolat chaud.

Pandore a raison. Et j'ai le grain de folie idéal sous la main. Je pourrais aller sur l'Olympe et demander la boussole. Si elle me mène à Kyamites, parfait ! Je lui proposerai un nouveau rendez-vous, de la crainte en moins. Sinon, elle m'ouvrira une nouvelle voie et moi seule déciderai si je la poursuis ou non. Mais au moins, j'aurais fait quelque chose d'inattendu et de courageux – à mon échelle.

Je quitte mon jogging et mon pull pour enfiler une robe longue, couleur bordeaux, tapissée de minuscules cercles dorés. J'enroule une écharpe de laine moutarde autour de mon cou, m'équipe de bottines et de ma petite sacoche en cuir dans laquelle je garde toujours un ensemble d'herbes utiles selon la situation. Puis, je sors le rouleau fermé par la lanière végétale que Méroé m'a confié.

Si je ne l'ai pas utilisé, ce n'est pas seulement à cause de mon incertitude niveau sentiments, mais aussi à cause de l'Olympe sur laquelle je dois me rendre pour la suite. Dans ma tête, cet endroit est associé à la terrible bataille contre Zeus et aux drames qui en ont découlé. Je ne veux pas revivre ces moments déchirants. C'est pour cela que je garde avec moi ces quelques herbes, pour m'assurer que quoi qu'il arrive là-haut, j'ai de quoi soigner. Même si ça ne sert à rien.

Lorsque je suis prête à partir, ma main gauche se met à nouveau à trembler tant l'appréhension est grande. Mais je ne peux pas déjà reculer ! Je retire la plume d'Hermès du rouleau et focalise mes pensées sur le séjour céleste des dieux.

Un tourbillon m'aspire d'un coup. Durant deux ou trois secondes, tout virevolte autour de moi, puis tout se stabilise. Les poings fermés et les paupières closes, j'attends de retrouver mon équilibre pour me détendre. J'entrouvre les yeux et la lumière éclatante de l'Olympe m'aveugle. Le temps de m'accoutumer à l'atmosphère divine qui m'entoure, et je me redresse. La plume disparaît, son usage est unique. J'en retrouverai une ici, pour le retour, il y en a toujours à disposition pour les sorcières, à présent.

La peur vibrante au ventre, le cœur battant à toute vitesse, les dents qui s'entrechoquent, je finis par tourner sur moi-même… et constater que tout a bien changé en deux années. La bataille avait ruiné la grande place centrale, les demeures à peine reconstruites avaient été éventrées, les automates avaient créé des murs entiers de métal inanimé, les arbres et les buissons avaient brûlé, tout était à refaire. Encore une fois.

Aujourd'hui, la place est rutilante. L'immense mosaïque ronde qui en pare le centre représente les trois reines olympiennes, Héra, Athéna et Aphrodite, en tenue d'apparat : la première avec un paon à ses pieds, aux plumes mouvantes, son diadème doré recouvert de pierres précieuses ornant sa tête avec splendeur ; la seconde armée de son casque et de sa lance, l'égide blanche à la tête de gorgone sur les épaules, une statuette semblable à elle-même posée au creux de sa main ; et la troisième dans toute sa magnificence, vêtue d'un péplos rouge ceinturé d'une bande de tissu avec un fermoir en or en forme de nœud à la taille. Leurs tenues et leurs chevelures bougent à la moindre brise, par enchantement. L'or flamboie comme si de réelles flammes le parcouraient. Un spectacle à couper le souffle !

L'Olympe rayonne à nouveau. Le palais de Zeus est devenu uniquement le siège du pouvoir. Exit les aigles et les éclairs autrefois omniprésents, exit toute mention de « Douze » dieux, tous et toutes sont à égalité sous l'égide des trois reines dont les attributs sont mis à l'honneur à travers des statues, des plantes, des animaux… J'avais un souvenir très figé de cet endroit, très minéral et métallique. À présent, même si les bâtiments demeurent en pierre peinte, l'organique s'est emparé de la place. Des fontaines d'eau et de vins ornent les routes, des arbres fruitiers offrent leur production aux passants – il n'y a qu'à lever la main –, une foule de divinités et de créatures circulent sans plus aucune sélection à l'entrée.

Cette vision colorée et joyeuse me détend. C'est comme si aucune bataille n'avait eu lieu. Les reines ont fait table rase. De nouvelles plateformes de nuages et de pierres, d'armatures métalliques sortant directement des forges du sous-sol, sont en train d'apparaître, agrandissant l'endroit et permettant à bien plus d'êtres divins de trouver un foyer ici.

Je me décide enfin à bouger, enchantée. J'aperçois, au loin et en hauteur, une nuée qui abrite la Sphinge. La créature, massive, vole dans les airs en toute liberté avant de rouler sur la surface cotonneuse de son abri. Plus bas, au bout d'un escalier sinueux qui s'enfonce dans l'ombre de la plateforme palatiale, je reconnais la prison. Une sorte de cube doré, en bronze olympien. Elle est encore utile car elle retient Apollon, en attente de son jugement pour avoir prêté main forte à Zeus.

Je m'en détourne pour ne pas risquer de plonger dans une angoisse qui m'échappe pour le moment. Je me dirige plutôt vers la vaste agora en pleins travaux. La place du marché est en ébullition. De nombreux dieux et déesses ont décidé de s'investir dans une occupation qui leur ressemble, exactement comme Éros et son projet de succursale Méros sur l'Olympe. Alors que je l'aperçois un peu plus loin, devisant avec Psyché sur la devanture bien plus grande et fantasque que celle de Méroé à Springfall, je jette un œil ici et là, curieuse de savoir ce que nous pourrons bientôt découvrir. Finalement, ce ne sera pas si mal de se balader dans le coin, de boire un café dans l'immense Emporium des Enfers que la boulangère Géras est en train de bâtir, ou bien dans la Taverne de Didi, un bar-club – si je comprends bien – que Dionysos fait construire à deux pas. Rhapso va ouvrir sa boutique de couture, du sur-mesure de luxe. Et on pourra même s'amuser dans la boutique d'Ananké, liseuse de bonne aventure.

Je m'approche d'Éros et Psyché, occupés à admirer la statue du dieu de l'amour près de l'entrée, arc bandé, flèche dirigée vers le visiteur. Ça doit paraître évident pour eux que le message sous-jacent est : « Ici, l'amour vous touchera », mais de mon côté je le trouve plutôt menaçant. Le rose pastel des colonnes qui composent le portique d'entrée est très joli, mais alors le cœur en verre rouge, énorme, qui fait office de grosse lanterne pendue au-dessus de la porte, me donne plutôt envie de sourire avec cynisme. En constatant tout ce déballage, je comprends mieux que l'appellation « boussole d'amour » soit évidente pour Éros.

Intimidée par la beauté mirobolante de ces deux êtres, aux mêmes cheveux noirs, au même teint mat et aux yeux sombres comme deux billes de jais, je toussote derrière eux, une poussée d'adrénaline me montant soudain à la tête. Le dieu de l'amour et la déesse de l'âme pivotent vers moi et conservent leur sourire conquis.

— Une sorcière ! s'enchante Psyché.

J'ai croisé deux ou trois fois Éros, mais jamais sa compagne. Pas étonnant qu'elle m'identifie tout de suite. On n'a pas de particularités physiques reconnaissables, mais pour la reine de la mode qu'est Psyché – selon les dires de Méroé et de ses sœurs –, c'est un jeu d'enfant de déduire notre nature à travers notre dégaine, notre allure et ce que nous dégageons.

— Pasiphaé, n'est-ce pas ? ajoute le dieu de l'amour.

— Oui, c'est bien moi, confirmé-je, réservée.

— Méroé m'a prévenu que tu passerais nous voir un de ces jours. Tu t'es décidée ?

À partir du moment où je vais dire oui, je vais en entendre parler toute ma vie. Méroé ne va pas se gêner, Panthéa et Endora le sauront très vite, et Pandore se roulera par terre de rire jusqu'à la fin des temps.

Embarrassée au possible, je hoche la tête sans perdre mon sourire de façade.

— Alors, suis-nous.

Malheur ! On va entrer dans le temple de Méros ! Je passe sous la statue et sa flèche pointée sur moi me file des frissons. Une fois à l'intérieur, je suis plutôt surprise de remarquer que l'organisation de l'espace est la même qu'à la boutique terrestre de Méroé : d'un côté, un coin détente pour siroter une boisson sur une belle banquette rembourrée de rouge grenat, de l'autre, un bureau gracieux tout en bois. Un meuble à casiers sans porte recouvre le pan entier du mur du fond pour y caler les dossiers.

— Montre-lui le ruban, prie Psyché, les mains sur la bouche, excitée.

Je crains le pire. C'était bien trop sobre pour être vrai.

Éros s'électrifie. Il s'avance au centre de la grande pièce spacieuse, déploie ses ailes et décolle à mi-hauteur pour attraper un ruban pendu au plafond. Je ne l'avais même pas remarqué. Psyché pose délicatement ses mains sur mes épaules et me guide près du dieu qui redescend avec cérémonie.

— Dès qu'une âme aura trouvé sa sœur, elle viendra là, à ta place, et elle tirera sur la corde. Vas-y !

J'ai une seconde d'hésitation avant de me résoudre à donner un coup sec sur le ruban. Un « *poc !* » retentit là-haut et une pluie de confettis rouges et dorés s'éparpille, accompagnée d'étincelles tourbillonnantes et de feux d'artifice qui illuminent le plafond. Une banderole me tombe dessus avec une inscription en grosses lettres roses à paillettes : « FÉLICITATIONS ! TU AS TROUVÉ LE VÉRITABLE AMOUR ! » Psyché et Éros applaudissent, emballés. J'aimerais éclater de rire mais je demeure confuse. Comme je suis partagée entre la moquerie et la culpabilité d'en éprouver – ces deux dieux sont des crèmes, si adorables ! –, je souris avec nervosité tout en hochant la tête.

— Alors ? s'enquiert Éros avec son assurance de malade.

Je déplie mon écharpe pour en faire tomber les confettis. Psyché, avec sa douceur innée, passe sa main délicate dans mes cheveux pour m'aider.

— C'est, euh… wouah, bredouillé-je.

— Peut-être qu'il faudra faire quelque chose pour ne pas perdre la candidate sous notre effet festif, tempère Psyché.

Éros hoche la tête, lui concédant ce point. Il ouvre un coffre planqué parmi ses casiers du fond et revient vers moi, une expression mystérieuse au visage.

— Je te sens sceptique, mais avec *ça*, crois-moi, tu apprécieras les confettis à la fin, Pasiphaé.

Il me dévoile un petit cadran en bois circulaire qui abrite, sous son verre, une aiguille qui tourne sans cesse. La fameuse boussole d'amour.

— Méroé t'a expliqué comment elle fonctionne ?

J'opine de la tête.

— Concrètement, qu'est-ce qu'elle va faire ? murmuré-je, un reste de crainte au fond de la voix.

— Ouvrir un chemin, rien de plus.

— Mais si je l'actionne d'ici, est-ce que ce n'est pas dangereux ? Est-ce que je vais atterrir sur Terre comme un œuf qui s'écrase ? Est-ce que je dois juste suivre la direction que va m'indiquer l'aiguille ?

Éros se mordille la lèvre.

Oh par Hécate, ni lui ni Méroé ne savent exactement ce qu'il va se passer !

— Quoi qu'il en soit, le sort et la boussole ne sont en aucun cas faits pour te mettre en danger.

J'acquiesce. OK. Allez, Pandore sera fière de moi et j'aurai une réponse. Éros me tend une plume d'Hermès pour rentrer chez moi : il sent que j'hésite encore un peu et me propose, sans le formuler, que je tente depuis mon appartement, là où je me sentirai en sécurité. Alors que j'esquisse le geste pour saisir la plume, Éros me livre un dernier conseil.

— Laisse parler ton cœur, il ne se trompe jamais.

Venant du dieu de l'amour, celui qui comprend et voit tout dans ces affaires sentimentales si obscures pour moi, ces paroles m'emplissent de confiance. Je saisis la plume d'Hermès et rentre chez moi.

Une fois dans mon salon, je tourne en rond. Il est près de 19 heures. Je n'ai plus qu'à réciter la formule, la boussole à la main, et pourtant je me suis demandé dix fois si je devais me changer, me préparer à partir loin ou à reporter à demain. Kyamites vit aux Enfers, je vais peut-être m'y retrouver d'un coup !

— Allez, Pasiphaé, du courage !

Je prends la boussole d'amour au creux de la main et déroule le papier de Méroé pour réciter le sort :

— *Guide-moi sur la route d'Éros et de Méroé, emmène-moi auprès de celle ou celui que je pourrais aimer. Guide-moi sur la route d'Éros et de Méroé, emmène-moi auprès de celle ou celui que je pourrais aimer…*

Et alors que mon cœur s'emballe et que je guette tous les signes avant-coureurs autour de moi, l'aiguille se met à tourner à toute vitesse, au point de faire trembler le cadran. Le mouvement est si rapide que je la perds de vue et qu'un vertige me saisit. Un haut-le-cœur me fait reculer d'un pas. J'aimerais relâcher la boussole, mais impossible ! Elle m'accapare la main et les doigts, et se met soudain à m'aspirer le visage. Je voudrais hurler, mais tous mes os se contorsionnent sans aucune douleur pour me faire entrer de force dans un minuscule et très puissant tourbillon provoqué par l'aiguille.

En un clin d'œil, je disparais.

# CHAPITRE VI

**PHOBOS**

Deimos est finalement passé me donner des nouvelles de l'Olympe. Toutes mes angoisses ont fait mouche. Les reines craignent à leur tour que le Tartare soit branlant. Hadès et Perséphone n'ont rien signalé mais ils passent rarement dans la prison de haute sécurité, surtout depuis que Zeus y est enfermé. Némésis, déesse des châtiments, avait pris l'habitude d'y aller tous les jours, seulement pour voir Méduse, sa compagne, lorsqu'elle était prisonnière là-bas. Ce n'est plus le cas à présent. Alors les reines m'ont chargé d'une visite de routine.

Éris, déesse de la discorde à la peau écarlate et aux ailes gris cendres, m'accompagne. J'ai pu inspecter le pont sur la lave encore solide, les grandes portes de Poséidon actionnées par les Hécatonchires – que j'ai examinées en détail, puisque Poséidon est retenu dans son palais sous la mer et que, donc, son aura dépérit – et les murs du fort construit par Hadès et placé sous son pouvoir. Rien à signaler pour le moment.

— Ce serait étonnant qu'il se passe quoi que ce soit, grommelle Éris. On s'ennuie grave, ici-bas.

Je ne vais pas la contredire. Éris a bien provoqué la guerre de Troie en balançant une pomme d'or au milieu d'un banquet de divinités, déchaînant leur fierté au point d'embraser le monde des humains, parce qu'elle tournait en rond.

On descend l'escalier qui plonge dans les entrailles des Enfers. Le Tartare nous apparaît enfin, vaste et profond, sans ciel et sans fin. Des nuances de gris et de noir à perte de vue, des odeurs de soufre et de mort partout autour de nous, tout est conditionné pour faire dépérir lentement les esprits. On suit l'unique route droite qui mène à plusieurs lieux de châtiment, chacun d'entre eux étant isolé de tous, au loin, dans une solitude qui détruit à petit feu. J'aperçois Sisyphe qui pousse son rocher inlassablement jusqu'en haut de la montagne avant que la pierre ne roule en bas sans jamais atteindre le sommet.

Je serais presque curieux de voir Zeus, alors qu'on dépasse le champ de terre, de cendres et de flaques de poix qui entoure la fosse dans laquelle se trouve sa cage, mais cette perspective me noue trop durement l'estomac. Éris n'y prête aucune attention de son côté. On se dirige vers Tantale à défaut de remarquer quoi que ce soit d'étrange ou d'inquiétant.

Au bout d'une longue marche, Éris me guide en dehors du chemin et on s'enfonce dans un étroit passage entre deux falaises. On débouche sur les berges d'une mare peu profonde, cernée de parois rocheuses quasi verticales et noires. Une lumière irréelle baigne l'endroit et éclaire la silhouette d'un homme décharné, debout au milieu de l'eau qui lui arrive aux épaules. Juste au-dessus de lui, une branche tombe du haut de l'escarpement et semble lui proposer une poire pulpeuse, d'un vert sucré et brillant. Il n'aurait qu'à tendre la main, si elle ne s'échappait pas chaque fois qu'il le tentait.

— Et voilà Tantale, annonce d'un ton plat Éris, bras croisés. Ça fait des siècles qu'il ne tente plus rien et qu'il reste là, à nous tourner le dos.

J'ai beau être le dieu de la peur, cette situation désespérante me fait froid dans le dos. Voir cette chevelure grise, presque blanche, mi-longue, retomber sur cette nuque si maigre que l'on peut en décompter les vertèbres, réveille en moi un sentiment à la fois de dégoût et de compassion.

— Bon, je pense qu'on a tout vu, déclare Éris comme une injonction à rentrer sans discuter.

— Oui, j'en ai bien l'impression…

Tantale se met à bouger, me coupant dans ma phrase. Il pivote et chaque fois que son visage bouge, l'eau s'écarte de son menton. Je m'attends à le voir tenter de boire ou de manger, mais non. Il se contente de nous fixer de ses yeux creux et vidés de tout.

— Ah, il veut peut-être dire bonjour, soupire Éris qui se réjouissait de rentrer. Coucou Tantale ! Fils de Zeus ! Sans vouloir t'offenser, Phobos.

Elle corrige vite car « fils de Zeus » est une insulte aux Enfers.

— Pas de souci. Tantale est mon oncle, mais je ne l'ai pas vraiment connu. Et puis, il a servi son propre fils en dîner.

— Eh bah oui, Tantale, c'est pas bien, ça ! poursuit-elle d'une voix forte. On ne mange pas ses enfants !

L'ombre, sans afficher aucune expression, lève un bras dont on ne voit que les os.

— C'est ça, essaie toujours, marmonne la déesse de la discorde. Va attraper la p…

Éris s'interrompt. Les lèvres de Tantale s'étirent. Il sourit. Au point de dévoiler des dents grisâtres et longues. Un rictus d'une cruauté qui me soulève l'estomac. Il déploie ses doigts et, du bout de l'ongle de son index, gratte la peau de la poire qui ne s'est pas élevée suffisamment pour ne pas être touchée.

Ce simple geste, d'une impossibilité parfaite depuis sa condamnation, éveille en moi un déchaînement d'énergie qui assouvit tous mes doutes. Tantale ne peut toujours pas attraper le fruit, mais il l'a touché ! Et il nous le montre sciemment !

— Par tous les fleuves des Enfers ! souffle Éris en décroisant les bras.

— Je crois qu'on a tout vu, répliqué-je avant de faire demi-tour d'un pas rapide.

Éris me talonne et on traverse le passage à vive allure. Ses grandes ailes grises se détendent à la seconde où elle pose le pied sur l'unique route.

— On se rejoint aux portes du Tartare ?

J'acquiesce et m'éclipse alors qu'elle s'envole. On ne peut pas se téléporter à l'intérieur ou à l'extérieur du Tartare, tout le monde doit passer par les battants de Poséidon. On se retrouve donc là, et les Hécatonchires nous ouvrent.

— Putain, qu'est-ce que ça veut dire ? rugit la déesse infernale.

Je veux répondre mais les gonds des portes pourtant si bien huilés se mettent à grincer et ralentissent la fermeture derrière nous. Même les Hécatonchires paraissent estomaqués, leurs cent bras s'agitent pour forcer la clôture. Jamais encore un tel incident n'était arrivé.

On s'assure que le Tartare est bel et bien bouclé avant de passer le pont au-dessus de la lave.

— Et maintenant ? s'enquiert Éris.

On se met à marcher pour ne pas perdre de temps et pouvoir échanger.

— On donne l'alerte. Toi, tu préviens Hadès et Perséphone, moi, l'Olympe. Si Tantale parvient à prendre le fruit, son châtiment serait caduc et il pourrait s'échapper de prison. Sa propre descendance le redoute déjà.

— N'oublions pas que si cet endroit apprend quelque chose aux prisonniers, à tous sans exception, c'est la patience, devise Éris.

— Tu veux dire que Tantale a mis deux ans, depuis la chute de Zeus, pour seulement frôler la poire ?

— Ça nous laisserait un peu de temps encore avant qu'il s'en empare complètement.

*Pas faux.*

— Mais les portes ? Pourquoi maintenant ? Bizarre comme coïncidence, non ? Tout tombe en même temps, même l'avertissement des Atrides.

Éris paraît aussi troublée que moi. On se creuse la tête tout en laissant le Tartare disparaître derrière nous. J'avance, soulagé d'avoir raison. Mon instinct ne m'a pas abandonné. Et pourtant, je commence à regretter ces instants où je m'ennuyais.

Une douleur au cœur me stoppe net. Éris s'en aperçoit quelques pas plus tard. Elle fait demi-tour, impatiente.

— Ce n'est pas le moment de traîner ! s'agace-t-elle.

Je suis bien d'accord avec elle, mais il se passe quelque chose d'anormal. Je tente d'identifier ce serrement de poitrine qui me brusque de l'intérieur. C'est chaud et déchirant. Je pose mes mains sur mon cœur, paniqué. Et je panique rarement, autant le dire !

— Quelque chose change, déclaré-je.

C'est tout ce que je comprends, là, maintenant.

— Quoi ? Comment ça ?

— Quelque chose change ! Tu ne le sens pas ?

— Non, je ne sens rien !

Éris, déesse de la discorde, puissante et infaillible, *recule*. Mes pouvoirs débordent sans raison. Qu'est-ce qui m'arrive ? Tout est soudain si nébuleux… Non. Pas tout. Une évidence surgit. Aussi incongrue que rageante ! Il se passe quelque chose et cette foutue sorcière peureuse n'y est pas pour rien ! Un rush de sentiments contraires s'abat sur moi.

— Petit Bao, mais qu'est-ce que tu fous…

# CHAPITRE VII

**PASIPHAÉ**

Je me suis évanouie, je ne vois que ça. Je suis allongée sur un sol dur, une lumière brute perçant mes paupières. Étrange… La chaleur ambiante n'a rien à voir avec l'automne frais et humide de Springfall. Un coup de fièvre peut-être ? Je me redresse en grimaçant, mes paumes rencontrent de la terre, du gravillon et de la poussière. Je peine à ouvrir les yeux, saisie par une fatigue anormale. J'ai envie de vomir en plus.

Le soleil est aveuglant ! Je ne sais pas où je suis, mais ce n'est ni mon appartement, ni l'État de New York. Les Enfers ? Pas avec cette chaleur et cette luminosité jaune, ça ne ressemble pas aux récits des sorcières qui ont tenté l'expédition. Je suis assise sur un terrain battu, sec comme un coup de trique, avec quelques buissons morts dans un coin, des montagnes pelées au loin avec une poignée de cyprès et d'hêtres désolés.

On dirait un pays méditerranéen… Peut-être l'endroit qu'a choisi Kyamites pour implanter sa ferme de haricots. Ce ne serait pas mon premier choix, soit. Mais s'il a réussi à faire pousser ses cocos durant l'hiver divin ordonné par Déméter, alors il peut bien acclimater ses cultures ici.

Je me relève, m'époussète, soulagée d'avoir laissé mon écharpe chez moi, et scrute l'espace autour de moi. C'est d'une tristesse, ce coin ! Après avoir constaté que l'aiguille ne tournait plus du tout, je fourre la boussole dans ma sacoche et me mets en route, dépitée. Je vais bien finir par croiser une route tôt ou tard, si ce n'est le chemin de la personne « faite pour moi et qui vit en ermite dans un désert pareil ». Je traverse un paysage creusé de petits vallons, qui me demande de grimper et de descendre sans changer pour autant d'horizon.

Au bout de quelques minutes, j'aperçois deux silhouettes au loin, debout sur une butte de terre. Je m'immobilise et plisse les yeux pour tenter de voir si ces deux personnes vont pouvoir m'aider. Je les distingue à peine mais j'ai l'impression qu'elles sont tournées vers moi, alors j'agite les bras.

— Hé ho !

Aucun ne bouge. Sympa.

Des bruits de pas se font entendre derrière moi. Je jette un œil et sursaute. Deux hommes surgissent dans une tenue improbable : une chemise longue élimée et sale, une cuirasse en métal terne et rayé sur le torse, un casque antique à lamelles de bronze sur la tête, des lances dans une main, des boucliers cabossés dans l'autre.

J'en reste comme deux ronds de flan. Ils tournent un film dans le coin ? Le costume est super bien fait !

L'un des deux m'adresse la parole mais ses mots entrent par une oreille et ressortent par l'autre. Ils ne parlent pas du tout anglais. Ni même italien ou grec, comme j'aurais pu le croire au premier abord. Pourtant, des mots me paraissent familiers, mais c'est tellement inattendu que je recule d'un pas.

— Quoi ?

— Qui es-tu ? Que fais-tu ici ? répète l'homme d'un ton impatient.

Du grec ancien… ? Non, plus vieux encore. Du mycénien, la version antérieure du grec. J'en ai des notions parce que c'était l'une des langues parlées par Circé la Première. Comment deux types qui débarquent ici peuvent pratiquer cette langue ? Je suis tombée sur une reconstitution historique hyper pointue ? Je réponds comment ?

— Je me suis perdue, désolée si je tombe mal, réponds-je en grec moderne.

Ils vont peut-être changer de disque comme ça… Seulement voilà, ils ne semblent pas comprendre ce que je dis. Ils pointent même les lances vers moi.

— Es-tu envoyée par Troie ? Pour nous espionner ?

Quoi ? « Troie » ?

— Viens par-là, qu'on te regarde de plus près.

Même si j'étais au milieu d'universitaires paumés qui s'amuseraient, ce ton, ces mots et cette attitude ne me disent rien qui vaille. La peur me rattrape. Je regarde à nouveau en direction des deux silhouettes lointaines, elles n'ont pas bougé. Elles sont toujours plantées là-haut, à regarder dans ma direction. Je me sens donc… cernée.

— Allez, viens là, ma jolie, ajoute l'un des deux hommes en abaissant sa lance.

Comme ils constatent ma crainte, ils prennent la confiance.

La peur me paralyse très souvent – et je dois dire qu'elle atteint un summum en cet instant, alors que je ne comprends toujours pas ce qu'il se passe – mais ma magie ne me fait jamais défaut lorsqu'il s'agit de me défendre, mon instinct de survie est puissant. Le cœur battant et les jambes plantées dans le sol, je desserre mes poings et agite mes doigts.

— Ne t'approche pas de moi, lancé-je, d'une voix tremblante et dans sa langue.

Il se contente d'un sourire, sans s'arrêter pour autant. Après avoir porté secours à Méroé lorsque nous étions adolescentes, alors qu'un garçon plus âgé l'agressait, j'ai parfait ma technique de *self-defense*. J'ai abandonné les poings – ma force physique n'est pas mon meilleur atout – pour envoyer un sort bien plus efficace sur ce genre de bestiaux : le feu.

Je fais jaillir des flammes dans ma main et vise l'homme sans réfléchir davantage. La chemise élimée flambe immédiatement. Sa lance lui échappe, il se prend les pieds en reculant et chute avant de hurler et de se rouler par terre. Son camarade semble plus effrayé par mon action que par sa conséquence. Les yeux arrondis par l'horreur, il demeure d'abord muré dans le silence avant de se jeter auprès de son camarade pour tenter d'étouffer le feu.

J'éprouve rarement de la culpabilité dans des cas pareils, mais la peur demeure. Je dirais même qu'elle grandit d'une manière irrationnelle. Du coin de l'œil, j'aperçois l'une des deux silhouettes s'avancer dans notre direction avant de stopper. Impossible de la distinguer pour autant.

— Ils sont là ! s'écrient des voix.

D'autres hommes rejoignent les deux agresseurs. Il serait peut-être temps que je parte en courant et que j'appelle à l'aide. Ma main gauche vacille, mon pouls s'accélère, des sueurs glaciales me parcourent l'échine… Je ne pensais pas que ce sort de défense me pomperait autant d'énergie morale. J'ai conscience que la bataille de l'Olympe m'a marquée beaucoup plus durement que je ne l'aurais souhaité.

— Les Troyens arrivent, vite !

Ils aident les deux hommes à terre à se relever tout en me jetant des regards suspicieux.

— Allez ! Debout ! motive d'une voix plus ferme un guerrier en s'approchant.

Il porte son casque sous son bras, une épée à la taille. La peau assombrie par le soleil, les yeux bruns et calculateurs, les cheveux presque noirs – il me semble en tout cas, ils sont soit grisés par la poussière et la sueur collante, soit par l'âge –, il s'avance dans ma direction mais a la bonne idée, lui, de s'arrêter à quelques mètres. Son air est différent des autres, je dois bien le reconnaître, mais je ne lui accorderais tout de même pas ma confiance.

— Viens avec nous, magicienne, déclare-t-il en tendant la main. Tu seras sous ma protection, tu ne crains rien à mes côtés.

Il m'a vue jeter un sort de feu et ça n'a pas l'air de lui poser problème, contrairement à ses compagnons. « Magicienne », voilà un terme que je n'avais pas encore entendu tout en sachant qu'il a été employé à une certaine époque. Pour moi, c'est teinté de mystère, contrairement au « sorcière » d'aujourd'hui, plus terre à terre.

— Des archers ! prévient une voix, un peu plus loin.

Tous les regards se portent vers les deux silhouettes. Elles sont rejointes par d'autres qui semblent effectivement armées d'arcs et bander la corde.

Bon. Cette fois, ça suffit. Je détale de mon côté à toute vitesse.

— Attends ! lance l'homme en me rattrapant et en me saisissant le poignet.

— Lâche-moi, espèce de malade ! rugis-je en préparant un nouveau sort.

Mais pas le temps de le jeter. L'homme me plaque contre lui et élève son bouclier sur nous. Des pointes métalliques de flèches se plantent dans le bois plaqué de bronze au même instant, me faisant bondir contre le protecteur improvisé.

— Mais qu'est-ce qui se passe, bon sang ?! m'affolé-je.

L'homme abaisse sa défense et son regard, aguerri et pourtant inquiet, parcourt les hommes qui l'entourent. Ils ont l'air d'avoir réagi à temps, mais je remarque avec horreur que des flèches se sont fichées dans certaines cuisses et certains mollets. Du sang écarlate et crasseux dégouline le long des jambes et des gémissements se font entendre. Ils ne jouent pas la comédie, ça, j'en suis certaine.

J'ai le cœur au bord des lèvres. J'aimerais disparaître ! Je revois les sorcières blessées sur l'Olympe, les cris et les pleurs sur le corps de celles qui nous ont quittées…

— Retraite ! s'écrie l'homme en m'entraînant avec lui. Retraite !

Toute la troupe recule dans l'espoir d'éviter une seconde salve. Je me laisse porter, l'esprit bien trop agité. L'homme ne me moleste pas mais il me presse. Au bout de notre course, il grimpe sur ce qui ressemble à un char, un aurige tient les rênes, prêt à partir. Je monte à mon tour, les jambes flageolantes.

— Tiens-toi bien, me conseille-t-il.

Accroupie à ses pieds, je m'agrippe à la barre de fer posée sur l'avant de la nacelle. Les chevaux partent au galop, nous secouant dans tous les sens, soulevant un tel nuage de poussière à l'arrière que je ferme les yeux et plonge mon visage dans mes bras. On roule un long moment et peu à peu, les cris et les alertes s'estompent. Les chevaux ralentissent.

Je tente de faire le point, le souffle court. Ce n'est pas un tournage, c'est la réalité. Les blessures que j'ai vues ne sont pas simulées. Je suis dans un autre pays, oui, mais… je redoute déjà ce que je suis en train de supposer. Ai-je réellement voyagé dans le temps ? C'est possible, ça ? Ils parlent une langue bien trop ancienne pour qu'elle soit commune. Et tous ces objets qui m'entourent appartiennent à des musées, pas à la vie actuelle ! Cette boussole était censée « m'ouvrir une voie ». Est-ce qu'elle a pu m'envoyer dans le passé ? Mais pour quelle raison ? J'aime Homère et l'histoire ancienne, mais quand même… « Auprès de celui que je pourrais aimer », je m'attendais à un type gentil quelque part, pas à être catapultée sur un champ de bataille !

— Nous sommes arrivés, magicienne.

Le char s'est effectivement figé. Pourtant, je mets une longue minute à me sortir de mon apathie. Je n'ai pas signé pour ça, je ne veux pas vivre tout ça ! Il faut réfléchir à un contre-sort. Au moins, ma magie ne m'a pas quittée et si je veux me protéger, je dois mettre toutes mes chances de mon côté.

Observer, écouter, analyser.

Je lève la tête et attrape la main tendue qui m'aide à sortir du char. Mes jambes sont ankylosées à force d'être restées contractées dans cet espace étroit.

— Merci, dis-je d'une voix enrouée.

Je parcours le paysage du regard : une immense plage jonchée de vastes tentes solides, si j'en crois les gros pieux en bois plantés dans le sol ; des navires alignés, hors de l'eau, enfoncés jusqu'à mi-hauteur dans le sable à force d'être là ; une foule grouillante d'hommes, et même de femmes et d'enfants, d'animaux et notamment de chevaux et de chèvres.

Les soldats parlaient de Troie et des Troyens… Se pourrait-il que je sois en pleine guerre de Troie ? Du côté des Grecs qui campaient sur la plage, non loin de la Cité ? Ma respiration s'emballe. Une poussée d'excitation écarte ma peur. Je ne devrais pas ressentir une telle chose, il n'y a rien de *bien* dans cette situation ! Mais suis-je en train de voir de mes propres yeux ce que mon esprit a toujours imaginé en lisant ? C'est finalement acceptable comme idée, que mon amour de l'*Iliade* m'ait emmenée ici et non pas à un homme « fait pour moi ». J'ai toujours préféré lire Homère plutôt que de sortir prendre un café avec un type.

— Trouves-tu ce spectacle si fascinant que cela ? s'amuse l'inconnu.

Et si c'était vers lui que le sort m'avait guidée ? Bon, il doit bien avoir trente-cinq, quarante ans. Le soleil et les épreuves l'ont bien abîmé, mais il ne semble pas si méchant que cela. Pas du tout mon genre, cela dit.

— Un peu, je dois bien l'avouer, dis-je avec un mince sourire.

— Puis-je connaître ton nom ?

Ne pas trop m'éloigner de moi-même si je ne veux pas être coincée dans de multiples mensonges.

— Pasiphaé.

L'homme fronce les sourcils.

— Comme l'ancienne reine de Crête ?

Ah. Finalement, Pasiphaé la Première, sœur de Circé la Première, est encore dans les mémoires même si elle a disparu depuis longtemps. On retient surtout d'elle le fait d'avoir mis au monde le Minotaure et d'avoir gardé sous son aile le génie Dédale, bâtisseur du fameux labyrinthe. Elle est aussi la mère d'Ariane, la compagne de Dionysos.

L'homme en face de moi doit faire le lien puisqu'il me qualifie de magicienne.

— Comme l'ancienne reine de Crête, oui, confirmé-je sans m'étendre plus.

En réfléchissant bien, à cet instant précis, Circé la Première est sur son île, avec sa nièce Médée la Première. Les sorcières ne sont pas encore si connues que cela. On les évoque comme des magiciennes qui apparaissent ici et là, mais qui ne vivent pas encore ensemble, en communauté. Mon cœur s'emballe à nouveau. Je suis véritablement partagée entre l'effervescence et l'incrédulité.

Un homme accourt dans notre direction, juste vêtu de cette longue chemise qui tombe à mi-cuisses, sans armure.

— Ulysse ! Les Atrides t'attendent avec une grande nouvelle !

Je plaque mes mains sur ma bouche, un frisson d'excitation me remuant des pieds à la tête.

— Tu es Ulysse ? demandé-je en me donnant l'impression d'être une groupie.

L'homme sourit et incline la tête.

— Ulysse, roi d'Ithaque et serviteur des Achéens[2].

Ulysse ! Notre ancêtre ! Incroyable… Je n'en reviens pas !

Je glousse tant et si bien qu'il finit par me regarder de travers. Alors j'inspire et j'expire en essayant de tempérer mon émotion. Il n'est pas encore notre ancêtre, en vérité. Il n'a pas encore rencontré Circé la Première. L'île d'Aiaía est une étape de son *Odyssée*, son voyage de retour à Ithaque, lorsque la guerre de Troie sera finie. À l'heure qu'il est, seule la lignée de Médée la Première a été entamée.

---

2. *Note de Calliopé, muse de l'épopée et scénariste à Hollywood.* Précédemment, dans *La guerre de Troie* : tout commence lorsque la déesse de la discorde, Éris, lance une pomme d'or marquée de l'inscription « à la plus belle » et créée par Héphaïstos, au milieu d'Héra, d'Athéna et d'Aphrodite. Zeus décide que Pâris, le prince troyen, choisira l'élue. Ce dernier remet la Pomme de la Discorde à Aphrodite après qu'elle lui a promis en mariage la plus belle des femmes. Lors d'un voyage diplomatique à Sparte, Pâris rencontre Hélène et ils tombent éperdument amoureux l'un de l'autre. Hélène quitte son époux Ménélas et s'installe à Troie, déclenchant ainsi la fameuse guerre opposant une union de rois achéens (grecs) menés par Agamemnon et soutenus par Héra et Athéna, à la cité de Troie soutenue par Aphrodite. *Note de Mnémosyne, Titanide de la mémoire.* N'hésite pas à consulter l'annexe sur la guerre de Troie en début de livre !

— Avant que tu me suives sous la tente des rois, dis-moi qui tu es, Pasiphaé, et ce que tu viens faire là ? interroge-t-il, d'un ton moins sympathique.

Ulysse était peut-être malin et plus humain que beaucoup d'autres pour l'époque, il n'en restait pas moins un homme de pouvoir méfiant et parfois sans merci.

Bon. Restons calme. Si mes lectures m'ont bien appris une chose, c'est que la condition des femmes à cette époque-là n'était pas de tout repos. Cet homme m'a sauvée parce qu'il a été témoin de mon sort sur un champ de bataille. Les humains craignaient les dieux et le surnaturel, je vais surfer sur cette idée pour les tenir en respect. À ce moment-là, Hécate, ma déesse tutélaire, était une déesse infernale, proche d'Hadès et de Perséphone. Une déesse qui aidait les ombres à trouver le repos. Ma présence près d'un combat peut s'expliquer ainsi. Je peux m'apparenter à une prêtresse avec quelques dons.

— Je suis une servante d'Hécate. Je m'assurais du respect des morts lorsque tes deux hommes ont perturbé les rites.

Ulysse baisse la tête et acquiesce avec respect.

— Ils seront châtiés pour cela.

Je n'ai pas intérêt à paraître trop craintive, ni trop clémente.

— Alors Hécate ne sera pas courroucée, lui réponds-je.

Il sourit, soulagé.

— Suis-moi, m'invite-t-il.

On se rend donc jusqu'à la plus grande tente du campement, face à une estrade au milieu d'une place. La fameuse agora sur laquelle les rois et les guerriers ont pris la parole pour conduire les batailles. Peut-être que je vais croiser Achille ! Et Patrocle ! Et Briséis !

Le soldat qui escorte Ulysse écarte les pans autrefois blancs du tissu épais de l'abri. Des tapis ornent le sol quand on pénètre à l'intérieur. Un parfum d'encens masque une odeur de sueur qui me soulève le cœur. Quand on lit, on n'imagine jamais ce genre de détail… Des torchères éteintes encadrent l'espace, un trône en bois et en or attire l'attention au fond, entouré de coffres et de vases, de parures et de tissus. Un véritable trésor de guerre, pillé au fur et à mesure des conquêtes autour de Troie.

Plusieurs hommes discutent entre eux, dont deux à l'écart, au profil très semblable. Le premier, plus massif, porte une longue tunique en laine pourpre, brodée d'or, retenue aux épaules par des broches brillantes, dévoilant des bras musclés et habitués à manier les armes. Ses longs cheveux sombres sont nattés avec soin et un bandeau de tissu, cousu de disques dorés, lui ceint le front. Il tient à la main un long bâton en bronze, décoré d'une spirale et couronné d'un pommeau en argent. Son air sévère passe sur moi sans trop d'attention, avant de retourner sur le second, vêtu, lui, de sa tunique courte et de sa cuirasse, bien moins usée que celles des guerriers que j'ai croisés jusque-là. Il a les cheveux plus courts et plus propres que la plupart.

Mon estomac se noue dès que j'aperçois une tâche blanche et étendue sur l'épaule droite du premier homme. Mais oui, les Atrides[3] ! Descendants de Pélops à l'épaule d'ivoire ! Ils attendaient Ulysse pour partager une nouvelle. Il doit donc s'agir du roi Agamemnon de Mycènes armé de son sceptre de commandement, le leader de tous les Achéens – ancien nom des Grecs – et de son frère Ménélas de Sparte, venu récupérer Hélène. Je vais me faire toute

---

3. *Note de Mnémosyne, Titanide de la mémoire.* N'hésite pas à consulter l'annexe sur les Atrides en début de livre !

petite et savourer cet instant. Je ne comprends toujours pas l'intérêt de ce voyage dans le temps et peut-être que j'hallucine complètement, inconsciente sur le tapis de mon salon, mais j'y suis, autant en profiter !

Un guerrier d'une quarantaine d'années, à la carrure impressionnante et au regard malin, se présente au roi d'Ithaque. Ils s'empoignent les avant-bras en guise de salutations.

— Ulysse.

— Diomède, répond mon protecteur.

Oh ! Diomède, le roi d'Argos ! L'ami de mon ancêtre et un héros célébré de l'*Iliade*[4]. Oh là, là, la crème de la crème d'Homère est réunie sous cette tente.

Agamemnon s'écarte de son frère et prend place sur le trône. Un demi-cercle se forme autour de lui, je scrute chaque visage avec impatience. Lorsque j'aperçois la chevelure blond-roux d'un guerrier tout en muscles, aux traits d'une perfection évidente, je frissonne. C'est lui, Achille ? Il est super jeune ! Peut-être que le fait d'avoir été plongé dans le Styx par sa mère, Thétis, pour le rendre invincible, a aussi ralenti sa vieillesse ?

— Et cette échauffourée, Ulysse ? questionne Agamemnon, d'une voix bourrue.

— Toutes ces escarmouches face aux Troyens ne mèneront à rien, répond le roi d'Ithaque. Les dieux de la terreur et de la peur sont auprès d'eux. La moitié de nos hommes se pissent dessus au lieu lever leurs lances.

Deimos et Phobos se battent avec les Troyens, c'est vrai ! Ils sont bien sûr dans le camp de leur mère,

4. *Note de Clio, muse de l'histoire et consultante auprès de Calliopé.* Récit d'Homère rapportant la guerre de Troie (cité ancienne aussi appelée Ilion car fondée par Ilos) ; l'*Odyssée* raconte le voyage de retour d'Ulysse à Ithaque (Odysseus étant le nom grec d'Ulysse).

Aphrodite. Je me demande à quoi ils ressemblent à cette époque…

— Diomède sait mieux que quiconque que nous ne pouvons pas nous attaquer directement aux dieux.

— Mon bras se souvient de la punition d'Apollon, admet Diomède en désignant une brûlure qui s'étend de l'épaule au coude.

— Alors comment pourrait-on se débarrasser de ces chiens fous ? grogne Agamemnon.

Des souffles se coupent autour de moi. On ne provoque pas ainsi les dieux en se montrant impies avec eux, il devrait pourtant le savoir mieux que quiconque. Il a sacrifié sa propre fille pour calmer la colère d'Artémis à son égard. Il a même causé la peste d'Apollon dans son propre camp en violant la fille d'un prêtre du dieu.

— Mon frère, annonçons plutôt les bonnes nouvelles, veux-tu ? intervient Ménélas en désignant l'homme blond-roux dont la patience s'amenuise à grande vitesse.

Agamemnon lève la main pour le faire taire et me pointe du doigt.

— Avant tout, dis-nous qui est cette femme, Ulysse, qui nous écoute sans rien dire.

Je me glace sur place alors que tous les regards se portent sur moi. J'étais bien dans mon coin, j'aurais préféré qu'ils poursuivent sans faire attention à moi… Je jette un œil sur Ulysse, il affiche un demi-sourire sûr de lui. *Évidemment.* Si je suis ici, c'est pour une raison précise que lui seul connaît. Il ne m'aurait pas du tout conviée à une telle réunion sinon.

— Une solution à notre problème, répond-il alors.

Je croise les bras, offusquée par cette réponse.

— Comment ça ? grommelé-je.

J'éveille aussitôt des grognements masculins outrés qu'une femme ouvre la bouche.

— Pasiphaé est une servante d'Hécate, une magicienne.

Cette fois, ils halètent tous, inquiets.

— Elle est sous ma protection, ajoute vite Ulysse. Je l'ai vu produire des flammes de ses mains et corriger l'un de mes guerriers qui sera rossé pour avoir voulu assaillir une prêtresse.

Agamemnon pose son sceptre contre son trône, s'appuie sur les accoudoirs et se penche en avant pour mieux me décortiquer.

— As-tu réellement des pouvoirs ?

Je pourrais réitérer un sort de feu, mais ils vont devoir se contenter de me croire. Je ne veux pas trop intervenir, au risque de bouleverser les choses. Alors j'opine de la tête.

— Saurais-tu… maîtriser un dieu ?

— Pour nous attirer davantage leur colère ? marmonne Mélénas.

— Pour repousser les dieux de la terreur et de la peur, corrige Ulysse.

Ouh là, je n'ai pas du tout l'intention de me mêler à ça ! Et encore moins de nuire à Deimos et à Phobos.

— Tes connaissances peuvent forcément nous aider, reprend le roi d'Ithaque en me fixant. Sais-tu comment maintenir un dieu à l'écart ?

J'en demeure muette. J'ai bien une ou deux idées pour un sort, mais hors de question de leur offrir de telles possibilités.

— Parle, servante d'Hécate, sinon…

Agamemnon ne termine pas sa phrase mais la menace reste claire. Je déglutis.

— Sinon rien, intervient Ulysse, d'un regard sévère.

Puis il se tourne vers moi et me supplie de répondre de ses yeux bruns. Il est mon ancêtre, il se languit de rentrer chez lui sans savoir qu'il mettra des années à retrouver Ithaque, il attend de moi un peu d'espoir. J'ignore où ils en sont de ces dix années de guerre, mais visiblement, de nombreuses sont déjà passées. Je peux trouver un truc crédible à dire, pour le rassurer, mais qui serait impossible à réaliser pour eux. De toute façon, même pour nous, les sorcières, il est très difficile de contrer un dieu ! Je n'ai pas la baguette de Circé qui serait la seule arme efficace.

— Le bronze olympien, balbutié-je. Les matériaux terrestres peuvent leur causer des blessures superficielles, mais le bronze olympien pourrait contrer un dieu si vous en trouviez.

Les mines se figent aussitôt. Les humains n'ont jamais eu accès à l'Olympe, donc c'est une quête impossible, mais qui peut les faire gamberger un peu.

— Comment trouver une telle chose ? soupire Agamemnon en s'affaissant dans son trône.

Ulysse se mordille la lèvre, plongé dans ses pensées. Le regard dans le vide, il poursuit pourtant la discussion, comme s'il gardait pour lui sa véritable réflexion.

— Nous verrons bien. En attendant, je suppose que la bonne nouvelle que tu voulais nous annoncer concerne ton jeune invité, n'est-ce pas ? dit-il en désignant l'homme aux cheveux blond-roux.

— Oui, reprend Ménélas qui ne semble pas du tout avoir prêté d'importance à ma réponse.

Tant mieux, s'ils pouvaient juste m'oublier, ce serait parfait !

— Néoptolème, le fils d'Achille, est parmi nous, comme l'oracle le requérait.

Oh non, Néoptolème ne débarque dans l'histoire que lorsqu'Achille est déjà mort. J'arrive donc au moment où les Grecs sont désespérés, voilà pourquoi ils cherchent n'importe quelle solution. Le guerrier est réputé aussi fort et aussi redoutable que son père au combat, il est une pièce maîtresse de la fin de la guerre de Troie. Il va aussi se bâtir une réputation sanguinaire, pleine de cruauté. Maintenant que je sais qui il est, il me fait froid dans le dos.

Agamemnon se lève et s'empare des épaules du jeune homme grognon qui s'en dégage aussitôt. Le roi ne perd pas la face, il croise les mains dans son dos et soupire, l'air songeur.

— Selon l'oracle, nous devons rassembler Néoptolème, l'épaule d'ivoire de notre ancêtre Pélops et le Palladion d'Athéna. Si, en tant qu'Atrides, nous avons déjà en notre possession la relique illustre de notre ancêtre, ce n'est pas le cas du dernier objet.

En disant cela, il désigne un coffret ouvert près de lui. Je me dresse sur la pointe des pieds, affreusement curieuse d'apercevoir le morceau d'épaule qui a légué la tâche blanche à tous les Atrides, marquant ainsi chaque descendant de l'illustre lignée issue de Zeus. Je me mords la langue pour m'éviter de trop couiner, emballée. Je m'en souviens maintenant : l'oracle a prédit aux Grecs que s'ils faisaient venir le fils d'Achille, l'épaule de Pélops et le Palladion d'Athéna dans leur camp, ils gagneraient la guerre. Ils ont rempli deux des trois conditions, il ne manque plus que la dernière, et pas des moindres.

— Car pour nous emparer du Palladion, nous devons tout simplement nous introduire dans la cité de Troie et le dérober au palais. Rien que ça ! Des suggestions, Ô roi d'Ithaque, réputé aux mille ruses ? questionne avec impatience Agamemnon.

Son ton agressif me terrifie. Il a tout l'air d'un homme violent et peu réfléchi alors qu'il dirige les opérations. Même son frère le scrute d'un air critique.

— Nous trouverons, assure Ulysse avec confiance.

Rien ne semble le perturber, c'est ce qui doit excéder au plus haut point Agamemnon.

— Pour le Palladion et pour les dieux de la terreur et de la peur.

Le roi dirigeant des Achéens pousse une exclamation dépitée tout en reprenant sa place sur le trône.

— Ces maudits dieux ne sont rien pour nous, grommelle-t-il. Tout ce que nous craignons, nous les Atrides, c'est que Tantale nous dévore.

Il claque des doigts et un homme s'avance vers lui, un verre rempli de vin. Quel homme désagréable ! Ulysse l'ignore. Il s'approche de Néoptolème avec bienveillance.

— Sois le bienvenu, fils d'Achille. Ton père…

Sa voix s'enroue subitement et ses yeux, si pleins de malice, s'embuent de larmes.

— Ton père nous manque terriblement, termine-t-il.

— Je ne suis pas mon père, rétorque le jeune homme avec un orgueil gros comme le poing. Je suis bien meilleur.

Ulysse, loin de se démonter, sourit et lui tapote l'épaule.

— C'est le bon état d'esprit, si tu veux survivre.

Il tourne les talons avant que Néoptolème puisse défendre sa toute-puissance évidente. Il doit avoir une fierté à toute épreuve. Mon ancêtre attrape mon bras au passage et nous fait sortir de la tente. Je cours à moitié pour suivre sa foulée rapide. Il rejoint son camp accolé à un navire incliné dans le sable, tout en bois noir.

— Pasiphaé, si tu veux t'en sortir vivante, il va falloir m'aider, déclare-t-il, fébrile. Agamemnon se moque peut-être de Deimos et de Phobos, mais j'en ai assez que mes hommes envoyés en première ligne soient sans arrêt terrorisés par eux. Ils ne sont plus que du bétail à abattre en leur présence.

— Je comprends, mais que veux-tu que je fasse ? demandé-je, dépassée.

Ulysse pose ses mains sur ses hanches et, la respiration emportée, me jauge.

— M'aider à nous débarrasser de ces dieux néfastes et à nous emparer du Palladion.

Je souris nerveusement. Je sais déjà qu'il va trouver la solution pour le Palladion, mais il est hors de question que je fasse du mal à Deimos et à Phobos !

— Si tu ne me prêtes pas assistance, tu ne me seras d'aucune utilité. Je te remettrai à notre chef, et au cas où tu ne l'aurais pas remarqué, Agamemnon ne fera qu'une bouchée de toi.

# CHAPITRE VIII

**PHOBOS**

Depuis la butte du champ de bataille, je regarde le petit groupe d'Achéens s'échapper. Rien d'étonnant, ils sont dirigés par Ulysse, le plus malin de tous. Mais cette fille qui est apparue de nulle part pour incendier un larbin, elle, elle est inattendue.

— Tu as vu ça, Deimos ?

Mon frère acquiesce.

— C'était quoi, à ton avis ?

— Pas une déesse, c'est certain, répond-il en retirant son casque.

Les mèches de ses cheveux blonds lui collent au front autant que les miens. Nous n'avons pas besoin d'armures, mais c'est un passe-partout efficace au milieu des humains de notre camp. Les Troyens qui nous environnent nous regardent tous de loin, avec crainte. Ils nous suivent pourtant, car nous sommes leur dernier espoir. De trop nombreux deuils ont touché ces hommes et la maison royale, tout ne repose plus que sur quelques éléments disparates après une dizaine d'années de guerre : le prince Énée n'est pas mort et résiste – au point où on raconte qu'il serait le fils d'Aphrodite, notre mère –, la présence du Palladion entre les murs de Troie assure sa sécurité invincible, et enfin nous, Arès, Deimos et moi, demeurons sur le terrain à leurs côtés, tandis qu'Aphrodite affronte Héra et Athéna.

Alors si les Achéens trouvent une alliée puissante pour nous porter un coup fatal, il vaut mieux que nous le sachions et que nous la maîtrisions, vite. Les archers se retirent avec leur commandant, Énée. Le prince escorte ses hommes sur la route de la cité tandis que mon frère et moi nous éclipsons.

On se retrouve sur le plus haut toit du palais de Troie, en plein cœur de la cité. Les remparts, les temples et la demeure du roi Priam et de la reine Hécube sont bâtis en gros blocs de calcaire. Les murailles réputées infranchissables sont parfois surélevées par un empilement de briques en argile, allongeant leur hauteur par pure vanité. À notre arrivée, tout semblait coloré ici, les marchés, les façades peintes des demeures en briques, recouvertes d'enduits ocres, les tissus bleu et violet accrochés aux fenêtres pour protéger les intérieurs du soleil, les arbres et les jardins remplis de fleurs qui n'existent plus aujourd'hui… La faim, les privations et les combats ont terni l'ensemble.

Notre père, Arès, se joint à nous. Il aime entendre nos récits et puiser sa force dans tous ces corps-à-corps incessants qui se jouent jour après jour, sur les plaines entre la cité et la mer. Sa cuirasse est rutilante, ses yeux flamboient et ses cicatrices n'ont jamais été plus brillantes à nos yeux.

— Alors ?

— Rien de très neuf, on effraie ces couards et ils partent en courant, soupire Deimos.

— Mmh, il ne dit pas tout, commenté-je aussitôt. Les Achéens ont invoqué une… lanceuse de feu.

Notre père penche la tête sur le côté.

— Une quoi ?

Je hausse les épaules.

— Une femme est arrivée sur le champ de bataille, de leur côté, et a lancé du feu avec ses mains.

— Tu oublies de préciser qu'elle a repoussé un Achéen, on ignore si elle est véritablement de leur côté, nuance Deimos.

— Mais Ulysse lui-même l'a protégée et l'a emmenée avec lui, argumenté-je.

Arès fronce les sourcils, intrigué. Voilà bien longtemps qu'il n'y avait pas eu de surprises dans le conflit. Les journées se répètent, ce qui ne signifie pas qu'elles deviennent tranquilles, au contraire. L'accoutumance endort l'attention.

— Une magicienne, peut-être ? suppose-t-il. Comme cette... Médée qui a autrefois accompagné Jason dans sa quête.

Une poussée de satisfaction et de curiosité monte en moi. J'ai raison de soupçonner quelque chose !

— Capable d'abattre un dragon, alors ? demandé-je.

— Entre autres, oui. Zeus hait ces empousas, elles sont le vice et la tromperie incarnés. Si cette femme est bel et bien l'une d'elles, les Achéens ont une chance de nous renverser une bonne fois pour toutes. Troie a perdu ses meilleurs guerriers, Hector et Pâris. Il ne reste plus qu'Énée, un vieux roi et des veuves. Nous sommes vulnérables.

Je trépigne d'impatience à l'idée d'enfin me confronter à une ennemie à ma hauteur ! Les dieux ne se battent pas directement avec les humains, ce ne serait pas juste. Ce n'est arrivé qu'une seule fois, il y a quelques années, lorsque le héros achéen Diomède a blessé nos parents, Arès et Aphrodite. Apollon a dû lui mettre une raclée et rappeler l'évidence même : pas d'attaque des dieux de la part des humains et les dieux en feront de même de leur côté. Diomède s'en est sorti avec une blessure et une réputation héroïque, mais il ne sait pas encore que ma mère s'est vengée en rendant sa femme amoureuse d'un autre. Il découvrira tout ça en rentrant chez lui…

Cela dit, si cette magicienne est dotée de pouvoirs aussi grandioses, ça change tout ! Elle n'est pas humaine à proprement parler.

— Je vais m'infiltrer dans le camp des Achéens et tenter de cerner cette empousa, décidé-je en tournant les talons.

Mon frère m'agrippe aussitôt le poignet.

— Attends ! Tu pars toujours à l'aveugle !

— N'es-tu pas curieux, frère ? J'ai hâte de tester ses capacités !

— Et tu ignores ce qu'elle peut t'infliger. Souviens-toi, Médée a battu le géant Talos d'Héphaïstos, réputé invincible car rempli de son ichor. Ne sous-estime pas ces créatures.

— C'est bien pour ça que je vais me transformer en chien-loup. Les Achéens ne m'ont jamais reconnu, elle ne le pourra pas non plus.

Deimos lève les yeux au ciel. Ce n'est pas qu'il manque de bravoure – il fallait le voir à mes côtés, lorsque les batailles incluaient encore les grands héros disparus – mais la prudence est plus forte en lui qu'en moi. Je ne tiens pas en place, j'ai besoin de défi. Mon père, lui, le comprend très bien. Il me sourit et incline la tête, me donnant l'autorisation de pénétrer le camp adverse.

Je m'éclipse près de la plage et prends ma forme animale. Ce n'est pas la première fois que je furète ainsi. Les chiens errants rôdent dans les parages depuis que leurs maîtres et leurs foyers ont été tués et pillés. Ils cherchent la nourriture pour survivre au moins autant que les humains. Ils sont même devenus une proie de choix à un moment donné. Du ragoût de chien… quelle pitié que la vie insignifiante de ces êtres.

Je connais l'odeur d'Ulysse, je peux commencer par-là. Je gambade parmi les Achéens qui vaquent à leurs occupations : soigner des plaies, jouer aux dés, tromper l'ennui ou l'attente du prochain combat, espérer en finir… C'est le même désespoir que celui des Troyens. Il y a un regroupement au centre, près de l'agora. Je m'avance dans cette direction, curieux. Elle est peut-être là, à faire une démonstration. À mesure que j'approche, je m'aperçois que ce sont des bruits de métaux s'entrechoquant qui animent l'espace central. Un guerrier aux cheveux roux attachés, les muscles bandés, se bat contre le fameux Diomède. Un entraînement de haut vol, donc. Je m'assieds pour étudier ce nouvel arrivant.

Sa rapidité et son adresse sont phénoménales ! Même Diomède, pourtant aguerri, semble peiner à contrer et à attaquer. Les soldats alentour sont gonflés d'admiration et de confiance.

*De mauvais augure.*

Que font les Achéens au juste ? Où ont-ils déniché ce combattant hors pair ?

— Hé, gentil chien…

Des doigts se posent dans mon cou, me hérissant le poil jusqu'à la queue. Je me redresse et grogne, prêt à déchiqueter la gorge du larbin qui ose poser sa main crasseuse sur moi. L'homme tombe à la renverse.

— Oh là ! Tout doux ! dit-il en se relevant. Je ne te veux pas de mal.

*Casse-toi…* Seule ma mère a le droit de me caresser la tête lorsque je suis en chien-loup.

L'homme s'éloigne en me jetant des regards inquiets. Je préfère donc bouger. Je m'approche de la nef noire du roi d'Ithaque et du campement accolé. Les odeurs sont généralement toutes les mêmes dans ces endroits-là : la sueur, l'huile parfumée qui tente de recouvrir la première, l'iode de la mer, le vin parfois… Mais là, enfin, une nouvelle fait son apparition, plus fraîche et légère. Plus *propre.* On dirait la fleur de frangipanier, si commune à Cythère et si enchanteresse. Je vais m'accrocher à celle-ci, on va voir où elle me mène.

À l'écart. Au plus près de l'écume salée. La silhouette que je cherche se trouve bien au bout du chemin tracé par la fleur de frangipanier. Je reconnais au moins la chevelure noire et bouclée, et la robe rouge avec des reflets dorés. Elle marche, les pieds dans l'eau, les bras croisés, la tête basse. Elle semble soucieuse. Deux soldats d'Ulysse la surveillent de loin sans pour autant l'approcher. Intéressant.

Ses lèvres bougent mais le bruit des vagues m'empêche d'entendre ses paroles. J'avance de quelques pas et tends l'oreille pour capter ses mots. Malheureusement pour moi, elle parle une langue qui m'est inconnue. Étrange, les dieux connaissent pourtant toutes les langues humaines. S'agit-il d'un dialecte infernal ? Celui de cette magicienne ?

— *J'espère qu'Ulysse n'est pas si malin que ça… Oh bon sang, et si je changeais toute l'Histoire ? Et si mon arrivée avait déjà tout bouleversé ? … Hécate, si tu m'entends, aide-moi ! Je sais que tu es aux Enfers et que tu ne peux pas en sortir, mais envoie-moi un signe ! Aucun sort ni contre-sort ne fonctionne sur cette maudite boussole pour inverser mon arrivée ici !*

Je ne perçois que les noms d'Ulysse et d'Hécate dans son charabia. Elle est peut-être en train d'attirer une faveur de sa déesse sur le roi d'Ithaque ? Elle serait donc bien une empousa ?

La fille finit par s'immobiliser et faire de grands gestes de ses bras. Elle va envoyer un sort ?

— *Bon, respire, Pasiphaé ! Tout va bien. Pour le moment, tu peux jouer la touriste.*

Et elle s'éloigne.

OK. Je suis intrigué. Je la poursuis donc à distance, tout comme les deux soldats. Elle a l'air consciente de ses gardiens, mais moi, elle ne m'a toujours pas remarqué. Elle part à l'opposé du campement des Achéens et emprunte un chemin qui longe la côte, là où les herbes hautes poussent encore. Lorsque j'aperçois le tertre de terre un peu plus haut, je comprends où elle se rend : la tombe d'Achille. Les deux soldats se retirent avec respect. C'est un lieu sacré où nulle ne peut troubler le repos des morts. Je m'approche en m'accroupissant dans la végétation ondulant sous la brise.

L'empousa semble émue d'être ici. Une allée creusée dans le tertre et murée de pierre mène à la tombe, scellée d'une dalle portant une inscription. Elle s'agenouille devant pour la décrypter.

— « Patrocle et Achille reposent ici », lit-elle. *Wow.*

Elle garde ensuite le silence. Je décide de me découvrir pour la motiver à utiliser sa magie, quitte à déranger le voisinage sacré. Je me place au bout de l'allée et aboie. La silhouette bondit sur ses pieds, une main sur le cœur. Elle me fixe d'un air ahuri, comme si personne n'aurait pu la déranger à un instant pareil. Ses yeux noirs ressemblent à deux amandes effilées et sa bouche délicate, rose cerise, s'entrouvre, à la recherche d'air.

Elle s'avance à pas prudents.

*Allez, viens me gratter l'oreille, je suis sûr que tu en as envie !* Je la croquerai en retour, histoire de connaître la couleur de son sang.

— Phobos ?

Mes oreilles se dressent. C'est bien mon nom qu'elle vient de prononcer avec surprise ?

— C'est vous ? demande-t-elle.

Elle a arrêté de parler dans son dialecte inconnu pour s'adresser à moi dans la langue courante.

Comment sait-elle qui je suis ? Et sous ma forme de chien-loup en plus ! De quelle sorte de magie est-elle dotée ?

Elle jette des coups d'œil inquiets derrière moi, en direction des deux soldats qui demeurent imperturbables.

— Si ce n'est pas vous, alors ce serait une coïncidence incroyable qu'un chien-loup argenté, à l'œil droit azur et à l'œil gauche noir, traîne par ici.

À petits pas, elle se retrouve devant moi et s'accroupit.

— Je dois reconnaître que vous faites moins peur sous cette forme. On a presque envie de vous caresser la truffe, ajoute-t-elle en tendant le bras.

C'en est trop ! Je reprends mon apparence divine. L'empousa se plaque contre le mur de l'allée, les traits soudain crispés.

— Je le savais ! s'exclame-t-elle.

Je me retiens de l'agripper pour qu'elle ne fuit pas. Ce serait bien inutile, elle tremble comme une feuille et paraît bien incapable de détaler. Je lui fais un effet comme rarement j'en produis. C'est à la fois satisfaisant et vexant. Je n'ai encore rien dit, je m'attendais à un peu plus de résistance.

— Comment me connais-tu alors que j'ignore qui tu es ? interrogé-je.

— C'est une longue histoire, balbutie-t-elle. En gros, vous êtes le frère du mari de la sœur de ma meilleure amie, mais on ne s'est pas encore rencontrés. Peut-être que vous pouvez m'aider à comprendre la situation ? S'est-il passé quelque chose d'étrange de votre côté ?

Elle reprend son souffle à la fin de sa tirade sans queue ni tête. On dirait un mulot pris dans un piège, elle n'a rien de redoutable. En plus, elle raconte n'importe quoi… Deimos n'est pas marié et n'est pas près de l'être. Elle serait la meilleure amie de la sœur de Psyché ? Elles sont toutes décédées depuis longtemps. À moins qu'elle ne parle d'Antéros, mais c'est si risiblement improbable que cet idiot se soit marié !

Je dois avouer que je suis un peu déçu.

— Montre-moi ta magie, empousa, grogné-je.

D'un coup, elle cesse de frémir et arrondit ses beaux yeux, indignée.

— Pardon ?

— Tu me demandes vraiment de me répéter ? m'impatienté-je.

— On dit « sorcière », pas « empousa » ! me corrige-t-elle en haussant d'un ton. Goujat un jour, goujat toujours.

Ouh là, elle me rend très, *très* nerveux !

— Très bien, *sorcière*, use de ta magie, allez ! lancé-je.

— Je n'ai pas l'intention d'utiliser mes pouvoirs sur vous. OK, je ne peux pas supporter votre présence et bien sûr, même en plein fantasme historique, il faut que la première divinité que je croise soit vous, ça ne change pas que je ne vais pas vous faire de mal. Rha, j'aurais pu croiser Athéna ou Artémis, mais non. Phobos, encore… Qu'est-ce que vous faites là, d'ailleurs ?

Incroyable. D'où lui vient cette confiance ? Peut-être que si je la secoue un peu, elle se moquera moins de moi et sera plus prompte à s'exécuter. Alors j'avale l'espace qui nous sépare et abat mes deux mains de part et d'autre d'elle, faisant trembler l'assise pourtant solide de la tombe d'Achille et de Patrocle. La sorcière se raidit et ses pupilles se rétractent. La fleur de frangipanier s'épanouit dans son cou mais aussi dans sa chevelure. Ses longs cils vibrent.

Elle a quelque chose de spécial mais je n'arrive pas à mettre le doigt dessus.

— Montre-moi tes pouvoirs, exigé-je.

Sur le coup, elle ne bouge pas et reste pantoise. Pourtant, une chaleur inhabituelle surgit entre nous, au niveau du ventre. Des flammes dansent dans ses yeux sombres. Je baisse les miens et recule d'un pas. Ses mains, sans bouger, sont devenues deux torchères incendiées sans provoquer aucune douleur chez elle.

— Content ? souffle-t-elle.

Ma déception se tasse. Elle est radieuse tant sa force semble démesurée à cet instant.

— Menacez-moi encore une fois et amis ou non vous ne serez plus qu'un tas de cendres.

Je m'incline. Je ravale même le souhait de nous affronter. Son air plein de défiance et d'avertissement me suffit.

— Sers-tu Ulysse ? Qui est-il pour toi ? questionné-je plutôt.

Elle ouvre la bouche, mais notre échange a fini par alerter les deux soldats.

— Hé ! s'exclame l'un d'eux, au loin.

La sorcière éteint ses mains et se décolle du mur.

— Allez-vous-en, ils ne doivent pas vous trouver ici, me prévient-elle.

Je n'en ai pas tout à fait terminé avec elle, je préfère simplement changer de tenue et prendre celle d'un Troyen, avec son armure en lamelles de cuir horizontales, assemblées entre elles. Hormis la maison royale de Troie, personne ne connaît vraiment mon visage puisque personne n'ose m'approcher. Je peux aisément passer pour un guerrier comme un autre.

— Non, s'alarme la sorcière. Vous ne comprenez pas, ils vous veulent du mal !

Je fronce les sourcils, perplexe. Que peut bien me faire une bande d'humains inoffensifs ? Et pourquoi cherche-t-elle à me protéger ?

— Hé ! Qui es-tu ? Tu n'as rien à faire ici !

Je me tourne lentement vers les deux soldats, leurs lances sont d'ores et déjà pointées sur moi.

— Un Troyen ?

— Je viens me recueillir sur la tombe d'Achille, inventé-je, en montrant bien que je suis désarmé.

Ils me dévisagent, moi, mais aussi la silhouette muette à mes côtés. Se pourrait-il qu'ils ne lui fassent pas entièrement confiance ? Et que ma ruse se retourne contre elle ? J'imagine déjà leur réflexion : la servante d'Hécate souhaitait voir la tombe d'Achille et de Patrocle, mais en vérité, elle rencontre un soldat troyen pour lui transmettre des informations.

— Venez avec nous, tous les deux, ordonnent-ils.

Jamais encore je ne m'étais fait passer pour un prisonnier, voilà une expérience inédite ! Ils nous escortent donc jusqu'à la tente d'Ulysse. Je maîtrise mon pouvoir, mais mon aura agit déjà sur les humains. Je sens leur peur grimper et me nourrir, ça me donnerait plutôt envie de me déchaîner. Mais si je ruinais d'un coup leur moral dans leur propre camp, Athéna me tomberait dessus et m'infligerait bien plus de souffrance que toutes les tortures du Tartare réunies. Alors je me tiens à carreau, je veux en savoir plus sur l'énigmatique sorcière peureuse et puissante. Et délicieuse. Parce qu'elle est quand même très attirante, je dois bien le reconnaître.

Il existe peut-être un moyen de la revendiquer ? De la gagner au cours d'un combat ? Si elle fait partie du butin final, il faudra être rapide pour se l'accaparer.

Les soldats m'attachent les poignets dans le dos et m'agenouillent sur une natte élimée à force d'être piétinée. La sorcière se tient dans un coin, se rongeant les ongles et marmonnant dans sa langue inconnue.

— *Rho par Hécate, il est complètement idiot, c'est pas possible ! Je veux bien qu'il soit jeune mais quand même !*

Le pan de la tente se soulève et Ulysse apparaît dans l'espace calfeutré. Il semble dépité, ou fatigué. Il me regarde, puis regarde la sorcière.

— Est-ce que vous vous connaissez ?

— Non, pas du tout ! réplique-t-elle aussitôt, le visage rougi.

Elle ne sait *vraiment* pas mentir. C'est le retour du mulot épouvanté. Les épaules du roi d'Ithaque s'affaissent. Il se focalise sur moi et s'accroupit.

— Alors, que venais-tu faire par ici ? Si loin de ta cité ?

— Visiter la tombe d'Achille.

Ulysse acquiesce, loin d'être dupe. Il s'assied par terre en exagérant les grimaces de la vieillesse. Il tente de se rendre un peu moins menaçant, j'imagine.

— Tu sembles trop jeune pour l'avoir côtoyé.

Soit, je n'ai que cent cinquante ans. J'ai arrêté de vieillir depuis plus d'un siècle. Mais pour lui, je dois en paraître entre vingt et vingt-trois. J'ai donc suivi les bravoures d'Achille depuis le début de la guerre.

— J'ai entendu les récits, dis-je alors.

Ulysse affiche un sourire nostalgique.

— Une flèche dans la cheville et le mythe s'éteint, déclare-t-il.

— On a tous nos faiblesses.

— C'est vrai oui, admet-il en hochant la tête. Et pour un simple soldat, un hoplite de début de ligne si j'en crois ton armure, tu parles plutôt bien.

Je me mords la langue pour m'empêcher de trop sourire. Confronter Ulysse, quel plaisir en fin de compte ! Il lit presque à travers moi.

— Achille ne possédait pas seulement des dons incontestables au combat, il avait aussi une épée et un bouclier comme personne n'en avait jamais vu. Tu connais cette histoire ?

J'ouvre la bouche et ravale vite ma réponse. Bien sûr que je la connais ! Parce que les protagonistes de ce récit sont des dieux. J'ai failli plonger tête la première dans son piège. J'ai *déjà* plongé, d'ailleurs, à en croire son mince sourire malin.

— À la mort de Patrocle, Achille a perdu la tête. Sa mère Thétis, divinité maritime, est alors partie sur l'Olympe pour supplier son fils adoptif Héphaïstos de lui forger des armes dignes d'un dieu… Cette histoire tourne sans arrêt dans ma tête.

Son regard se perd dans le vague. Je vois mal le rapport avec la situation actuelle, mais pourquoi pas. Je jette un œil sur la sorcière, elle a blêmi, les bras tendus le long de son corps.

— Mais revenons-en à toi, poursuit-il. Tu étais donc là pour rendre hommage à Achille, l'ennemi de ton peuple, et tu es tombé sur la servante d'Hécate ici présente, sans la connaître.

— Oui, réponds-je simplement.

À quelques détails près.

— Tu ne sens pas la… peur qui règne ici ?

Flatter mon ego, quelle preuve de son imparable intelligence.

— Les Achéens mourront de peur, affirmé-je, un sourire en coin.

Il soupire et tourne la tête vers la sortie de la tente.

— Euryloque ! appelle-t-il.

Le pan se soulève et un mastodonte fait son apparition. Un homme bâti comme deux, massif et musclé, grand et bourru. Sans ordre de la part d'Ulysse, il s'avance vers moi, s'abaisse et me colle son poing dans la mâchoire. Ma tête part sur le côté, mais sans douleur ni blessure. Je suis un dieu, ils peuvent tenter, s'ils ont du temps à perdre. Euryloque s'étonne de mon stoïcisme et observe sa main, comme s'il doutait de son propre coup.

— Qu'est-ce que tu fais ? s'insurge la sorcière.

— Tais-toi, je n'ai pas encore décidé de ton cas, rabroue Ulysse.

— C'est de la torture ! C'est indigne de toi, roi d'Ithaque !

Ulysse se redresse, fâché.

— Ce qui est indigne de moi, servante d'Hécate, c'est d'être resté aussi longtemps loin de mon épouse et de mon fils !

Je la vois déglutir, plus pâle encore.

— Mais…

Elle ne va pas plus loin, visiblement coincée. Et agacée.

— *Mais c'est un dieu, c'est inutile ! À part découvrir qui il est vraiment !* poursuit-elle dans sa langue.

— Qui es-tu ? Pourquoi es-tu venu sur la tombe d'Achille ? réitère le roi d'Ithaque.

Je me demande ce que je peux apprendre d'autre à présent. À part le fait que la sorcière n'est pas tellement dans leur camp puisqu'ils se méfient d'elle. Je peux m'éclipser et les abandonner là pour le moment.

— Je t'aiderai pour le Palladion si tu le laisses tranquille, marchande soudain la sorcière.

*De quoi ? Le Palladion ?*

Ulysse lui accorde un regard courroucé.

— Non, tu te trompes, car tu m'aideras quoi qu'il en soit, et surtout, tu n'en parleras pas devant un prisonnier venu nous espionner.

Je vais rester un petit moment de plus ! Finalement, j'apprends des choses utiles.

— Je dois reposer mes questions ? relance le roi d'Ithaque en s'adressant à moi, fébrile.

Je pourrais répondre par une provocation, mais j'observe avec curiosité les lèvres de la sorcière bouger sans qu'aucun son n'en sorte, les yeux rivés sur moi. Qu'est-ce qu'elle fabrique ? Euryloque lève à nouveau le poing, mais cette fois, le choc fait trembler mes os et la douleur se déploie dans mon visage et dans mon cou. Un liquide rouge s'échappe de mes lèvres, remplaçant l'ichor doré de ma nature.

*Mais qu'est-ce qu'il m'a fait, ce foutu mulot des campagnes ?!*

# CHAPITRE IX

**PASIPHAÉ**

Euryloque moleste Phobos un bon moment. Chaque coup me fait sursauter et me plante un nouveau couteau de culpabilité dans le ventre. J'ai beau me répéter que c'était la seule solution pour le protéger, la moindre trace violette qui s'imprime sur sa peau me pétrifie.

— Ça suffit, Euryloque, se lasse mon ancêtre. Le garçon ne parlera pas.

Phobos crache du sang sur le côté et se permet de sourire malgré tout. D'humeur maussade, Ulysse s'adresse à moi en se relevant.

— Soigne-le. Nous le relâcherons plus tard, il est trop jeune pour mourir.

Puis il sort, talonné par un Euryloque essoufflé. Le pan de la tente se referme sur nous. Je me précipite vers l'un des pots en terre cuite posés dans un coin. Ils sont remplis d'eau. Je saisis une coupe utilisée pour se désaltérer, la plonge dans le liquide frais et en récupère à ras bord. Puis je pivote et m'arrête. Il faut que je m'approche de lui. Assez pour le toucher. Des vibrations de peur me parcourent depuis qu'on est sous la même tente. Le malaise qu'il provoque en moi n'a jamais été aussi intense qu'à cet instant, alors que je dois lui venir en aide.

— Rien ne t'oblige, grogne-t-il, devinant la raison de mon hésitation. Je finirai par guérir seul. Enfin, je l'espère…

Il ponctue sa phrase d'une grimace qui me secoue. J'ai provoqué cette situation, la moindre des choses, c'est d'agir. Un pas après l'autre, j'avance, la gorge nouée et les mains moites. Je m'agenouille en me répétant que ce n'est qu'un mauvais moment à passer, que tout ira bien mieux ensuite. J'inspire un grand bol d'air en espérant au moins qu'il n'entende pas le tremolo immanquable dans ma voix.

— Je suis désolée, je n'avais pas le choix, murmuré-je.

La crainte qu'Ulysse écoute notre échange me saisit. Je crée une bulle autour de nous pour retenir nos paroles et ne laisser filtrer que le bruit de nos mouvements.

Au plus près de Phobos, tout devient très concret : sa peau dégage une odeur de sang qui ne lui ressemble pas – conséquence de mon sort –, le souffle de sa respiration difficile me chatouille le visage, et son iris azur possède en vérité un cercle doré très fin autour de la pupille, d'une beauté et d'une délicatesse que je ne soupçonnais pas.

— Que m'as-tu fait ? Je devrais pouvoir me libérer des liens sans aucun effort.

— C'est temporaire. Et je n'ai pas changé votre nature, c'est un sort d'illusion qui implique peut-être un peu trop la cible. Pour que les autres vous voient souffrir comme un humain, il faut que vous souffriez… c-comme un humain. Sinon, ce ne serait pas crédible, terminé-je, embarrassée. Mais vous allez guérir et vous n'êtes pas mortel pour autant.

Il hoche la tête, les dents serrées et les lèvres fendillées.

— Un sort efficace, c'est certain.

Je plonge dans ma sacoche et en ressors un petit linge plié que je trempe dans l'eau pour nettoyer ses plaies. Mon bras pèse une tonne quand je le tends vers lui, mais dès que le tissu se pose sur sa peau, ma peur baisse d'un cran. Mon instinct de sorcière guérisseuse doit prendre le pas et mes gestes s'enchaînent avec un peu plus de confiance. Phobos se laisse faire sans trop chouiner. Une fois cette première étape accomplie, je vide la coupe pour déposer au fond un sachet d'herbes sèches réduites en poudre. J'ajoute une huile conservée dans une petite fiole et mélange le tout du bout des doigts en récitant une incantation.

— *Consoude et achillée, que vos dons soient amplifiés ; consoude et achillée, que la guérison soit accordée.*

Lorsque j'approche ma main de lui, je me fige à nouveau. Cette fois, plus de linge entre nous. Est-ce que je vais pouvoir réellement le toucher, comme ça ? Si ma panique est redescendue, une nouvelle sorte de tension prend place.

Au plus près de lui, il n'y a plus que sa chaleur innée, il n'est plus question de peur brute et exigeante. Pourtant, même à genoux, les mains dans le dos, des blessures un peu partout, il m'impressionne. Du haut de ses vingt ou vingt-deux ans. Oh bon sang, il a le même âge que Pandore…

— Tu as peur de moi, même maintenant ? se moque-t-il.

Je deviens écarlate.

— Rappelez-moi de quoi vous êtes le dieu ? renvoyé-je en appliquant ma préparation sur son arcade sourcilière.

Il ferme les yeux et je me soustrais à ce regard dépareillé qui m'intimidera toujours. C'est bien pour ça que je ne parviens pas à me montrer familière avec lui. Impossible de le tutoyer, ça nous rapprocherait en vain. Me montrer distante est un véritable système de défense et de préservation.

Je passe à la coupure devenue ocre sur sa joue, de plus en plus gênée. Non, parce que bon… il a la peau douce, en fait. Ferme et un peu piquante. Il aurait besoin de se raser. Et, pour ne rien gâcher, une fois le sang nettoyé, il sent bon. C'est peut-être l'odeur de son armure d'ailleurs :

le cuir chaud, avec une note d'agrume. Voilà, ça, ce n'est pas effrayant. Je devrais me focaliser sur ses détails qui réchauffent mon ventre.

Mon incantation porte ses fruits, les blessures se referment à vue d'œil. Le cœur battant un peu plus fort, je m'engage sur ses lèvres fendillées, il grimace aussitôt. Ses paupières dévoilent ses deux iris opposés, m'envoyant un frisson d'épouvante qui fait trembler ma main.

— Aouch, gémit-il.

— Pardon.

— Doucement, servante d'Hécate. Je n'ai pas l'habitude d'être blessé, je suis un fils d'Arès.

Je serre les dents. Quand même, quel caractère de cochon ! Dès que je reverrai Méroé, je n'hésiterai pas une seconde à lui rappeler combien son précieux poulain était désagréable, jeune. Et immature.

Je passe mon pouce sur sa lèvre inférieure qui s'étire en un rictus moqueur. Son regard fixé sur moi ne m'aide pas du tout. Il faudra que je pense à ajouter un petit coton ou quelque chose du genre pour soigner ce genre de plaie. Frôler les lèvres du dieu de la peur, c'est un geste beaucoup trop intime. D'autant plus quand on sait qu'elles laissent échapper cette voix profonde, venue d'un autre monde.

— Quoi ? grommelé-je, les tempes en feu, gênée par son expression.

— Je te plais, en fait.

Je retire ma main en un sursaut.

— Mais pas du tout ! m'empressé-je de dire.

— Allons, *sorcière*, je suis aussi un fils d'Aphrodite, hein.

Quel prétentieux ! Et moi qui me sens bouillir… rien ne va !

— Quel est ton nom ?

J'attrape son menton sans ménagement et tourne son visage de l'autre côté pour m'occuper d'une dernière coupure sur la pommette.

— Aïe !

— Vous ne le saurez pas.

Je me racle la gorge. J'ai peut-être été un peu trop brusque par pure frustration. À mesure que je passe mon doigt sur le sang rouge, il redevient or. Le sort s'estompe. Les bleus disparaissent et tout se résorbe. Phobos, qui tirait sur ses liens en attendant le retour de ses forces, finit par se libérer. J'abandonne mon traitement, fourre tout dans ma sacoche et me relève en même temps que lui. Je reprends ma distance de sécurité avec lui alors qu'il semble soulagé de retrouver ses capacités.

— Étant donné que tu m'as soigné, je vais te laisser tranquille, déclare-t-il, au comble de son assurance.

Je hausse un sourcil, perplexe.

— Encore heureux, marmonné-je.

— Mais je vais revenir pour toi, sorcière sans nom, ajoute-t-il, avec une insolence complice.

Je peine à retenir un sourire que même moi, je ne comprends pas. Un curieux mélange d'excitation pure à l'idée d'être désirée, d'une manière ou d'une autre, d'incrédulité face à cette audace sans limites et de moquerie plus adulte parce que, quand même, voir le si calme et mystérieux Phobos agir de la sorte, c'est drôle.

— Mais bien sûr, ironisé-je. Je me laisserai enlever sans discuter, pas de souci !

Il n'est pas dupe, mais ça l'amuse.

— Bien, conserve ce ton avec moi. Plus on me provoque et plus je m'intéresse.

Cette fois, c'est un rire que je réprime.

— En attendant, je vais abattre Euryloque.

Il balance ça et s'avance vers la sortie. Je me dépêche de lui barrer la route, la panique me bourrant la tête. Il se retrouve à nouveau contre moi, alors je tends le bras pour le repousser.

— Non ! Vous ne pouvez pas faire ça !

Euryloque est un acteur important de l'*Odyssée*, il participe au voyage de retour d'Ulysse à Ithaque. Il ne peut pas mourir maintenant.

— Et pourquoi ?

— Hécate l'interdit ! inventé-je.

— Il va me falloir une meilleure raison, grogne-t-il. Cet humain a levé la main sur moi, il va le payer de sa vie.

— Il ignorait qu'il avait affaire à un dieu.

Phobos compresse les mâchoires, impatient. Pourtant, il semble faire machine arrière.

— Que me proposes-tu en échange ?

— Euh… rien, répliqué-je, surprise. Je vous le demande comme une faveur.

— Ce qui fait que tu m'en devras une en retour, je prends seulement de l'avance. Un baiser, par exemple ?

Je m'étouffe dans mes propres mots, le visage écarlate.

— Mais non, enfin !

Il penche la tête sur le côté et murmure un « Dommage ».

— Une mèche de tes cheveux ? relance-t-il.

— Pour en faire quoi ?

Il soupire.

— Peut-être pour me convaincre de ne pas arracher la tête d'Euryloque et la balancer sur ton précieux protecteur, Ulysse ? C'est tout ce dont j'ai envie, là !

— OK, d'accord, d'accord ! cédé-je. Mais ça s'appelle du chantage ! Et non pas un échange de faveurs !

— Si tu veux, répond-il, satisfait.

Il s'approche de moi en faisant apparaître une lame dans le creux de sa main. Je ne bouge pas d'un pouce, espérant qu'il en finisse vite. Sans geste brusque, il attrape une mèche de mes cheveux, la lisse avec douceur et en tranche un morceau. Il la noue et la glisse contre lui, entre sa peau et son armure. De quoi me troubler bien malgré moi. Surtout qu'il ne dit rien et que je n'entends donc que sa respiration calme et profonde, alors que la mienne s'emballe. Une sueur chaude me recouvre le front et le dos, comme si un coup de fièvre me prenait.

— C'est bon, maintenant, pervers ? balbutié-je, la gorge nouée.

— À très bientôt, servante d'Hécate, dit-il en disparaissant.

Je n'ai même pas le temps de le retenir. Comment je vais expliquer à Ulysse que son prisonnier s'est évaporé, moi ? Je soupire en me massant les sinus.

Qui l'aurait cru ? Un Phobos téméraire, vantard et audacieux… alors que je l'ai toujours vu comme un type patient, sombre et ennuyeux. Quelques millénaires et un siècle de folie séparent les deux versions, après tout. J'ai quand même hâte de raconter tout ça à mon retour. Si je parviens à rentrer. Je n'ai toujours aucune idée de la raison de ma présence ici, ni de comment l'inverser.

Je sors de la tente et la referme derrière moi.

— Par ici, Pasiphaé, m'interpelle Ulysse, installé près d'un feu sur lequel grillent des poissons.

La faim se réveille dans mon ventre. Je prends place à côté de lui, sur un tronçon de bois. Il me sert du vin coupé à l'eau alors que ma bouche est asséchée.

— Non merci, on ne sait pas ce qui traîne dans l'eau quand on la puise dans un trou comme ça, des bactéries, de la crasse…

À mesure que je parle, je baisse la voix. Ulysse m'observe comme si j'étais l'idiote du village. Il repose le verre.

— Il y a de la bière, si tu préfères, me propose-t-il alors.

— Avec plaisir, merci.

Un soldat se dévoue et me ramène un gobelet plein et frais. Je bois de longues gorgées de ce breuvage lourd mais nourrissant, et accepte un morceau de poisson.

— Si je vais dans la tente, le Troyen – ou du moins, ce qu'il prétend être – sera-t-il encore là ? m'interroge Ulysse sans lâcher les arêtes qu'il lèche jusqu'à la dernière.

J'ignore si mentir est une bonne ou une mauvaise chose à ce stade. Je ne le trompe de toute façon pas. Mais j'ai bien trop peur des conséquences pour me risquer à le défier.

— Je l'ai laissé attaché quand je suis sortie, affirmé-je en me focalisant, moi aussi, sur mon déjeuner.

Il se contente de bougonner sans rien ajouter.

Pour le moment, ma présence n'a peut-être pas encore eu une incidence trop importante sur le passé, mais Phobos n'était là, dans le camp des Grecs, que par ma faute. Et il a failli tuer Euryloque. Que se passera-t-il si une personne au rôle majeur meurt avant l'heure à cause de moi ? Si Phobos décide de revenir avec une armée alors que les Grecs réunissent les trois conditions pour remporter la victoire ? Ulysse pourrait ne pas revenir à Ithaque, ne pas rencontrer Circé la Première, et une grande partie de notre communauté ne verrait pas le jour… Je pourrais disparaître, ainsi que Méroé, Panthéa, Endora, Pandore…

C'est le battement d'aile d'un papillon dans ce passé qui provoquera une tempête dans mon présent. Je ne peux plus rien risquer.

Je dois fuir. Je vais attendre la nuit et partir grâce à mes pouvoirs. Je peux tenter de rejoindre l'île d'Aiaía, Circé et Médée les Premières me porteraient secours. C'est la meilleure chose à faire. Grâce à la baguette, je rentrerai à mon époque.

Ulysse m'a offert une couchette près de son lit. Je somnole en espérant ne pas m'endormir profondément. Ses hommes dorment soit dehors, soit sur le navire, soit sous une tente commune. Mon unique geôlier est mon ancêtre, je vais lui jeter un sort de sommeil, me rendre invisible et quitter le camp. Je pourrais étendre le sort à son entourage – ça m'offrirait une longueur d'avance pour m'éloigner d'ici –, mais si jamais ils sont attaqués et qu'ils ne se réveillent pas… ce serait catastrophique.

Lorsque j'ai suffisamment confiance en moi, au beau milieu de la nuit, je murmure une formule à l'intention d'Ulysse qui s'agite souvent, en murmurant des suppliques et le prénom de Pénélope.

— *Dors jusqu'au lever du soleil, rien ne te sortira du sommeil.*

Le roi d'Ithaque semble s'apaiser. Je me lève, enfile ma sacoche et mes bottines, puis me rends invisible, au moins le temps de quitter cet endroit. Dehors, le calme règne sur la plage. On entend mieux la mer de nuit. Diomède et ses hommes ont pris le tour de garde, Néoptolème tourne en rond – il n'attend que ça, le combat, il ressemble à son père – et la tente des Atrides est plongée dans le noir. Je m'échappe sans encombre et me mets à marcher le long de la côte autant que je le peux. Je sais que la région est dévastée. Les Grecs ont pillé les villes alentour pour couper Troie de ses alliés et des ravitaillements.

J'ignore où je peux bien me rendre et cette perspective inconnue me remplit d'angoisse. Quel dieu pourrais-je même prier ? Ils sont tous pris dans ce conflit et se poseront des questions à mon sujet, comme Phobos. Je ne veux pas attirer non plus l'attention de Zeus… J'accélère le pas, afin de dépenser mon stress.

Je marche un long moment, peut-être deux ou trois heures. Si je peux trouver un endroit où dormir à l'abri, ce serait parfait pour reprendre la route avec des forces renouvelées.

— Et où penses-tu aller comme ça ?

La voix sortie de nulle part me fait bondir et pousser un cri. Je produis aussitôt une boule de feu dans ma main et scrute la nuit autour de moi.

— Qui est là ?! m'exclamé-je avant de me rendre compte que la voix masculine vient de s'exprimer en anglais.

Une silhouette menue se dévoile sur le côté. La lueur de mes flammes se reflète sur sa peau pâle et son visage anguleux. Ses cheveux châtain foncé forment une touffe volumineuse au sommet de son crâne. Sa longue tunique grise et son manteau noir et court, posé sur ses épaules, ne me donnent aucun indice sur son identité.

Mon cœur s'élance. Ce n'est pas un soldat humain que je peux effrayer d'une boule de feu. J'ai même l'impression de… de voir à travers lui. Il n'est pas transparent, mais c'est comme s'il n'était pas physiquement présent.

— Qui es-tu ? répété-je.

L'apparition s'agite avec nervosité.

— Tu n'es pas censée quitter le camp des Grecs, tu dois y retourner !

À vrai dire, il semble surtout en colère, comme si je contrariais un plan. Dans le doute, je lui balance du feu qui le traverse tout bonnement. La boule enflammée roule derrière lui et s'éteint aussitôt. J'en génère une nouvelle pour au moins conserver une source lumineuse entre cet inconnu et moi.

— Je ne suis pas réellement là, dit-il d'un ton tranchant. Je suis un dieu du temps mais je ne peux que me projeter dans le passé ou le futur. Ou envoyer des cibles comme toi pour agir à ma place.

J'ai un mouvement de recul, ébranlée par toutes ces informations.

*Un dieu du temps ?* C'est un dieu du temps qui m'a piégée ici ? Le récit des aventures de Méroé sur l'Olympe me revient en mémoire. Il me semble bien qu'elle avait eu affaire à un dieu du temps alors qu'elle était prisonnière de Zeus...

— Qui es-tu ? réitéré-je avec plus de calme.

— Kairos, dieu de l'instant opportun. Et j'avais trouvé l'instant parfait pour toi, en intervenant dès que tu t'es servie de cette « boussole d'amour », explique-t-il, frustré de la situation. Elle allait te mener à Phobos, j'ai donc détourné le temps pour te projeter dans la meilleure opportunité qui soit pour voler le Palladion !

Je retiens mon souffle, hébétée. Cette boussole ciblait Phobos ? C'est vers lui qu'elle m'a menée ? Et non pas vers un épisode de l'*Iliade* ? Mon cœur se met à battre si fort que j'en ai la tête qui tourne. C'était tout ce que je redoutais au fond de moi, découvrir que la personne « faite pour moi » ne soit vraiment pas la meilleure correspondance. Que vais-je faire de cette information ? Phobos me terrorise ! C'est impensable que cette foutue boussole d'amour ait cru que c'était une bonne idée ! Ou alors... Méroé et Éros l'ont truquée pour qu'on soit forcés de se trouver.

Exactement comme ce dieu du temps qui a joué avec ma vie pour... mais pour quelle raison au juste ?

— Quoi ? Pourquoi moi ? Et pour faire quoi ?

— Parce que tu es une sorcière, stupide femme ! s'agace-t-il. Parce que votre engeance a bouleversé l'Olympe et mes chances d'avoir une place parmi les Douze !

J'adorerais lui balancer tous les jets de flammes du monde mais aucun ne l'atteindrait. À la place, je laisse la tension grimper. Kairos fait les cent pas tout en prononçant ses paroles fielleuses.

— Je veux assurer ma réussite à présent. Si tu souhaites rentrer chez toi, tu as intérêt à faire ce que je t'ordonne. Sinon tu passeras le reste de ta vie à cette époque, sans jamais plus revoir les tiennes !

Je déglutis, la peur au ventre. Vivre seule et isolée de toutes les personnes que j'aime, c'est l'une de mes plus grandes terreurs d'enfant.

— Et que veux-tu que je fasse ? relancé-je.

Il s'immobilise et pousse un soupir bruyant.

— Je veux que tu subtilises le Palladion et que tu me le remettes. Te faire apparaître au moment où Phobos, que tu suivais, serait proche d'Ulysse sur un champ de bataille, alors qu'il va se mettre en quête du Palladion, était *mon* instant parfait. Ne gâche rien, fais demi-tour et obéis !

Tous les muscles de mon dos se raidissent.

— Il est hors de question que je vole le Palladion pour te le remettre ! Ulysse doit le ramener dans son camp pour conclure la guerre de Troie !

— Le Palladion doit garantir *ma* réussite ! corrige-t-il.

— Alors, vole-le toi-même !

— Je ne peux pas ! rugit-il. Je peux explorer le temps mais pas interagir directement ! Voilà pourquoi c'est toi qui vas le faire !

Par Hécate, je cauchemarde, ce n'est pas possible ! Je n'ai pas pu me faire piéger aussi stupidement par un dieu du temps, tout ça pour qu'il se venge des sorcières qui ont soi-disant rendu sa vie plus misérable encore. Je ne peux pas bouleverser notre monde et le futur des sorcières pour flatter l'ego d'un dieu frustré et malade !

Mon futur ou le futur des miennes…

— Je peux encore retrouver Circé la Première, elle m'aidera à rentrer, affirmé-je alors.

Kairos penche la tête sur le côté.

— Personne d'autre que moi ne peut lever mon sort.

Ah. Il s'agit d'une sorte de malédiction divine, comme celle qu'a lancée Antéros sur Héphaïstos pour qu'il ne trouve jamais l'amour réciproque. Elle n'a été levée que par la mort – temporaire – du premier concerné. Une condition bien dangereuse, donc.

— Ce que tu me demandes est impossible, dis-je, incapable de me faire une raison.

Kairos recule en tendant les bras.

— Eh bien, va ! Erre ! Si j'ai bien appris une chose de vous, c'est que les sorcières ont l'instinct grégaire, vous ne supportez pas de vivre loin les unes des autres, affirme-t-il d'un sourire mauvais. J'attends le Palladion, tu trouveras bien la prochaine opportunité.

Et il disparaît, m'abandonnant dans un désert que je ne connais pas, éloignée de tout. Il a raison, les sorcières vivent entre elles, en communauté soudée. Mais je ne peux pas voler le Palladion et empêcher Ulysse de le faire, ce serait condamner toute la Clairière !

J'avais de l'énergie et une détermination à revendre en quittant le camp des Grecs mais me voilà à nouveau envahie d'incertitudes et d'un désespoir prenant. Une boule me serre la gorge et des larmes d'impuissance me montent aux yeux.

Que puis-je faire d'autre que sacrifier ma vie et demeurer ici ? À cette époque ?

Acculée, je me laisse glisser sur le sol pour m'asseoir un moment. J'écrase les larmes dès qu'elles s'échappent sur mes joues. Hors de question de me laisser aller, pas maintenant ! La situation me paraît implacable mais je ne peux pas déjà baisser les bras.

— Reprends-toi, Pasiphaé, reprends-toi !

Le sort de Kairos me lie à Ulysse et au Palladion, alors quoi qu'il en soit, il vaut mieux que je sois auprès de lui pour le moment. Mais je me suis éloignée de plusieurs heures et le soleil ne va plus tarder à se lever. On s'apercevra de mon absence. Sauf si je contacte un dieu pour me ramener plus vite et discrètement.

— Pas Phobos, déjà.

Trop immature. Et il serait capable de m'emmener à Troie sans m'écouter. Mais qui, alors ?

Je ronge l'ongle de mon index tout en creusant le sable de mon talon. Il y en aurait bien un, finalement. Le seul en contact avec Circé la Première. Il est impliqué dans le camp des Grecs, en plus.

Je concentre ma magie pour la mêler à ma prière et espérer attirer son attention. Je le supplie de venir, au nom de son amitié avec Circé, la magicienne d'Aiaía. Je lui dis même que nous sommes liés, elle, lui et moi, qu'il ne peut que m'écouter et me croire autant que je crois en lui. Je lui promets un sacrifice en retour, dès que je serai capable de le faire. Et je répète, de nombreuses fois, jusqu'à ce que la lumière argentée éblouisse mes paupières closes.

J'ouvre les yeux, il est devant moi, voletant au-dessus du sol, bien plus jeune que celui que je connais. Le manteau de voyageur tissé de fils d'argent sur les épaules, le Caducée épinglé près du cœur, le dieu me scrute, intrigué.

— La requête est si étrange que je n'ai pas résisté. Parle, à présent, Hermès t'écoute.

# CHAPITRE X

**PASIPHAÉ**

Le dieu des voyageurs ne peut qu'aider une voyageuse perdue, n'est-ce pas ? Pour ne pas trop intervenir dans sa mémoire, je vais rester la plus vague possible. Il se souviendra peut-être d'une sorcière rencontrée au hasard et dépannée en quelques secondes. Ou il ne s'en souviendra peut-être même pas s'il ne cherche pas trop la bête.

— Je suis une servante d'Hécate, comme la puissante Circé d'Aiaía à qui tu rends visite. J'ai besoin de rejoindre le roi d'Ithaque avant le lever du jour. Peux-tu m'aider ?

Hermès garde un instant le silence avant de répondre.

— Pourquoi ferais-je une telle chose ?

Oh mais qu'est-ce qu'ils ont tous à marchander comme ça ? Ils sont insupportables ! Je ne peux rien monnayer au dieu messager… à part peut-être… de la flatterie ? Qui ne tente rien n'a rien, après tout.

J'adopte mon expression la plus admirative tout en m'inquiétant de l'aube qui pointe le bout de son nez.

— Parce que tu es Hermès *Argeiphóntês* ! « Celui qui s'élargit » ! L'incomparable dieu qui vole dans les airs !

Je fais mouche. Il esquisse un mince sourire fier.

— Continue, tu éveilles ma curiosité, sorcière, dit-il, l'air de rien.

Il n'emploie pas « empousa » pour utiliser à la place le terme correct « sorcière », probablement grâce à Circé la Première, très bon point.

— Tu es celui qui a berné Apollon, par deux fois !

Il dodeline de la tête avec une grimace exagérée.

— Oui, mais ça, n'importe qui peut le faire avec ce balourd d'Apollon. C'était trop facile, tu comprends ?

Le *melon* de ce dieu ! Le soleil est au seuil de l'horizon et il discute l'importance de ses hauts faits. Je me retiens de grogner.

— Tu es celui à la houlette d'or, le maître des voyageurs ! Aucune dimension ne t'échappe, tu es chez toi sur l'Olympe, sur Terre et aux Enfers !

Hermès se balance de gauche à droite en tapotant son Caducée comme s'il récompensait un chien d'une caresse.

— C'est bien vrai, soupire-t-il pourtant avec sérieux.

C'est là que j'admire Circé pour avoir su voir au-delà de cette apparence d'arrogante tête à claques.

— Rien d'autre ?

Il me reste quoi en magasin ? Oh, je sais ! Je m'approche de lui, engageant une dernière supplique, digne – je l'espère – des meilleures tragédiennes.

— Tu es surtout l'*Akakésios*, l'intelligent, le bienveillant. Tu as aidé Priam à passer les lignes achéennes pour qu'il récupère le corps de son fils auprès d'Achille. Il n'y a qu'un seul dieu que je pouvais prier dans ma situation, en sachant qu'il me viendrait en aide avec la même compassion.

Il semble touché mais peut-être pas dans le sens émotionnel que je visais. Il ouvre la bouche pour – sûrement – réclamer plus, je lui coupe l'herbe sous le pied. L'aurore est là, on n'a plus le temps de tergiverser !

— L'*Akakêsios*, souligné-je avec force, les yeux dans les yeux.

Après avoir cligné des paupières quelques belles secondes, il cède.

— Oh très bien, d'accord, je vais te déposer auprès d'Ulysse. Mais tu as tout de même oublié le meilleur, marmonne-t-il un peu vexé.

À mon regard interrogateur, il lève sa main jusqu'à hauteur de sa tête, puis la descend lentement pour désigner l'ensemble de son corps, le visage de trois-quarts. J'hésite à dire tout haut ce qu'il attend de moi. À la place, je fais mine de ne pas comprendre.

— Euh, je suis beau ? Peut-être ?

J'inspire et expire en comprimant une vague de panique alors qu'un premier rayon de l'astre du jour se plante sur ma joue. Puis je bafouille et pars en roue libre, excédée.

— Oui, tu es le plus beau, même si Phobos l'est un chouia plus que toi, ça n'enlève rien à ton charme incroyable, à tes abdos béton, à ton profil divin, tu es la magnificence incarnée, Narcisse te jalouse, le monde entier tomberait à tes pieds tellement tu es BEAU ! On peut y aller maintenant ?

Son sourire a eu diverses évolutions au cours de mon programme, il termine sur une expression de satisfaction et, pourtant, Hermès ne retient qu'une chose.

— Comment ça, Phobos l'est plus que moi ?

Le truc est parti tout seul. Une seule solution : nier.

— Q-quoi ? Non, je n'ai jamais dit ça, contredis-je en tendant la main vers lui.

— Euh si, tu…

— Je n'ai jamais dit ça ! répété-je, les dents serrées.

Il lève les mains en signe de reddition.

— Bon, bon, allons-y !

Il prend la mienne et nous éclipse. On atterrit dans un coin de la tente où Ulysse dort. J'aimerais pouvoir souffler, soulagée, mais les proches du roi d'Ithaque sont à son chevet, le secouant pour le réveiller sans y parvenir.

— La servante d'Hécate lui a jeté un mauvais sort ! Elle nous a trahis !

Mes entrailles se nouent durement.

— Oups, murmure Hermès à mon oreille. Eh bien, bonne chance, sorcière.

Et il disparaît. Je commence à me dire qu'il a fait exprès de retarder mon retour… Peut-être qu'Athéna, via la parole d'Ulysse, s'est méfiée de moi et a dépêché Hermès pour me plonger dans cette catastrophe. Ce ne serait pas délirant.

L'un des hommes d'Ulysse finit par m'apercevoir alors que j'ai les pieds plantés dans le sol.

— Elle est revenue ! Elle est là ! s'exclame-t-il avec crainte.

Parce qu'en plus j'apparais de nulle part. Alors ils sortent tous l'arme qu'ils portent sur eux, poignard, épée, flèche, et me menacent sans oser m'approcher.

— Je m'occupe d'elle, dit une grosse voix derrière moi.

Je pivote et aperçois Euryloque. Je n'ai pas le temps de me défendre, le coup qu'il m'assène m'envoie au sol et je perds connaissance.

Je me réveille les mains dans le dos et les chevilles attachées, allongée sur un tapis foisonnant de sable. J'ai mal partout : dans les jambes à force d'être pliées, dans les épaules à cause de mes bras tendus en arrière, et sur la tempe, là où le poing d'Euryloque s'est abattu. Ce souvenir me rend nauséeuse. J'aimerais me redresser, mais l'effort me semble insurmontable. Je jette un œil autour de moi. Ma vue floue se réadapte à la luminosité blanchâtre de la tente. Je reconnais l'amas de trésors autour du trône ainsi que le sceptre de commandement au pommeau d'argent. Et la main qui saisit sans finesse ma chevelure pour me relever de la pire des façons est bien celle de l'Atride Agamemnon.

— Bon retour parmi nous, chienne.

Il me relâche dès que je tiens sur mes genoux. Je m'affaisse sur mes talons et cherche du regard Ulysse mais je m'aperçois vite que je suis seule avec le roi des rois. Je déglutis, fusillée par une migraine intense. Mon cœur cogne violemment dans ma cage thoracique et chaque respiration devient de plus en plus difficile. Je suis morte de trouille. Cet homme me terrifie, planté là au-dessus de moi, les poings serrés, prêts à me rouer de coups. Je l'ai toujours trouvé inquiétant dans les textes, irréfléchi, brutal et à la santé mentale branlante, rongée par des années d'immobilisme et de sacrifices. Il demeure un violeur acharné qui a provoqué la peste d'Apollon et la colère d'Achille. Ce dernier le haïssait d'ailleurs, pour de bonnes raisons.

— J'ignore ce que te trouve Ulysse, mais si ça ne tenait qu'à moi, tu serais déjà réduite en esclavage, les deux mains et la langue tranchées pour t'éviter d'user de ta sale magie sur nous.

Je pourrais me détacher et le cramer jusqu'aux os, mais ce serait à nouveau bousculer les événements du passé. Et puis, je ne suis pas comme Méroé, à foncer sans réfléchir. J'ai besoin d'analyser et d'évaluer les conséquences de mes actes. Oui, j'ai très peur, et même si je l'assommais, lui, que ferais-je du camp grec ? Ils sont trop nombreux pour moi ! Et sous la protection d'Athéna et d'Héra.

— Tu n'as rien à dire ? Pas de supplication pour ta vie ?

Il s'accroupit lentement alors que j'espérais rester hors de sa portée visuelle. Il s'empare de mon visage, ses doigts se refermant comme un étau de part et d'autre de mon menton, et me force à le regarder droit dans les yeux.

— Pas de proposition pour la sauver ? suggère-t-il, avec une férocité qui ne masque pas ses intentions.

Je le soutiens malgré tout, même si je sens monter des larmes d'impuissance.

— Je n'avais encore jamais rencontré de magicienne, je me demande à quel point tu pourrais m'être utile. À moi, aux Atrides, à Mycènes… Tu sais, on connaît tous l'histoire de Médée dans mon royaume. Corinthe n'est pas si éloignée de Mycènes et c'est là-bas qu'elle a trahi Jason en empoisonnant la fille du roi dont il est tombé amoureux, jusqu'à tuer ses propres enfants. Es-tu faite du même bois ?

Ce que je n'attendais pas de sa part m'apparaît soudain avec brutalité : l'aspect menaçant de Médée le fascine, il ressent de la curiosité pour moi seulement pour cette raison. Les humains n'ont retenu que ce qu'ils ont voulu du récit sur Médée. L'empoisonneuse, la vicieuse et jalouse, l'infanticide Médée. Ils ne connaissent rien de la vérité.

— Tu devrais redouter toutes les sorcières que tu pourrais croiser, Agamemnon, répliqué-je en espérant que ma mise en garde ne lui échappe pas.

Son regard flamboie d'intérêt.

— Mycènes règne sur le monde achéen, mais je me dis… que si je te ramenais avec moi, si je parvenais à te dompter avec le temps, tu pourrais faire une épouse intéressante. Clytemnestre demeurerait reine, je ne ferai pas la même bêtise que Jason répudiant Médée.

La peur me brûle les entrailles. Il avance ses lèvres vers les miennes et mon instinct réagit au quart de tour.

— Renonce si tu ne veux pas que je t'émascule ! préviens-je.

L'Atride se fige. Il n'a pas non plus l'air effaré, mais une lueur inquiète s'allume au fond des yeux. Il ne peut pas avoir oublié tous les malheurs qui l'ont accablé à force de provoquer le sort. Il sourit, comme pour prouver qu'il ne recule pas par obéissance. Il relâche mon menton et m'assène une gifle si brutale que mon souffle se coupe. La douleur m'élance jusque dans la nuque, aggravant ma migraine et ma terreur.

— Si tu me reviens, je prendrai mon temps avec toi, magicienne des Enfers.

Heureusement pour moi, le pan de la tente s'ouvre, laissant entrer une brise maritime dans l'étouffant intérieur. Ulysse, les bras chargés d'un objet enroulé dans une couverture, s'avance, talonné par Ménélas, le frère d'Agamemnon, Diomède, le roi d'Argos au bras brûlé, et Néoptolème, le fils d'Achille.

Le roi d'Ithaque n'a même pas l'air surpris de la scène, alors qu'Agamemnon se redresse.

— La servante d'Hécate est à moi, rappelle-t-il d'un ton calme.

— Même après t'avoir maudit ? grommelle l'Atride.

— Elle aurait pu me tuer, elle ne m'a qu'endormi. Je me suis éveillé dès le soleil levé.

— Tu es trop magnanime, Ulysse.

— Je *réfléchis*, corrige-t-il, la patience amoindrie.

Ulysse dépose son fardeau dans un coin et s'avance vers moi, ma sacoche entre les doigts. Il s'assied et vide son contenu entre nous. Mes sachets d'herbes et mes fioles s'éparpillent sur le tapis, avec d'autres objets de mon époque qui vont forcément les interpeller. Si ma peur viscérale s'est apaisée une fois Agamemnon éloigné, l'inquiétude ne me quitte pas.

Ulysse feuillette le carnet annoté sans commenter. Il paraît piqué de curiosité mais sans plus, comme s'il s'attendait de toute façon à trouver des choses particulières sur moi. Le crayon ne l'intéresse pas, ni le gâteau enroulé dans un papier, ni même la boussole d'amour. Il s'interroge un poil plus sur l'emballage en plastique recyclé qu'il ouvre.

— C'est une protection hygiénique, précisé-je.

— À quoi ça sert ?

— À retenir le sang menstruel.

La serviette lui échappe aussitôt des mains et un dégoût saisit l'assemblée. Je lève les yeux au ciel. Les hommes... Quand il s'agit d'enfoncer une épée dans le ventre, tout va bien, mais évoquez les règles des femmes et on les perd.

— Passons aux herbes, reprend Ulysse en saisissant une fiole pour la déboucher.

— Attention ! m'alarmé-je aussitôt.

Il s'arrête. Mon cœur manque un battement. De la berce du Caucase, pour me défendre. C'est le pack classique de toute sorcière qui comporte de quoi soigner et de quoi contrer.

— Ce n'est pas du poison mais cette sève peut provoquer d'intenses brûlures. Aussi graves que celles d'Apollon lui-même, ajouté-je en regardant Diomède pour bien appuyer mon propos.

Ulysse rebouche prudemment la fiole. Il se contente de désigner les herbes et les liquides et je lui réponds autant que je le peux. Pas question d'être responsable d'un empoisonnement si ces idiots tentent quoi que ce soit avec ma réserve. Si Ulysse est intéressé par tout ça, c'est beaucoup moins le cas des autres qui poussent soupir sur soupir.

— Merci pour tes éclaircissements, termine Ulysse en mettant de côté quelques fioles et quelques herbes.

Il fourre tout le reste dans ma sacoche et passe la bandoulière sur mes épaules.

— Tu vas la croire, juste comme ça ? doute Agamemnon.

Ulysse me scrute, songeur.

— Quelque chose me dit qu'elle ne me veut pas de mal, déclare-t-il en se relevant. Et puis, elle nous a livré un secret bien utile.

— Que vas-tu inventer encore ? soupire l'Atride.

Ménélas croise les bras, aussi impatient que son frère. Néoptolème ressemble de plus en plus à un lion en cage, il n'en peut plus d'attendre son premier combat. Quant à Diomède, lui seul semble savoir de quoi parle le roi d'Ithaque.

Ce dernier s'empare de la couverture qu'il avait déposée délicatement sur le sol.

— Avec Diomède, nous nous sommes rendus sur la tombe d'Achille, nous avons descellé l'entrée et j'ai repris…

Il marque une pause et écarte les pans de la couverture, Ulysse dévoile une lame brillante, d'un doré sombre et parfait.

— L'épée de mon ami, termine-t-il à mi-voix.

Néoptolème avance d'un pas, stupéfait.

— Tu as profané la tombe de mon père ?

— Pas vraiment, non, répond Ulysse sans s'inquiéter de la tension qui a grimpé en flèche sous la tente. Vois-tu, à la mort de ton père, nous avons organisé des jeux funéraires pour gagner les armes d'Achille. C'est moi qui ai remporté l'épée et le bouclier. J'ai choisi de les laisser auprès de lui dans sa tombe. Je choisis de les reprendre aujourd'hui, même si le bouclier manquait…

Je déglutis, aspirée par la discussion qui se joue devant moi. Méroé m'a déjà parlé avec un enthousiasme débordant du bouclier d'Achille, conservé dans les forges d'Héphaïstos. Le dieu des volcans l'avait repris pour que son œuvre ne disparaisse pas.

— Sais-tu, Néoptolème, en quoi est faite cette épée d'un équilibre parfait ? Aussi légère et destructrice que le vent ?

Il pose la question au fils d'Achille, mais il me fixe, moi. Tout mon corps frissonne. Le soi-disant secret que j'ai balancé me revient en pleine face. Je craignais déjà qu'il n'ait fait le lien entre la matière et l'arme, mais il n'a pas attendu pour le vérifier.

— En bronze olympien, répond Ulysse lui-même, avec un sourire satisfait. Ce qui signifie que nous avons une arme capable de blesser un dieu. Et je te la remets, Néoptolème, car elle est ton héritage.

Le fils d'Achille tend les mains et la réceptionne, son visage ingrat de malveillance se réjouissant du don précieux. Une chose est certaine, il n'a pas hérité du charisme de son père.

— C'est ça, ton plan ? finit par comprendre Agamemnon. Envoyer notre dernière chance se battre contre les dieux ?

— Pourquoi l'oracle aurait demandé sa présence, sinon ? relève Diomède. On peut blesser les dieux, j'en suis la preuve.

— Oui, mais pas sur un champ de bataille, ajoute Ulysse. Il faut des règles pour ne pas s'attirer leur colère. Je propose un duel.

Le regard de Néoptolème flamboie à cette idée.

— Nous allons nous rendre sous les murs de Troie avec une branche d'olivier et nous allons provoquer Phobos ou Deimos en combat singulier face à Néoptolème.

Agamemnon s'emporte tandis que Ménélas blêmit.

— Et après quoi ? rugit l'aîné des Atrides. Ils sont les neveux d'Athéna, *ta* protectrice !

Pour une fois qu'il a une réflexion pertinente !

— S'ils se déchaînent contre nous en guise de représailles, elle sera forcée d'intervenir, s'entête Ulysse.

— Et elle abattra les enfants de son propre frère ?

Le roi d'Ithaque s'approche d'Agamemnon, plus du tout d'humeur à plaisanter.

— Comme tu as égorgé ta propre fille pour arriver jusqu'ici[5] ! s'exclame-t-il.

Le silence plombe l'intérieur de la tente. Les deux hommes se défient, comme deux bêtes rendues folles par les épreuves. Je n'en peux plus de stress, l'estomac retourné. Tout s'emballe et tout part dans le mauvais sens ! Je suis en train de bousiller l'*Iliade* !

Ménélas intervient et sépare les deux hommes.

— Soit, Ulysse, apaise-t-il. Mais qui te dit qu'ils accepteront de se battre contre Néoptolème ?

Mon ancêtre retrouve son sourire espiègle et se détourne des deux frères pour me désigner.

— Elle ! Phobos viendra pour elle, comme il est déjà venu ici pour elle. Le prisonnier troyen n'était pas un humain comme les autres. À partir du moment où il a posé le pied dans le camp, la peur s'est répandue. Il ne me craignait pas et n'a pas souffert du premier coup d'Euryloque.

— Mais son sang était rouge, pourtant, contredit Diomède.

---

5. *Note de Clio, muse de l'histoire et consultante de Calliopé.* Avant de traverser la mer avec la flotte et gagner Troie, les Achéens se sont retrouvés bloqués en Grèce par des tempêtes. Agamemnon a dû sacrifier sa propre fille Iphigénie à Artémis pour calmer sa colère et pouvoir mettre les voiles.

— Elle l'a protégé grâce à un enchantement, suppose-t-il avec justesse.

— Vous m'accordez beaucoup trop d'importance, interviens-je le plus clairement possible. Les dieux n'ont que faire de moi.

Si j'insinue le doute au moins chez les deux Atrides, Ulysse et Diomède sont plutôt convaincus. Quant à Néoptolème, tout ce qui l'intéresse, c'est de mettre une raclée à un dieu, quel qu'il soit. Mais il risque de mourir bien trop tôt dans l'histoire ! Ou de blesser gravement Phobos… Ils sont tous les deux irréfléchis et impulsifs, il n'y a rien de calculable là-dedans.

— Ne faites pas ça, insisté-je. Ne déchaînez pas la colère de Phobos et de Deimos, leur père Arès sera intraitable et Aphrodite vous piétinera ! C'est tout ce que je peux vous prédire ! Concentrez-vous sur le Palladion plutôt, je vous aiderai !

Je hausse le ton en espérant que la superstition les rattrape. Agamemnon flanche mais Ulysse retourne auprès de lui.

— Et depuis quand crois-tu la parole des femmes ?

— Tu ferais mieux de m'écouter, roi Atride ! surenchéris-je.

Mais sa fierté à ne pas se faire commander par une femme prend le dessus.

— Es-tu certain de toi, Ulysse ? hésite-t-il une dernière fois, tout en s'emparant de son armure.

Ulysse acquiesce avec fermeté.

— Il viendra pour la servante d'Hécate.

# CHAPITRE XI

**PHOBOS**

Je traîne dans la salle du trésor, creusée en profondeur dans le rocher sur lequel est bâti le palais. Des colonnes massives en calcaire blanc ont été élevées pour maintenir le ciel de la grande cavité. Elle était autrefois pleine de richesses, de coffrets remplis de bijoux et de pierres, de vases et d'amphores d'huile et de parfums, de lingots métalliques, d'œuvres d'art et de bois précieux. Mais aujourd'hui, il ne reste plus que des miettes. La majorité du trésor a été employée pour l'achat de grains aux alentours ou a été consommée dans la cité. Des pièces adjacentes conservant les denrées les plus fragiles, comme les épices ou les tissus, il ne reste plus que la petite salle des soies. Les pièces de lin et de chanvre ont disparu avec le temps.

Troie a été une plaque tournante du commerce avec l'Est. On a toujours été persuadés que c'est cette richesse qu'Agamemnon est venu chercher. La femme de son frère lui importe peu. Il serait bien déçu s'il parvenait jusqu'ici.

Demeure pourtant un trésor inestimable, invendable, irremplaçable : le Palladion.

Disposé sur un piédestal au centre de la salle principale, il est veillé par quatre vasques enflammées. Sa présence assure la victoire aux Troyens, les murs ne céderont pas tant qu'il est là. Si les Grecs s'en emparent, la résistance de la cité s'amoindrira et son destin changera. À l'origine, les Troyens l'avaient placé dans un temple, mais par sécurité, depuis le début de la guerre, ils l'ont déposé ici, à l'abri.

La statuette en bois représente Pallas, l'amie d'enfance de notre tante Athéna. C'est elle qui l'a façonnée après avoir tué accidentellement Pallas lors d'un jeu, quand elles étaient adolescentes. La douleur et la culpabilité ont rongé notre tante de longues années. Elle a armé la statuette d'un casque et d'une lance semblables aux siens, faits du même métal, et elle a drapé ses épaules d'une pelisse blanche, comme l'Égide qu'elle porte elle-même. Elle lui a conféré son pouvoir d'invincibilité. Le Palladion est un objet de mémoire et un miroir de la déesse de la sagesse.

— Et comment compte-t-il s'y prendre, ce fameux Ulysse, pour s'en emparer ? me questionne Deimos en tournant autour du Palladion.

L'aura lumineuse de l'attribut d'Athéna envoie ses reflets sur le visage et les cheveux blonds de mon frère. Puisque les dieux ne peuvent se mêler directement des combats des humains, Athéna n'a jamais cherché à récupérer sa relique elle-même. Qu'elle ait prévu d'envoyer son poulain Ulysse pour le faire ne m'étonne donc qu'à moitié.

— Je n'en ai aucune idée, avoué-je en haussant les épaules.

— Sûrement avec l'aide de la servante d'Hécate, suppose-t-il.

Son regard en coin m'accuserait presque d'avoir tout organisé pour la revoir.

— Si seulement, soupiré-je.

Mon jumeau lève les yeux au ciel.

— Ne t'emballe pas pour une prêtresse qui a quelques pouvoirs.

— Tu me connais, une fois que je l'aurai, je passerai à autre chose.

Il hoche la tête mais sa grimace tient toujours.

— Je sais, oui, mais en attendant tu as une phase obsessionnelle.

— Et pourquoi pas ? Elle a envie de moi.

Deimos secoue la tête en souriant. On a abandonné l'idée de trouver cette chose insensée et faiblarde qu'est l'amour. Éros et Antéros sont nos frères, oui, mais des étrangers complets par leur manière de penser. Cela dit, lorsqu'une divinité – de préférence, bien sûr, – nous plaît – on sait que piocher parmi les humaines peut être problématique, il n'y a qu'à voir le comportement de Zeus –, on n'hésite jamais. Deimos est mon meilleur ami et mon confident, pourquoi je chercherais quelqu'un d'autre pour ça ?

Les lèvres cerise de la sorcière, sa chevelure indomptable, ses yeux noirs, sa voix douce et ses pouvoirs impressionnants pour une mortelle ne me laissent pas indifférent. Elle est parfaite pour du sexe de passage. L'odeur de frangipanier a suivi la mèche que je lui ai prise, elle éveille toute mon imagination. Je me retiens de me transformer en chien-loup pour lui rendre visite. Mais Ulysse me rend trop nerveux. Il a compris très vite qui j'étais.

— Deimos, Phobos, les garçons, nous interpelle notre père en apparaissant. Les Achéens sont aux portes.

— Déjà ? m'étonné-je. Le dernier combat date d'hier…

— Le roi d'Ithaque brandit une branche d'olivier, indique Arès, contrarié.

Je partage aussitôt un regard impatient avec mon frère.

— On va demander à doubler la garde du trésor, déclare Deimos.

J'approuve et ne perds pas un instant de plus. Je n'attends ni mon père, ni mon frère, je m'éclipse sur le haut de la fortification qui surplombe les immenses battants en bois ouvrant la cité, plaqués d'un bronze devenu verdâtre à force d'être exposé aux éléments. Dans la tribune, juste sous mes pieds, le vieux roi Priam se dresse, encadré de son épouse Hécube et d'Andromaque, la femme de son défunt fils, Hector. Le prince Énée, lui, va à la rencontre des Achéens avec quelques hommes. À sa vue, Ulysse descend de son char et s'avance sans arme. La silhouette de la sorcière, debout dans la nacelle, captive mon regard. Je n'en demandais pas tant aussi vite !

Deimos me rejoint sans notre père. Ça ne nous étonne plus, il déteste se mêler aux mortels. D'autant plus que Diomède est là, parmi les Achéens. Arès n'a toujours pas digéré le fait d'avoir été blessé par un mortel. Agamemnon et Ménélas complètent l'ambassade.

— Nous venons sous la protection d'Éiréné[6] ! lance Ulysse d'une voix si forte qu'elle nous parvient. Et sans la volonté de nous battre contre les Troyens, mais contre Phobos ! Dieu de la peur !

Je retiens mon souffle, abasourdi par l'audace stupide des Achéens ! Deimos se met à rire près de moi. On perçoit même l'incrédulité de Priam, Hécube et Andromaque, sous nos pieds.

— Ils ont perdu la tête, n'en revient pas mon frère. Tu vas y aller ?

— Oh oui, affirmé-je en invoquant mon équipement.

La cuirasse en bronze gris s'attache à mon torse, l'épée se harnache à ma taille, le casque se loge sous mon bras et la lance s'allonge dans ma main.

---

6. Déesse de la paix.

— Tu viens avec moi ? demandé-je à mon frère.

En un tour de main, il fait apparaître un ensemble similaire mais couleur charbon.

— Je ne louperais ça pour rien au monde.

On s'apprête à bondir sur la scène qui se joue côté humain quand Arès se téléporte derrière nous et nous retient d'une main sur nos épaules.

— Doucement ! On ne s'emballe pas !

Je serre les dents, contrarié.

— Regardez qui sera témoin de vos exploits, ajoute-t-il.

Une silhouette se tient seule, à l'arrière de la ligne de chars conduits par les Achéens. La lance étincelante confirme sans mal l'identité de la déesse : notre chère tante Athéna, notre ennemie depuis dix ans.

— Une simple passe d'armes peut aller plus loin que vous le croyez, nous prévient notre père. D'accord pour un affrontement, mais sans pouvoir et sans donner la mort. S'il est réglementé, tout ira bien. Compris ?

Je grogne, agacé, mais je finis par accepter. J'aime ma tante, mon frère ressent la même chose et c'est certain qu'elle aussi, elle tient à nous. Si Arès et elle se sont déjà retrouvés face à face, elle nous a toujours évités sur le champ de bataille.

— Bien. Et maintenant, Phobos, va mettre une branlée à cet inconscient, m'encourage mon père en nous relâchant.

— Avec joie.

Nous bondissons du haut de la porte, au milieu de la zone entre les deux camps. Le nuage de poussière soulevé fait ruer les chevaux de peur, leurs hennissements et leurs coups de sabot retentissent de toute part. Si les rois achéens ne bougent pas, notre aura, à Deimos et moi, les atteint tout de même et on sent leur appréhension grimper. Mon frère fait signe à Énée et à ses hommes de reculer, nous prenons la suite. Le prince troyen, plutôt brave jusque-là, fait rentrer ses hommes mais reste sur son char, avec son aurige.

Moi, je me concentre sur la sorcière, debout sur le char d'Ulysse, raidie par la peur, bien évidemment. La trace d'un coup sur sa tempe me fait tiquer. Qui s'est permis de la frapper ? Ses doigts sont agrippés à la rambarde de la nacelle et un filet de sueur lui recouvre le front. Elle semble fébrile, ses yeux noirs se posant sur chaque guerrier et notamment le grand roux qui saute de son char pour agiter son épée.

La rage me barre le ventre. Ils sont complètement stupides pour parader avec une servante d'Hécate molestée sous mes yeux ! Ils veulent crever, c'est pas possible !

— Ô dieu de la peur, m'appelle Ulysse en brandissant la branche d'olivier. Le fils du noble Achille, Néoptolème, souhaite t'affronter en combat singulier ! Nous mettons en jeu la servante d'Hécate. Si tu remportes le duel, elle sera tienne. Si Néoptolème te bat, elle lui sera offerte. Acceptes-tu ?

Il ne pouvait pas mieux faire pour me défier !

— J'accepte à une condition, répliqué-je de ma voix divine.

Elle soulève le sable et fait à nouveau hennir les montures. Ulysse recule d'un pas discret, bien malgré lui j'imagine.

— Ce ne sera pas un combat à mort, je ne désire pas tuer le fils d'un tel héros de guerre. La défaite sera proclamée lorsque le perdant sera à terre, le pied du vainqueur sur lui.

Ulysse incline la tête avec respect.

— C'est d'accord, si tu acceptes toi aussi de modérer tes pouvoirs.

J'acquiesce avec difficulté. Car rien ne serait plus jouissif que de me déchaîner sur ces chiens mortels. Le roi d'Ithaque se retire de la place et rejoint sa prisonnière. Le feu coulant dans mes veines, hargneux comme rarement je l'ai été durant ce conflit, je pointe ma lance vers elle.

— Quoi qu'il en soit, sorcière, je viendrai pour toi !

Et je plante mon arme dans le sol avec une telle violence que le sol asséché se fendille jusqu'aux pieds des Achéens. Au moment où je sors mon épée du fourreau et où Néoptolème s'avance vers moi, en armes, Deimos me retient.

— Frère, attention, me prévient-il à voix basse. Néoptolème est le petit-fils de la divine Thétis. Il n'est peut-être que le fils d'un sang mêlé, il possède pourtant une force hors du commun pour un mortel.

— Ne t'en fais pas pour moi, grogné-je en m'avançant.

Néoptolème a mis son casque et a glissé son bras gauche dans les lanières de cuir du bouclier, je fais de même. Il se met à courir dans ma direction et, d'une manière tout à fait imprévue, il bondit sur moi, épée au-dessus de lui. Je lève mon bouclier à temps. Dès que la lame le frappe, je le repousse sur le côté d'un geste sec. Néoptolème ne roule pas au sol, il atterrit sur ses pieds, même s'il part en arrière à cause de la violence de ma réplique. Il se redresse, un sourire affamé aux lèvres. Tant mieux ! Enfin, un ennemi à ma hauteur !

On se rapproche à nouveau et on échange plusieurs coups d'épée et de bouclier, d'une force et d'une rapidité qui m'étonnent presque. Autour de nous, tout le monde retient sa respiration. Je perçois les regards perçants de Deimos, d'Arès et même d'Athéna sur nous. Ils devraient m'encourager à bien me battre et à retenir tout excès, mais c'est celui de la sorcière sans nom que je guette. Elle est tendue, les yeux rivés sur nous. Au moment où la lame de Néoptolème me frôle, je l'aperçois bouger les lèvres de loin, sans qu'aucun son ne les franchisse. Je brandis aussitôt mon épée dans sa direction.

— N'interviens pas ! la sommé-je, le cœur rempli de colère.

Elle s'interrompt et grimace, s'attirant aussitôt les foudres des Achéens. Ulysse lui agrippe le bras. Il est hors de question qu'elle m'aide ou pire, qu'elle me piège !

— Je t'aurai à la loyale ! lui assuré-je avant d'abattre mon arme sur le bouclier de mon adversaire.

Néoptolème perd l'équilibre et tombe au sol. Je n'ai plus qu'à appuyer mon pied sur sa gorge, mais il réagit en un quart de tour, roule sur lui-même avant que je l'atteigne et il se redresse en m'envoyant du sable sur le visage. Je l'esquive en fermant les yeux et vois donc, avec un très bref retard, le métal brillant se rapprocher de moi. Je bondis en arrière tout en sentant la brûlure inattendue me cisailler le haut du bras droit.

Je reprends mon souffle. Il affiche alors un air féroce, ses compagnons poussent des cris d'une joie inespérée.

La coupure est nette dans ma chair. L'ichor coule jusqu'au coude. Aucune lame ne peut normalement me blesser aussi durement, sauf si…

— Phobos ! L'épée d'Achille ! comprend mon frère en même temps que moi.

Il avance d'un pas rageur, je lève la main pour l'arrêter. Je vais tenter de me retenir de tuer Néoptolème, et je dis bien *tenter*. Parce qu'à présent, le fils d'Achille est un homme mort, maintenant ou plus tard, je lui enfoncerai ma lance dans la gorge.

Euryloque m'a bien frappé et j'ai ressenti pour la première fois la douleur physique de ses poings me percutant. Mais les blessures n'étaient qu'une sorte d'illusion, tout comme la douleur, et elles ont guéri à grande vitesse – grâce à l'aide de la sorcière, mais aussi à ma nature divine –, ce qui n'est pas le cas de celle-ci. Le bronze olympien permet à l'humain qui se targue devant moi d'être à armes égales avec un dieu.

— Deimos ! Ma lance ! m'exclamé-je en jetant l'épée dans le sable.

J'entends le sifflement de l'arme dans les airs et l'attrape sans avoir besoin de la voir. Plus à l'aise avec la lance, j'ai pourtant la sensation d'une brûlure de plus en plus intense au bras, qui m'empêche de me focaliser complètement sur Néoptolème.

On reprend le combat. Je repousse son épée et parviens à lui entailler la cuisse au prix d'un effort que je ne comprends pas. Une fièvre m'envahit et me tourne la tête dès que j'enchaîne des mouvements rapides. Si bien que l'épée d'Achille s'enfonce à nouveau dans la chair de mon épaule gauche, après avoir bousculé mon bouclier. Je pousse un hurlement, la douleur devenant insupportable. Néoptolème recule aussitôt et je pose un genou à terre, essoufflé. La tension humaine qui nous entoure n'est plus la seule à présent. Ma mère vient d'apparaître auprès de mon père, en haut de la porte de Troie, alors qu'Héra rejoint Athéna, derrière les Achéens.

Je m'appuie sur ma lance pour me redresser, la vue brouillée. La sueur dégouline sur mon front, je passe du chaud au froid en un claquement de doigts. Mon bras droit peine à bouger et la douleur de mon épaule gauche se déploie dans mon dos et ma poitrine comme la foudre. Ne tenant plus, mon pouvoir s'échappe. Une nuée grise m'entoure et gonfle au-dessus de moi. Mon souffle accélère et la peur provoquée autour de moi intensifie ma colère.

— Vermine ! craché-je en fixant Néoptolème qui recule de plusieurs pas.

Il retire son casque, suffoquant sous la chaleur du soleil.

— Phobos !

Deux voix se font échos au même moment : celle de mon frère, sans surprise, qui me conjure de ravaler mon déchaînement, et celle de la sorcière, emprunte d'une crainte pour moi. Pas *de* moi, mais *pour* moi. Elle s'est penchée en avant, comme si cette avancée agrandissait les chances de mieux porter sa voix, et ses yeux en amande me supplient de me ressaisir.

Je ne sais pas d'où vient cette impression qu'elle est plus liée à moi qu'il n'y paraît, mais je la sens à nouveau. Elle tient à moi alors qu'on ne se connaît pas. C'est plus sa prière que l'attente des miens qui me décide.

Toujours aussi fiévreux, j'apaise mon pouvoir. La force que cet effort requiert est démente, mais la nuée grise disparaît. Ce n'est pas du tout le cas de ma colère grondante. On reprend le duel. Je ne retiens pas mes coups, lui non plus. Les échanges deviennent alors brouillons et maladroits, pour lui comme pour moi. Le sang rouge et l'ichor volent de toute part à mesure qu'on s'entaille sans parvenir à faire tomber l'autre.

Lorsque je vacille, pris de vertige, je ne vois pas immédiatement Néoptolème foncer sur moi. Je réussis tout de même à l'éviter, mais impossible de lui planter ma lance de si près. Alors je le repousse d'un coup de pied qui l'envoie loin de moi. Il roule à quelques pas du char d'Ulysse, remuant ses chevaux. Cette fois-ci, perclus de fatigue, il ne se relève pas tout de suite.

— Debout ! Néoptolème ! Tiens bon ! encouragent les Achéens.

Je souris. Je peux perdre connaissance d'un instant à l'autre, mais pas avant d'en finir avec lui. D'un bond, je suis au-dessus du corps essoufflé. Je presse mon pied sur sa gorge. Il tente de me retenir de toutes ses forces restantes, en vain.

— Tu salueras mon grand-oncle Hadès de ma part ! dis-je en levant ma lance.

# CHAPITRE XII

**PASIPHAÉ**

Phobos va frapper Néoptolème et le tuer bien avant son heure ! Sa lignée entière va s'éteindre avant même d'avoir commencé. Car parmi ses descendants, il y a Alexandre le Grand. Toute l'Histoire va voir ses cartes rebattues à cause de moi… Et pour combler le tout, je refuse de voir Phobos tuer un homme à terre alors que les textes n'ont jamais rapporté de tels comportements de sa part. Les dieux et les hommes ne sont pas censés s'affronter durant la guerre de Troie.

Sans réfléchir plus, je tends les deux mains vers eux et libère une magie insoupçonnable.

— NON ! crié-je en sentant un flux sortir de mes paumes et balayer Néoptolème et Phobos.

La poussière se soulève autour de moi, les mortels se protègent les yeux et la lance du dieu de la peur s'arrête net à un centimètre de la gorge du fils d'Achille. Le combat se fige. Les muscles de Phobos tremblent alors qu'il semble lutter contre cette paralysie. J'ignore combien de temps ça va tenir, mais j'ai évité le pire pour le moment.

— Quel prodige… n'en revient pas Agamemnon.

— Qu'as-tu fait ? souffle Ulysse, hébété.

— Je viens de sauver ta chance d'en finir avec cette guerre, répliqué-je nerveusement. Toi, qu'as-tu fait ?

Qu'as-tu mis sur l'épée d'Achille pour qu'elle provoque cette réaction sur Phobos ?

Il m'évite du regard pour examiner les autres chars, inquiet de la situation. Mais les Achéens, même s'ils sont stupéfaits, vont bien. Aucun n'est touché par mon sort. Puisqu'il refuse de me répondre, je me dégage de son emprise et saute du char.

— Attends !

— Phobos a battu Néoptolème ! m'exclamé-je pour que tout le monde puisse m'entendre. Alors la servante d'Hécate rejoint le vainqueur !

Ulysse serre les dents, mais il cède. Il n'a jamais manqué à sa parole. Je m'éloigne de lui, le cœur battant comme un monstre enragé. Je m'approche de Phobos, subissant plus que jamais son aura. Les mains tremblantes, je saisis la lance et la repousse. Son regard me suit sans qu'il ne puisse intervenir. Je viens d'immobiliser un dieu ! J'ignorais que j'avais ça en moi… Ma magie propre n'est pas puissante, je l'ai entretenue pour notre cercle. Je ne me pensais pas capable de produire de tels sorts sans au moins les formuler dans ma tête, et surtout *seule*.

Je recule et le défais d'un geste, libérant les deux combattants. La pointe de la lance s'enfonce dans le sable, près du visage de Néoptolème. Ils reprennent leur souffle et le fils d'Achille ne perd pas de temps. Il rampe en dehors de la portée du dieu qui le surplombe. Phobos paraît dans un état second. Il fixe la silhouette de l'Achéen avec une fureur qui me noue l'estomac et qui m'empêche de l'approcher plus. Néoptolème se relève, l'épée à la main. Il n'en mène pas large. Lui aussi, il a très envie de remettre ça et de planter sa lame dans le cœur du dieu. Mais Ulysse le réceptionne et le fait reculer.

— Le combat est terminé, confirme-t-il alors.

Phobos se redresse, toujours appuyé sur sa lance, et tend sa main libre vers moi. J'aimerais pouvoir la saisir sans hésitation, mais je bataille contre moi-même.

— Viens, m'encourage-t-il d'une voix rocailleuse.

Je me force à avancer, réprimant des frissons de crainte bien violents. Dès que je suis suffisamment proche pour lui toucher la main, je remarque que ses multiples entailles sont cernées d'ocre foncé et de cloques. Ça ressemble à des… brûlures. C'est là que je comprends : Ulysse a enduit l'épée d'Achille avec de la sève de berce du Caucase. La souffrance ne peut qu'être insoutenable !

Phobos me prend par la main et nous éclipse. Le temps de cligner des paupières, et je me retrouve dans une salle vaste et carrée avec, au centre, un bassin d'eau de pluie récupérée grâce à l'ouverture dans le toit. Quatre colonnes soutiennent les pans inclinés du puits de lumière. Je n'ai pas le temps d'admirer les peintures murales, Phobos tombe à genoux et halète. La nuée grisâtre ressurgit de lui et envahit l'espace. Je me replie au point de m'adosser au mur, effrayée. Il se met à hurler de douleur, au cœur d'un tourbillon de fumée qui charrie sa peur la plus pure. Je plaque les mains sur ma bouche, pétrifiée dans mon coin.

Deimos et Arès apparaissent et s'arrêtent dans leur élan. Même eux ne parviennent pas à franchir la ceinture de ses pouvoirs. À travers la porte de la salle, j'entends des cris de panique dans le palais. Il est en train de repousser chaque être vivant le plus loin possible de lui.

— Phobos ! appelle Aphrodite en arrivant à son tour.

Arès lui attrape le bras. Elle n'ose pas non plus s'approcher. Les voiles rouges de sa robe, retenue par son armure dorée, se soulèvent autant que sa chevelure noire sous l'effet de la tempête. Horrifiée, elle laisse son regard parcourir l'endroit jusqu'à ce qu'il tombe sur moi. En deux pas, elle m'atteint, m'agrippe à la gorge et me soulève d'une main, me plaquant au mur avec une colère prodigieuse.

— Qu'as-tu fait à mon fils ?!

— R-rien, je t'assure ! me défends-je, les doigts crispés sur son poignet.

— Ne me prends pas pour une idiote ! Tu crois que je ne t'ai pas vu jeter un charme sur lui ?! Il croit peut-être que tu t'es arrêtée à temps, mais moi non ! C'est bien pour ça que je me suis dévoilée, pour te garder à l'œil !

— Je te jure que je n'ai rien fait, je voulais le protéger !

Elle doute et desserre son étau pour mieux se débarrasser de moi. Elle me jette à l'autre bout de la pièce et se concentre à nouveau sur son fils. Je roule par terre, le souffle coupé. J'aimerais agir, mais que faire ? Les pouvoirs du dieu de la peur se déchaînent. Je tremble de la tête aux pieds, mon estomac se noue dans tous les sens et la toiture de la salle s'effrite. À mesure que la situation empire, la famille de Phobos recule, impuissante. Ils ont beau l'appeler, il demeure tordu sur le sol, hurlant, assailli par les effets secondaires de la berce du Caucase, amplifiés par la magie de ma propre préparation.

— Phobos ! appelle Deimos, incapable d'avancer. Arrête ! Calme-toi !

Le tourbillon gris me balaie et m'arrache des larmes. Je me recroqueville sur moi-même.

Je ne peux rien faire. Absolument rien. Même si… même si je sais à présent qu'au plus près de lui, au point de le toucher, je ne crains rien.

Mais comment franchir un tel obstacle ? Ma magie est-elle suffisante ? Je suis rompue de fatigue, moralement et physiquement, où vais-je puiser une force pareille ?

« Relève-toi. »

La voix résonne dans ma tête. Celle… d'Hécate ? Elle a fini par entendre mes prières et a trouvé le moyen de communiquer avec moi ?

« Relève-toi, si tu me sers. »

Cette voix amie, bienveillante et chaleureuse, suffit à me redonner une once de courage. Je m'appuie sur le mur et me remets debout en grimaçant. Aphrodite n'y est pas allée de main morte. Et maintenant ?

« Tu as déjà la réponse en toi. Fais-toi confiance, Pasiphaé, fille de Circé et de Médée. »

Je pose mes mains sur mon cœur qui bat la chamade. Je n'ai pas les ressources de Méroé, mais j'en possède d'autres. Et souvent, je les identifie ainsi : observer, écouter, analyser.

J'observe la scène en tentant d'adopter un point de vue externe : Phobos est seul au centre, enrobé par cette fumée grise, de plus en plus opaque. Personne ne peut l'approcher. Ses pouvoirs sont incontrôlables, ni par lui ni par les siens.

J'écoute : ses cris sont dus à l'extrême douleur provoquée par les blessures, oui, mais pas que. J'entends aussi sa désolation. Ses pouvoirs l'enferment et repoussent tout le monde, même ceux susceptibles de l'aider. Il s'isole, peut-être inconsciemment mais c'est ce qu'il est en train de faire. Ses hurlements me paraissent alors plus déchirants que plaintifs. Deimos le supplie encore, ses parents l'appellent sans cesse.

J'analyse : ils ne peuvent rien faire car, au fond, ils ressentent la même chose que lui. Eux aussi sont isolés dans leur particularité. Eux aussi sont parcourus par la même détresse. Et même s'ils parvenaient jusqu'à lui, que pourraient-ils faire ? Moi, je peux réciter un sort pour apaiser ses blessures, ça devrait calmer ses pouvoirs. Être là, tout simplement, pour lui signifier qu'il n'est pas seul, et permettre aux siens de s'approcher de lui. Ça me donnerait le temps de rassembler ce qu'il faut pour le soigner.

Il me suffit de marcher jusqu'à lui et de le toucher. Je remplis mes poumons et avance d'un pas. C'est l'épreuve de la foi, sauter dans le vide, faire face au néant.

— Hécate, Circé la Première, Médée la Première, vous qui êtes dans ce monde en même temps que moi, envoyez-moi votre force, murmuré-je avant de plonger dans la fumée.

Toutes mes peurs m'assaillent : peur du noir, du loup des histoires, des autres, de me perdre, d'être éloignée de mes proches, des hommes violents, d'Agamemnon, de Kairos qui attend l'impossible pour me rendre ma vie, des conséquences du sort interdit que nous avons lancé, Panthéa, Endora et moi…

Je stoppe, les entrailles agitées. Je n'arrive plus à respirer tant mes craintes sont gigantesques à cet instant, perdue au milieu des nuées grisâtres de Phobos. Je sens que je vais vomir ! Et éclater en sanglots. Et courir en sens inverse comme me le dicte puissamment mon instinct de survie.

Si je ne parviens pas à me confronter à toutes ces peurs en pagaille, je peux peut-être tenter de me raccrocher à Phobos qui implore de l'aide ? Ce nigaud qui s'est battu à l'aveugle contre Néoptolème, qui a fini par m'écouter et épargner Euryloque alors qu'il aurait pu le décapiter d'un coup… Je reprends mon avancée. Bien. Quoi d'autre ? Hum, ce dieu de la peur plus séduisant qu'Hermès à mes yeux. Vraiment très séduisant à mon époque oui, mais terriblement attirant avec son allure de jeune coq prétentieux ici, je dois bien l'avouer. Qui a coupé une mèche de mes cheveux pour la garder avec lui… Oui ! Je peux me raccrocher à cette infime part de moi qu'il détient sur lui !

— *Magie, trace mon chemin jusqu'à ce qui est mien.*

Le sort assure mon pas à travers les nuées. Mon pied touche de l'eau, je descends dans le bassin jusqu'aux mollets et le traverse. J'y suis presque. Je reste focalisée sur Phobos, sur sa voix qui fait trembler chaque corde de mon corps, sur la douceur de ses lèvres sous mes doigts. Lorsque je grimpe sur le rebord du bassin, je n'ai plus qu'à m'agenouiller auprès du dieu. J'appuie mes mains sur sa cuirasse et toutes mes peurs s'évanouissent. Je ne me relâche pas pour autant, Phobos s'agite toujours, inconscient de ma présence. Ses blessures s'étendent. La sève continue d'agir sur les chairs tant qu'elle n'est pas retirée. Ce qui signifie aussi que je ne peux pas toucher les zones infectées au risque d'être brûlée à mon tour. Il n'a aucune marque sur son visage, alors je pose mes paumes sur ses joues brûlantes et moites de fièvre. Hagard, il pose son regard sur moi sans me voir.

— *Que la souffrance de Phobos se taise, que la peur qui règne ici s'apaise.*

Le souffle saccadé, le dieu cesse de s'agiter. Les nuées grises s'évaporent. Il ne crie plus. Il me fixe, à moitié sonné, et pourtant il semble me reconnaître au milieu de sa confusion.

— Toi…

— Ne bougez pas, je vais m'occuper de vos blessures.

Il se met à sourire malgré la léthargie qui le guette.

— Je t'ai gagnée…

Je me mords la lèvre, déconcertée. Et soulagée de constater qu'il est encore là.

— Non, on ne gagne pas une personne, mais contente de voir que vous avez toute votre tête, dis-je en retirant mes mains.

Deimos s'approche enfin. Il tombe à genoux et veut l'enlacer, réconforter son frère, mais je le stoppe immédiatement.

— Non, attention ! Si tu touches ses blessures, tu risques de te contaminer ! La berce du Caucase brûle la peau rien qu'au contact. Dans le cas de Phobos, elle s'est infiltrée dans ses veines à cause de l'épée d'Achille. Il va falloir nettoyer ses plaies avec soin et lui faire boire quelque chose pour l'éliminer de l'intérieur…

Je vide ma sacoche près de moi et vérifie les quelques herbes et huiles en ma possession. Un peu de saule blanc, c'est tout ce qu'il y a d'utile dans le cas de Phobos, Ulysse a gardé le reste. Une décoction agira sur la fièvre.

— Je peux le plonger dans le bassin pour nettoyer les plaies ? propose Deimos.

— Surtout pas, la sève s'étendrait bien plus vite ainsi, réponds-je. Il faut tamponner chaque blessure avec un linge sec avant que j'applique un remède.

— Je vais chercher des linges, se propose Arès en s'éclipsant.

Aphrodite se tient debout près de moi, les poings serrés.

— Et maintenant ? grogne-t-elle, méfiante.

— Est-ce que les Troyens ont un jardin médicinal ? Ou une réserve de plantes pour soigner ?

— Va voir Cassandre, me conseille Deimos.

Je me relève, engourdie. Aphrodite m'agrippe le bras.

— Si tu nous trompes, je te jetterai du haut des murailles, compris ? Empousa ?

Elle n'a vraiment pas besoin de me menacer et je comprends sa nervosité, mais elle ne m'aide pas. J'ouvre la bouche pour répondre, Phobos me devance de sa voix épuisée.

— On dit « sorcière », mère… Ne va pas la vexer…

Le regard de la splendide Aphrodite s'assombrit. Ça non plus, ça ne m'aide pas. Même si sa réplique moqueuse me donne envie de sourire.

— Je reviens, assuré-je en me dégageant.

Je m'éloigne et sors de la salle. Je parcours un large corridor, longe des cours intérieures et des pièces sans qu'aucun bruit n'en sorte. Les habitants du palais ont fui le plus loin possible. Ce silence, enfin, me remue. Je ralentis et m'assieds sur un muret. Je me sens complètement chamboulée. J'ai faim et soif, j'ai sommeil, je ne parviens pas à me calmer. L'urgence plane toujours au-dessus de moi alors que je ne souhaite qu'une chose : me réveiller de ce long rêve tourmenté dans mon lit, à Springfall, me faire un thé et bouquiner sous un plaid.

Et en même temps, de la manière la plus paradoxale, je sais que je vis quelque chose d'extraordinaire. De dangereux, de fou et d'incroyable ! Mais si je reste à cette époque, que puis-je bien espérer ? Je suis à présent dans le camp de ceux qui vont perdre. Je risque de devenir ce que toutes les femmes de ce palais vont devenir : du butin. Et de me retrouver trimballée et mariée à Mycènes par l'odieux Agamemnon. Ou je peux voler le Palladion – plus proche de moi que jamais – pour Kairos et risquer la disparition d'une partie de ma communauté. Voire de moi-même. Parce que même s'il y a deux lignées : celle de Circé la Première et d'Ulysse, et celle de Médée la Première et de Jason, nous n'avons jamais fait de distinction. Nous sommes toutes descendantes d'Ulysse et de Jason. Impossible de savoir qui sera impactée.

Un léger bruit de battement d'ailes attire mon attention. Je me lève et m'approche d'un battant en bois, assez entrouvert pour jeter un œil à l'intérieur de la salle. Des lampes à huile sont allumées. C'est vrai que la lumière du jour semble basse. Je perds la notion du temps. Une silhouette se tient debout, enveloppée dans un long tissu anthracite qui lui couvre la tête. Je ne vois que son profil, un nez droit et recourbé au bout, penché vers le bas. Derrière elle, une divinité aux grandes ailes immaculées et déployées lui murmure des paroles à l'oreille, l'expression grave. Je tressaille en reconnaissant Éros. Il a l'air si jeune, lui aussi. Et si… peiné. Ça ne lui ressemble pas du tout. Lorsqu'il a fini de délivrer son message, il s'évapore, abandonnant derrière lui des larmes sur les joues de l'inconnue.

Je suis si proche de la porte que je donne un coup involontaire dans le battant en me détournant de la scène, gênée d'en avoir été témoin.

— Qui est là ? demande aussitôt la voix.

J'hésite à me dévoiler un quart de seconde avant de pousser la porte. Après tout, il s'agit peut-être de Cassandre ? Ou alors cette personne m'aidera à trouver Cassandre.

— Je suis désolée, dis-je en faisant quelques pas à l'intérieur. Je ne voulais pas te déranger.

— Ce n'est pas grave, entre.

Elle découvre sa tête en rabattant le tissu sur ses épaules. La femme, d'une quarantaine d'années, est d'une grâce à couper le souffle malgré ses yeux rougis. Troublée, je recule même d'un pas. Il y a la beauté irréelle d'Aphrodite, déesse consacrée, et il y a la beauté terrestre de cette femme, aux formes épanouies, aux grands yeux bruns, à la chevelure aussi noire que la terre retournée. C'est forcément Hélène, la reine de Sparte et ancienne épouse de Ménélas. Elle seule pourrait concurrencer Aphrodite et Aphrodite n'aurait pas choisi une autre humaine pour Pâris.

Mais si son charme est évident, son chagrin, lui, semble incommensurable.

— Je ne t'ai jamais vue ici, dit-elle d'une voix éteinte.

Pâris est mort, voilà pourquoi. Il nous manque tant de données sur cette époque éloignée, malgré le récit d'Homère qui est plus tardif. Mais je reconnais des éléments qui pencheraient pour une coutume du deuil : ses cheveux sont détachés et sans ornement, elle ne porte pas de fard ni aucun bijou, ses vêtements n'ont pas de couleurs.

Je déglutis. Si je ne veux pas me laisser emporter par toute mon empathie, je ferais mieux de ne pas m'attarder ici.

— Je viens d'arriver, je cherche Cassandre pour m'aider à soigner quelqu'un. Je pensais la trouver ici, j'ai entendu des voix.

— Des voix ? Il n'y a que moi, je priais.

Oh, elle n'a pas eu conscience de l'apparition d'Éros. Le connaissant, il a probablement essayé de la consoler. Éros a le cœur sur la main.

— Je ne voulais pas te déranger, dis-je alors en faisant demi-tour.

— Je peux te mener à Cassandre, si tu veux.

Étant donné que j'ignore où je vais, j'accepte. Et si en plus, elle peut s'occuper l'esprit même rien que pour quelques minutes, je ne vais pas l'empêcher de me guider. Elle resserre son étole sur ses épaules et me conduit à travers le palais. Les domestiques finissent par revenir après avoir fui le périmètre de la salle dans laquelle nous sommes apparus avec Phobos. Ils semblent encore inquiets, mais ils s'inclinent à notre passage avec respect.

Sans un mot, ma rencontre m'emmène dans ce qui devait être, à l'origine, un immense jardin. Les arbres ont disparu, ne laissant que des souches, l'herbe sauvage recouvre les chemins et de l'orge a été semée sur une grande partie de la surface pour nourrir la cité. Seul un carré semble épargné. De loin, j'aperçois une variété de plantes différentes et, au milieu, une femme vêtue d'une longue robe bleu nuit, accroupie au milieu d'elles.

— Voilà Cassandre, là-bas, m'indique ma compagne muette en s'arrêtant.

Je n'ai pas le temps d'échanger un mot avec elle qu'elle s'en va.

— Merci ! lancé-je tout de même, perturbée par son comportement.

— Je t'en prie, dit-elle de sa voix éthérée.

Elle disparaît dans le palais sans se retourner.

À quoi bon trouver l'amour pour éprouver cet état si on le perd ? Ça a toujours fait partie de mes réserves à l'idée d'entrer dans l'agence de Méroé. Hélène a pris le risque de sa vie en quittant Ménélas pour Pâris, mais est-ce que ce choix en valait réellement la peine ? Elle aurait pu poursuivre une vie tranquille à Sparte, à l'abri de tout, avec un époux et sa fille Hermione.

Tout balayer pour une histoire d'amour, c'est bien quelque chose qui m'interroge.

— Pasiphaé ?

Je fronce les sourcils, surprise, et jette un œil vers Cassandre. Comment connaît-elle mon nom ? Elle s'est relevée et regarde dans ma direction.

— Approche, je t'attendais.

# CHAPITRE XIII

**PASIPHAÉ**

Plus je m'approche de Cassandre et plus la couleur de ses yeux me frappe : ils sont dorés. *Vraiment* dorés, comme habités d'ichor. Alors qu'elle n'est pas une divinité, je le sais. Cassandre est l'une des filles humaines de Priam et d'Hécube, même si son histoire est particulière. Bien malgré elle, elle a attiré l'œil d'Apollon qui lui a fait don d'entrapercevoir le futur en espérant qu'elle réponde favorablement à ses avances. Mais Cassandre l'a refusé, alors il s'est vengé et a craché dans sa bouche. À partir de là, personne n'a jamais cru aucune de ses prédictions.

— Approche, m'encourage-t-elle avec un sourire chaleureux.

Elle soupçonne l'issue malheureuse du conflit, et pourtant elle semble sereine. Depuis toutes ces années, elle a dû se faire une raison.

— Tu savais que je viendrais ? demandé-je sans remettre en question son pouvoir.

— Ta présence ici est… imprévue, je l'admets. Mais oui. Tu cherches du dictame de Crète pour soigner des blessures.

Wow, c'est impressionnant ! Et quelle douceur dans sa voix, quelle bienveillance. Elle ressemble à une sorcière parmi ses plantes, avec sa besace ouverte et ses outils de cueillette dont une serpette en or, comme les nôtres.

Cassandre rassemble ses longs cheveux en un chignon et y plante une épingle en bois peint.

— C'est vrai, oui, bredouillé-je.

— Viens.

Je la suis dans l'allée sinueuse de son jardin. Elle s'arrête devant des fourrés entiers de dictame de Crète à la belle couleur bleu-vert et aux feuilles duveteuses. Elle s'accroupit et m'en coupe plusieurs brins. Je la rejoins, curieuse d'en savoir plus.

— Comment as-tu deviné que je m'appelais Pasiphaé ?

— Je ne l'ai pas deviné, j'ai devancé ta question.

Je fronce les sourcils, perplexe.

— Mais… si tu n'avais pas devancé ma question, je ne l'aurais pas posée et tu n'aurais pas pu savoir.

Elle sourit tout en nouant les branches entre elles.

— Ah, ça, c'est tout le paradoxe des Clairvoyants. Je t'ajoute de l'ortie, tu en auras besoin.

Elle évoque les Clairvoyants comme si elle parlait d'un peuple ou d'une nature spécifique – divinité ou sorcière par exemple –, alors que je n'en ai jamais entendu parler de mon côté.

— Les Clairvoyants ?

— Celles et ceux qui naissent avec les yeux qui *voient*. Nous ne sommes que très peu dans le monde. Apollon choisit ses Pythies[7] parmi nous, ajoute-t-elle en détournant le regard.

Ce qu'elle affirme ne colle pas avec ce que l'on raconte à son sujet.

— Alors, les Clairvoyants ont tous un pouvoir de prédiction, en plus de *voir* l'avenir proche ? tenté-je de comprendre.

---

7. La Pythie était une prêtresse délivrant un oracle dicté par Apollon.

— Non, la prédiction, ou l'oracle, est un pouvoir uniquement accordé à la Pythie.

Cassandre se relève.

— Je suis une exception. Apollon m'en a fait cadeau en espérant que je lui cède. Et quelque chose me dit que tu connais la suite, ajoute-t-elle en me tendant ses bouquets.

Je vois. Apollon l'a bel et bien maudite après son refus.

— Moi, je te crois, dis-je alors en fourrant les plantes dans ma sacoche.

— Tu en es persuadée, mais en vérité, il n'en est rien.

J'ai du mal à comprendre comment je pourrais changer d'avis à ce sujet, alors que je sais ce qu'il va se passer. Mon interrogation doit transparaître car Cassandre prend mes mains dans les siennes et plonge ses yeux dorés dans les miens. Elle se met à murmurer des paroles qui s'insinuent en moi avec la même force que la voix divine de Phobos.

— *Une monture venue de la mer entrera dans Troie et déversera le feu, les armes et l'homme aux mille ruses*, professe-t-elle.

Elle me relâche, je titube de deux pas en arrière, sonnée. Un puissant rejet m'envahit. Elle a tort, c'est aussi limpide que le ciel d'été. Alors que je sais parfaitement qu'Ulysse va bâtir un cheval dans le bois de certains navires pour cacher ses guerriers à l'intérieur et prendre Troie. Mais je ne crois pas un seul mot qui sort de la bouche de Cassandre. Confuse, je n'ose rien dire. Elle ne commente pas, habituée de cet état de fait. Elle dépose sa besace et ses outils sur le sol et sort du jardin en s'essuyant les mains sur un pan de tissu attaché à sa ceinture en bronze.

— Je vais te guider, ne t'en fais pas. Et on va s'arrêter prendre du lait de pavot et quelques ustensiles.

Je la rattrape, l'esprit bouillonnant de questions. Me croirait-elle si je la prévenais de son sort dramatique ?

Est-ce que ce serait changer l'histoire que de la mettre en garde contre le viol qu'elle subira dans le temple d'Athéna lors de la prise de Troie par les Grecs ? La culpabilité de mon silence devient intense. Je voudrais faire quelque chose en sachant que chacune de mes actions ici est un risque pour le futur. Peut-être puis-je insister sur la prudence ? J'ouvre la bouche, Cassandre me coupe l'herbe sous le pied alors qu'elle fait un crochet par une réserve, près des jardins.

— Ne t'inquiète pas pour moi. Je sais déjà que notre temps ici est compté, dit-elle, les lèvres étirées en un rictus fataliste.

Elle me remet un pot au goulot étroit, fermé par de la cire, un ensemble de bols évasés et une cruche remplie d'eau avant de m'entraîner dans son sillage.

— Comment fais-tu pour endurer cette connaissance du futur ?

— Je profite de l'instant présent, répond-elle en entrant dans le palais. J'aimerais qu'Hélène en fasse autant, mais elle s'est enfermée dans sa douleur. Elle prie Éros tous les jours en espérant oublier ses sentiments pour Pâris.

Bon, la femme qui m'a guidée jusqu'à Cassandre était bien Hélène de Sparte, devenue Hélène de Troie. L'ambiance douloureuse de ce palais fantôme n'en finit pas de peser sur sa poignée d'habitantes. Je marche sans plus rien dire. Le Palladion me revient à l'esprit : m'en emparer, c'est aussi et surtout quitter ce drame absolu que vivent ces personnes. Ça me convaincrait presque.

— Ta robe est très étrange, finit par déclarer ma voisine. Je n'avais jamais vu une telle matière, si fine et aux motifs si précis, ni même un tel système de fermeture.

Oui, par rapport à leurs tuniques longues en lin coloré, ma robe en synthétique imprimé, et à la fermeture Éclair dans le dos, doit interroger. Je me rends aussi compte que depuis mon arrivée à cette époque, je suis entourée d'hommes. Me voilà enfin en compagnie féminine, d'où cette sensation familière d'apaisement et d'inquiétude.

— On est nombreuses à porter ce genre de robe chez moi, réponds-je alors.

Elle acquiesce avec un sourire complice.

— Lorsque tu auras terminé les soins que tu dois donner, viens me trouver dans les jardins. Je te donnerai de quoi te changer et je t'emmènerai aux bains avec mes sœurs.

La proposition me réchauffe la poitrine.

— Avec plaisir.

— Bien, dit-elle en souriant, avant de s'arrêter devant l'entrée de la salle au bassin.

— Comment sais-tu que c'est ici que je devais me rendre ? Tu as devancé ma question ? m'amusé-je.

— Non, j'ai suivi la peur.

*Logique.* Cassandre regarde à l'intérieur, sur la pointe des pieds, sans pour autant entrer. Phobos a été allongé sur un lit à hauts pieds. Deimos est le seul présent, Arès et Aphrodite se sont absentés mais je ne doute pas qu'ils veillent sur la santé de leur fils, même de loin. Phobos a l'air plus calme, mon sort tient bon, et son jumeau demeure auprès de lui. Je sais, depuis le mariage d'Ella, combien ils sont fusionnels, tous les deux. C'est rassurant quelque part, de savoir qu'ils ne sont pas tout à fait seuls.

— C'est étrange, n'est-ce pas ? murmure Cassandre.

— Quoi donc ? m'étonné-je.

— Les dieux de la peur et de la terreur nous protègent depuis des années et pourtant on les craint, personne ne les approche.

Ça me serre le cœur. Ils sont là, ils se dédient à ce peuple alors qu'ils sont redoutés comme personne. Au point que Phobos s'isole même en pleine crise.

— Sauf toi, ajoute Cassandre.

Elle me tapote le bras et s'efface. Je me mords la lèvre, embarrassée. C'est facile à dire quand on ne me connaît pas. Dans mon monde et à mon époque, je suis pourtant la seule sorcière à avoir une peur bleue de lui.

Je rejoins le lit, étonnée de me sentir moins impactée par son aura naturelle.

— J'ai appliqué des linges secs, indique Deimos, encore un peu suspicieux.

Mais comme il va privilégier son frère par-dessus tout, il ne va pas me contredire, même s'il ne m'apprécie pas. Je dépose tous mes ustensiles sur le sol et prends place au bord du lit. Deimos lui a retiré son armure, il ne lui reste que sa tunique courte et mouillée de sueur. Chacune de ses entailles est recouverte d'un morceau de tissu.

— C'est parfait, merci.

Je remplis un bol d'eau et plonge les feuilles d'orties dedans avant de chauffer le tout d'un sort – pas le temps de demander un feu et de patienter devant. La Clairvoyante a décidément devancé toutes mes demandes sur les soins que j'avais à prodiguer : l'ortie est parfaite pour purifier l'organisme. Avec l'aide de la magie que j'insuffle dans ma préparation, elle chassera la berce du Caucase de ses veines.

— Tu veux bien le redresser ?

Deimos glisse ses bras dans le dos de son frère et le relève. Phobos grimace. Ses yeux s'entrouvrent. Il n'a pas perdu connaissance, mais il demeure groggy.

— Buvez, ça va soulager la douleur.

— À part s'il y a du Nectar dans ce bol, ce n'est pas la peine, sorcière, marmonne-t-il.

— Ne faites pas l'enfant, grondé-je.

— Bois, Phobos, ajoute Deimos avec autorité.

— Si vous vous y mettez à deux… grogne-t-il en acceptant le bol à ses lèvres.

Il avale plusieurs gorgées, puis Deimos le repose délicatement.

— Peut-être que ce n'est pas une si mauvaise idée que ça, dis-je, pensive.

— Quoi donc ? s'impatiente Deimos.

— Qu'il consomme de l'Ambroisie. Votre nourriture lui redonnerait des forces.

Deimos garde le silence une poignée de secondes avant de se lever.

— Je peux aller sur l'Olympe pour en chercher, mais je risque d'être retardé. La situation là-haut est… compliquée.

Je veux bien le croire. Ce doit être un véritable champ de mines puisque les dieux sont eux-mêmes divisés par cette guerre.

— Vos parents ne sont pas là-haut ?

— Je crois qu'ils préfèreraient se crever les yeux, déclare Phobos, de sa voix éteinte.

— Zeus déteste notre père, éclaire Deimos. Et ils ont mieux à faire. Je tâcherai d'être rapide.

Pourtant, il ne part toujours pas, il semble hésiter.

— Préparer le dictame et l'appliquer prendra du temps, je ne bougerai pas d'ici, dis-je alors, pour le rassurer.

Deimos n'émet qu'un grognement peu collaboratif.

— C'est bien ce qui m'inquiète.

Il se méfie de moi à ce point ?

— Si elle avait voulu me cramer, elle l'aurait déjà fait, marmonne Phobos.

— J'espère que tu dis vrai. S'il lui arrive quoi que ce soit durant mon absence, tu ne feras pas long feu, sorcière, me prévient-il.

Je n'ai pas le temps de me défendre, Deimos s'éclipse. Ils ont un sale caractère en commun, c'est certain ! Je sors le dictame, une coupe et ma fiole d'huile pour préparer mon remède. J'effeuille et frotte l'herbe entre mes mains, la plonge dans la coupe et mélange le tout.

— *Dictame de Crète, apaise les brûlures, nettoie la souillure et que guérison soit faite.*

Je n'ai plus qu'à l'appliquer sur les plaies. *Encore.* J'ai l'impression de ne faire que ça. L'inconvénient des jeunes coqs de basse-cour, prêts à tout pour en découdre avec le premier venu. Je soulève les premiers bandages qui ont absorbé la sève pour enduire les blessures d'huile et de feuilles avec un carré de tissu propre. La réaction de Phobos ne se fait pas attendre. Il serre les dents et tressaille au premier contact.

— Vous n'en avez pas assez de vous blesser comme ça ? grommelé-je. Si vous étiez plus modéré, vous ne seriez pas dans cet état.

— Le prix en valait la peine, soutient-il, fiévreux.

— Quel prix…

Je ravale le reste en comprenant.

— Je ne suis pas un prix de tombola ! m'insurgé-je en soignant la blessure suivante avec moins de délicatesse.

Phobos gémit sans perdre le sourire.

— J'ignore tout de « Tombola », mais Ulysse a été clair au début du duel.

Je passe à son épaule et mes gestes deviennent rudes. À tel point qu'il m'agrippe le poignet pour me retenir.

— Aie pitié, s'il te plaît…

— Alors arrêtez avec ça, je ne vous appartiens pas, ni à vous, ni à Ulysse.

*Ni à Agamemnon.*

— Tu sembles oublier que… que mon frère peut revenir d'un instant à l'autre, et te châtier.

*Sale gosse*. Je m'assagis, il ne me lâche pas pour autant. Ses doigts s'écartent tout de même un peu et se referment sur ma main. Ils l'accompagnent et son contact devient plus calme. Il faut dire que je commence à m'accoutumer à son corps, à force de l'explorer pour le soigner.

— Ta peau est si fraîche, souffle-t-il.

Je quitte mon soin et lui touche le visage.

— Vous êtes brûlant.

Je pensais attendre d'avoir terminé pour lui donner le lait de pavot, mais c'est vain. Il calmera la fièvre et le fera dormir un moment.

— Buvez.

Il s'appuie sur ses coudes avec difficulté, je maintiens sa nuque pour l'aider. Une fois le pot avalé, il se recouche.

— Il va falloir arrêter avec ces marques de respect, j'ai l'impression que tu t'adresses à un vieillard comme Priam.

— Vous êtes plus vieux que Priam.

Phobos laisse échapper un rire qui illumine son visage. Plutôt me mordre la langue que de montrer combien ça me plaît ! Son physique si parfait est souvent teinté d'impassibilité. Alors qu'il prend vie d'une façon si resplendissante quand il sourit.

— « Tu », corrige-t-il.

Je baisse les yeux. Ce serait accepter une proximité que j'ai tendance à chercher bien malgré moi depuis que je suis ici. Mais si j'ai moins peur de lui, c'est bon signe, quoi qu'il en soit. Ça ne signifie pas que nous sommes faits pour être ensemble comme le prétend la boussole, loin de là. Juste que j'ai accompli un chemin par moi-même.

— Très bien, *tu* es plus vieux que Priam.

Ses paupières s'alourdissent, il frissonne moins quand je soulève ses bandages.

— Tu ne m'as pas donné ton prénom…

Je peux également lui céder cela.

— Pasiphaé.

— Pasiphaé…

J'en ai le souffle coupé en entendant sa voix rauque murmurer mon prénom. Il ne l'avait encore jamais prononcé en ma présence. On me rappelle toujours mon lien avec Pasiphaé la Première quand on l'entend. Mais cette fois-ci, l'attachement à ma personne, dans ce bruissement qui a franchi ses lèvres, est incontestable. Ça me touche beaucoup plus que je n'aurais pu le prévoir.

Lorsque j'en ai terminé, Phobos a sombré dans le sommeil. Je dépose mon matériel par terre, me lave les mains dans le bassin et retourne m'asseoir.

Je ressors la boussole d'amour de mon sac. Pourquoi ne tourne-t-elle plus ? Elle n'a qu'un usage unique ? La magie contenue dans la flèche d'Éros ne fonctionne plus ?

— Montre-moi le véritable chemin, stupide boussole d'amour, marmonné-je.

D'un coup, l'aiguille se met à tourner sur elle-même. Mon cœur démarre au quart de tour ! Va-t-elle me ramener chez moi ? Ce serait aussi simple que ça ?

Mais non. L'aiguille stoppe. Et désigne Phobos.

— Stupide, stupiiide boussole d'amour truquée.

Je la jette dans ma sacoche et m'allonge à côté du dieu de la peur. Il reste une petite place, je vais l'occuper et dormir un moment, je suis rompue de fatigue.

PHOBOS

Je me réveille au bout d'un moment, plus apaisé. Les entailles me brûlent moins, la fièvre est tombée. Ma blessure à l'épaule, plus grave, mettra un peu plus de temps à guérir. La sorcière est douée, il faut le reconnaître.

Non, pas « la sorcière » ...

— Pasiphaé.

— C'est son nom ?

La voix de mon frère m'interpelle. Je me redresse en essayant de ne pas m'appuyer sur le bras à l'épaule embrochée. Deimos est assis contre le lit, de mon côté. De l'autre, auprès de moi, Pasiphaé se repose.

Elle s'est endormie, là. Proche de moi. Sans me craindre. Jamais personne n'était parvenu à m'approcher en plein déchaînement de mes pouvoirs, pas même mon frère. Il faut que les siens aussi s'emballent pour que nous restions côte à côte. D'habitude, on s'isole sur notre rocher, à Cythère.

N'est-elle pas... exceptionnelle ?

— Oui, c'est son nom.

Deimos me tend une petite amphore pleine d'Ambroisie. Je rassasie ma faim.

— Je me méfie d'elle, déclare-t-il alors.

— Elle est inoffensive.

— Non, elle n'a pas peur de toi, rectifie Deimos. Même si elle est sensible à tes pouvoirs, comme tout le monde. *C'est* inquiétant.

— Je dirais plutôt : étrange.

Mon frère se lève, d'humeur maussade.

— Je vais faire une ronde, tu viens ?

Je me sens encore engourdi et le calme de la pièce, avec Pasiphaé, m'attire plus qu'une surveillance des mouvements adverses.

— Non. J'ai encore besoin de repos.

— Comme tu voudras.

# CHAPITRE XIV

**PASIPHAÉ**

À mon réveil, j'ai laissé Phobos somnoler et je suis retournée au jardin – en tâtonnant – pour honorer l'invitation de Cassandre. Et j'ai bien fait ! Elle m'a entraînée dans la visite du quartier des femmes, là où vivent les filles d'Hécube et de Priam, ainsi que leurs compagnes de la noblesse troyenne. Voir ce passé prendre vie sous mes yeux est une expérience inespérée. Toutes ces petites choses que l'on retrouve au cours des fouilles sont choyées et utilisées ici : des peignes en ivoire et aux dents longues, des parures en or et en perles de verres multicolores, des pyxides en céramique contenant des onguents, des palettes à fard égyptien composé de lapis-lazuli, des lyres en carapace de tortue et en bois de cervidés, des flûtes taillées dans du roseau…

Je me retiens de bondir partout, elles se demanderaient d'où je viens pour m'extasier devant ces objets de leur quotidien. Je me fais même toute petite une fois dans les bains, en compagnie de Cassandre, d'Hélène, d'Andromaque, la veuve d'Hector, et de quelques-unes de leurs amies. Plongée dans l'eau chaude jusqu'au cou, je les écoute discuter du rationnement, des problèmes rencontrés dans la cité, de leurs actions pour entretenir le moral des Troyens alors qu'elles sont toutes en deuil.

J'observe les traits déterminés d'Andromaque, au long nez et aux yeux secs. Elle soutient qu'il n'y a pas de reddition possible et que son fils d'un an est leur espoir futur, qu'il faut tenir bon. Elle fait sourire ses compagnes, d'espoir et de résignation. Cassandre parle, rappelle ce qu'il va se passer d'un ton rendu neutre par les années, mais personne ne la croit, moi comprise. Hélène se contente de murmurer des « oui » et des « peut-être » sans prendre véritablement part aux discussions.

Ces femmes ont aussi bâti le mythe et l'Histoire. Elles sont autant indispensables qu'Éros, malgré un rôle au second plan dans les récits des historiens et des poètes. Leurs tentatives de maintenir l'ordre dans la cité, de soutenir les citoyens, de faire preuve de bienveillance – autant en guérison qu'en consolation – sont tout ce qui manque au cours de ces guerres.

— Oh, regardez, il est revenu, s'attendrit une jeune fille, assise sur le rebord du bassin.

Tous les regards suivent son doigt qui désigne le pelage argenté d'un chien-loup boitillant, faisant son apparition dans un coin de la salle, au milieu de la vapeur et de l'humidité ambiante. Je suis la seule à me raidir d'indignation en reconnaissant très bien le regard dépareillé de l'animal. Les femmes, elles, l'appellent en espérant qu'il daigne s'approcher, mais à les entendre, il n'est jamais allé plus près. Il se contente de se planter dans un coin, comme un gardien silencieux et « beaucoup trop mignon avec sa fourrure qui semble si douce ». Il s'assied et fixe le bassin, ravi.

— Sale petit pervers, grondé-je pour moi-même en attrapant un linge.

Je m'enroule dedans tout en empruntant les marches pour sortir de l'eau. Je veux bien que la nudité ne soit pas aussi taboue à cette époque qu'à la mienne, mais elles ignorent qu'il s'agit d'un dieu sous sa forme animale. Et ça, c'est inadmissible !

Je m'approche de lui d'un pas militaire et le chope par la peau du cou. Il émet un gémissement aigu, forcé de se relever et de claudiquer.

— Viens par-là, toi.

— Oh non, Pasiphaé ! Laisse-le ! me supplie-t-on depuis le bassin.

Je l'entraîne dans un étroit couloir qui dessert une suite de trois minuscules réserves d'huiles parfumées, de savons, de vêtements ou encore de linges de bain. J'entre dans la dernière, de la taille d'un cagibi, et relâche enfin le chien-loup. Je m'agenouille pour être à sa taille et pouvoir le regarder dans les yeux.

— Attends que j'en touche deux mots à Aphrodite, on verra bien ce qu'elle en pense !

Il se transforme aussitôt, se retrouvant lui aussi à genoux, mais seulement vêtu d'un pagne autour de sa taille, dévoilant un torse musclé à souhait, sans aucune imperfection, attirant mon regard bien plus sûrement qu'une lumière un papillon.

— Non, non, non, pas un mot à ma mère.

*Concentre-toi sur ses yeux et tout ira bien.*

Même s'il faut se redresser pour espérer être à sa hauteur.

— Je ne faisais rien de mal, soutient-il.

— T'introduire dans les bains des femmes pour les regarder nues à leur insu, tu appelles ça comment ?

Il se renfrogne et semble chercher la meilleure des excuses. Il croise les bras, s'affaisse sur ses talons et garde le silence. J'en profite pour inspecter ses blessures au lieu de suivre le contour sinueux de ses épaules qui ne donnent qu'envie de se blottir contre elles. Ses plaies se sont refermées, même si les brûlures sont encore visibles ici et là sur ses bras. Je déglutis devant la fermeté de ses chairs qui se rétablissent seules. Ce n'est vraiment pas le truc qui me fait fantasmer à la base. Dans mes lectures, je cherche le héros cérébral, celui qui va me faire palpiter parce qu'il observera et analysera les situations pour les régler, avec toute la finesse intellectuelle possible.

Phobos, lui, comment dire… Il est dans le muscle, quoi. Et c'est beau, hein ! Sa peau est douce et chaude, c'est le frisson garanti. Mais il est butté et impulsif. Drôle malgré lui, vantard et un peu fou. Barraqué et courageux, même si trop téméraire…

Il fait palpiter mon désir, voilà la vérité. Ce qui me fait bouillir sur place. Je détourne les yeux, les joues cramoisies.

— … tout ça pour dire que je ne passe pas mon temps à les regarder.

Oh non ! Je n'ai rien suivi de ses explications foireuses !

— Tu as sûrement mieux à faire, grogné-je alors.

— Oui, passer du temps avec toi, c'est pour ça que je suis là.

Je rougis d'autant plus et il sourit davantage.

— Tu pouvais attendre que je revienne.

— Et manquer de te voir ainsi ? susurre-t-il avec son mince sourire bourré de charmes. Humide et dénudée ? Je serais complètement idiot.

J'enrage alors que mon corps aurait tendance à répondre positivement. Phobos ne tente rien de plus, il est dans la provocation. Je me rapproche de lui pour tapoter son épaule valide de mon index – et aussi parce qu'il fait frais dans cette petite pièce et que j'ai très envie de profiter de sa chaleur naturelle.

— Change-toi en chien-loup et retourne d'où tu viens.

— Tu es vraiment une donneuse d'ordres, Pasiphaé.

— Et toi, un dieu indiscipliné.

Son sourire s'allonge et il se rapproche à son tour. Nos nez se frôleraient presque.

— Es-tu en train de me demander une faveur ?

Je ravale toute protestation, noyée sous une vague de nervosité. Disons que s'il exigeait à nouveau un baiser, je ne refuserais pas. J'en ai très envie alors que je ne devrais pas me laisser emporter. Peut-être parce qu'on vit une étrange pause au milieu de cette guerre, et que tout pourrait à nouveau déraper… Cassandre a raison, il faut aussi profiter de ces instants-là, qui font battre les cœurs plus vite.

— Que veux-tu en échange ? grommelé-je pour la forme.

Il se mordille la lèvre et regarde sur le côté. Désespérément beau, ce Phobos.

— Tu refuses un baiser, alors…

*Ah.*

— Une accolade ?

Je me préparais à rugir – pour la forme, toujours – mais là, il me perd.

— Une… accolade ?

Est-ce que c'est un terme pour « câlin » ?

— Oui, confirme-t-il simplement.

— Euh, d'accord, dis-je, perplexe.

Je m'apprête à entourer sa taille quand il me ramène contre lui d'un geste fort. Je me retrouve plaquée sur sa peau brûlante, les sens en pagaille. J'enroule mes bras autour de sa nuque avec maladresse, la joue contre son épaule et son souffle sur la mienne. Une série de frissons me traverse alors que ses larges paumes s'attardent dans mon dos jusqu'au creux de mes reins pour ne plus en bouger.

C'est l'accolade la plus érotique de toute ma vie ! J'ai l'impression que mon cœur va défoncer ma cage thoracique et rentrer dans la sienne. J'ai beau guetter son pouls, celui que je perçois est d'un calme olympien. Lent, profond et intense.

— Tu sens encore la fleur de frangipanier.

Et lui, les huiles médicinales. Ce n'est pas pour me déplaire, j'aime bien ces senteurs végétales qui sont faites pour apaiser. C'est pas mal aussi, une « accolade ». Mais ça m'interroge sur le fond : manque-t-il à ce point de tendresse dans sa vie ? Si tout le monde les fuit, c'est possible. Je resserre mes bras sur lui.

— C'est mon soin pour les cheveux, dis-je à mi-voix.

— C'est aussi ton odeur naturelle, je la retrouverai toujours.

— On ne risque pas de se perdre, pourtant, m'amusé-je à moitié, en songeant au futur.

— On ne sait jamais, tu pourrais avoir besoin d'aide, un jour.

— Ou toi d'être soigné, c'est plus probable.

Il rit dans mon cou, me foudroyant de multiples chatouilles qui titillent mon entrejambe. Quand il s'écarte de moi, j'en ai des contractions au ventre et des bouffées de chaleur. Son regard ne me quitte pas. On se dévore des yeux une longue minute, le souffle saccadé.

— J'ai très envie de t'embrasser, finit-il par grogner.

On ne pouvait pas ne pas en arriver là. Tous mes mots se bloquent dans ma gorge une courte seconde. J'en ai envie, mais quel sens donner à ce baiser ? Un instant d'oubli qui passera ? Une promesse qui ne mènera nulle part ? Il s'agit de Phobos ! Je l'ai déjà fui dans un bar juste pour ne pas demeurer dans son périmètre, abandonnant Méroé à son sort puisque Zeus en avait profité pour prendre mon apparence et l'enlever dès que Phobos avait tourné les talons. Le dieu de la peur me met mal à l'aise à ce point-là.

Et pourtant, ici, à cet instant, dans cette bulle hors de toute réalité et du temps, au-delà de toute rationalité, j'éprouve l'envie démente de l'embrasser. Et je vais céder de la plus faible des façons. Alors, le cœur en pleine cavalcade, la voix déjà habitée de désir, je murmure :

— Moi aussi…

J'ai le temps d'apercevoir son sourire satisfait avant qu'il ne fonde sur moi. J'enroule à nouveau mes bras autour de son cou, il se relève en m'emportant avec lui, me soulève du sol et me plaque contre les casiers en bois derrière moi. Il ne m'embrasse qu'à cet instant, alors que je flotte dans ses bras. Ses lèvres sont telles que je les avais touchées du bout des doigts : douces et fiévreuses. S'il garde ses mains campées au bas de mon dos, je n'empêche pas les miennes de se glisser sur ses joues et dans ses cheveux. J'emprisonne et câline sa lèvre inférieure entre les miennes. Je profite de ses sons graves, marqués de contentement, qui s'échappent de sa gorge et qui me font vibrer.

Il me mordille les lèvres et les choie avec tant de passion que je me laisse emporter. Je n'en reviens pas d'en être là, à embrasser Phobos ! Je voudrais éteindre mon cerveau à cet instant et profiter des étincelles qui pétillent de toute part, mais je n'y parviens pas.

Oui, j'embrasse Phobos, dans son passé. C'est comme si je jouais avec lui, je profite du fait qu'il ignore tout de notre relation dans mon présent, car il ne serait peut-être pas si prompt à m'embrasser si j'étais plus franche avec lui. Si ce baiser est tout ce que je désire, il en reste cependant incorrect. Au prix d'un bel effort, je le romps, la respiration emportée.

— Déjà ? grommelle-t-il.

Je suis plaquée contre lui, les pieds en l'air. Il n'y a aucune chance que je ne sente pas son désir s'amplifier contre mon ventre.

— Ce n'est pas bien.

— « Pas bien » ? répète-t-il en me reposant, atterré.

— Non, non, le baiser était parfait, mais…

Mais j'ai essayé de lui expliquer une première fois que je venais du futur et il ne m'a pas crue. Est-ce que je peux lui en reparler ? Ai-je surtout le droit de jouer avec sa mémoire ? Je change les souvenirs du Phobos que je connais, après tout ! Et dans mon époque, Phobos a bien affirmé à Méroé : « *Pas elle* » en parlant de moi. Il ne ressent rien et ne veut pas avoir affaire à moi.

— C'est mieux si on ne va pas plus loin, conclus-je, refroidie.

« *Pas elle* », quand j'y pense, c'était dur à encaisser. Le Phobos du passé veut juste s'amuser et moi aussi, à vrai dire, mais ce n'est pas du tout le cas du Phobos de mon présent.

— Pasiphaé ? appelle la voix de Cassandre.

Le dieu de la peur prend aussitôt sa forme de chien-loup.

— Tout va bien ? demande-t-elle en apparaissant.

Je reprends mon souffle et esquisse un sourire.

— Oui, je lui faisais la leçon, lancé-je en m'accroupissant pour lui gratter la tête.

Il couine mais sans me repousser. Je peux enfin confirmer ce fait-là : le pelage du chien-loup est une boule de douceur ! Une vraie peluche. Si bien que j'y mets les deux mains pour le combler de caresses alors qu'il demeure assis, stoïque. Cassandre, intriguée, avance la main et aussitôt, Phobos se redresse et montre les crocs. Cassandre recule.

— Il est un peu sauvage encore, expliqué-je. Je vais le conduire en dehors des bains.

— Je t'apporte ta robe, tu pourras te changer ici, se dévoue Cassandre.

Elle disparaît et revient avec la tunique bleu nuit et la ceinture de soie orangée qu'elle m'a mises de côté. Je la remercie chaleureusement et la laisse retourner auprès des siennes. Phobos sort de la pièce et me tourne le dos de lui-même, il m'épargne la demande. Je me change, enchantée par la tenue. Les larges bretelles de lin bleu retombent sur ma poitrine et la jupe me frôle les pieds. La ceinture maintient le tout au-dessus de la taille. J'abandonne le linge de bain dans la réserve et sors.

— Allez, viens, dis-je au chien-loup qui se lève et me suis en boitillant.

Je salue les autres femmes, reconnaissante de ce moment de paix. Phobos reste à mes pieds jusqu'à ce que nous retournions dans la salle au puits de lumière. Une fois à l'intérieur, il reprend sa forme divine et grimace en appuyant la main sur son épaule blessée. Il se laisse glisser contre l'une des colonnes.

— Parader en chien-loup, avec une telle plaie, ce n'était pas raisonnable du tout, sermonné-je.

— Ça en valait la peine, dit-il en grimaçant. Même si tu me rejettes.

Je prends le reste d'huile au dictame de Crète et reviens vers lui pour en appliquer à nouveau sur sa blessure. Je franchis sa ceinture de peur sans plus vraiment la craindre. Je devrais peut-être bien rétablir ma distance de sécurité avec lui, quoi qu'il en soit.

— Tu t'en remettras.

Je plonge la coupe dans l'eau du bassin pour la rincer et rassemble le tout. Il ne prononce plus un mot. C'est dans ce silence à la fois pesant et attendu qu'un bruit à l'entrée me fait sursauter. Des serviteurs laissent une offrande sur le seuil avant de vite s'effacer. Ils livrent de la nourriture sans même dire un mot. J'interroge Phobos d'un regard, il se renfrogne.

— J'ai l'habitude. Mange, j'ai encore de l'Ambroisie.

Je vais chercher une des deux grandes assiettes sur lesquelles sont disposés de la volaille grillée, des pains plats et des purées multiples, aux fèves, à la menthe et à l'orge. Je m'installe contre la colonne face à celle de Phobos et pioche avec appétit dans les mets. Le dieu de la peur se repose, les yeux clos, la tête contre la pierre. Il ne dort pas pour autant.

— Tu as peur de quelque chose, toi ? demandé-je, curieuse.

— Je ne suis pas sûr que nous nous connaissions suffisamment pour ça, répond-il sans ouvrir les yeux.

*Juste.* Il prend cette question comme une quête de ses faiblesses, je ne peux pas lui en vouloir.

— Même durant ton combat face à Néoptolème, tu n'as pas eu peur ? relancé-je pourtant.

Parce que moi, j'étais morte de trouille pour lui.

— Pourquoi aurais-je dû avoir peur d'un humain ?

— Sa grand-mère était une déesse. Ça lui confère des particularités.

Phobos me scrute avec perplexité.

— Les dieux n'ont pas peur des sangs mêlés, il ne manquerait plus que ça.

— J'en suis une, quelque part. Notre lignée de sorcière descend d'Hélios, ajouté-je.

Il fronce les sourcils, intéressé.

— Non, tu descends d'un Titan, ce n'est pas tout à fait la même chose.

*Peut-être.* Je plonge un morceau de volaille dans la menthe, pensive. Je ne me suis jamais interrogée sur ces autres lignées de descendants de dieux ou de Titans, comme les Atrides, ou celle de Néoptolème qui donnera naissance à Alexandre le Grand. Est-ce que le roi macédonien de l'Antiquité possédait des pouvoirs surnaturels ? Il a eu cette réputation, au point d'avoir parfois été divinisé par les humains. On disait même qu'il était le fils de Dionysos.

— Où as-tu appris à soigner de telles blessures ? interroge-t-il à son tour.

Toutes les sorcières sont formées à soigner et à connaître les plantes utiles à cet effet. Alors que nous ne tombons jamais malades et que nous nous blessons très rarement. C'est un héritage et une coutume de plusieurs millénaires.

— Sur un champ de bataille, réponds-je alors.

Car c'est vraiment sur l'Olympe que j'ai été confrontée à des blessures que je ne pensais jamais voir.

— Quelle bataille ?

Elle arrivera dans quelques milliers d'années, elle a eu lieu il y a deux ans, elle est vivace dans mon cœur et dans mes angoisses. J'agite ma main gauche par pur mécanisme. J'aimerais surmonter ce traumatisme, mais ce n'est toujours pas le cas. Je ne peux qu'admirer Cassandre, Hélène ou Andromaque, qui survivent encore dans une guerre de dix ans.

— Une lointaine bataille, dis-je, la gorge nouée.

Phobos semble intrigué sans pour autant creuser plus.

— Je m'occuperai de Néoptolème pour toi, propose-t-il soudain. Et d'Agamemnon. Cet Atride t'effraie, je l'ai ressenti.

— C'est vrai, oui, mais ce n'est pas la peine, m'alarmé-je. Néoptolème et Agamemnon sont des hommes cruels et violents, le sort s'occupera d'eux mieux que toi.

Étant donné qu'ils vont périr tous les deux assassinés…

— Et puis, c'est bien inutile d'éliminer toutes les sources de peur comme ça.

— Tu connais une meilleure solution ? grogne-t-il.

— Regarder la peur dans les yeux.

Il m'accorde un regard surpris, je le soutiens et il finit par sourire en secouant la tête.

Je m'essuie les doigts et bois un peu d'eau pour terminer mon repas. Je tuerais pour un café, la fatigue me rattrape bien trop vite.

— Tu veux venir avec moi ? demande Phobos.

— Où ? m'étonné-je.

— Voir le Palladion. Nous avons demandé à doubler la garde, je veux m'assurer que les Troyens font bien ce qu'il faut.

Ah. Bon sang. Ils n'étaient pas censés savoir que le Palladion intéressait à ce point les Achéens… Encore une fois, j'ai manqué une occasion de me taire.

— D'accord, oui, accepté-je.

J'ignore si Phobos me le demande en toute quiétude, ou s'il souhaite me faire une démonstration de l'impossibilité de s'en emparer à présent. Quoi qu'il en soit, je dois évaluer ça et tout faire pour aider Ulysse, si je veux que l'Histoire suive son cours.

Le dieu de la peur se relève et fait apparaître son armure. Il attrape ma mèche de cheveux déposée sur le lit et la glisse à nouveau contre lui. Puis il se met en route. Il ne cherche pas à nous téléporter directement dans le lieu. Une grossière erreur car je peux retenir l'itinéraire, mais en même temps, je raterais le nombre de soldats en poste le long du chemin. Un déploiement qui, une fois que nous arrivons dans la salle du trésor au bas d'un escalier profond, joue bien son rôle d'intimidation. Même si Ulysse parvenait à entrer et à se fondre parmi les habitants de la cité, je me demande comment il ferait pour passer inaperçu dans les couloirs déserts du palais.

Le Palladion, hissé sur un piédestal central, émet une lueur propre qui ne trompe pas sur ses pouvoirs et son influence. Je m'en approche, fascinée. Quelques auteurs anciens l'évoquent ici et là après Troie, mais on ignore précisément où il se situe à mon époque. Le Palladion est perdu depuis des siècles et des siècles.

— Ulysse ne pourra jamais l'atteindre, déclare Phobos comme s'il essayait de me convaincre.

— J'en ai bien peur, chuchoté-je, à nouveau angoissée.

— Phobos ?

Deimos dévale les marches à notre suite. Il ralentit en constatant ma présence ici. Si j'étais lui, je ferais preuve de la même méfiance.

— Qu'est-ce qu'elle fait là ?

— Que se passe-t-il, tu sembles pressé ? ignore Phobos.

Son jumeau me fusille du regard avant de répondre à son frère.

— Zeus a convoqué les Douze sur l'Olympe à la suite de ton duel contre un humain. Nos parents veulent nous parler avant de s'y rendre.

Phobos lève les yeux au ciel, pas du tout emballé.

— Dans quel pétrin je suis ? demande-t-il.

Deimos penche la tête sur le côté sans me perdre de vue.

— Un beau pétrin, je dirais.

Phobos pousse un soupir nerveux.

— Finissons-en et vite, dit-il avant de s'éclipser.

Deimos, lui, ne disparaît pas tout de suite. Il me fixe avec un avertissement de Cerbère.

— Abandonne, sorcière, me conseille-t-il. Ou accepte de partager sa couche, et vite. De toute façon, mon frère se lassera de toi dès qu'il t'aura baisée.

Le camouflet me raidit.

— Pardon ?! m'indigné-je.

— Il se lassera de toi dès qu'il t'aura baisée avec tout le respect possible, corrige-t-il avant d'afficher un mince sourire fébrile.

Il s'éclipse aussitôt, me laissant sans voix.

Et seule avec le Palladion. Je fais abstraction du sale caractère des jumeaux pour admirer l'objet flamboyer. Je m'en approche, le cœur battant. Il est à portée de main, et pas si grand. Une cinquantaine de centimètres, à tout casser.

— Prends-le ! s'exclame une voix de l'autre côté du piédestal.

Je bondis en arrière, interdite. Kairos vient d'apparaître. Il a senti le moment opportun parfait.

— Saisis-toi du Palladion maintenant, Pasiphaé ! Et je te ramène chez toi !

— Mais à quel prix ? Combien de sorcières vont disparaître si je fais ça ?

— Je peux t'assurer que toi, tu survivras. N'est-ce pas suffisant ?

Il me pose réellement cette question ? Croit-il que je puisse être responsable de l'anéantissement de tant d'autres sans aucun scrupule ?

— Non, ça ne l'est pas ! rugis-je.

Les traits de Kairos se durcissent.

— Tu n'as pourtant pas autant hésité lorsque toi et tes compagnes de cercle avez manipulé le temps pour *une seule sorcière* !

Je titube en arrière, livide.

Comment sait-il ? Nous avons pourtant pris toutes les dispositions nécessaires pour que personne ne l'apprenne, ni dans notre communauté, ni sur l'Olympe !

— C-ce n'est pas la même chose, me défends-je, la gorge nouée.

— Prends le Palladion ! répète Kairos, fou de rage. Avant qu'il ne soit trop tard !

Comment ça, « trop tard » ? Je tente de garder l'esprit clair pour interpréter ses paroles. S'il est trop tard, alors ça signifie que…

— Ulysse est dans la cité, murmuré-je.

Et il n'est pas dit qu'il parvienne jusqu'ici, même s'il a misé sur le fait que Phobos soit blessé. Je comprends mieux sa ruse à base de berce du Caucase. Je pivote et m'élance dans l'escalier, ne perdant pas une minute de plus, laissant derrière moi le dieu de l'instant opportun hurler.

# CHAPITRE XV

**PHOBOS**

On se retrouve tous à la tombée du jour, sur le toit le plus haut du palais, mes parents, mon frère et moi. Dès que j'apparais, ma mère s'avance vers moi et s'arrête à un pas, les bras ouverts, sans oser me toucher, une inquiétude pleine et entière sur le visage.

— Comment te sens-tu ?

Ça faisait longtemps qu'elle n'avait pas hésité de la sorte à m'enlacer. Mon cœur se glace sur le coup. J'ai toujours peur de perdre l'affection de mes parents à cause de mes pouvoirs. Deimos s'échappe de ce genre de preuve d'attachement, mais moi, je les veux encore, ça me rassure.

— Bien mieux.

Elle me prend contre elle seulement à cet instant.

— La sorcière a de bons remèdes, ajouté-je.

Cette déclaration suffit à faire bondir ma mère. Elle me relâche et se met à tourner en rond, préoccupée.

— Oui, parlons-en, de cette servante d'Hécate ! Elle s'est immiscée dans nos affaires et a entraîné ma chair et mon ichor dans ce duel qui n'aurait jamais dû être !

— C'est plutôt Ulysse qui l'a mêlée à tout ça, corrigé-je.

Ma remarque fait lever les yeux au ciel de mon frère.

— Est-elle avec nous ? Ou contre nous ? interroge Aphrodite. Zeus a convoqué tout le monde sur l'Olympe. Il faut que je sois sûre de ce que je peux dire là-haut.

Je me mordille la lèvre. J'ignore si elle est avec ou contre nous. Elle semble naviguer entre les deux sans véritablement prendre parti.

— Ulysse se méfie d'elle, mais sans la maintenir prisonnière non plus. Elle ne m'aurait pas soigné si elle souhaitait notre perte, dis-je alors, incapable de me prononcer.

— Gardons en tête que Phobos n'a pas les idées claires à son sujet, marmonne Deimos.

— Comment ça ? questionnent en chœur nos parents.

J'accorde un regard impatient à mon frère qui hausse les épaules.

— S'il a accepté ce duel aussi vite, c'est bien parce qu'il désire la servante d'Hécate pour lui seul, ajoute Deimos.

Aphrodite s'humecte les lèvres et pose ses mains sur ses hanches. Je commence à regretter d'être aussi transparent aux yeux de mon frère. Ma mère se met en position « on doit parler » et je n'ai pas hâte du tout. C'est si gênant ! Comme cette fois où elle nous a rassemblés, Éros, Antéros, Deimos et moi, pour aborder les premiers émois. Je serre les poings et recule d'un pas. Tout mais pas ça !

— Phobos, chéri, débute-t-elle en forçant un sourire. Tu te montres correct, j'ose espérer ? Tu sais qu'on ne prend pas de femme ni d'homme sans leur accord, n'est-ce pas ?

— Mais bien sûr que je le sais, grogné-je, les nerfs à vif.

— Bon, alors elle a accepté tes avances ? Vous en êtes où ? Le sexe pour du sexe, ce n'est pas un problème si le ou la partenaire souhaite la même chose.

— Je saaais, ouiii. Mais on n'en est pas là, on s'est juste embrassés. On peut passer à autre chose ?

— Ne tarde pas trop, débarrasse-toi de cette attirance, elle nous porte préjudice auprès de Zeus et… attends, quoi ? s'interrompt-elle.

Je demeure muet, englouti sous un embarras de plusieurs couches.

— « On n'en est pas là, on s'est juste embrassés » ? répète-t-elle, un sourire s'allongeant. Tu entends ça, Arès ?

Mon père ne semble pas avoir la même révélation que ma mère qui plaque ses mains sur sa bouche, soudain émue. Bordel, ça n'en finit plus !

— Notre bébé a son premier coup de cœur !

*Oh mais non, nooon !*

— Ne m'appelle pas « bébé » ! m'insurgé-je, tendu. Père, dis quelque chose !

— Ah non, ne me regarde pas comme ça, c'est le domaine de ta mère, pas le mien, se défausse-t-il.

Aphrodite se rapproche de moi.

— Est-ce que ton cœur palpite quand tu la vois ? Est-ce que tu apprécies les discussions que tu as avec elle ? Est-ce que tout ce qui t'intéresse, c'est qu'elle soit en sécurité ? Hein ? Dis-moi ?

— Il n'est pas question de tout ça entre elle et moi, rétorqué-je.

— Mais ne t'en fais pas, comment une mortelle pourrait résister à ton charme, hein ? Tu es mon fils, affirme-t-elle en me tapotant la joue.

— Non, arrête, maman.

— Et si jamais elle te brise le cœur et qu'elle te manque de respect, tu peux être sûr que ta mère s'occupera d'elle, menace-t-elle avec un grand sourire rempli d'amour pour moi.

Par tous les fleuves des Enfers, une fois lancée, Aphrodite est inarrêtable !

— Surtout pas, non, insisté-je avec épouvante.

On se souvient tous des épreuves qu'elle a infligées à Psyché, la compagne d'Éros. Si L'élue de l'un de ses fils s'avise de le blesser, ma mère se transforme en louve. Alors il y a une règle tacite entre nous : ne *jamais* lui parler de nos conquêtes. Autant dire que mon traître de jumeau est aussi dans le pétrin. Je lui jette un regard d'une noirceur rare tandis que notre mère me pince la joue, radieuse, m'assénant des « mon bébé, mon petit Phobos, son premier coup de cœur ». Au point où Deimos ne peut retenir un rire guttural et moqueur.

— Doucement, Deimos. Un jour, tu ressentiras la même chose et sache que je serai là pour toi, lui assure Aphrodite.

— Ça me ferait mal de tomber si bas, grogne-t-il en croisant les bras.

— Surtout que je suis tombé nulle part, m'agacé-je. Cette sorcière n'est rien pour moi !

Aphrodite hoche la tête.

— Mais oui, mais oui. Avec Arès, on s'occupe de tout sur l'Olympe.

— Soyez prudents et gardez l'œil l'ouvert, nous recommande notre père.

Ils disparaissent tous les deux, me laissant seul avec mon idiot de jumeau.

— Tu n'étais pas obligé.

— Je fais ça pour toi, pour que tu gardes la tête froide. Tu ignores tout de cette femme.

— Et tu crois mieux savoir que moi ?

Il soupire en retenant un « oui » tonitruant.

— Que fait-elle, là, maintenant ? s'enquiert-il.

— Je ne vais pas la surveiller.

Deimos se contente de me fixer, jusqu'à insinuer le doute en moi.

Mais je sais déjà qu'elle vacille entre deux camps ! Je vois mal ce que je peux apprendre de plus. Pourtant, je me transforme en chien-loup, mon frère aussi, et nous nous éclipsons dans le palais. Je retrouve son odeur très facilement. Même si elle est sortie des bains avec une odeur de jasmin d'Orient, le frangipanier ne l'a pas quittée. Elle me guide en dehors du palais, sur l'esplanade, puis dans la rue principale qui traverse le quartier résidentiel jusqu'aux portes de la cité. Pasiphaé n'est pas allée très loin, elle est plaquée contre un mur dans une ruelle et semble guetter les Troyens qui s'attardent le soir.

Je me pose dans un coin, Deimos près de moi. On grogne dès que des mains s'approchent de nos museaux. La sorcière se ronge les ongles comme je l'ai déjà vue faire. Qu'est-ce qu'elle peut bien faire là ? Elle suinte l'angoisse, comme d'habitude. Quelle boule de nerfs, décidément ! Soudain, elle se raidit. Et lorsque l'odeur familière d'Ulysse se fait sentir, je comprends. Je reprends ma forme divine, mon frère m'imite.

— Tu devrais inspecter le camp des Achéens, suggéré-je. Si le roi d'Ithaque est ici, que se passe-t-il là-bas ?

— Fais attention à toi, me dit Deimos avant de s'éclipser.

J'observe Pasiphaé et redeviens un chien-loup pour pouvoir tendre l'oreille. Elle sort de sa cachette et intercepte un homme à moitié caché sous une cape qu'il a rabattue sur sa tête. D'un geste aussi rapide que discret, il dévoile un poignard et le pointe sur son ventre en retour.

— C'est moi, la servante d'Hécate, s'empresse-t-elle de dire.

Il retire bien vite sa lame, surpris. Ulysse s'est grimé en mendiant, avec des haillons, les jambes, les bras et le visage salis. Il a dû passer les portes parmi les rares entrants et sortants : ceux qui vont chasser de la nourriture dans les parages. Seul, il n'a pas attiré l'attention des gardes de la porte.

— Tu es venu m'attraper pour me livrer ? suspecte-t-il sans avoir rengainé son poignard pour autant.

*Dis oui, mulot peureux qui me rejette…*

— Non, je suis là pour te prévenir. La garde est doublée, tu ne pourras pas atteindre le Palladion comme ça.

Par tous les Enfers.

Une barre se plante dans ma gorge. Elle nous trahit, bien sûr. Mais pourquoi s'embarrasse-t-elle avec moi alors ? Pourquoi me soigner ? Qu'est-ce que ce double jeu peut bien lui apporter ?

Ulysse la traîne à l'écart de la rue principale.

— Pourquoi m'aides-tu ? Je ne comprends pas.

Elle se mordille la lèvre. Va-t-elle rester évasive avec lui aussi ? Ou aura-t-il droit à une véritable explication ?

— Parce que c'est la meilleure chose à faire, déclare-t-elle avec cérémonie. C'est la seule manière pour toi de faire ton chemin de retour jusqu'à Ithaque, même si le malheur s'abattra sur Troie et ses habitants. Et même si ça scellera mon sort. Cet événement est trop important pour qu'il n'advienne pas.

Ulysse garde le silence un court instant. Il pense la même chose que moi, j'en suis certain.

— Es-tu en train de me faire une prédiction ? Est-ce ta déesse qui parle à travers toi ?

Je l'entends déglutir d'ici.

— En quelque sorte, oui. Partons, je vais t'aider à atteindre la salle du trésor.

Ils se mettent tous les deux en route. Je reprends forme divine.

Me laisse-t-elle le choix ? Je ne vais pas rester là les bras croisés. Je m'éclipse sur l'esplanade qui précède le palais. Je les attends, l'esprit agité. La sorcière semblait rechigner à affirmer que ce vol était la meilleure chose à faire. Qu'entend-elle par « ça scellera mon sort » ? Se met-elle en danger uniquement pour qu'Ulysse retourne à Ithaque ? C'est absurde.

Lorsque les deux silhouettes apparaissent dans l'obscurité des premières heures de la nuit, je fais apparaître ma lance et mon casque. À force de les envoyer à la mort, il n'y a plus de gardes aux portes de la maison de Priam et d'Hécube. C'est moi qui vais m'occuper personnellement de cette affaire.

Pasiphaé ralentit en m'apercevant, son bras retient Ulysse.

Est-ce que mon cœur palpite quand je la vois ? Oui. Mais d'un mélange d'attachement, de déception et de colère. Je doute que ma mère ait pensé à cela. Même dans la pénombre, j'aperçois son visage blêmir. Que pouvait-elle bien espérer, au juste ? Que je la laisse passer ? On parle du Palladion ! Il reste peu de choses dans Troie pour entretenir l'espoir, cette relique en fait partie.

— Phobos ? m'interpelle-t-elle en avançant seule.

— Le roi achéen ne posera pas un pied dans cette enceinte, préviens-je d'une voix forte.

Elle soulève la poussière autour de nous. Autant être bien clair. Avec Ulysse et avec elle. Je ne céderai pas.

— Il va falloir, insiste-t-elle en s'arrêtant face à moi, tout en conservant une distance raisonnable. Je n'ai pas le choix, et toi non plus.

Je me permets un rire bas parce que c'est la chose la plus stupide que j'ai entendue depuis bien longtemps.

— Le roi d'Ithaque est mon ennemi, sorcière. Soit tu es avec moi, soit tu es contre moi.

Elle s'essuie les mains sur sa robe avec une nervosité grandissante, guettant les alentours par crainte que d'autres Troyens ne débarquent, mais l'endroit est désert à cette heure-ci.

— C'est vrai, il est ton ennemi, mais je ne le suis pas. Il faut que tu me croies.

— Tu agis dans mon dos, comment le pourrais-je ?! m'agacé-je.

Elle ouvre la bouche pour répliquer quand le bruit métallique d'une lame sortie de son fourreau se fait entendre derrière elle. Ulysse s'avance à son tour, l'épée d'Achille à la main, attisant soudain toute ma colère.

— De tous les dieux glorieux de l'Olympe, tu es l'un des plus redoutables, Phobos, affirme-t-il d'une voix essoufflée mais résolue. Tout le monde craint la Terreur en oubliant qu'elle ne dure qu'un instant… Personne ne songe à la Peur qui s'insinue en chacun de nous, ruinant les os des guerriers les plus braves. Je suis fatigué, noble dieu. Mes hommes sont fatigués et je ne doute pas que les Troyens le sont également. Nous pouvons approcher d'une conclusion de cette guerre qui dure depuis plus de dix ans, rien ne m'arrêtera !

Il veut se battre ? Avec moi ? Même après avoir été témoin de ce duel contre Néoptolème ? Mes parents sont peut-être en train de plaider ma cause là-haut, mais je n'ai plus de place dans ma tête pour réfléchir. Deimos avait raison, cette sorcière s'est emparée d'une partie de moi, hors de question de lui céder à ce point, je n'épargnerai pas l'homme aux mille ruses même si elle me supplie !

— Prends garde, roi d'Ithaque !

Ulysse se débarrasse de sa cape pour me faire face. Ce mouvement alarme Pasiphaé qui se plante devant lui, les bras tendus.

— Non ! C'est de la folie ! Tu ne peux pas gagner ! Et tu ne peux pas mourir ce soir !

Il la repousse sans violence, mais avec autorité.

— Je te remercie de ton aide, servante d'Hécate, mais si les choses doivent finir ainsi, elles finiront ainsi.

Puis il lève les yeux vers moi.

— Je te défie, Phobos, fils d'Arès, Fléau des hommes !

Pasiphaé se rue sur moi et s'agrippe à ma lance alors que je fais quelques pas, tout à fait partant pour en finir avec l'Achéen.

— Non, attends ! Laisse-le partir, il fera demi-tour ! Épargne-lui la vie !

— S'il veut absolument mourir, je n'y vois pas d'inconvénient, grogné-je.

J'écarte ma lance et repousse la sorcière, avant de m'élancer sur mon adversaire. Je n'ai pas le temps de l'atteindre que deux boules de feu me percutent et me balancent violemment sur le côté, provoquant des brûlures intenses qui disparaissent en un instant. Je roule sur le sol, hébété. Je plante mon arme dans le sol pour me relever alors que les effets du puissant sort qui m'a frappé s'estompent. Toute ma rage se déporte sur la sorcière qui demeure là, les mains tendues dans ma direction, grimaçant des « ça va ? » fautifs.

Elle vient de m'attaquer, là ? Même Ulysse semble stupéfait.

— Je… je recommencerai, me prévient-elle d'une voix confuse.

— Oh vraiment ? m'étranglé-je, ma tension grimpant à toute vitesse.

— Sauf si tu acceptes de laisser passer Ulysse, bien entendu.

Oh, wow. La hardiesse inconsciente de cette servante d'Hécate !

Est-ce que j'apprécie les discussions que j'ai avec elle ? Oui, d'autant plus quand elle me cloue le bec de cette manière. J'ai un tout petit peu envie de sourire, et en même temps j'espère bien que je rêve, parce que je ne vois pas comment je pourrais ne pas punir cet acte.

— Est-ce que tu t'entends ? relevé-je, ahuri.

Elle se mordille la lèvre tout en hochant la tête. Elle lève à nouveau ses mains et je me prépare aussitôt à parer, mais c'est le roi d'Ithaque qu'elle vise cette fois-ci.

— *Magie d'Hécate et des Enfers, plongez Ulysse dans l'invisibilité, que le chemin tracé devienne clair et qu'il ramène le Palladion en sûreté.*

La silhouette immobile de l'humain disparaît aussitôt. Je retiens mon souffle avant de balayer la zone où il se trouvait de ma lance.

— Qu'as-tu fait, Pasiphaé ?!

— Ce qui doit être fait ! soutient-elle.

— C'est la chute de Troie que tu entraînes !

— Même sans moi, elle serait tombée, répond-elle, un tremolo dans la voix.

Elle génère à nouveau des boules de feu dans sa main et me barre la route.

À vrai dire, je ne comprends pas cette femme. Ou je pensais la saisir au minimum mais peut-être que je faisais fausse route. Elle parvient à m'approcher comme personne, elle m'attire et m'intrigue tout à la fois, et pourtant elle semble perdue dans un dilemme profond qui m'est inconnu.

— Ne me force pas à te repousser à nouveau, dit-elle, d'un ton posé.

Je m'avance jusqu'à elle. J'ai encore le temps de m'éclipser et d'arrêter Ulysse puisque je sais où il se rend, mais je peux aussi insister une dernière fois auprès d'elle avant de la livrer à la justice du roi Priam.

— Alors explique-moi pourquoi, sommé-je.

Elle apaise son sort et tourne sur elle-même, tourmentée par ma question.

— Parce que… je viens du futur.

Je la fixe, perplexe. Jamais encore je n'avais entendu une telle absurdité.

— Tu te moques de moi, conclus-je, blessé qu'elle en arrive là.

— Je dis la vérité, insiste-t-elle. Mais c'est bien connu qu'on doit révéler l'avenir le moins possible ! Regarde ce qui est arrivé à Œdipe. L'oracle a prédit à ses parents que leur enfant tuerait son père et épouserait sa mère, ils ont tout fait pour contrer cela et c'est cette suite d'actions qui a réalisé la prédiction ! On a même appelé ça l'ironie tragique dans le théâtre grec…

Je la regarde s'angoisser et faire les cent pas, son argument parvient pourtant à toucher une corde sensible de ma rationalité. C'est vrai que si les parents d'Œdipe n'avaient jamais reçu cet oracle, rien de ce qui leur est arrivé ne se serait produit. Mais de là à croire que ce soit possible de voyager dans le temps… Les dieux du temps peuvent explorer mais sans agir, c'est ce qui me semble en tout cas.

Bon, c'est ridicule. Elle vient d'aider Ulysse à nous porter un coup potentiellement fatal, elle peut très bien me manipuler à nouveau en inventant ce délire. Le mieux serait que j'appelle la garde restante du palais et qu'on enferme la sorcière pour qu'elle arrête de nous mettre en danger, mais… je ne peux m'y résoudre. Elle semble sincère dans sa folie, comme cette Cassandre qui lance des avertissements incroyables. Tout le monde considère qu'elle a perdu la raison, mais tout le monde veut aussi la protéger. Parce qu'on tient à elle, d'une manière insaisissable.

Comme je tiens à *elle*, alors qu'elle me balade allègrement.

Je pousse un soupir.

Est-ce que tout ce qui m'intéresse, c'est qu'elle soit en sécurité ?

… Oui.

# CHAPITRE XVI

**PASIPHAÉ**

Il n'a pas l'air de me croire, mais il semble plus calme. Je vais peut-être parvenir à sauver la situation malgré tout ?

— Tu devrais retourner d'où tu viens, je peux t'aider à rentrer chez toi si tu veux. Car si tu restes ici, tu devras expliquer l'intrusion d'Ulysse entre ces murs et il faudra l'assumer face aux Troyens.

Je déglutis. J'imagine que la justice de l'époque, pour haute trahison, ne va pas moins loin qu'une mise à mort.

— En attendant, je vais réparer tes erreurs, déclare-t-il.

D'un sursaut, je lui empoigne le bras, persuadée qu'il va s'éclipser, et je me retrouve avec lui dans une petite pièce, adjacente à celle du trésor, des vertiges pleins la tête. Phobos fait disparaître son casque et sa lance, impatient. Il se libère d'un geste sec. Je ne me décourage pas pour autant. Le Palladion est encore visible à travers la mince ouverture du rideau qui sépare les deux pièces, Ulysse n'est pas encore arrivé jusqu'ici, je tiendrai bon pour lui. Je barre la route de Phobos, encore une fois, me dressant devant l'unique accès au trésor. La petite pièce derrière lui est remplie de rouleaux de soies colorés remplissant tout un côté de l'espace, jusqu'à la taille. Deux lampes à huile éclairent l'endroit en une lueur tamisée.

— Au cas où tu ne l'aurais pas remarqué, sorcière, tu ne m'as pas convaincu, grogne Phobos, irrité.

— Je sais oui, mais je n'ai pas changé d'avis moi non plus, répliqué-je à voix basse.

Le roi achéen peut débarquer d'un instant à l'autre, je ne veux pas qu'il ait peur en nous entendant et qu'il recule.

— Tu ne m'as pas offert d'argument valable, ne m'oblige pas à te brusquer.

C'est vrai que jusque-là, il m'a épargnée. Contrairement à moi qui l'ai frappé à coups de boules de feu, mais sans le blesser pour autant.

— Tu aurais déjà pu le faire.

Gêné, il me fuit du regard une poignée de secondes.

— Oui, eh bien, ce n'est pas ainsi que j'ai été élevé.

C'est peut-être bien ma solution pour le persuader…

— Le voilà, murmure-t-il, le regard rivé derrière moi.

Il m'écarte du passage alors que je jette un œil derrière moi : Phobos ne peut pas voir Ulysse mais moi si. Et il est en train de soulever le Palladion, révélant ainsi sa présence. Fasciné par la relique, il l'observe, sous toutes les coutures.

J'attrape le bras de Phobos et le retiens de toutes mes forces.

— Écoute-moi, pour l'amour de ton frère, supplié-je.

Ça suffit à l'arrêter alors qu'il allait soulever le rideau de l'entrée.

— Écoute-moi pour Deimos, insisté-je. Je *sais* combien tu l'aimes et combien il t'aime. Tout le monde le saura, là d'où je viens. Il le prouvera à ta famille, aux dieux et aux sorcières.

Phobos m'adresse un air interloqué par mon discours décomplexé. Mais je me rends compte aussi que la sorcière qui frappera Deimos d'un sort rendant fou son frère durant un siècle ne naîtra peut-être pas. Et que je condamne Phobos à vivre ces années d'isolement mental. Je me mords la langue, décidant de m'appesantir sur la seule et unique version du temps que je connais. Ce n'est pas à moi de décider du destin des autres.

— Si tu empêches Ulysse de ramener le Palladion dans son camp, tu changeras à jamais le futur de ton frère. Il ne rencontrera pas la femme faite pour lui, il ne tombera pas amoureux d'elle et il n'engendrera pas l'enfant que tu adoreras.

Cette fois-ci, il semble happé par mes paroles, incrédule.

— Je sais que vous souffrez tous les deux de la réaction des mortels et même des divinités auprès de vous, mais sache que ton frère surmontera tout ça et qu'il fondera sa propre famille. Tu te moques peut-être du destin des miennes, mais tu ne peux pas ignorer celui de ton frère.

Phobos recule d'un pas, confus. Il inspecte à nouveau l'embrasure derrière moi, mais il préfère s'en détourner, serrant les dents, plongé dans la confusion. Il s'éloigne jusqu'au mur opposé contre lequel il plaque ses mains, impuissant.

Mon cœur bondit dans ma poitrine. Je pivote et j'ai le temps d'apercevoir Ulysse glisser le Palladion contre lui, sous sa cape, le rendant aussi invisible que lui. Les yeux scrutant les moindres recoins de la salle du trésor, avec une prudence et une panique palpables, il fait demi-tour et s'éloigne. Sauf s'il se trahit sur le chemin, la magie devrait tenir jusqu'à ce qu'il soit en sécurité.

Je viens de sceller le sort de Troie et le mien par la même occasion. J'observe le piédestal vide, l'estomac noué. Je vais rester coincée ici, loin de ma communauté, de mes amies, de ma famille… Je ne reverrai plus Endora et Pandore, Panthéa, Méroé… J'ai essayé de ne pas y penser, de garder mon sang-froid jusqu'à cet instant, mais à présent, je n'ai plus le moindre espoir de rentrer chez moi.

Il fallait bien que je paie pour cette histoire de sort interdit.

Endora a pris la décision. Panthéa a généré la magie la plus pure de notre cercle. Et moi, j'ai trouvé le sort dans un très vieux grimoire de la bibliothèque. Si j'avais suivi mon premier instinct et si je l'avais refermé sans y accorder d'attention, je ne serais peut-être pas là.

Je recule de deux pas vacillants et heurte Phobos. Il s'est détaché du mur. Je me retourne, bouleversée, et pose mon front contre son torse.

— Merci, balbutié-je.

Il ne dit rien, mais sa main se pose sur ma nuque avec délicatesse, comme pour me réconforter. Je suis contente d'avoir au moins vaincu cette peur-là, de m'approcher de lui. J'aurais manqué quelque chose, même si je ne pourrais pas le reconnaître au Phobos de mon présent.

— Tout le monde nous craint, sauf toi. C'est ce qui fait que… je te crois.

Je lève les yeux sur lui, il déporte sa main sur ma joue et son pouce lisse ma pommette. Je me sens si secouée et émue que ce geste tendre me réchauffe l'âme. Phobos se baisse vers moi et s'arrête avant de déposer ses lèvres sur les miennes, me laissant le choix de l'accepter ou de le repousser. Je ne réfléchis pas une seconde. J'ai besoin de lui à cet instant, j'ai besoin de ses caresses avant qu'il ne disparaisse de ma vie pour poursuivre la sienne. Car je sais déjà que je n'en ferai pas partie.

Alors je l'embrasse en me hissant sur la pointe des pieds. Il m'enferme dans ses bras, me plaquant contre son armure. C'est inconfortable au possible, mais je m'en moque. Tout ce qui m'importe est ce baiser aussi bon que le premier que nous avons partagé. Lorsque ma langue quémande le droit d'entrer, il le lui permet aussitôt. Elles s'accordent toutes les deux à la perfection dans leur danse, au point de m'arracher un gémissement d'intense contentement. Je ne suis pas très portée sur le sexe. J'ai vécu mes premières relations durant mon adolescence, principalement pour suivre l'exemple des autres, mais en vérité, je n'avais pas hâte. Je me suis tant et si bien perdue ensuite dans ma quête de partenaire que les déceptions se sont enchaînées.

Phobos, lui, fait vibrer mon envie comme rarement je l'ai ressentie. Je n'ai pas de raison précise pour l'expliquer et en même temps il y aurait tellement à dire !

Je romps ce baiser qui me fait tourner la tête pour être sûre de la suite. Je perds toute considération pour sa volonté future. Il est là, dans mon nouveau présent, à dévorer ma bouche de baisers, et je ne croiserai plus sa route par la suite, alors pourquoi ne pas vivre cet instant ?

— Tu as envie de moi ? demandé-je essoufflée, pendue à son cou.

Il sourit, ses yeux dévorés par ses pupilles.

— Oui, et toi ?

— Oh oui, confirmé-je avant de fondre à nouveau sur ses lèvres si douces.

Il me dépose sur l'amas de soie et se creuse une place entre mes jambes, son front contre le mien, nos souffles entremêlés. La fièvre grimpe dès qu'il attrape ma robe pour la remonter au niveau de mes cuisses. Ses mains se posent alors sur mes genoux, déclenchant des frissons qui parcourent mon échine et me font sourire.

— Ta peau est si satinée, apprécie Phobos en se mordant la lèvre.

Sa voix grave me coupe la respiration. Ses doigts et ses paumes brûlantes glissent sur mes cuisses avec une lenteur qui hypnotise mes sens. Je bascule en arrière, sur mes coudes, les paupières closes. Par Hécate, j'aime beaucoup trop ses mains sur moi ! Si grandes et si fermes dans leur caresse, comme si mon corps prenait forme sous elles. Il réveille chaque terminaison nerveuse de ma peau jusqu'à mes hanches, permettant à ses pouces de flatter mon pubis au passage sans pour autant s'attarder par-là. Il poursuit son exploration le long de mon ventre et s'empare de mes seins comme un capitaine sur un champ de bataille. Je penche la tête en arrière, en quête d'oxygène. Ses cajoleries me filent des vertiges. Et lorsqu'il redescend, saisit ma taille et me rapproche du bord avec envie, je hoquète, prise d'un désir débordant pour lui.

Je m'affaisse en arrière, dans la soie, les tempes battues par mon propre sang. Phobos, lui, tombe à genoux et dépose des baisers à l'intérieur de mes cuisses, affolant un peu plus mon cœur et mes poumons. Lorsque son pouce écarte mes petites lèvres pour ensuite s'enrouler délicieusement autour de mon clitoris, je tressaille, incapable de retenir une plainte de plaisir.

— Ça va ? s'enquiert-il tout de même.

— Oui, oui, soufflé-je, fébrile.

— Je continue ? s'amuse-t-il.

— S'il te plaît, dis-je en souriant.

Alors, Phobos reprend le même chemin, mais cette fois-ci avec sa langue, ses deux mains ancrées solidement sous mes cuisses pour les maintenir à la verticale. Et il embrasse avec passion mon intimité, introduisant le bout de sa langue en moi, l'envoyant choyer mon clitoris, m'arrachant gémissement sur gémissement. Je ne cesse de me cambrer, les doigts crispés sur des pans de soie, m'abandonnant à ce plaisir à la fois si délicat et si brut.

Au moment où Phobos laisse mes jambes s'appuyer sur ses épaules pour ne se consacrer qu'à l'aspiration de mon bouton sensible, ses mains se glissent sur mon ventre avec leur chaleur et me rappellent que son corps sur le mien serait délicieux. D'autant plus qu'il me mène avec grand talent sur la voie d'un orgasme immanquable. Je veux profiter un peu plus de lui avant.

— Phobos, l'appelé-je. S'il te plaît, arrête.

Il m'écoute sans discuter et interrompt son cunnilingus.

— Qu'y a-t-il, Pasiphaé ? me demande-t-il d'une voix rauque à souhait.

Je me redresse, le corps secoué d'un désir avide pour lui.

— Déshabille-toi et rejoins-moi.

Il sourit et recule pour faire disparaître son armure. Il met la mèche de mes cheveux de côté et retire sa tunique, dévoilant sa plastique divine. Je ne perds pas une seconde de plus. Je recule sur la couche improvisée, retire ma sacoche et enlève ma robe. Il me rejoint avec hâte et nous tombons en arrière, sur les rouleaux de soie. Phobos s'allonge sur moi, comme je l'espérais. Son corps si chaud contre le mien me comble ! J'écarte les jambes pour lui permettre un accès à mon intimité alors qu'il plonge dans mon cou pour le mordiller.

On se frotte l'un à l'autre sans nous arrêter. Le bruissement de nos peaux, l'une contre l'autre, et l'électricité qu'elles génèrent m'enivre. Je noue mes chevilles sur ses fesses, exerçant une petite pression pour l'encourager à aller plus loin. Son sexe durci contre le mien m'impatiente. Je passe la main entre nous pour le saisir et le caresser. Phobos grogne au creux de mon cou. Sa queue s'engorge sous ses doigts, éveillant un nouveau degré de notre fièvre.

— Prends-moi, Phobos, je suis prête, prié-je. J'ai tellement envie de toi…

Il s'appuie sur un coude pour se redresser, un sourire flatté aux lèvres. Et très excité. De sa main libre, il guide son sexe à l'entrée du mien et me pénètre doucement, en plusieurs fois, le temps de m'accoutumer à lui. Je savoure sa sensibilité, prenant plaisir à chaque avancée, m'impatientant même d'un rythme plus passionné.

— C'est bon, dis-je en déposant des baisers sur sa gorge.

Mes mains profitent des muscles de son dos qui roulent sous sa peau.

— Tu peux m'arrêter quand tu veux, me rappelle-t-il.

Je veux acquiescer, mais à la place, je pousse un cri de plaisir, alors qu'il me donne un coup de reins enflammé. On se met à bouger tous les deux, enlacés, sans nous lâcher une seule seconde. Ses gémissements graves dans mon oreille font partie de moi tant ils résonnent dans chacun de mes os. Jamais encore je n'avais vécu une relation sexuelle aussi fusionnelle. Il ne cherche pas à fuir mes baisers, il est à mon écoute et il prend autant de plaisir que moi.

Et je crois bien qu'il est dans le même état que moi, exalté et intrigué. Son regard et ses tempes sont recouvertes d'or comme si un bandeau lui couvrait les yeux. Un spectacle fascinant de son désir éclatant ! Lorsqu'il ralentit un peu, nous permettant de reprendre notre souffle, alors que la sueur nous a envahis et que mon cœur s'éparpille, il me fixe de ses iris surnaturels.

— Quelle magie utilises-tu ?

— Aucune, c'est juste toi et moi…

Il m'embrasse, nous plongeons dans un instant suspendu, une pause qui exacerbe mon attente. Dès qu'il se met à bouger plus fort et qu'il dépêche son pouce sur mon clitoris, les vagues deviennent de plus en plus intenses. Mes muscles se contractent sur son passage, je me cambre et plante mes ongles dans sa peau, l'orgasme se ruant dans mes veines. Je me sens partir de longues secondes, gémissant et participant aux mouvements saccadés alors que

Phobos se déverse en moi, soupirant dans mon oreille, secoué par le même plaisir.

Le mouvement sur les rouleaux de soie me sort de ma somnolence. Je me frotte les yeux et m'assieds. Phobos enfile sa tunique. Il passe ses mains dans ses cheveux blonds, me provoquant des picotements dans le ventre. Phobos est la séduction incarnée, le fils d'Aphrodite. Je n'en reviens pas d'avoir couché avec lui, c'est probablement la chose la plus folle que j'ai tentée ! Si seulement je pouvais la raconter à Pandore...

— Tu pars ? demandé-je en ramenant mes genoux sous mon menton.

— Je vais rejoindre mon frère, on doit se préparer. Tout va changer à présent.

Son ton préoccupé me refroidit.

— C'est vrai, admets-je à mi-voix.

Le silence s'abat. Je me rends compte qu'une page est effectivement en train de se tourner. J'attrape ma robe et ma sacoche. Je voudrais lui demander si c'est possible de me déposer sur Aiaía, le seul refuge auquel je pense et où je pourrais finir mes jours en sécurité, mais tout reste coincé au fond de ma gorge. Ce serait lui dire adieu, non ? Même s'il n'y aura rien entre nous, il est la seule personne que je connais ici, même vaguement. Je me sens divisée entre l'espoir impossible de rentrer chez moi et la crainte de perdre de vue la dernière familiarité à cette époque.

— Tu ferais mieux de trouver une solution pour fuir avant le déferlement des Achéens dans la cité et avant que ma famille n'apprenne ce qui s'est passé, me conseille-t-il d'un ton dur. Je ne suis pas sûr moi-même qu'ils comprendront ce que j'ai fait.

Troublée par ses propos, je déglutis.

— Tu as sécurisé un futur.

— J'ai provoqué la défaite de Troie et celle de ma mère.

Oh non, il va culpabiliser à ce sujet. J'ai réussi à préserver les événements, mais est-ce que je ne viens pas d'influencer la façon de penser de Phobos ? Mon cœur s'emballe à l'idée de le changer involontairement. J'espère que je n'ai pas un tel pouvoir décisionnaire.

— Même si tu l'avais ignoré, Ulysse aurait quand même volé le Palladion.

Phobos baisse les yeux, tourmenté.

— Mon frère a raison sur un point : tu ne me crains pas, ça me perturbe et c'est, de fait, dangereux.

Non mais c'est comme s'il m'accusait de lui imposer une faiblesse !

Phobos s'efface sans rien ajouter. C'est la douche froide. Et il a oublié la mèche de mes cheveux. Je vois. Maintenant qu'il m'a eue, il n'a plus besoin de trop s'embarrasser. Et moi je perds la tête avec ce genre de pensée stupide. Je sais *déjà* qu'il n'est qu'un goujat prétentieux. Je saute de la couche, resserre la ceinture sous ma poitrine et vais trouver un plan pour me mettre en sécurité et faire le deuil de mon ancienne vie. Je pleurerai mes amies lorsque je serai loin d'ici, je ne peux pas me laisser aller avant. Tout ce qu'il me reste à faire, c'est éviter Agamemnon et rejoindre Ulysse, car il passera forcément par Aiaía sur sa route de retour.

Je sors de la petite salle des soies et tombe sur le piédestal nu.

Moi aussi, la culpabilité me dévore…

— Tu as épuisé tes opportunités ici.

L'apparition de Kairos ne m'étonne qu'à moitié. C'était certain qu'il reviendrait me témoigner son mécontentement.

Le visage déformé par la colère, il tourne autour du piédestal, comme un lion en cage.

— Tu ne cherchais qu'à faire disparaître notre lignée de sorcières pour te venger de Méroé, je ne suis pas stupide ! lancé-je alors, d'humeur agressive moi aussi. Tu m'as choisie à cause d'un sort que j'ai lancé et maintenant je suis coincée à cette époque, tu devrais être content !

— Mais je ne peux pas te retenir ici plus longtemps, j'ai usé trop de forces pour que tu ne parviennes à rien !

*Quoi ? Je peux rentrer ?* Je me raidis de surprise alors que je tentais de me faire une raison depuis un bon moment déjà.

— Le temps doit retrouver sa stabilité, grommelle-t-il. Mais ne vous croyez pas sorties d'affaires, sorcières.

Son ton passe de la frustration à la menace.

— Tu repars à ton époque et tu devras tout de même me livrer le Palladion, la survie de ton amie en dépend.

Mon cœur manque un battement. « La survie de mon amie » ? De quoi parle-t-il ? Je me décompose, tant et si bien qu'il se réjouit et s'apaise.

— Tu croyais quoi ? Hein ? demande-t-il en jubilant. Pandore est liée au temps qui a été manipulé. Si tu ne me contentes pas, elle mourra, *encore*.

Un haut-le-cœur me secoue.

— Ramenez-moi le Palladion et elle vivra.

— Mais…

Aucun autre son ne peut sortir de ma bouche. Tout s'efface et tout devient noir, je perds connaissance.

# CHAPITRE XVII

**PHOBOS**

La sensation s'apaise mais les sentiments demeurent. Des souvenirs surgissent dans ma mémoire. Est-ce qu'on vient de manipuler mon esprit ? Comment c'est possible ? Mes pouvoirs déchaînés se tranquillisent, j'ai l'impression de revenir à moi.

— Phobos ? Tout va bien ? s'enquiert Éris qui a reculé.

Je regarde autour de moi, anxieux. Il se passe vraiment des choses étranges en ce moment. Mais les Enfers ne semblent pas avoir changé, tout est calme et terne, comme les couches de cendres sur le sol et les parois noirâtres et sans fin du ventre de la Terre.

— Oui, ça va, réponds-je, sur le qui-vive.

— Tu es sûr ? D'abord Tantale qui frôle la poire, les portes du Tartare qui grincent et maintenant toi, ça fait beaucoup…

Je suis bien d'accord avec elle, mais je penche pour la prudence. Je ne veux pas m'inclure trop vite dans cette suite d'événements qui n'auraient pas lieu d'être.

— Ne t'en fais pas, ce n'est rien.

La Discorde me jauge, peu convaincue.

— Je le sens, tu sais. C'est dans l'air, déclare-t-elle.

— Quoi donc ?

Ses yeux sombres pétillent alors que ses ailes grises vibrent.

— Ce petit truc qui plane au-dessus de nous, l'étincelle d'un conflit.

Est-ce qu'elle le sentait aussi tout à l'heure ? Ou c'est nouveau ? Inquiet, je me contente d'acquiescer. Je dois vérifier certaines choses avant d'approuver totalement cette prédiction.

— Je vais rentrer, merci de m'avoir accompagné.

Elle incline la tête en guise d'appréciation.

— Je vais rapporter ce que nous avons vu à Leurs Grandeurs Hadès et Perséphone, dit-elle de son côté en s'envolant.

Je m'éclipse à mon tour et choisis Cythère.

Une idée me trotte dans la tête. J'entre dans la maison familiale alors que le soleil est au zénith et, d'un pas rapide, me dirige vers ma chambre.

— Phobos ?

La voix de ma mère retentit derrière moi.

— Je ne reste pas, je vérifie quelque chose, lancé-je sans ralentir.

Aphrodite m'emboîte le pas.

— J'ai déjà sélectionné une poignée de prétendantes, tu sais, se réjouit-elle derrière moi.

— Ce n'est vraiment pas le bon moment.

— Ce ne sera jamais le bon moment, mon chéri. C'est pour ça que je vais m'occuper de tout, comme ça, tu n'auras qu'à faire ton choix. Et sache que, à ma plus grande surprise, l'idée d'un mariage royal plaît beaucoup à Héra – mais ça, étant donné que c'est son terrain, c'est normal – et aussi à Athéna ! Tu imagines ?

Oh par tous les Enfers… Pourquoi je lui ai parlé de ça ?

— Nos affaires sont toutes ici ? demandé-je en ignorant son délire marital. Ou certaines sont restées sur l'Olympe et ont potentiellement disparu après les multiples batailles ?

— De quoi tu parles ? Des affaires de votre enfance ? Elles n'ont jamais quitté cet endroit. Pour rien au monde je ne laisserais vos premières couvertures là-haut.

— Je pensais à celles de toute l'ère antique.

Je pousse la porte de ma chambre, ma mère me devance et ouvre une pièce annexe au fond. Je découvre un ensemble imposant de coffres et de malles qui ont chacun traversé leur époque, disposés sur des étagères en bois massif. Je ne suis pas du genre à jeter, j'ignore pour quelle raison. J'aime conserver un souvenir de ce qui me marque… Et j'ai l'impression que cette habitude vient tout juste de débarquer dans ma tête ! Est-ce que cette annexe existait avant ? Pourquoi m'est-elle familière et étrangère tout à la fois ?

— Elles ont toujours été là ? demandé-je, la crainte au ventre.

Est-ce que je deviens fou ? À nouveau ?

— Presque, confirme Aphrodite. Avec ton frère, on a rassemblé toutes tes affaires ici après la guerre contre Hécate, il y a cent ans. On voulait que tu puisses tout retrouver au même endroit, si jamais tu revenais parmi nous.

Elle me prend le bras, heureuse de ce dénouement chaque fois qu'elle l'évoque.

— Tu cherches quelque chose en particulier ?

Je me détache délicatement d'elle pour inspecter mes affaires. Lorsque je croise, parmi les premiers, une gravure sur un gros coffre en bronze verdi indiquant « Guerre de Troie », mon cœur bondit. Je m'accroupis, le tire et l'ouvre.

— Tu te souviens de la sorcière à Troie ? interrogé-je.

La grande question est de savoir si ces souvenirs sont factices ou réels. Je fouille mes souvenirs et soulève des pointes de lance, mon armure argentée et toutes sortes de petits objets de l'époque comme des broches ou des lames de poignard.

— La sorcière de Troie, comment l'oublier, grommelle ma mère.

Je lui adresse un regard interloqué.

— Elle a permis à ce maudit roi d'Ithaque de s'emparer du Palladion et elle a osé te briser le cœur. Je ne me souviens peut-être plus vraiment de ses traits, mais crois-moi, son passage n'est pas resté inaperçu.

— Elle ne m'a pas brisé le cœur, répliqué-je, perplexe.

— Elle a disparu du jour au lendemain et tu as été d'une humeur massacrante après ça !

Oui, elle a disparu, c'est vrai…

Je trouve enfin la petite boîte en cèdre à laquelle je pensais, tout au fond. Une joie refoulée me remonte en travers de la gorge. Je lève le couvercle, la boucle de cheveux est encore là. Je me souviens, je suis retourné dans la salle du trésor après m'être rendu compte que je l'avais oubliée. Pasiphaé, elle, avait disparu. Et je ne l'ai plus jamais revue. Jusqu'à ce que je sorte de ma folie il y a trois ans, grâce à Ella.

Seulement cette version s'entrechoque avec une autre : non, Pasiphaé n'était pas là durant la guerre la Troie. Je me serais souvenue d'elle en la croisant à Springfall sinon ! Mais pourquoi ma mère se souvient d'elle dans le passé sans remettre en question cette intrusion ? Et si le passé a été changé, alors pourquoi j'en suis conscient ?

— C'était quoi déjà son nom ? réfléchit Aphrodite. Elles portent toujours les mêmes…

— Pasiphaé, murmuré-je, embrouillé dans un questionnement vertigineux.

— Ah oui, voilà. Il y a eu tellement de Pasiphaé depuis. Ce n'est pas le prénom de cette godiche qui a peur de toi, d'ailleurs ? L'amie de Méroé, là…

— Oui, en effet.

Tenir cette mèche de cheveux entre mes doigts me touche vraiment. Je tiens à elle d'une manière insensée. Cette émotion n'existait pas il y a moins d'une heure et elle est présente en moi depuis plus de trois mille ans.

Que m'a-t-elle fait ? Elle a intérêt à s'expliquer !

Je fourre discrètement la boucle dans la poche intérieure de ma veste, range mes affaires et ferme le coffre pour le ranger.

— Tout va bien, Phobos ? doute ma mère.

— Oui, je repensais à cette époque, je ne sais pas pourquoi. La nostalgie, sans doute.

Elle pose la main sur ma joue, émue.

— Mon fils, ne regrette pas une époque où la guerre était incessante. Apprécie ce que nous vivons aujourd'hui.

Ses paroles, mine de rien, me rassurent en profondeur. La paix règne. Il n'y a aucune raison pour qu'un conflit éclate. Aucune raison connue, plutôt. Mais c'est *là* tout l'intérêt : les plus puissantes des déesses qui régissent notre monde sont sereines, j'attends de voir qui aurait l'inconscience et la bêtise suffisantes pour se frotter à elles.

— Et apprécie cette union parfaite que je vais te concocter, ajoute-t-elle, fière d'elle. Je veux que tu reviennes ici très bientôt pour une session de rencontre avec tes divines prétendantes. Tu remettras une rose à celle que tu préfères, comme dans cette émission stupide des humains, le *Bachelor* ! On a regardé l'intégrale avec Éros.

OK ! C'est le moment de partir.

— Je vais y aller, maman, à très vite.

Je m'éclipse, direction Springfall et le petit bun mou.

Je me réveille sur mon tapis alors que la nuit tombe. Je bondis sur mes pieds, sidérée. Ma respiration s'emballe et je suis en nage. Ma vue flanche, une faiblesse me fait vaciller, ma poitrine se transforme en étau compressé. Je suis en train de faire un trouble panique… Je titube jusqu'à l'évier de mon coin cuisine et me sers un verre d'eau en tremblant. Je peine même à boire plusieurs gorgées. Pourtant le liquide frais m'offre un répit de quelques secondes. Je me dirige ensuite vers l'une des fenêtres de mon appartement et l'ouvre pour inspirer de grands bols d'air automnal.

— Tout va bien, tout va bien, me dis-je en retrouvant un certain calme.

Sûrement le contrecoup de ce retour précipité. Je jette un œil sur l'horloge qui affiche également la date. Je n'ai rien perdu en termes de jour, seulement quelques minutes puisqu'il est 19 heures passées. La journée durant laquelle je suis partie sur l'Olympe pour ramener la boussole d'amour est toujours en cours.

J'ai besoin de me reposer, de dormir et de manger un morceau, mais impossible de m'y résoudre. Trop d'urgences me torpillent. Je porte la robe troyenne, ce qui me confirme au moins que je ne viens pas de vivre une hallucination très réaliste.

Je referme ma fenêtre en tentant de prioriser mes actions.

1/ Prendre une douche et enfiler une tenue réconfortante, je vais en avoir besoin.

2/ Appeler Panthéa et Endora, je dois tout leur raconter et leur parler de Kairos.

3/ Prendre des nouvelles de Pandore et m'assurer qu'elle va bien.

4/ ÉVITER coûte que coûte Phobos. Avec un peu de chance, il a oublié le moi de la guerre de Troie et ne fera jamais le rapprochement. Après tout, c'était il y a plus de trois mille ans pour lui.

Je file sous la douche, retrouve mon soin à la fleur de frangipanier, souris en songeant à cette odeur qu'avait identifiée Phobos, grogne ensuite en me disant qu'il est temps d'en changer, et me sèche dans ma chambre. Je choisis l'ensemble chaussettes, pantalon et hoodie en pilou blanc, parfait pour les situations stressantes. Je me dis même, en passant les mains sur mon haut, qu'on dirait le pelage soyeux du chien-loup argenté...

— Oh mais bon sang ! Arrête de tout ramener à cet égoïste dieu de la peur !

Je déboule dans mon salon-cuisine et me concentre. Quand une urgence survient, on peut faire appel à son cercle de sorcières par la pensée. Je leur envoie une alerte qui doit seulement titiller leur cerveau sans être trop intrusive. Panthéa et Endora me répondent aussitôt qu'elles arrivent. J'en profite pour faire du thé en bourrant ma préparation de camomille et pour sortir des cookies au chocolat. Ce serait plus l'heure de dîner, mais le temps m'échappe.

Les coups à ma porte m'interpellent, je me rue sur le battant et découvre Panthéa et Endora derrière. Elles devaient probablement *chiller* en bouquinant si j'en crois leur tenue semblable à la mienne, et surtout la chevelure dense de Panthéa seulement nattée alors qu'elle met un point d'honneur à la coiffer de la manière la plus pointue chaque fois qu'elle sort. Je tombe dans leurs bras, heureuse de les voir. Elles ne s'imaginent pas encore la peur que j'ai eue de les perdre à jamais.

— Pasiphaé, mais qu'est-ce qui t'arrive ?

— Venez, entrez.

Je les fais prendre place sur le canapé, dépose le thé et les gâteaux et demeure debout, trop fébrile pour m'asseoir à mon tour. Je débute mon récit sans rien leur cacher et de façon chronologique. Je donne tous les détails de ce que j'ai pu observer ou faire, les paroles échangées avec Ulysse et Cassandre, ma brève rencontre avec Hélène, la présence des dieux sur place, Kairos et sa manipulation pour me jeter dans les entrailles du temps, Hermès et son mauvais tour – j'élude les dernières révélations de Kairos pour ne pas trop en donner d'un coup… Et le sexe avec Phobos. Épisode qui, mais alors vraiment, ne change absolument rien à l'histoire.

Au bout de mon récit, je reprends mon souffle alors que mes deux amies sont bouche bée, leur thé à moitié entamé. Ça fait beaucoup à emmagasiner, j'en ai conscience. Moi, ça m'a vidée de tout raconter. Je pioche un gâteau.

— Mais attends, une seconde, bredouille Panthéa. Est-ce que ça veut dire que c'est toi, la sorcière du Chant de Pasiphaé dans l'*Iliade* ? On s'est toujours demandé qui elle était puisqu'il n'y a plus eu aucune trace d'elle après son passage. Certains humains ont même supposé qu'il s'agissait de la reine de Crète, devenue immortelle.

J'avale mes miettes de gâteau de travers et tousse.

— Comment ça, le Chant de Pasiphaé ? soufflé-je.

Je connais l'*Iliade* mieux que personne, on ne peut pas me berner avec ça. Les humains n'ont accès qu'à une version amputée du récit d'Homère, d'autres auteurs antiques ont rapporté des éléments manquant comme le cheval de Troie ou le vol du Palladion par la suite. Mais nous, les sorcières, grâce à Circé la Première, avons la seule version entière et écrite de la main d'Homère lui-même. C'est celle que j'ai étudiée en long, en large et en travers. Et jamais je n'ai lu quoi que ce soit au sujet d'une Pasiphaé dedans.

Je me précipite vers ma bibliothèque et sors une copie de l'*Iliade* complète pour la feuilleter. Parmi les derniers chants, il s'en trouve bien un que je n'avais jamais lu et qui est intitulé, par la sorcière qui a fait le travail d'édition il y a bien longtemps : « Le Chant de Pasiphaé ». Sous chaque chapitre – ou « chant » pour l'épopée – elle a résumé les grandes lignes de ce qui va se dérouler ensuite.

— « Arrivée de la servante d'Hécate dans le camp des Achéens ; marchandage de sa sécurité auprès d'Hermès ; combat pour la main de Pasiphaé, follement éprise du dieu de la peur… » ?! Mais il va se calmer, Homère ! m'insurgé-je, les joues cramoisies.

— Bah, après tout, c'est bien pour ça qu'on te taquine avec Phobos, parce que tu portes le même prénom que cette sorcière-là, déclare Panthéa d'une petite voix. Alors que c'est toi depuis le départ. Trop bizarre.

Quelle catastrophe… J'ai changé l'*Iliade* à jamais. Et la mémoire de mes amies.

Je referme le livre, dépitée.

— Bon, si on reprend, Kairos t'a envoyée dans le passé pour que tu t'empares du Palladion, par pure vengeance envers nous, après que Méroé l'a humilié ? résume Endora.

Je pousse un soupir et me pose entre elles sur le canapé.

— J'ai bien peur que cette histoire soit en réalité liée au sort interdit qu'on a performé. Je crois que Kairos ne m'a pas tout dit. S'il voulait effacer de la surface de la Terre une partie des sorcières, il ne m'aurait pas demandé de retrouver le Palladion aujourd'hui, à notre époque. Il veut cette relique mais j'ignore pourquoi.

— Surtout que personne ne sait où elle se trouve, commente Panthéa avec inquiétude.

— Et il y a pire, poursuis-je, l'estomac noué. Kairos m'a affirmé que Pandore était liée au temps que nous avions manipulé. Si on ne lui rapporte pas le Palladion, il n'apaisera pas le temps et Pandore risque de… mourir.

Endora se lève, alarmée. Son visage si déterminé et plein de sang-froid se décompose.

— Non, non, non. Ça ne peut pas se passer comme ça ! On l'a déjà…

Sa voix s'enroue et son souffle se coupe.

— Pas question, reprend-elle. Ma sœur ne paiera pas les conséquences de ce sort.

Avec Panthéa, on la prend dans nos bras. Sa détresse se diffuse dans nos veines avec sa magie. Notre cercle fonctionne ainsi, on partage les joies comme les chagrins.

La douleur ressentie au flanc de Pandore, le jour où je me suis décidée à partir sur l'Olympe pour la boussole d'amour – aujourd'hui, donc – me revient soudain en tête. Cette douleur inattendue était déjà l'œuvre de Kairos ? Ou plutôt de ce concept intangible qu'est le temps ?

— Endora, comment se porte ta sœur ? lui demandé-je, inquiète.

— Elle a éprouvé plusieurs faiblesses sans qu'on comprenne d'où elles viennent.

Bon sang, tout est déjà en marche. Je me pensais presque sortie d'affaire, mais en vérité, on est loin d'en avoir terminé.

— On va prendre soin d'elle, c'est promis, dit Panthéa en m'accordant un regard soucieux.

J'acquiesce. Bien sûr qu'on fera tout pour Pandore et Endora. Nous sommes liées, à la vie, à la mort. Ce ne sera cependant pas suffisant. Et personne d'autre que moi ne prendra cette décision. Je sors de notre embrassade, résolue, et fixe mes deux amies.

— Je vais partir pour la Grèce demain et chercher le Palladion.

Elles me scrutent en se mordant les lèvres, à la limite de l'embarras.

— Mais Pasi, tu as peur de l'avion, relève Panthéa.

— J'ai peur de beaucoup de choses et j'en ai surmonté pas mal depuis mon séjour dans le passé. Je n'abandonnerai pas, affirmé-je. Tout ce dont je suis sûre concernant le Palladion, c'est qu'Ulysse l'a confié à Agamemnon avant de quitter la côte troyenne. Ce dernier l'a ensuite offert à Delphes pour apaiser Apollon qui s'est retrouvé dans le camp des vaincus de la guerre de Troie. C'est la dernière trace connue de la relique.

Mes amies ne sont qu'à moitié convaincues alors que moi, je sens la hâte bouillir dans mon ventre. J'ai toujours préféré mon antre confortable, et voilà que l'aventure m'appelle. Je ne suis peut-être pas une femme d'action, je suis un rat de bibliothèque et je vais agir mais à ma manière, en faisant des recherches archéologiques.

— Pasiphaé, n'importe qui a pu s'en emparer depuis tout ce temps, s'inquiète Endora. Il peut se trouver n'importe où !

— Le Palladion n'était pas n'importe quoi. Il est peut-être encore caché à Delphes, à l'abri. Je suivrai sa piste et je le ramènerai, même s'il est au fond d'un océan. Pour Pandore.

Endora, touchée, se met à sourire. Panthéa reprend du poil de la bête.

— Nous, on va camper à la bibliothèque et explorer toutes les sources anciennes. On t'enverra des informations dès qu'on en trouvera.

— Comment on fera, si elle est à des milliers de kilomètres ? s'interroge Endora.

J'ai bien envie de proposer que nous prenions un portable, pour suivre l'exemple de Pandore, mais Panthéa me devance.

— On pourrait enchanter deux capsules des tubes pneumatiques d'Hermès, propose-t-elle. Pasiphaé partira avec l'une, nous, on gardera l'autre, et dès qu'on voudra faire parvenir un message, on le fera passer d'une capsule à l'autre.

Pleine d'admiration face aux ressources de mes consœurs, je retourne dans l'accolade collective de notre cercle.

— Vous êtes les meilleures, s'émeut Endora.

— Et on va vite se mettre au travail, enchaîne Panthéa. Rassemblons tout ce dont nous avons besoin et allons à la Clairière dès ce soir.

— J'embarque Pandore avec nous, je préfère la garder à l'œil, décide Endora.

— C'est là qu'elle sera le plus en sécurité, plussoie Panthéa.

— Cela dit, pas un mot à Circé la Grande, ni à Méroé, suggéré-je, malgré moi. Ni même aux dieux. S'ils apprennent ce que nous avons fait, on ne s'en sortira pas. De mon côté, je vais faire ma valise et préparer mon départ. Je passerai à la Clairière demain matin pour la capsule.

Elles approuvent toutes les deux. Nous voilà ragaillardies.

Trois coups à la porte me sortent de cette communion.

— Vas-y, me dit Endora en resservant du thé. Avant qu'on parte, il faut que tu nous racontes un peu mieux ton escapade et ce fameux combat entre Phobos et Néoptolème pour ta main, alors que tu es « follement éprise » du dieu de la peur.

Je lève les yeux au ciel en grognant alors qu'elles gloussent toutes les deux. Je traîne les pieds dans l'entrée.

C'est probablement Pandore qui vient voir ce que fiche sa grande sœur. Ou ma voisine pour X raisons. J'ouvre le battant, m'interloque devant la silhouette géante en costume sombre et suis obligée de lever les yeux pour croiser le regard dépareillé de Phobos.

Un frisson glacial me remonte l'échine.

— Pasiphaé, me salue-t-il, une impatience grondante dans la voix.

Oh non, pas ce soir. Je ne sais pas pourquoi il se pointe chez moi maintenant, mais je refuse de l'affronter.

— Désolée, je ne suis pas intéressée par votre encyclopédie des pires grognons de la Terre, dis-je avec un large sourire, tout en refermant la porte.

Porte qu'il bloque au dernier moment en glissant son pied dans l'embrasure.

— Pas si vite ! s'agace-t-il.

Il repousse le battant et entre. L'idée que mes amies soient témoins de cette scène me terrasse.

— Je ne suis pas seule et je n'ai pas que ça à faire, alors quoi ? m'empressé-je de demander à voix basse.

Il jette un œil suspicieux dans le mince couloir qui mène à la pièce principale. Je tente de mesurer le décalage entre nos deux réalités : la dernière fois que je l'ai vu, c'était il y a quelques heures, on venait de coucher ensemble – et d'une façon inoubliable pour ma part –, avant qu'il me dégage en disant que j'étais dangereuse pour lui – charmant jusqu'au bout. Mais pour lui, la dernière fois qu'on s'est vus, c'était il y a quelques jours, lors du rendez-vous arrangé avec Kyamites.

— Dis-moi ce que tu as fait pour que je me retrouve avec de nouveaux souvenirs te concernant en tête, exige-t-il en chuchotant.

J'arrondis les yeux. Comment peut-il avoir conscience du changement ? Ce n'est pas du tout le cas de mes amies !

— Tu n'étais pas là pendant la guerre de Troie et soudain, tu y es.

— Je n'y suis pour rien ! murmuré-je pour me défendre.

— Comment ça se fait que je suis persuadé du contraire ? Je me fichais bien de toi avant, ou presque, et voilà que tu me forces à ressentir une attirance pour toi !

Offusquée, je le repousse hors de mon appartement et rabats la porte derrière moi.

— Comment ça, tu te « fichais de moi avant ou presque » ? relevé-je, vexée.

— Oh voyons, tu t'en doutes bien, s'impatiente-t-il en posant ses mains sur sa taille.

Sa veste déboutonnée s'écarte et dévoile une chemise blanche ajustée qui suggère trop bien sa plastique. Je déglutis et détourne le regard. Vraiment pas le moment de fantasmer. Je m'étais habituée à la version « j'ai cent cinquante ans et je suis un chiot fou », j'avais oublié que la version « j'ai trois mille quatre cent vingt-cinq ans » était plus mature et séduisante encore. Avec son odeur de baies roses et de cèdre, là…

— Ben non, non, je ne vois pas, non.

— Tu es une femme ravissante mais tu as une peur bleue de moi, donc pas tellement mon genre, tu comprends ? Alors pourquoi j'ai des souvenirs de toi dans mon passé et pourquoi j'ai très envie de t'embrasser même maintenant, alors que tu portes un ensemble en pilou plus que douteux ?

Euh… Il me trouve « ravissante » ? Je me sens bouillir sur place, incapable de rebondir sur son questionnement si franc et légitime. Il a encore envie de m'embrasser ? Même après trois mille ans ?

— Arrête de rougir comme ça, réponds-moi plutôt, grogne-t-il en croisant les bras.

Mais il vient de me priver de tous mes moyens !

Le bruit d'une clé et d'une porte qui s'ouvre me sort de ma torpeur. Ma voisine octogénaire d'en face apparaît.

— Pasiphaé, tout va bien, ma petite ? s'enquiert-elle avant de dévisager Phobos avec son regard de tueuse. Tu veux que j'appelle la police ?

— Euh non, non, tout va bien, madame McKlausky. Désolée si on vous a dérangée, on va discuter à l'intérieur.

— Les hommes sont tous les mêmes, sache-le, déclare-t-elle en lorgnant Phobos et en refermant sa porte.

Soulagée, je décide de prendre les choses en main. Cette discussion de couloir ne sert à rien, autant la ramener dans mon salon. J'entre donc chez moi et le laisse se joindre à moi sans un mot. Dès qu'elles nous voient tous les deux, Panthéa et Endora se lèvent, stupéfaites.

— Je ne veux pas vous chasser mais le chef de la sécurité des dieux veut me parler, inventé-je en espérant qu'elles ne concluent rien d'autre.

Phobos m'accorde un regard en biais sans broncher. Mes deux amies ne discutent pas et se dirigent vers la sortie. Je les raccompagne et ce n'est qu'à la porte qu'elles se mettent à babiller.

— Tu as été une très vilaine fille dans le passé, Pasiphaé ? C'est pour ça qu'il est là ? s'amuse Endora.

— Rentrez vous préparer, on se voit demain à la Clairière, dis-je, les dents serrées.

— Bonne soiréééé, chantonne Panthéa.

Je claque la porte derrière elles en ruminant.

Bon. Phobos est chez moi, plus sexy que jamais, *bien sûr*, et il a envie de m'embrasser. Pas de quoi paniquer, n'est-ce pas ? J'inspire plusieurs fois pour tenter de calmer le rythme endiablé de mon cœur, puis je retourne dans la pièce. C'est si étrange qu'il soit là, au milieu de mon antre, à inspecter mes plantes, mes étagères remplies de bric-à-brac, mes livres en pagaille… Il détonne complètement avec son costume sur mesure et son allure urbaine.

*Focus, Pasiphaé.*

Je ne peux malheureusement pas tout lui dire. Et surtout pas la partie sur Kairos. Phobos est en effet le chef de la sécurité, s'il apprenait une telle chose, il s'impliquerait bien plus qu'il ne le faut.

— Je n'ai pas implanté de souvenirs dans ta mémoire, ni manipulé tes sentiments, j'ai voyagé dans le temps, déclaré-je alors.

Il fronce les sourcils, assailli de doutes.

— Je t'ai dit la vérité à Troie, comme quoi je venais du futur, mais tu ne me croyais pas, ajouté-je.

Cette fois-ci, une lueur apparait dans son regard.

— J'avais oublié.

— C'était il y a plus de trois mille ans pour toi et ça vient juste d'arriver pour moi. Je suis tombée sur toi là-bas, mais j'ai tout fait pour intervenir le moins possible.

— On a quand même couché ensemble, me corrige-t-il.

Je m'empourpre.

— Oui, eh bien, tu étais tout à fait partant hein, et même très entreprenant.

Il maugrée, l'œil critique.

— Et comment tu as remonté le temps ?

Je vais en rester à ma première supposition. Elle fonctionne à peu près. Alors je me rends dans ma chambre, prends la boussole dans ma sacoche et reviens vers Phobos.

— Méroé et Éros m'ont proposé une boussole d'amour et…

Il échappe un rire incrédule qui me fait sourire à mon tour.

— Je sais, c'est ridicule, confirmé-je. Bref, elle m'a guidée à une personne « faite pour moi », donc toi…

Une bouffée de chaleur me gonfle les joues. Malgré l'affirmation de Kairos, je n'arrive toujours pas à y apporter le moindre crédit. Même si, irrémédiablement, on a été attirés l'un par l'autre dans le passé. Mais mon isolement, son charme, son désir d'être approché – je suppose – et mon envie de m'accrocher à un visage familier pourraient tout à fait expliquer cette attirance. Si elle provient réellement de la boussole, alors Méroé et Éros ont mis leur nez dedans sans aucun doute possible.

— J'y ai bien réfléchi, à plusieurs reprises, et je pense qu'ils l'ont truquée pour qu'elle me mène à toi puisque Méroé est persuadée qu'on irait bien ensemble. Leur manipulation a peut-être failli quelque part pour m'envoyer trois mille ans plus tôt. Dans le passé, j'ai essayé de ne rien fausser de l'histoire que je connaissais déjà. Si tu as conscience des changements, peut-être que c'est dû au fait que la boussole nous lie ?

Phobos acquiesce. J'ignore si je l'ai convaincu, mais mon récit me paraît assez fiable. Et ma supposition sur son cas est probablement la meilleure. Lui et moi, on est peut-être bien les deux seuls à nous rendre compte du changement.

— Donne-moi la boussole.

Je la lui tends.

— Mon frère t'a précisé dans quelle essence d'arbre il l'a taillée ?

— Il m'a juste parlé de l'aiguille qui provient de ses flèches.

Phobos grimace.

— Montre-moi la personne qui m'est destinée, commande-t-il à l'objet.

L'aiguille, immobile jusque-là, se met à tourbillonner. Je la fixe comme si ma vie en dépendait. Soudain, elle s'arrête. Et pointe vers moi. Je tressaille. Phobos, lui, semble perdre patience.

— Le petit bâtard, souffle-t-il, sûrement en parlant de son frère Éros.

Ah bah oui, si elle est truquée dans un sens, elle est truquée dans l'autre. Autant se faire une raison. La déception se mêle à une résignation évidente. Je ne sais pas ce que j'attendais au juste, rien de bon en tout cas.

— Tu peux partir maintenant ?

Phobos fourre la boussole dans sa poche et m'observe, suspicieux.

— Je ne suis pas encore certain que tu me dises tout, Pasiphaé. Je préfère rester dans les parages et te garder à l'œil.

Il va perturber tous mes plans !

— Euh, non, je ne crois pas, refusé-je, agacée. D'autant plus que je pars à Delphes demain, je veux retrouver le Palladion.

— Pourquoi ? s'étonne-t-il.

Je ravale mes mots, j'en ai encore trop dit. Je ne sais pas me taire, c'est une catastrophe ! En plus, il me toise comme s'il sondait mon âme, réveillant un fond de peur en moi alors que je parvenais à rester dans ses parages jusque-là.

— Parce que c'est un défi personnel… après toute cette histoire, balbutié-je, à court d'idées.

Il hoche la tête, loin d'être dupe.

— Tu ne mens pas très bien, sorcière. Athéna n'a jamais remis la main dessus, personne sur l'Olympe ne sait où il se trouve. Tu fonces dans un mur.

Bon, au moins, je n'aurai pas à interroger qui que ce soit du côté des divinités. Et même si son avertissement me donne des frissons, le destin de Pandore repose entre mes mains. Je ne faillirai pas.

— C'est ce qu'on va voir.

Phobos lève les yeux au ciel.

— Soit. Alors je t'accompagne. La Grèce est ma maison, je te serai d'une grande aide.

Et il tourne les talons pour partir. Je lui emboîte le pas, affolée.

— C'est une quête *personnelle*, j'ai dit ! Et je suis sûre que tu as mieux à faire !

— Crois-le ou pas, mais non. Je passe te prendre demain matin, à la première heure.

— Pas question ! rugis-je alors qu'il sort de mon appartement.

— Bonne nuit, Pasiphaé, dit-il avant de s'éclipser.

Mais… il se fout de moi !

# CHAPITRE XVIII

**PHOBOS**

J'ai prévenu mon frère de ce que j'ai vu aux Enfers, éveillant la même inquiétude en lui. Il a remis mon rapport entre les mains des reines de l'Olympe, à elles de décider de la suite, à présent. Mais je n'ai rien révélé au sujet de Pasiphaé et de son voyage dans le temps. Je préfère d'abord me faire une opinion complète sur elle. Je l'ai fréquentée dans le passé – il y a plus de trois mille ans –, le souvenir est vivace, flou et ambigu. Et même si son odeur de frangipanier me remue de l'intérieur, il est hors de question de m'emballer. Ce serait céder à la manipulation d'Éros et de Méroé. Je la suis en Grèce uniquement pour comprendre ce qu'elle fiche avec sa quête du Palladion.

Et pour m'occuper. Enfin, je l'espère.

Je regarde l'heure et soupire. Qu'est-ce qu'elle fout ? Je l'attends devant l'entrée de l'aéroport de New York avec mon bagage – le tout premier de ma vie – depuis une bonne heure déjà. Je me suis bien pointé à Springfall tôt ce matin, mais Pasiphaé a insisté pour tout faire elle-même. Au point de commander un taxi pour se rendre à la Clairière avant de prendre un bus et un train pour New York. Elle m'a seulement informé de l'heure approximative de son arrivée ici. Et elle ne m'a pas berné, son odeur n'est toujours pas passée par là.

Lorsque la navette entre le centre-ville et l'aéroport arrive, je guette les voyageurs en jurant que si la sorcière n'en fait pas partie, je vais la pister, la retrouver et l'envoyer moi-même en Grèce !

Les portes coulissantes se referment, aucune trace de Pasiphaé, cette fois, je vais péter un câble…

— Pardon ! Désolée ! s'exclame une voix perchée.

Les deux battants pliables se coincent et se rouvrent, bousculés par une énorme valise qui peine à se poser sur le bord du trottoir. La sorcière apparaît, en bottines de marche et pantalon de toile, une veste crème brodée de multiples plantes et la chevelure ondulant dans tous les sens. Elle descend pour mieux attirer à elle son immense bagage et permettre la fermeture des portes. Elle se redresse, contente d'elle.

Non mais dans quel fleuve des Enfers je m'embarque, au juste ?

— Il suffit que je te prenne par le bras et on atterrit en Grèce en une seconde, lancé-je depuis ma position.

Elle regarde autour d'elle avant de me repérer. Ses épaules s'affaissent, mais elle me rejoint tout de même en faisant rouler sa valise, une besace en cuir pleine à craquer en bandoulière.

— Et je préfère ne pas dépendre d'un dieu, réplique-t-elle. Je ne t'ai rien demandé, tu peux rentrer chez toi si ma façon de faire ne te plaît pas.

J'aurai tenté.

— Tu déménages ?

— J'emporte des livres, justifie-t-elle en se dirigeant vers le premier grand hall.

Bien sûr, des livres. Je la talonne sans rien dire de plus. Elle déniche une compagnie pour acheter un billet et s'appuie sur le comptoir, enthousiaste.

— Bonjour !

— Madame, monsieur, que puis-je faire pour vous ? répond l'homme qui nous sourit aimablement.

— Nous voudrions partir pour Athènes dès que possible.

L'agent de la compagnie pianote aussitôt sur son clavier, un écran plat sous les yeux.

— Alooors… J'ai encore de la place pour le vol de ce soir, 17 h 50, arrivée à Athènes à 10 h 25 heure locale, sans escale. Vous seriez en classe économique, ce qui vous permet tout de même une petite couverture pour dormir à bord. Vous vous réveillerez frais et dispos en Grèce ! Avec dîner et petit déjeuner compris. Le vol dure neuf heures et demie, c'est l'idéal. Qu'en pensez-vous ?

Pasiphaé a pâli un court instant alors que je me raidis, stupéfait. Est-ce que j'ai bien entendu ? NEUF HEURES ET DEMIE !

Je saisis le bras de ma compagne de voyage en forçant un sourire à l'agent.

— Une seconde, s'il vous plaît.

J'écarte Pasiphaé du comptoir.

— Tu plaisantes ou quoi ? Tu as peur de l'avion et tu veux passer neuf heures et demie dans une boîte volante ?

— Encore une fois, je ne te force à rien, affirme-t-elle avant de retourner au comptoir. Je vais prendre un billet, monsieur paiera le sien.

Elle sort une liasse de billets de sa sacoche qui me fait froid dans le dos. C'est bien un truc de sorcière de vivre autant en décalage avec les technologies humaines et de se trimballer avec autant d'espèces sur elle ! Même l'agent de la compagnie la scrute d'un drôle d'air.

— Ça fera quatre cent cinquante dollars, s'il vous plaît.

Tandis qu'elle épluche son argent, je dégaine la carte de crédit du Siège et la glisse vers l'homme.

— Je prends un billet et vous nous surclassez tous les deux au maximum.

Pasiphaé ouvre la bouche pour protester mais je ne lui en laisse pas le temps.

— Tu vas voyager pendant des heures avec *Phobos*, insisté-je d'un regard.

Il n'y a qu'elle pour ne pas voir l'éléphant dans la pièce : enfermer le dieu de la peur dans un avion, au beau milieu de phobiques ambulants. Elle blêmit davantage en comprenant le problème et accepte.

— Puis-je voir vos passeports ? requiert l'agent.

Nous nous exécutons. Le Siège nous fournit ce genre de papiers d'humain même si personne n'en trouve jamais l'utilité. Ce sont bien sûr des faux, mais copiés avec un certain talent. Pasiphaé a apparemment eu accès aux mêmes ressources avec le sien. Un sort d'illusion, sans aucun doute. Phobos Cronide et Pasiphaé Héliotride – descendants de Cronos et d'Hélios – affichent donc un visa pour la Grèce plus vrai que nature. L'homme n'y voit que du feu. Il confirme l'achat des billets, puis nous conseille de nous rendre au comptoir d'enregistrement pour obtenir nos cartes d'embarquement et déposer nos bagages. Il nous confie ensuite toutes les indications pour atteindre le salon des VIP de notre vol. Nous voilà donc partis pour le terminal 8, à slalomer parmi la foule et leurs chariots chargés de valises emballées dans du plastique. L'éprouvante vie des mortels obligés de prendre l'avion pour se déplacer…

L'hôtesse suivante nous accueille avec le même sourire aimable que tout le personnel de l'aéroport semble afficher. Elle génère nos cartes puis, du bout de son stylo, elle tapote un cadre affichant une liste d'objets interdits en soute et en cabine. Car apparemment, il y a une différence entre les deux types de bagage. Les dieux merci, je n'ai qu'un petit sac cabine. La dame s'adresse donc à ma compagne de voyage.

— Est-ce que vous avez des produits inflammables dans votre valise ?

Pasiphaé secoue d'abord la tête à la négative, puis elle se mordille la lèvre alors que l'hôtesse pianote son clavier.

— Euh, attendez. Vous entendez quoi par « inflammables » ?

Le regard que la dame lui adresse témoigne au moins de la même perplexité que moi.

— Essence, laque, peinture… ? énonce-t-elle alors.

Pasiphaé sourit, nerveuse et soulagée tout à la fois.

— Oh ! Alors non, non !

Sa réponse ne suffit pas à rassurer l'employée de l'aéroport. Elle reprend son tapotage de liste plastifiée en fixant la sorcière dans les yeux.

— Et est-ce que vous avez des instruments tranchants, des outils, des objets contondants ou des liquides dans votre bagage cabine ?

Pasiphaé ronge l'ongle de son index. On n'est pas sortis de l'auberge. Je ne connais peut-être pas grand-chose à tout ce rituel pompeux de l'aéroport, mais alors *elle*, elle est encore plus larguée que moi.

— Vous incluez quoi dans les « instruments tranchants » ? doute Pasiphaé.

— Couteau, ciseaux… ?

Elle ouvre sa sacoche et plonge le bras en entier dedans avant d'en sortir une serpette en or.

— Et ça ?

— Instrument tranchant, madame, confirme l'hôtesse en hochant la tête. Vous devez le mettre dans votre bagage en soute.

— Ah.

Elle se met à aligner toute une série de fioles en verre pleines de liquides colorés sur le comptoir, sous le nez d'une hôtesse ahurie. La sentence est implacable, ma résignation aussi.

— Tout ça va dans le bagage en soute, madame.

Je m'accoude au comptoir, désespéré de voir Pasiphaé ouvrir sa valise et entamer un jeu d'équilibre entre ses deux bagages pour respecter les consignes de sécurité, tandis que l'hôtesse énumère toute sorte d'objets pour s'assurer que la voyageuse imprudente passe le contrôle sans encombre. Perceuse, batte de baseball, scie, marteau, planche à roulettes, parfum, déodorant, bouteille d'eau… on tombe d'absurdité en absurdité. Impossible pour moi de retenir un soupir.

— Tu as un commentaire à faire ? grogne Pasiphaé, accroupie au-dessus de ses affaires.

— Oh non, non. Juste qu'on pourrait être en Grèce depuis trente bonnes minutes.

— Je ne te retiens toujours pas.

— Je sais.

*Mais je suis maso.* Et assommé d'ennui. Regarder une sorcière se débattre avec son bagage est un passe-temps comme un autre, après tout. Surtout quand elle crame en sortant par inadvertance un sous-vêtement, tout en me lançant des regards noirs, dignes de Méduse elle-même… Le souvenir de sa main agrippant mon cou de chien-loup, dans les bains de Troie, surgit dans ma mémoire. Elle m'avait sorti de là *manu militari*, me menaçant d'appeler ma mère et me traitant « d'indiscipliné ». S'en était pourtant suivi un baiser, si mes souvenirs sont bons. Plutôt réussi, même. L'excitation de la voir craquer me fait encore tressaillir aujourd'hui.

Trois mille ans et il est aussi vivace dans mon esprit que s'il avait eu lieu ce matin.

Pasiphaé finit par refermer valise et sacoche, embarquant plusieurs livres avec elle et regardant ses affaires s'engouffrer dans les entrailles de l'aéroport sur le tapis roulant, une légère angoisse jaillissant d'elle. Un nœud se forme dans mon estomac juste à cet instant : pourvu qu'elle ne provoque pas une explosion en plein vol avec ses produits magiques...

Après le passage des contrôles, on se retrouve dans le salon VIP : un endroit à l'éclairage tamisé, bardé d'un bar et de fauteuils ultra confortables. Pourtant, la tension monte en Pasiphaé. Elle demeure assise dans son coin, loin de moi, sa jambe gauche s'agitant. Si elle panique, elle va me faire dérailler à mon tour. C'est vraiment moi l'inconscient dans cette histoire. J'aurais dû la retrouver directement là-bas, mais j'avais envie de... rester avec elle. Et maintenant, je me vois mal l'abandonner en pleine détresse. Les humains se poseraient beaucoup trop de questions si je disparaissais alors que mon profil est enregistré.

Je sors mon portable et décide de m'occuper l'esprit.

Tu savais que les mortels mettaient plus de neuf heures à se rendre en Grèce ? Et que ce n'est même pas le plus long trajet possible ?

Deimos ne tarde pas à me répondre.

NEUF HEURES ? Pourquoi s'infliger ça...

Je pousse un soupir.

Pour suivre une sorcière têtue
jusqu'à Delphes, par exemple.

Euh, une explication ?

Je vais prendre l'avion
pendant neuf putain d'heures
pour surveiller Pasiphaé.

La réplique se fait attendre. Ça me tend un peu. Est-ce une bonne idée de le prévenir de ce départ ? Ou non ? Il ne peut pas mal le prendre, il souhaite que je m'occupe tout autant que moi. Puis, au bout d'une éternité – à savoir deux minutes trente –, mon téléphone vibre.

Ella est morte de rire.
Bonne chance et tiens-moi
au courant.

Voilà qui lui ressemble plus. Je range mon portable et bois une gorgée de mon whisky.

Lorsqu'une hôtesse vient nous chercher pour l'embarquement, je rejoins Pasiphaé qui ne pipe mot, renfermée sur elle-même. Il faut attendre d'être à l'intérieur de l'espace Première SupraStar de la cabine pour qu'elle s'émerveille et retrouve des couleurs.

— Oh wouah, murmure-t-elle devant le box privé qui nous attend.

Deux larges sièges en cuir caramel, s'inclinant au point de former une véritable couchette, le composent. Une petite table personnelle se rétracte à volonté et des prises pour les appareils sont proposées à chacune des places. Pasiphaé s'engouffre sur celle près du hublot, éblouie, et je prends place à côté d'elle, un peu moins tendu que prévu. L'hôtesse nous remet une couverture, un coussin, un masque pour les yeux et une trousse de toilette en nous demandant d'attacher nos ceintures.

Je reçois un nouveau message et l'ouvre en voyant qu'il s'agit d'une vidéo envoyée par mon frère. Médée apparaît, tout sourire, en pyjama, prête à dîner et aller se coucher. « Bon voyage tonton Phoby ! » lance-t-elle avec une grimace rigolote, ce qui me fait instantanément sourire.

— Moooh, glousse ma voisine.

Je tourne la tête, dérangé en plein contentement familial, et dévisage la sorcière qui bat des cils, accoudée entre nos deux fauteuils, le menton sur ses poings, à la fois moqueuse et attendrie.

— C'est trop mignon, ton frère qui t'envoie des messages de sa fille.

— Oui, et alors ? Elle est ma petite nièce bien aimée, expliqué-je en tapotant un rapide « Merci bébé Médée, mange bien tes légumes verts et fais de beaux rêves » avant de ranger mon portable, embarrassé.

— Rien, c'est juste adorable, répond-elle en dépliant sa couverture.

Ses paroles du passé me reviennent soudain en tête. Elles traversent les milliers d'années qui nous séparent et prennent tout leur sens à cet instant. Elle tentait de me convaincre de laisser Ulysse voler le Palladion et m'implorait en prédisant que sinon Deimos ne rencontrerait pas la femme faite pour lui, qu'il ne tomberait pas amoureux d'elle et qu'il n'engendrerait pas l'enfant que j'adorerai. Pasiphaé savait très bien ce qu'elle disait. Et je mesure seulement maintenant combien elle avait raison. Je risquais en effet d'anéantir mon présent et celui de mon frère. Elle n'a pas sauvé que sa communauté ce soir-là, mais aussi ma famille.

L'avion se met à bouger, elle agrippe les accoudoirs.

— « Mesdames, messieurs, je suis James Saint-James, votre commandant de bord. Notre vol prévu pour 17 h 50 partira à l'heure, nous nous dirigeons vers la piste de décollage. Je vous laisse au soin de notre cheffe de cabine, Jessica. Très bon voyage à toutes et à tous. »

— Pourquoi je fais ça ? murmure Pasiphaé en fixant l'extérieur à travers le hublot.

Je sais que Deimos parvient à aspirer les terreurs nocturnes de notre sœur Harmonie. Je me demande si je suis capable de faire la même chose avec les peurs. Pour le moment, je me contrôle, mais son stress m'atteint bien vite et l'atmosphère autour de moi se refroidit.

— Prends ma main, s'il se passe quoi que ce soit, je nous téléporte en sécurité, lui promets-je.

Elle hésite une poignée de secondes.

— Et les autres ?

Je m'en contrefous des autres, à vrai dire. Elle seule compte.

— Je viendrais les chercher un par un, ou on fera une ronde pour tous partir, inventé-je.

— OK, accepte-t-elle en glissant ses doigts entre les miens.

Ce contact me contente au plus haut point. Ma mémoire s'enlise dans mon passé. Pour elle, c'était hier, mais pour moi, tant de siècles se sont écoulés et pourtant, le souvenir brûlant de son corps nu contre le mien est vigoureux. Sa peau si moite et douce sous mon toucher, ses plaintes au creux de mon oreille, ses caresses et ses lèvres… Mon cœur bondit dans ma poitrine alors que l'avion se soulève pour décoller. Cette perte de contrôle devrait rester dans le passé, quelle mauvaise idée de la ranimer maintenant !

Lorsque l'appareil se stabilise et que nous pouvons détacher nos ceintures, la main crispée de Pasiphaé me relâche. Elle joint ses deux paumes et chuchote quelque chose qui fait apparaître l'une des fioles qu'elle a dû déposer dans sa valise. Elle en avale le contenu et la fait disparaître. Puis elle s'affaisse dans son siège, apaisée. Sûrement une potion contre son anxiété.

Une hôtesse passe entre les box pour donner les menus du dîner, Pasiphaé n'y jette qu'un coup d'œil pour choisir le plat le plus simple et rapide à manger. Elle s'empresse de déplier sa table et de sortir deux gros livres, un carnet et un crayon de sa besace. Elle retire ses chaussures, s'assied en tailleur et remonte la couverture sur elle. Des milliers d'étoiles s'allument dans ses yeux à l'idée de bûcher dans un vieux livre. Quelle étrange personne…

— L'intérêt d'un voyage de plusieurs heures, c'est d'atterrir en Grèce en sachant tout ce que les archéologues ont pu dire de Delphes, m'indique-t-elle alors que je la fixe, perplexe.

J'aimerais bien qu'elle me couve du regard de la même manière.

— Tu sais que j'ai déjà arpenté Delphes durant l'Antiquité ?

*Étudie-moi, Pasiphaé, moi aussi je suis un document historique.*

Elle se contente de me renvoyer une expression pleine d'une indulgence surjouée.

— Est-ce que tu peux me dire précisément où sont les traces du sanctuaire datant de l'époque de la guerre de Troie et ce qu'ont bien pu faire les prêtres avec les objets sacrés durant toutes les différentes phases de réfection du sanctuaire ?

Hum. *Touché.*

— Non.

— Je m'en doutais.

Et elle se met au travail.

Neuf heures, c'est ça ? OK. Très bien. Facile.

*Dong.*

Le signal lumineux s'enclenche et Jessica s'avance dans l'allée, l'uniforme bleu nuit sur les épaules, la broche dorée avec le nom de la compagnie et son prénom épinglé près du cœur, un sourire crispé s'efforçant de demeurer poli aux lèvres.

— Monsieur, vous pouvez m'appeler mais seulement si vous avez besoin de quelque chose, aborde-t-elle d'un ton aimable, un poil sec.

Deux heures de vol et j'ai testé le bouton d'appel quinze fois. Je confirme qu'elle se déplace à chaque fois sans exception. Je lui présente de plates excuses, commande un verre de whisky et tapote la tablette devant moi. J'aurais parié ma vie que les rôles auraient été inversés : Pasiphaé nerveuse et moi apathique. Mais non. Elle paraît concentrée et détendue. Sans doute un effet de sa potion. Alors que ma tension grimpe en flèche. Le grondement des moteurs, les voix en sourdine autour de nous, le *dong* qui jaillit de temps en temps, les tremblements dès que l'appareil rencontre un vent contraire, le plafond qui se rapproche de moi, la pénombre dans laquelle nous sommes plongés depuis que le dîner est terminé… et *lui*. L'homme du premier rang, au siège 1B. Un pur phobique. Il dégage une trouille qui m'atteint par vague. Je ne parviens pas à en profiter comme au cinéma parce que je me sens moi-même… oppressé.

Il faut que je m'occupe l'esprit.

— Tu ne trouves pas ça redondant ? interrogé-je ma voisine.

Elle met bien dix secondes à lever le nez de son livre.

— Quoi donc ? s'étonne-t-elle.

— James Saint-James.

Je lui arrache un sourire amusé.

— Tu t'ennuies ? relance-t-elle.

— Terriblement.

— Tu veux que je te résume ce que j'ai lu jusque-là ?

— Oui, vas-y.

Un pétillement au fond des yeux, elle s'empare de son carnet de notes.

— Après l'abandon du site au VIII^e^ siècle, les ruines ont disparu sous la végétation. Ce n'est qu'au XV^e^ siècle qu'un voyageur italien a redécouvert l'ancienne Delphes et en a rapporté une première description…

Malgré le ton passionné de Pasiphaé pour énoncer des données inintéressantes au possible, les ondes de peur du 1B me touchent à nouveau comme un électrochoc. Je ferme les yeux et ferre mes nuées au fond de moi. S'il me fait lâcher prise, ce sera la catastrophe aérienne assurée. La voix de Pasiphaé devient une sorte de flou mi-inquiétant, mi-rassurant au milieu des multiples bruits de l'avion. *Bordel.* J'ai l'impression d'étouffer.

— Hé !

Je rouvre les yeux, la sorcière s'est penchée vers moi.

— Dis tout de suite que je t'ennuie.

Mon cœur se met à battre plus vite.

— Désolé.

Elle grommelle et se remet au travail de son côté.

Même la ceinture bouclée sur mon ventre m'étouffe. Je la défais. L'habitacle rapetisse autour de moi. Je me lève et fais un tour. Je pourrais m'enfermer aux toilettes et m'éclipser dans un endroit tranquille, un sommet de montagne ou une plage déserte… Mais seulement pour quelques minutes avant que les humains ne se posent trop de questions. Je reviendrais encore plus frustré à bord. Non. Ce n'est pas la solution.

Je passe trois fois dans l'allée, me retenant avec peine de défenestrer le phobique. Incapable de retourner m'asseoir, au summum de ma nervosité, je me cale dans l'office, pleine d'une odeur de plats refroidis et de marc de café. Je commence à comprendre ce qui me bouscule ici.

On dirait ma cellule, à la clinique Saint-Jude. L'impression d'être enfermé dans une boîte, entravé dans mes mouvements, et prompt à relâcher mes pouvoirs d'une seconde à l'autre…

**PASIPHAÉ**

Les fouilles françaises du XIX^e^ siècle deviennent captivantes dès qu'ils découvrent des fosses remplies d'objets votifs à moitié détruits par le feu. Ce qui est offert à un dieu, demeure au dieu, même si un accident l'abîme. On enterrait alors le don dans le sol du sanctuaire pour qu'il n'appartienne à personne d'autre…

— « Mesdames, messieurs… hum. I-ici votre commandant de bord, James Saint-James. Nous entrons dans une zone de turbulences… un peu forte. »

Les secousses font tomber ma petite bouteille d'eau qui roule par terre. J'ai tant chargé ma potion anti-anxiété que je n'ai pas du tout perçu l'ambiance délétère autour de moi. Tout le monde est crispé sur ses accoudoirs, plus personne ne parle. Mon voisin n'est pas revenu et la peur règne.

— « Merci d'attacher votre ceinture, de relever votre tablette et de redresser votre siège. »

Une hôtesse se retient de courir dans l'allée et murmure des « on ne va pas s'écraser, on ne va pas s'écraser… » en passant à mon niveau.

Je referme mes livres et mon carnet, angoissée. Où est Phobos ? Que se passe-t-il ? Je me détache pour tenter de le retrouver alors que l'avion s'apparente de plus en plus à un shaker.

— Revenez vous asseoir ! me somme la même hôtesse en faisant demi-tour. Madame ! Le voyant de… de la ceinture est activé !

Sa voix chevrote et panique les passagers qui l'entendent.

— Je vais juste chercher mon…

La chute soudaine de l'appareil provoque une vague de hurlements et un grésillement des lumières. Ça ne dure qu'une seconde. L'hôtesse ne réfléchit pas plus, elle m'empoigne le bras avec fermeté pour me ramener à ma place. Je devrais la suivre sans me poser de question – ou me retrouver en PLS sur la moquette du sol –, mais la crainte que Phobos ne soit en train de craquer me motive à jeter un sort à l'hôtesse pour qu'elle me lâche la grappe. Elle s'en retourne donc à son strapontin sans moi, en vacillant sur ses pieds, avant de s'attacher, soulagée. J'avance dans l'allée en me tenant aux sièges, ballottée au gré des secousses.

— M-monsieur… s'il vous plaît ! Vous devez retourner à votre place !

La voix de Jessica, la cheffe de cabine, retentit. Je les trouve tous les deux dans l'office, au milieu des chariots repas et boissons qui tentent de sortir de leurs entraves à force d'être remués. Phobos se tient au fond de l'espace étroit, droit comme un piquet, aussi pâle qu'une pleine lune, les bras repliés sur lui, le regard dans le vague. La cheffe de cabine, elle, n'ose pas du tout l'approcher pour le forcer à bouger de là. Elle est figée dans une frayeur que je connais bien. Alors, je la convaincs elle aussi de retourner à sa place et elle s'éloigne sans se faire prier.

Il ne me reste plus qu'à approcher le dieu de la peur, paralysé au milieu de l'avion. Aucune nuée grise ne s'échappe de lui, mais il déchaîne une peur diffuse et grimpante autour de lui. S'il relâche tout, je ne doute pas du désastre. Je fais un pas vers lui et des frissons d'angoisse m'envahissent. Les effets de ma potion s'estompent. Je l'ai déjà atteint alors que tous ses pouvoirs étaient déchaînés, je peux le refaire. Les poings fermés et une sueur glaciale dans le dos, je le rejoins. Il tremble comme une feuille, les yeux statiques. Quelle torture s'inflige-t-il pour se maîtriser ?

— Phobos ?

Il lève un regard fiévreux sur moi.

— Je suis enfermé dans cette foutue cellule, souffle-t-il.

Une cellule ? Est-ce qu'il parle de son internement qui a duré une centaine d'années ?

— Non, tu es dans un avion avec moi, dis-je d'une voix la plus posée possible.

— Alors pourquoi je porte une camisole ?

Oh non… son esprit a trouvé refuge dans l'endroit où ses pouvoirs étaient totalement bridés. Par Hécate, j'aurais dû faire plus attention et lui proposer quelque chose pour le calmer. Je tente de lui prendre la main, mais tous ses muscles s'opposent au moindre mouvement.

— « M-mesdames, messieurs, ne paniquez pas ! T-tout va bien ! On va s'en sortir ! »

On n'a pas de temps à perdre, le pilote semble lutter contre l'état de crise ambiant. Alors je m'élève jusqu'à Phobos, pose mon front contre le sien et enlace son corps. Je créée une bulle autour de nous pour couper les bruits et l'affolement général. Je n'entends plus que son souffle effrayé.

— Je vais défaire la camisole, le préviens-je sans trembler.

Autant entrer dans son hallucination pour le ramener en douceur à la réalité.

— Ne fais pas ça, je risque de ne plus rien contrôler ! murmure-t-il, égaré.

— Tout va bien se passer, j'ai confiance en toi.

Ses iris dépareillés se plantent dans les miens.

— Tu ne devrais pas.

— Alors aie confiance en moi ! insisté-je.

Il serre les dents, en proie à une lutte interne.

— Même si c'était le cas, ça ne changerait rien...

Je passe mes mains sur ses flancs pour atteindre ses doigts et tenter de les bouger. Rien à faire. Il devrait se plonger dans une tout autre dynamique, penser à autre chose. Et j'ai bien une idée en tête, qui le surprendrait suffisamment pour au moins abaisser sa tension, mais j'ai peur qu'il le prenne mal au vu de sa réaction après mon voyage dans le temps. On ne peut pourtant pas rester là, impuissants ! Alors j'encadre son visage de mes mains, déglutis et me lance.

— Désolée, Phobos, je dois essayer.

— Qu'est-ce que...

Je presse ma bouche sur la sienne. Il tressaute. Les turbulences nous secouent. Je m'attendais presque à ce qu'il me repousse brutalement, mais non. Il ne bouge pas d'un pouce. Puis, alors que ses lèvres brûlantes demeuraient aussi dures que ses muscles, tout se ramollit en lui. Ses bras se détendent, ses mains sur posent sur mes hanches et il s'enroule contre moi. Un soulagement me remue de l'intérieur – parce qu'il parvient à se calmer, et parce qu'il ne me rejette pas, même si le contexte est irréel. Il rompt ce baiser salvateur sans quitter notre étreinte.

— Jette-moi un sort, endors-moi, requiert-il alors, d'un ton grave. Ne me laisse pas comme ça.

J'acquiesce, le cœur battant à toute vitesse.

— Pour le baiser, je suis désolée, je n'aurais pas dû…

— Oublions, insiste-t-il, le regard fuyant. Tu as fait ce qu'il fallait, tu as mon autorisation pour utiliser ta magie sur moi.

C'est bien la première fois qu'on m'en donne la permission. Alors qu'une sorcière – même indirectement – a causé son enfermement dans un asile pour un siècle, il me remet sa vie entre les mains.

Je me détache de lui et on rejoint notre box au milieu d'halètements apeurés. On s'attache, puis je jette mon sort alors que Phobos reste sur ses gardes.

— *Dors jusqu'à notre arrivée, rien ne pourra te perturber.*

Il ferme les yeux et sombre dans l'inconscience. J'ai l'impression d'enfin pouvoir remplir mes poumons. Tous mes organes vitaux étaient noués dans l'attente de cet instant précis. L'appareil traverse la zone de turbulences et finit par reprendre un vol stable. Tout le monde se laisse aller. Les hôtesses retrouvent le sourire, déambulent parmi les passagers, leur apportent de l'eau, rient avec nervosité et sans comprendre comment tout le monde a pu se laisser emprisonner comme ça dans un tel climat de frayeur. Ils subissent pourtant un entraînement pointu pour parer à ce genre de situation. Le pilote James Saint-James présente même des excuses, confus d'avoir provoqué cet épisode.

Tout le monde se réjouit, et moi, je ne regarde que Phobos, enfin apaisé, le cœur serré. Tout le monde se sent bien quand il est absent, et moi, je ne ressens qu'une profonde tristesse à ce constat.

# CHAPITRE XIX

**PHOBOS**

J'accélère le pas après avoir récupéré mon bagage à l'aéroport d'Athènes. Pasiphaé se presse à côté de moi, encore embrumée par le sommeil. Après ce désastreux voyage – *régler les choses d'un baiser, c'est audacieux, Petit Bao*, très *audacieux* –, terminé en sommeil de plomb, j'ai hâte de pouvoir enfin respirer le grand air et de retrouver les couleurs de la Grèce, chaleureuses dans leurs ocres et éclatantes comme le bleu du ciel. Je n'ai pas connu les cent années d'exil à New York, mon pays de cœur terrestre demeurera toujours la Grèce. Alors que nous franchissons les portes du terminal pour entrer dans l'espace des arrivées, mon œil capte un panneau à mon nom et à celui de ma compagne. Celle qui le tient, une femme brune vêtue d'un élégant costume cravate ajusté, m'est inconnue. Elle affiche pourtant un air rigide et poli qui me dit quelque chose.

— Tu as prévenu quelqu'un ? interrogé-je Pasiphaé.

— Non, s'étonne-t-elle à son tour. Et toi ?

— Seulement mon frère, il m'aurait tenu au courant s'il nous avait engagé quelqu'un.

Je m'avance jusqu'à la femme qui nous sourit en nous voyant nous approcher.

— Bienvenue à Athènes, nous souhaite-t-elle en grec moderne, d'une voix assurée.

— Qui vous envoie ?

Elle me sourit et tend le bras. Je ne remarque qu'à cet instant un pins épinglé à sa veste : une forme blanche et lisse.

— Vous étiez attendus, divin Phobos et servante d'Hécate, si vous voulez bien me suivre.

La formulation maniérée ne m'étonne pas, je commence à comprendre à qui nous avons affaire et j'ai bien envie de la suivre. Mais Pasiphaé ne semble pas dans le même *mood*, elle se mordille la lèvre. Elle est intriguée, oui, mais aussi impatiente de prendre son bus pour Delphes et honorer son programme.

— On n'a qu'à se séparer maintenant, propose-t-elle. Tu me rejoindras plus tard si tu y tiens vraiment.

Pas le temps de refuser, l'inconnue me coupe l'herbe sous le pied.

— On m'a demandé de vous ramener tous les deux, insiste-t-elle d'un ton qui se veut accueillant mais qui sonne comme une sommation.

— Et je refuse votre invitation, répond Pasiphaé, les dents serrées.

Je lui prends la main en espérant tempérer son humeur récalcitrante.

— Allons-y, je louerai une voiture pour nous rendre à Delphes ensuite. On ne perdra pas de temps, c'est promis.

Elle grogne mais consent, pas emballée du tout. La femme nous guide jusqu'à une voiture aux vitres fumées, le genre « bolide de grosse compagnie ». Le soleil d'octobre réchauffe l'atmosphère. Il fait bon ici, bien meilleur qu'à New York. L'inconnue nous ouvre le coffre pour déposer nos bagages, puis nous prenons place à l'arrière et elle démarre. On roule un moment, le temps de traverser la périphérie de la capitale. Ma voisine enchaîne les soupirs agacés.

— Je n'ai pas que ça à faire, râle-t-elle à voix basse.

— Je sais, oui. Même si je ne comprends pas pourquoi ta quête du Palladion est si urgente. Que me caches-tu au juste ?

— Je ne te cache rien, je n'ai seulement pas envie d'être là, réplique-t-elle, nerveuse.

Ses traits se détendent à mesure qu'on entre dans la cité grecque et que l'Acropole, le sanctuaire divin surplombant la ville, se dévoile. Pasiphaé ouvre la fenêtre pour admirer la hauteur des remparts, la blancheur du Parthénon et le foisonnement des cyprès et des pins parasols qui ornent les alentours. C'est d'ailleurs sur une hauteur, tout près des propylées qui ouvrent le site, que la voiture se dirige et finit par s'arrêter. Impatient, je sors du véhicule.

La vue sur l'Acropole est à couper le souffle. Au moins tout autant que la façade de la demeure moderne devant laquelle nous nous trouvons. Un écran vertical alterne une forme blanche et mouvante, et un nom me confirmant l'identité de nos hôtes.

— Seigneur Phobos, servante d'Hécate ! nous interpelle la silhouette pressentie en écartant les bras, surgissant de la demeure. Bienvenue dans notre succursale athénienne !

Thyeste des Atrides.

Bordel, la Lignée à l'épaule d'ivoire n'est donc pas qu'à Mycènes ? Quelle influence possède-t-elle véritablement ? Est-ce que l'intervention de Pasiphaé dans le passé a changé quelque chose pour eux ? Il ne semblait pas aussi assuré que cela lorsque je l'ai rencontré la première fois… Ou bien, ma mémoire a bougé à son sujet ? Une autre impression me vient en tête : il ne s'était pas laissé molester par les Semés et les Érinyes, il s'était imposé de lui-même.

Par tous les Enfers, qu'a bien pu provoquer Pasiphaé en voyageant dans le temps ?

Les Atrides[8] ? La forme blanche qui se dessine en boucle sur leur écran d'accueil est en fait l'épaule d'ivoire de Pélops ? Qu'est-ce que c'est que cette histoire ? J'ignorais que cette lignée était encore active aujourd'hui. Phobos semble à moitié étonné de les voir surgir sur notre route. Sait-il quelque chose que j'ignore ?

On suit Thyeste qui nous guide à l'intérieur du bâtiment très moderne et au design minimaliste avec ses murs blancs et ses baies vitrées laissant pénétrer la lumière chaleureuse d'Athènes. La jeune femme venue nous chercher ferme la marche, mains dans le dos, son regard d'aigle posé sur moi. Cet endroit ne me rassure pas du tout alors que tout est fait pour en mettre plein la vue : l'atrium aux colonnes de marbre pailleté, les orangers dans leurs caissons en céramique crème, les néons clairs qui longent chaque angle des murs, les hologrammes qui courent sur les parois pour former les lettres grecques de leur nom…

Ils ont les moyens et ils le crient sur les toits.

Et puis, « servante d'Hécate » ? Depuis quand les humains nous connaissent sous ce nom ? C'est l'excuse que j'avais formulée face aux Achéens à Troie, mais c'était il y a plus de trois mille ans ! Ça n'a aucun sens que l'appellation ait perduré comme ça. Comment savent-ils qui je suis ? Ce Thyeste a l'air de connaître Phobos, soit, mais moi ?

— Je suis si heureux de vous recevoir ici, chez nous. Je ne vous retiendrai pas longtemps, mais je tenais à vous offrir un café, pour vous souhaiter la bienvenue.

---

8. *Note de Mnémosyne, Titanide de la mémoire.* N'hésite pas à consulter l'annexe sur la lignée des Atrides en début de livre !

— Votre siège historique ne se trouve pas à Mycènes ? questionne Phobos.

— Si bien sûr, mais à présent, c'est notre demeure familiale, notre entreprise se trouve ici et nous avons ouvert des succursales un peu partout en Grèce, à Héraklion en Crète, à Thessalonique dans le nord et à Olympie dans le Péloponnèse, bien entendu, annonce fièrement Thyeste en nous entraînant dans un jardin.

Le laurier rose et le myrte embaument l'endroit et forment un écrin des plus enchanteurs à une statue en marbre immaculé, à la limite de l'aveuglement. Je m'interloque en reconnaissant ses traits : Agamemnon, le roi achéen qui s'est emparé de Troie. Je ralentis, le cœur serré. Notre terrible face-à-face m'a marquée bien plus que je ne l'aurais voulu.

— Je vois que notre royal ancêtre a attiré ton attention, servante d'Hécate, commente la chauffeuse, près de moi.

— Je me contentais de l'admirer, réponds-je de ma voix la plus neutre possible.

— Une copie de l'époque romaine, l'originale grecque devait être en bronze, elle a disparu au fil des siècles, indique-t-elle.

— C'est pour cela que depuis le XIXe siècle les Atrides ont pris en mains la sauvegarde de notre patrimoine, intervient Thyeste en rebroussant chemin. Les Atrides investissent à la fois dans les nouvelles technologies, et notamment dans tout ce qui concerne la géolocalisation et le système de guidage, et dans l'achat et la conservation de pièces uniques appartenant à notre passé. Souhaitez-vous jeter un œil à quelques-unes de nos pièces ?

Phobos se rembrunit.

— Ce ne sera pas la peine, nous…

— Si ! Avec joie, accepté-je précipitamment.

Bien sûr que je veux voir ça ! Si ça se trouve, ils ont des infos sur le Palladion puisque c'est leur ancêtre qui l'a offert au sanctuaire de Delphes. C'est l'idée que je fais passer d'un regard insistant à Phobos qui lève le sien au ciel. Thyeste, selon ses dires – et il ne semble pas près de vouloir de se taire –, nous promet seulement un détour avant d'atteindre le café qui nous attend. On traverse des espaces aérés, toujours ouverts sur l'extérieur, soit grâce à des baies coulissantes, soit grâce à des fenêtres en hauteur. La lumière est omniprésente dans ce dédale clair et spacieux. On longe même une pelouse et une immense piscine à l'eau turquoise, ornée de trois bouquets de palmiers étendant leur ombre sur le bassin. Un tableau idyllique. S'il y a bien une chose dont je suis sûre, c'est que jamais je n'aurais imaginé la descendance d'Agamemnon, rustre et brutal, soucieuse d'afficher un luxe aussi distingué.

Thyeste nous invite à entrer dans un nouvel atrium parcouru d'employés affairés. Des hommes et des femmes déambulent, tablettes entre les mains, dans un ballet synchronisé à la perfection. Là, entre les colonnes supportant la toiture évidée, trois vitrines sont mises en valeur avec un nouvel écran sur lequel des lettres grecques forment une suite de mots qui s'effacent et reviennent sans cesse : « Les Atrides – Cultivons notre passé, ses graines futures n'en seront que meilleures. »

— Voici le sceptre de commandement qui a appartenu à Agamemnon lui-même, nous présente-t-il en se postant près de l'objet, tel un conservateur hors-pair.

Je reconnais immédiatement le bâton en bronze orné d'une spirale et d'un pommeau d'argent. Le métal doré tire un peu sur le vert, mais les Atrides l'ont de toute évidence restauré avec soin et stoppé son oxydation. Je retiens de toutes mes forces un commentaire stupéfait. Ils ont préservé cette relique durant toutes ces années ? Dans toutes mes lectures, je n'avais jamais croisé aucune mention de cette découverte. À croire que les Atrides cachent les leurs et ne les partagent qu'avec les chanceux qui franchissent leur porte.

— Et là, il s'agit de la ceinture de mariage d'Hélène de Sparte, que Ménélas a gardée toute sa vie.

La suite d'anneaux dorés reliés par des chaînettes est disposée en cercle sur un reposoir. Elle n'éveille en moi que la profonde tristesse dégagée par la reine en deuil, perdue dans l'immensité du palais troyen. J'ai le cœur qui bat à cent à l'heure. Ces trésors inestimables demeurent réellement là, à l'insu du monde scientifique ? Alors qu'ils pourraient tant dire de l'époque ? Ou alors ce ne sont que des faux ? Des outils de communication pour les Atrides ?

— C'est une dent de dragon que vous avez là ? s'enquiert Phobos, devant la troisième vitrine.

— C'est exact, oui, confirme Thyeste.

— Vous savez qu'un tel objet est potentiellement dangereux ?

L'Atride affiche un mince sourire qui, soudain, tranche avec sa sympathie naturelle. Il ramène ses cheveux mi-longs en arrière d'un geste mesuré avant de répondre.

— Bien sûr. Et il n'y a pas d'inquiétude à avoir, tout est sous contrôle.

Phobos paraît moins convaincu, mais il acquiesce.

— Allons boire ce café, enchaîne Thyeste en nous menant enfin à destination.

Nous nous installons dans une petite cour intérieure, sur des sièges en osier, une fontaine offrant sa fraîcheur et son bruit apaisant à nos oreilles. Thyeste prend place en face de nous, toujours aussi ravi. La femme, elle, se dresse derrière lui, bras croisés. Dans un silence total, on nous sert une tasse de café. Phobos décide alors de le briser.

— Et si tu nous disais ce que nous faisons ici, au juste ? Comment les Atrides ont-ils su que nous arrivions ?

Thyeste croise les jambes et sourit. Il savoure l'instant.

— Figurez-vous que nous vous attendions depuis des siècles.

Je fronce les sourcils, surprise, tandis que mon voisin s'impatiente.

— Cesse de tourner autour du pot, Thyeste des Atrides.

La femme se tend et joint ses mains dans son dos, son regard noir change de cible.

— Je m'explique, poursuit l'homme avec calme. Au retour de la guerre, notre illustre ancêtre Agamemnon s'est rendu à Delphes avec une partie du trésor de Troie pour faire une offrande à Apollon et l'apaiser. Vous savez que le sanctuaire de Delphes a toujours réuni les Grecs, cette terre était considérée comme neutre.

— Abrège, marmonne la femme derrière lui.

Il n'y porte aucune attention alors que j'aurais envie de la faire taire d'un sort. Il est peut-être en train de me parler du sort du Palladion sans le savoir !

— Agamemnon en a profité pour consulter la Pythie et l'oracle lui a prédit que sa descendance rencontrerait à nouveau le dieu de la peur et une servante d'Hécate mais de nombreux siècles plus tard. Qu'ils arriveraient par le ciel en Grèce, en même temps, et qu'il faudrait leur réserver un bon accueil. Et voilà ! Nous y sommes !

Il s'arrête là, ravi. Trop stupéfaite pour commenter une telle chose, je consulte Phobos qui paraît tout autant surpris que moi.

— Comment saviez-vous que c'était pour aujourd'hui ? interroge-t-il, méfiant.

— Oh, nous n'avions aucune idée de l'époque précise à laquelle cet événement pourrait advenir. Alors on a tout mis en œuvre pour cela. Nous avons gardé contact avec les dieux du vent, les fils d'Éole, car vous deviez arriver par le ciel. C'est devenu évident au moment où l'avion a été inventé, mais pourquoi un dieu s'embarrasserait avec cela ? Il était alors probable que ce serait pour accompagner la servante d'Hécate. Nous avons donc surveillé les entrées en Grèce par avion. Et voilà qu'un Phobos Cronide et qu'une Pasiphaé Héliotride débarquent. Ce ne pouvait pas être une coïncidence !

— Vous nous avez « surveillés » ? reprends-je, abasourdie par ce que j'entends de la part d'humains.

Thyeste s'agite, prêt à tout pour effacer le soupçon immanquable dans ma question.

— Pas dans le sens où nous avons pisté le moindre de vos mouvements ! se justifie-t-il. La vie privée est une notion très importante dans notre conception de la géolocalisation. Nous avons seulement attendu que des noms familiers apparaissent aux frontières.

Ils ont donc le bras aussi long que cela.

Thyeste s'ébahit à nouveau en nous regardant, ému de vivre cet instant très attendu par sa lignée depuis si longtemps.

— Qui aurait cru, Seigneur Phobos, lorsque je suis venu te voir à New York, que ce serait moi qui vous convierais ici ?

Le dieu de la peur serre les mâchoires avant de sourire.

— En effet, qui aurait pu le prévoir ?

C'est tout ce qu'il a à dire ? La Pythie a prédit qu'on prendrait l'avion tous les deux il y a plus de trois mille ans, c'est au-delà de toute raison !

— N'avez-vous pas l'impression d'un accomplissement ? s'enchante Thyeste.

— Parle-leur plutôt de ta proposition, intervient la femme.

Thyeste tique et jette un œil derrière lui.

— Patience, Laodicé, tempère-t-il.

Il revient à nous, tout sourire.

— Laodicé est ma sœur, elle ne tient pas en place.

Je comprends ! Si je ne craignais pas de commettre un impair dans cette discussion insensée, je réagirais comme elle. Ou non, j'empoignerais mon compagnon de voyage pour le secouer et exiger une explication. Et pour sortir illico de ce repaire d'Atrides ambulants ! J'attrape ma tasse de café pour la vider, nerveuse à souhait.

— Quelle proposition ? relance Phobos.

Thyeste s'éclaircit la gorge et remue sur son fauteuil.

— Elle ne te concerne pas directement, en réalité, Seigneur Phobos. Nous avons une proposition à faire à la servante d'Hécate.

J'avale de travers ma gorgée de liqueur noire, devenant soudain l'objet de toute l'attention.

— Moi ? m'étranglé-je.

— Tu portes le même nom que ton ancêtre qui s'était alliée aux Achéens et tu es la servante d'Hécate dont l'oracle a prédit la venue, expose Thyeste. Nous voudrions que tu restes ici, avec nous. Nous aimerions en apprendre plus sur toi et les tiennes, nous enrichir de ton savoir et espérer t'apporter quelque chose en retour. Tu pourrais choisir n'importe quelle succursale en Grèce, selon ton bon plaisir. Qu'en dis-tu ?

Que j'en reste abasourdie ! Je bredouille deux ou trois onomatopées, plongée dans une bouillie de doutes et de gêne, puis je perçois l'aura sombre à côté de moi. Phobos guette ma réponse comme si la vie de toute sa famille en dépendait. C'est vrai que j'ai un peu navigué entre deux camps à Troie : aider Ulysse et les Achéens était indispensable, et aider Phobos était un choix personnel, parce que je savais qui il était et que je l'estimais. Mais aujourd'hui, il n'est plus question de tout ça ! Je ne vais pas quitter la Clairière pour m'installer ici, auprès des Atrides. C'est ridicule !

— Les choses ne fonctionnent pas ainsi, finis-je par prononcer. Les sorcières ne quittent pas leur refuge pour s'installer ailleurs, et encore moins pour partager leurs secrets. La magie ne se partage pas en dehors de notre cercle.

J'ai bien les annonces de Circé la Grande en tête pour me contredire – elle qui pensait établir des sorcières ailleurs dans les dimensions, pour quitter le confort de la Clairière et expérimenter – mais je suis effrayée rien qu'à cette idée.

Phobos allume une cigarette au dictame de Crète et au laurier d'Apollon. De toute évidence, il a besoin de se calmer. Il souffle ses premières bouffées parfumées tout en reprenant la parole d'un ton sévère.

— Sans compter que les dieux et déesses de l'Olympe sont très attachés aux sorcières aujourd'hui. Elles sont peut-être butées et indépendantes, et ont furieusement l'habitude de nous rendre chèvres, mais les reines olympiennes veillent sur elles.

Il parle de notre communauté ou de moi, là ? En des termes si bruts de décoffrage ?

— Loin de moi l'envie de te froisser, Seigneur Phobos…

— Arrête avec ce « seigneur », s'agace-t-il.

— Ni même les reines olympiennes, continue-t-il. Il ne s'agit pas d'arracher des membres de votre communauté, simplement de côtoyer les descendantes d'Hélios.

Je repose ma tasse de café sur la table basse.

— Désolée, mais je décline. Si je suis là, c'est pour rechercher le…

— Frisson de l'aventure, me coupe soudain Phobos en se tournant vers moi. Pasiphaé est liée à moi, nous sommes ici pour visiter des sites antiques et passer du temps ensemble, rien de plus.

Il tend la main vers moi pour appuyer son bobard. J'avoue que cette soudaine curiosité des Atrides envers nous m'inquiète suffisamment pour me pousser à entrer dans ce jeu et à garder le dieu de la peur à mes côtés. Alors j'offre ma main en retour.

Laodicé maugrée dans son coin tandis que Thyeste s'avoue vaincu.

— Je vois. Je ne vous retiendrai pas plus longtemps, dans ce cas. Puis-je savoir où vous vous rendez ? Peut-être que je peux vous donner quelques conseils ?

— Je suis sûr que vous saurez traquer notre position si vous souhaitez réellement savoir où nous allons, comme vous l'avez fait pour notre venue ici, réplique Phobos en se levant.

Thyeste agite les mains pour se dédouaner. Je me lève à mon tour, pressée de partir.

— Laodicé, tu les déposes ?

— Je m'en occupe, grogne la femme.

— Seigneur Phobos, servante d'Hécate, ce fut un plaisir. Faites attention à vous.

Nous le saluons à demi-mot et suivons Laodicé jusqu'à la sortie de la succursale. On grimpe en voiture et elle nous emmène à une agence de location. De sale humeur, elle sort nos bagages du coffre avec une poigne de malade et s'en va sans piper mot. Encore fébrile par les derniers événements, je laisse Phobos, lui aussi sur les nerfs, louer une Jeep décapotable et balancer nos bagages à l'arrière. Nous partons dans un silence pesant. Est-ce que je vais même pouvoir aborder ce sujet avec Circé la Grande ? J'ai quitté Springfall mais sans rien dire à personne, à part aux membres de mon cercle. Il faudra bien que je prévienne la Clairière pourtant…

— Est-ce que tu te souviens de quelque chose que tu aurais dit à Agamemnon ou à Ménélas et qui aurait changé la donne pour les Atrides ? m'interroge Phobos au bout d'un moment.

— À part le fait d'être une sorcière, tu veux dire ? Agamemnon n'avait entendu parler que de Médée et il n'a jamais croisé sa route. Il s'est peut-être rendu à Delphes pour une offrande à Apollon comme le faisaient beaucoup de chefs de guerre vainqueurs, mais il a dû en profiter pour questionner la Pythie au sujet des sorcières. J'ai dévoilé l'existence de toute ma communauté aux Atrides qui ne sont qu'assoiffés de pouvoir…

Je me ronge les ongles, persuadée d'avoir commis une faute irréparable. Et s'ils venaient à Springfall ? S'ils ont pu nous traquer entre deux aéroports, ils pourraient remonter jusqu'à la Clairière ? Impossible pour eux de passer nos boucliers, mais la ville voisine est accessible à tous et nous vivons là.

— Arrête d'avoir peur comme ça, tu me rends nerveux, grogne Phobos.

— Si tu m'avais laissée partir seule, la prédiction ne se serait pas accomplie.

— Si tu m'avais laissé nous téléporter, nous ne serions pas arrivés par le ciel, réplique-t-il en accélérant.

— Oh par Hécate, quelle catastrophe…

Je m'affaisse dans le siège, envahie par une somme monstrueuse de nouvelles angoisses. D'abord Kairos, et maintenant les descendants d'Agamemnon. Comment vais-je m'en sortir ?

— Les Atrides ont menti sur toute la ligne, devise Phobos. Ils te paraissaient peut-être sereins, mais ils étaient emplis de crainte.

— Ah oui ?

— La chose qu'ils redoutent le plus, c'est...

— Que Tantale les dévore, terminé-je en me souvenant de la phrase d'Agamemnon.

— Tout à fait.

Je me redresse.

— Mais Tantale est au Tartare, il n'est pas près d'en bouger.

Phobos s'humecte les lèvres, gêné. Une sueur froide dégouline dans mon dos.

— N'est-ce pas ? insisté-je.

— *A priori*. Les Atrides ont également menti sur la prédiction. Jamais aucun oracle n'annonce qu'une visite de courtoisie. Ils ont censuré une partie. Sinon pourquoi déployer autant de moyens au fil des siècles pour guetter notre arrivée ? Tout ça pour nous accueillir avec un café ? J'en doute fort.

— De mieux en mieux, commenté-je à voix basse.

Je regarde dehors, la ville défile à vive allure et mon cœur bat dans ma poitrine comme un véritable bourreau.

— Je suis là, tente de me rassurer Phobos. Je ne te quitterai pas d'une semelle. Ils peuvent toujours essayer de t'approcher à nouveau.

Oui, d'accord, je suis rassurée quelque part, mais...

— Je me fais du souci pour mes sœurs sorcières, plus que pour moi.

Ça le détend et son sourire apaise ses traits, m'envoyant des picotements au creux du ventre. Je voudrais me détacher de lui et rompre ce lien étrange qui nous attire l'un à l'autre, mais c'est au-dessus de mes forces. Peut-être qu'il y a moyen de désenchanter la boussole d'amour d'une manière ou d'une autre, et tout rentrerait dans l'ordre.

— Tu t'inquiètes toujours pour les autres, pour ta communauté, pour Ulysse, pour Cassandre, pour des inconnus dans un avion, et même pour moi.

Troublé par ses propres paroles, il fixe la route sans rien ajouter de plus. Moi, je ne repense qu'aux paroles de Cassandre justement : « Les dieux de la peur et de la terreur nous protègent depuis des années et pourtant on les craint, personne ne les approche. »

— Tu as défendu une cité entière pendant dix années.

Il dodeline de la tête.

— Je n'avais peut-être pas les mêmes et nobles motivations que toi, avoue-t-il.

— Mais Cassandre reconnaissait votre protection, que tu le veuilles ou non.

Je sens que cette discussion qu'il a lui-même provoquée le met de plus en plus mal à l'aise. Alors je décide d'effectuer un virage sur cette route sinueuse.

— Malgré le fait que tu mates les femmes dans leurs bains, ajouté-je.

Phobos pousse un râle accablé.

— J'étais jeune ! Et je ne passais pas mon temps à les regarder. Je te l'ai déjà dit à l'époque, leurs discussions me calmaient, j'aimais bien écouter leurs voix. Le monde des femmes était plus bienveillant que celui des hommes.

Étant donné que je n'ai pas écouté un traître mot de ses explications il y a trois mille ans, je ne peux qu'acquiescer aujourd'hui. Il paraît sincère, je lui laisse le bénéfice du doute. J'enchaîne, d'humeur taquine. Cette conversation plus légère me change les idées.

— C'est vrai que je suis butée, indépendante et que je te rends chèvre ?

— Oui.

Il répond du tac-au-tac !

— Wow, même pas d'hésitation.

— Non.

Je me mords la lèvre pour ne pas trop sourire.

— OK. Tu peux ralentir ? C'est ta conduite qui me rend nerveuse, moi.

Il s'exécute, satisfait. Je secoue la tête, amusée, et m'appuie contre la fenêtre pour admirer ce pays de nos origines, impatiente d'explorer Delphes.

Le frisson de l'aventure en sa compagnie, c'est une belle raison d'être là aujourd'hui.

# CHAPITRE XX

**PHOBOS**

On arrive en milieu d'après-midi à Delphes, haut-lieu perché en montagne au nord-ouest d'Athènes, après les grandes plaines béotiennes. Le petit gîte réservé sur le flanc du mont Parnasse, au-dessus de la ville moderne et d'impressionnantes gorges en contrebas, attendra. Aussitôt arrivés, aussitôt au musée. Pasiphaé a enfilé sa sacoche pour se ruer sur le petit bâtiment, en aval du site archéologique. Je n'ai pas discuté, je l'ai déjà traînée chez les Atrides, à présent je suis à sa disposition. Elle dégaine son stylo et son carnet, excitée, et étudie les premiers panneaux en début de parcours qui exposent les étapes connues de la construction du sanctuaire.

Elle avait raison sur un point : je ne lui serai pas d'un grand secours. Je connais Delphes mais de loin, sans vraiment avoir étudié l'endroit ni y avoir passé du temps.

— Ils disent qu'il y avait dans le coin un village vers – 1500, et que les plus anciennes traces du sanctuaire tel qu'on le connaît aujourd'hui datent de l'époque archaïque, donc au maximum en – 800, alors que la guerre de Troie remonte à environ – 1200. Rien sur le sanctuaire à l'époque, ni sur le Palladion. C'est ce que j'avais lu, mais je m'attendais à un détail en plus ici, regrette-t-elle.

Arf, je n'aime pas la voir déçue. Elle fait une petite moue qui me serre le cœur comme un pressoir à olives. J'ai bien une ou deux connaissances de plus à apporter.

— Peu importe la place du sanctuaire à l'époque de la guerre de Troie, la Pythie rendait ses oracles assise sur un trépied, dans une cavité souterraine, là où des effluves sortaient des entrailles de la terre et garantissaient le lien avec la parole d'Apollon. C'était d'ailleurs l'endroit le plus sécurisé du sanctuaire. On disait même que Dionysos aurait été enterré là avant de ressusciter. Si on devait placer une relique telle que le Palladion quelque part à Delphes, c'est bien là. Le temple lui-même abritait les offrandes les plus précieuses.

J'ai allumé un sourire sur ses lèvres et des lueurs dans ses yeux noirs.

— Mais oui ! s'exclame-t-elle. Ce n'est pas un trésor comme les autres…

Elle refait un tour des panneaux et des plans du site, de sa présentation géologique et topographique, et à mesure de son exploration, ses lèvres s'affaissent.

— Il n'y a absolument rien sur la cavité. Les archéologues auraient retrouvé un passage, s'ils l'avaient découverte. La surface a beaucoup bougé depuis, entre les divers incendies, tremblements de terre et la désertion du site.

Elle me lance un regard en coin, la bouche tordue. Qu'est-ce qu'elle va me demander…

— Tu ne peux pas t'y téléporter, toi ?

J'échappe un rire incrédule.

— Non, non, on ne se téléporte pas dans un endroit dont on ignore tout, et surtout la localisation. La cavité de la Pythie était réservée à sa prêtresse et aux membres du culte qui l'entouraient.

Pasiphaé soupire, résignée.

— Soit. La Pythie a complètement disparu, d'ailleurs ? Il n'y en a plus aujourd'hui ?

— Apollon n'a jamais lâché l'affaire. Lorsque les lieux religieux des humains ont été déclarés païens au IV^e siècle en Grèce, il a délocalisé la Pythie. Mais crois-moi, Athéna a suivi la manœuvre. Si le Palladion avait fait partie du déménagement, on saurait où il se trouve à l'heure qu'il est.

Pasiphaé note mes paroles et hoche la tête alors que j'ai l'impression de brasser de l'air.

— Intéressant. Donc, soit le Palladion a disparu, soit il est resté caché quand le sanctuaire a été abandonné.

Elle sort ensuite une capsule d'Hermès de sa sacoche et griffonne une page de son carnet.

— Je vais demander à mes amies des infos sur les légendes qui tournent autour du temple et de la cavité de la Pythie. Elles portent toujours une part de vérité en elles.

Elle arrache la feuille, l'enroule et la glisse dans la capsule.

— Mais… il n'y a pas de station dans le coin pourtant, dis-je, perplexe.

— Panthéa l'a enchantée pour qu'on s'envoie des messages.

— Les portables existent pour cette raison.

— On est des sorcières, Phobos, rappelle-t-elle avec fierté.

*Shtouk* !

Le message disparaît, la capsule reste. Les ressources des sorcières m'impressionneront toujours. Pasiphaé se ressaisit en passant aux salles suivantes qui exposent les offrandes précieuses découvertes lors des fouilles archéologiques. Elle m'explique que ces offrandes ont d'ailleurs été retrouvées enfouies dans des fosses, après avoir été détériorées et rituellement déposées sur le site lui-même. C'est grâce à cela qu'elles n'ont pas toutes disparu.

— C'est incroyable, s'émerveille-t-elle en déambulant parmi les vitrines. Les dons provenaient de tous les royaumes grecs et étaient de plus en plus luxueux. Au point où les cités ont fait bâtir de petits édifices remplis de richesses et entièrement dédiés à Apollon. On a même fini par appeler ces monuments des « trésors », c'est dire !

— Les Grecs auraient tout donné pour lécher les bottes de mon oncle, grommelé-je.

— Et pour espérer un avenir au beau fixe, non ?

— Je suppose.

Elle pétille, l'esprit en ébullition.

Ah bordel… elle est trop sexy quand elle mouline comme ça ! Je la regarde parcourir les allées et les expositions de petits objets en bronze. Elle s'extasie même devant des bouts de rien qui ont perdu leur sens. Elle n'en loupe aucun, lit tous les cartels, prend des notes. Elle me parle, raconte la vie de certains objets et parfois je perds le fil, bien trop fasciné par son visage et ses yeux.

— Oh regarde ! m'interpelle-t-elle. Un petit Ulysse caché sous un bélier pour s'échapper de la grotte du Cyclope Polyphème !

Je me rapproche d'elle et me penche près de son épaule.

*Frangipanier.* Le parfum de cette femme qui me hante depuis plus de trois mille ans…

— Quand je pense que j'ai rencontré Ulysse, minaude-t-elle, pleine d'admiration.

— Oui, je l'ai côtoyé pendant dix ans, un homme charmant, plaisanté-je.

— Que tu as failli annihiler, je te rappelle, gronde-t-elle en tournant son visage vers moi.

On se retrouve nez-à-nez sans reculer pour autant.

— Et peut-être m'annihiler, moi, au passage, ajoute-t-elle, ses grands yeux de velours plongés dans les miens.

J'aurais pu entraîner sa disparition sans en avoir conscience. Au fond de moi, je me rends compte que ça m'aurait dévasté. Elle l'ignore et je finis par l'apprendre, fusionnant peu à peu avec cette nouvelle version de moi qu'elle a créée en remontant le temps, mais j'ai souffert de sa disparition à Troie. Je l'ai cherchée partout, dans les moindres recoins du palais et de la cité de Troie, dans le camp des Achéens, dans les alentours. J'ai pisté son odeur sans jamais la trouver. La servante d'Hécate avait disparu. J'aurais pu abattre Ulysse, Néoptolème et Agamemnon si jamais ils avaient été les coupables de son enlèvement et si je n'avais pas gardé en considération les requêtes de la sorcière.

Ma mère avait raison, j'étais d'une humeur massacrante après ça.

Pasiphaé était la première à m'approcher sans me craindre. Sa bonté et son courage ne s'oublient pas si facilement.

*Elle regarde la peur dans les yeux.*

Le problème, c'est que je n'arrive pas à savoir si ce que je ressens est réel, ou si c'est dû à la boussole dont l'aiguille a été taillée dans une flèche d'Éros. Chaque flèche ne sert qu'à cela : lier deux êtres par des sentiments déraisonnables et illogiques. Tout n'est peut-être qu'une illusion entre elle et moi.

— Je l'aurais regretté pour l'éternité.

Une voile rose pare ses joues. J'aimerais poser mon front sur le sien, me laisser aller auprès d'elle mais je me redresse et m'écarte de quelques pas, chamboulé.

C'est sa faute aussi ! D'habitude, elle se tient à plusieurs mètres de moi, comme si j'avais la peste. Mais voilà que ça ne la dérange plus de réduire la distance et qu'elle stoppe une crise de peur d'un baiser volé. Ça ne va pas nous aider à y voir plus clair.

Elle se décolle de la vitrine et on parcourt plusieurs salles avec des statues et des reliefs qui ornaient les édifices du sanctuaire. Quand soudain, Pasiphaé s'empare de mon bras et se fige.

— Là ! Regarde !

Son index désigne un objet très reconnaissable. On se précipite vers lui.

— L'épée d'Achille ! s'exclame-t-elle, éblouie.

— Euh, non, pas du tout, dis-je en me rendant compte de l'erreur.

— Comment ça ? Je la reconnais, c'est la même garde, le même pommeau. Et puis Néoptolème est venu ici ! C'est même à Delphes qu'il est mort, tué sur l'autel d'Apollon par les habitants du sanctuaire. Après tout ce qu'il a fait…

Déjà à l'époque, elle n'avait pas tort, son sort était scellé. Après avoir tué Priam, brûlé vive l'une de ses filles en sacrifice sur la tombe de son père, Achille, et avoir jeté du haut des remparts le bébé d'Andromaque, Néoptolème a été égorgé comme un animal, aux pieds de la statue d'Apollon.

— C'est vrai, oui, mais il ne s'agit pas de bronze olympien. Regarde la couleur du métal, il devient vert, il est oxydé. Il s'agit d'un bronze terrestre.

— Oh, c'est une réplique.

— Les humains tentent toujours de dénicher les reliques des héros.

— Elle était plutôt convaincante.

On poursuit notre visite et un morceau de métal doré attire aussitôt mon attention.

— Ah, ça, en revanche, c'est du bronze olympien.

Je m'avance jusqu'à la vitrine.

— « Métal inconnu, possiblement du bronze », lit Pasiphaé. Que fait du bronze olympien à Delphes ?

Je hausse les épaules.

— Héphaïstos a énormément créé avec ce matériau, ce ne serait pas étonnant qu'il ait fabriqué quelque chose pour Delphes.

— Mais tu ignores quoi ? semble-t-elle douter.

— N'oublie pas qu'Héphaïstos n'était pas forcément un centre d'intérêt pour nous, après son histoire avec notre mère[9]. On ne s'est jamais vraiment intéressé à ce qu'il faisait.

Confuse, elle hoche la tête.

— C'est vrai, oui.

Le temps de finir le parcours, l'après-midi décline. Il faut dire que Pasiphaé dévalise la boutique du musée. Elle achète le catalogue, des livrets et des porte-clés d'Ulysse caché sous le bélier pour elle et ses amies. À force de s'attarder, on se retrouve devant les portes fermées du site archéologique, au grand dam de la sorcière qui supplie les gardiens du site. Elle se fait bien rembarrer plusieurs fois avant d'accepter de rebrousser chemin, en râlant sur la route qui longe les gorges jusqu'à la voiture.

— Allez, respire, servante d'Hécate, je vais te cuisiner quelque chose et tu vas te reposer. À la première heure demain, on explorera le sanctuaire.

— Très bien, cède-t-elle, les épaules basses.

On s'arrête au marché du village moderne, j'achète des légumes et du poisson à griller, de la bière fraîche et

9. *Note de Mélpomène, muse de la tragédie.* Héphaïstos a été le premier mari d'Aphrodite. Elle l'a quitté pour épouser Arès après avoir eu une aventure avec le dieu de la guerre durant laquelle Héphaïstos l'aurait humiliée en exposant leur adultère aux yeux de tous. On apprend dans le tome 3 – *Insoumise Méroé* – que c'est en vérité Zeus qui s'en est chargé pour garder le dieu forgeron isolé de tous.

des douceurs au miel, alors que ma compagne de voyage grommelle.

— On peut aussi se téléporter sur le site ce soir, lui proposé-je.

— Non, non. Ça attendra.

Je dois avouer que ça m'étonne encore qu'elle refuse à ce point mon aide. Pourquoi les mortels acceptent d'endurer les heures qui s'écoulent comme ça ? Moi, je tourne en rond en général. Une fois les emplettes terminées, on se rend au gîte : une maisonnette en pierre avec une terrasse couverte d'une pergola parcourue de vignes. C'est isolé et calme, parfait pour se prélasser. L'endroit déride même Pasiphaé qui traîne son immense valise à l'intérieur. Seulement deux pièces : une cuisine avec son comptoir pour s'asseoir et une banquette près de la fenêtre, et une chambre à grand lit, avec un accès à la salle de bains.

— Il n'y a qu'un lit, constaté-je.

— Oui, tu auras la banquette, tranche Pasiphaé en envahissant la chambre.

— De toute évidence, elle est trop petite pour moi.

— Tu n'avais qu'à réserver un gîte toi-même !

— Euh, je t'ai proposé mon aide à Springfall et tu as refusé que je fasse quoi que ce soit.

Elle m'adresse un large sourire en papillonnant des paupières. Je vois. Elle veut me décourager jusqu'au bout.

— Si tu te changes en chien-loup, ça passera, estime-t-elle avec malice.

— J'en doute.

Et je me transforme sous ses yeux pour le lui prouver. Pasiphaé recule, impressionnée. La dernière fois qu'elle m'a vu sous cette forme, c'était à Troie, j'étais encore un jeune chiot-loup. À présent, mon envergure doit être plus importante que sa hauteur.

— Ah oui, tu as grandi.

La dernière fois – aussi –, elle m'avait flatté la tête et le cou, et c'était drôlement agréable. Alors que je *refuse* qu'on me touche. Seules ma mère et ma nièce en ont le droit. Pasiphaé tend la main et la retire aussitôt, indécise. Alors je m'avance pour aller la chercher. Je ne veux pas qu'elle croie que c'est terminé. Je niche mon museau au creux de sa paume. Ce geste suffit à lui donner – ou rendre – mon autorisation pour ce genre de caresse. Je me souviens entendre Deimos grogner sur cette condition de chien-loup qui surpassait parfois sa volonté, à accepter les câlins parce que l'animal les appréciait plus que lui. Pour ma part, c'est un prétexte, je peux me cacher derrière et profiter des doigts délicats de Pasiphaé dans mon pelage.

— OK, d'accord, tu pourras dormir dans le lit, mais sous cette forme, me concède-t-elle.

Je gagne même une place auprès d'elle cette nuit, quel bénéfice !

Je redeviens humain, elle se détourne, un peu gênée, et se réfugie dans la chambre pour ranger ses affaires. Je m'occupe de la nourriture. J'aurais pu embarquer de l'Ambroisie, mais je vais me contenter de nourriture terrestre pour le moment. Je mets les bières au frais, coupe les légumes et le poisson et allume le gaz. J'entends le bruit de l'eau dans la salle de bains, elle doit prendre une douche. Le gîte contient de l'huile d'olive et du sel, il n'y a plus qu'à préparer le tout. Je dispose les aubergines, les courgettes et les tomates dans la poêle et je lance la cuisson. Pasiphaé revient au bout de quelques minutes, sa chevelure nouée, vêtue d'un short et d'une blouse.

— Je ne t'aurais pas imaginé cuisinier, s'intrigue-t-elle.

— J'ai appris en sortant de la clinique psychiatrique, réponds-je, étonné moi-même d'évoquer cet épisode de ma vie avec quelqu'un d'autre que mon frère.

Son sourire témoigne de sa curiosité et d'un encouragement à parler, alors qu'elle se tient debout, près de moi.

— J'avais besoin de faire des choses simples et d'en retirer un accomplissement. Je suis devenu un as des pancakes.

— Je vois, dit-elle, amusée.

J'ajoute les filets de poisson tandis que Pasiphaé met le couvert dehors, sur la terrasse. Quelle drôle de sensation, à faire les choses à deux ainsi, d'une manière si naturelle. Je suis nerveux auprès d'elle parce que j'espère qu'elle me tient en estime, mais je n'ai pas à craindre qu'elle me fuie… Ou plutôt, je n'ai *plus* à le craindre. Qu'est-ce qui a changé chez elle ? Seulement ce voyage dans le passé durant lequel on s'est rapprochés ?

J'éteins le gaz, prêt à dresser les assiettes. Pasiphaé me les fait passer, puis on s'installe dehors pour dîner. Le soleil rase l'horizon montagneux. Ma compagne de voyage me parle de notre visite du musée avec enthousiasme, comme si je n'avais pas été auprès d'elle à ce moment-là. Ce qui est absolument adorable et inutile. Elle vit tout avec une grande intensité, moi, j'ai appris à tasser tout ça au fil des siècles. Je suis différent du jeune dieu qu'elle a croisé à Troie. Je surréagis moins, j'ai envie de stabilité.

On termine notre bière, profitant du coucher de soleil, quand un bruit familier retentit.

*Shtouk* !

Pasiphaé se redresse sur sa chaise.

— Oh !

Elle bondit sur ses pieds, disparaît à l'intérieur et ressort avec sa capsule d'Hermès entre les mains, excitée. Elle en a profité pour enfiler un pull au passage. Elle déroule une réponse de ses compagnes sorcières et la parcourt avec rapidité, ses iris enchaînant les retours à la ligne en plusieurs mouvements brefs.

— Mes amies ont lu le récit de voyage de Pausanias, un géographe grec du IIe siècle qui a parcouru Delphes et compilé l'histoire du temple avec les prêtres de l'époque, me raconte-t-elle. Le temple a connu plusieurs constructions. La première aurait été une cabane en branches de laurier, ce qui n'est pas étonnant puisque c'est la plante d'Apollon. La seconde est incertaine, il y aurait deux versions différentes : une première en cire, bâtie par les abeilles du mont Parnasse elles-mêmes, une deuxième en tiges entrelacées avec une couverture en feuilles de fougère.

Elle lève les yeux de son papier.

— En cire d'abeille ? C'est une plaisanterie !

— Je ne sais pas, cette histoire me dit quelque chose. Je crois que j'ai déjà entendu Apollon se vanter d'avoir délocalisé un temple en cire d'abeille tout au nord, dans une peuplade celte. Mais bon, c'est Apollon. On ne peut pas le croire aveuglément.

Son regard se montre soudain intéressé.

— Certes, mais il en sait plus que quiconque sur son propre temple, non ?

Je vois direct où elle veut en venir !

— Hors de question, sorcière. Apollon est à l'isolement dans la prison de l'Olympe, en attente de son procès, tu n'iras pas l'interroger pour une « quête personnelle ».

Elle se rembrunit avant de replonger dans sa lecture.

— OK, d'accord. Écoute la suite, c'est intéressant. La troisième construction du temple aurait été en « airain », Pausanias doute qu'il ait été fabriqué par la main même d'Héphaïstos contrairement à ce que les Delphiens racontaient alors. Mais ce pourrait être vrai si l'airain était en fait du bronze olympien, non ? C'est un terme antique pour désigner un métal doré sans que les archéologues ne l'aient jamais identifié.

Elle pétille à nouveau.

— Disons que ça expliquerait la présence de ce métal au musée, confirmé-je, touché par son excitation.

— Mes amies ajoutent que le poète Pindare, qui a visité le site au Ve siècle avant notre ère, a rapporté qu'Héphaïstos aurait forgé des statues de musiciennes capables de chanter et de voler à l'intérieur du temple… Ce ne serait pas étonnant, il est si doué… Oh ! Il s'agirait de la version du temple qu'Agamemnon aurait vue ! Les suivantes seront toutes en pierre.

Par tous les Enfers, son enthousiasme débordant me réchauffe le ventre. Elle replie sa lettre, sa curiosité en partie satisfaite puisque ses amies vont revenir vers elle dès que possible au sujet de la cavité. Elle rédige un remerciement et le glisse avec une feuille de vigne cueillie au-dessus d'elle en souvenir. La capsule envoie son contenu et en émettant son *shtouk* habituel.

— Si tu trouves le Palladion, que vas-tu en faire ? questionné-je, toujours aussi intéressé par cette zone d'ombre.

Elle se détourne de moi, d'un coup plus soucieuse.

— Hum, est-ce que tu sais si Athéna veut le récupérer ?

À vrai dire, c'est une bonne question. Je n'ai pas l'impression qu'elle le recherche avec assiduité. Après tout, il s'agit de l'objet commémoratif d'un drame qu'elle a vécu et qui l'a profondément touchée.

— Je ne pense pas qu'elle le souhaite avec autant d'ardeur que toi.

Pasiphaé semble rassurée mais seulement en surface. Ce sujet provoque chez elle une montée de peur qu'elle ne veut pas me dévoiler plus. Alors je préfère continuer sans lui mettre la pression.

— Il va décorer tes étagères pleines de plantes ?

Elle sourit et se reconnecte enfin à moi.

— Pourquoi pas ?

— Sa place ne serait pas dans un musée plutôt ?

Elle serre les dents pour s'éviter d'éclater de rire.

— Quoi ?

— C'est quasi une réplique d'Indiana Jones.

— Qui ?

Et voilà qu'elle me fait les gros yeux !

— OK, quand on sera rentrés de cette quête, on regardera cet immanquable du cinéma humain ensemble ! Il faut que tu connaisses cet archéologue qui parcourt le monde à la recherche de trésors !

Oh, parce qu'elle prévoit un « après » ?

— C'est un rencard ? m'amusé-je.

Elle s'empourpre et balbutie.

— Oui, non, disons, une séance de rattrapage amicale…

— Relax, Pasiphaé. Tu veux reprendre une bière et te détendre ou tu vas paniquer et encore travailler ?

Elle inspire et expire avant de répliquer.

— Je vais boire une autre bière, affirme-t-elle, résolue.

— Bonne réponse, Petit Bao, dis-je en me levant pour débarrasser.

— De quoi ? s'interloque-t-elle. Petit quoi ?

— Bao, tu ressembles à une brioche qui chevrote au fond d'une assiette, lancé-je depuis la cuisine.

— Non, mais quel goujat ! rouspète-t-elle depuis la terrasse.

— C'est mignon pourtant, un bao.

— Moui, c'est ça. Et toi, tu n'es qu'une grande perche !

— Tu peux mieux faire, non ?

Je l'entends émettre des propositions de surnoms nuls dans son coin, en quête du meilleur à me servir à mon retour. Je ne ressens aucune animosité en elle, seulement du flirt et un rythme cardiaque intense. Je sors les douceurs au miel et les bières du frigo, comblé.

En vrai, je suis heureux avec elle. Malgré le fait que cette attirance mutuelle soit le fruit d'une flèche de mon frère.

**PASIPHAÉ**

On se laisse tomber dans le lit tous les deux, soupirant d'aise, l'estomac plein et la bière coulant dans nos veines. J'ai la tête qui tourne sans pour autant ne plus avoir conscience de mon environnement. Je sais juste que mon voisin s'accapare toute la place avec ses larges épaules et que le lit est définitivement trop petit pour nous deux. Nos bras sont collés l'un à l'autre, peau chaude contre peau chaude. Un élément parfait pour composer avec la fraîcheur tiède de la nuit qui s'infiltre à travers la fenêtre entrouverte. J'aimerais dormir mais la présence divine à côté de moi fait battre mon cœur sur un rythme puissant et lourd. Je devrais peut-être au moins me déporter sur le bord du lit pour instaurer un espace entre nous. Sans grande motivation. Alors je m'éclaircis la voix et pivote ma tête vers lui.

— Dis, tu ne veux pas te pousser un peu ?

Il tourne la tête à son tour.

— Non, et toi ? réplique-t-il.

— Bah, non.

— Alors dors, Pasiphaé.

Je ferme les yeux et respire avec calme. Je les rouvre quelques secondes plus tard, incapable de me laisser aller.

Pourtant, j'ai à peine dormi dans l'avion. J'étais trop préoccupée par les événements. Le souvenir de Phobos, figé et entravé d'une camisole invisible, me traverse à nouveau l'esprit. Je jette un œil sur mon voisin, il ne dort pas non plus. Alors je roule sur le côté et m'accoude près de lui.

— On peut discuter un moment ?

— Tant que ce n'est pas pour exposer des dates ou parler de ruines, oui, grommelle-t-il.

— Des dates, non. Mais une ruine, oui.

Son regard interrogateur me donne envie d'éclater de rire. Je serre les dents pour me retenir.

— Toi, éclaircis-je alors.

Je me mords la lèvre, il secoue la tête, amusé.

— Très drôle, Petit Bao. Qu'est-ce que tu veux savoir ?

Je reprends consistance, nerveuse. Son odeur de baies de rose et de cèdre en rajoute une couche dans mon trouble sensoriel. Et comme je vais aborder un sujet moins drôle, j'aimerais bien conserver la tête froide. Alors je laisse planer un bref silence avant de me lancer.

— Tu n'es pas obligé de répondre, mais est-ce que je peux te demander à quoi ressemblait… cet état dans lequel tu as été plongé durant cent ans ? formulé-je.

Il demeure immobile une poignée de secondes avant de reporter son attention sur moi. Je crains de l'incompréhension ou de la colère en guise de réaction, mais il semble plus confus.

— Je me posais simplement la question, ajouté-je, à voix basse. Je ne veux pas te forcer à parler de cette histoire.

— C'est surtout que je n'ai pas encore posé de mots à ce sujet, répond-il, d'un ton calme et concerné. Mon frère m'a demandé la même chose juste après mon retour, mais je ne parvenais pas encore à faire le point sur tout ça. Maintenant, à mesure que cette période s'éloigne de moi, je crois que la réponse la plus claire est… un néant.

J'attends plus, pendue à ses lèvres, mais il s'arrête là.

— Un néant ? murmuré-je.

— Il n'y avait rien. Ou plutôt, j'étais au milieu de rien. Dans un endroit cadenassé de mon esprit, où je m'enfermais pour ne plus rien ressentir. Les médicaments des humains m'aidaient à y rester, sans quoi mes pouvoirs se seraient déchaînés. Et tu as vu ce qu'ils peuvent causer.

Je hoche la tête, attentive. Voilà qui explique son refuge mental dans l'avion. Et voilà qui me désole davantage.

— Tu devais être très seul.

Il hausse les épaules.

— C'était pour le mieux. Et puis, on est habitués à s'isoler, mon frère et moi, depuis l'enfance.

Sa résilience force l'admiration. Pourtant, le souvenir de son sommeil contraint pour rassurer les autres – et donc cette solitude contrainte, en quelque sorte – me peine toujours autant.

— Je suis désolée.

— Pour quoi ? s'intrigue-t-il. Cette histoire n'a rien à voir avec toi.

— Mais peut-être…

Je m'interromps un instant. Cette interrogation trotte dans ma tête de temps en temps depuis mon retour de Troie, je ne résiste pas à la partager. Mais je dois faire attention de ne pas citer Kairos dans tout ça.

— Peut-être que si j'avais pu changer les choses dans le passé en n'aidant pas Ulysse à s'emparer du Palladion, il n'aurait pas croisé Circé la Première et peut-être que la sorcière qui a frappé Deimos d'un sort ne serait pas née. Peut-être que tu aurais pu réchapper à cent années de souffrance.

La culpabilité flambante en moi, j'ose à peine le regarder dans les yeux. Phobos, lui, réplique avec incrédulité.

— Tu entends le nombre de « peut-être » dans cette théorie tirée par les cheveux ?

Oui, maintenant qu'il le souligne, je les perçois. Je glisse ma main le long de son bras, étendu près de moi, pour prendre la sienne. Ses doigts se referment sur les miens.

— J'aurais pu au moins te mettre en garde, marmonné-je, encore convaincue de ce fait.

— Tu ne peux pas manipuler les événements de ma vie pour m'épargner, Pasiphaé.

— Mais j'aurais pu t'éviter de souffrir.

— Une souffrance apporte toujours quelque chose, qu'elle soit voulue ou non.

J'acquiesce, un peu perdue. Et rassurée.

— Qu'est-ce qu'elle t'a apportée, toi ? relancé-je alors.

Il commence par hausser les épaules. J'hésite à interpréter ce geste comme un aveu d'improvisation ou comme si la réponse coulait de source.

— Ella, par exemple. Si je n'avais pas été interné, Deimos ne se serait pas porté volontaire pour le mariage d'alliance et il n'aurait pas connu Ella.

— C'est vrai, avoué-je.

Bon. Maintenant qu'on est lancés, une question me brûle les lèvres, surtout depuis que nos doigts s'entrelacent en douceur.

— Et, euh, toi ? Tu veux trouver une compagne ? Tu as quelqu'un ? Des conquêtes ?

*Plus flou et intrusif, tu meurs !*

— C'est quoi cette question ? se moque-t-il.

— Rien ! C'est juste pour parler ! me dépêché-je de me défendre, les joues rougies.

— Toutes les femmes que je rencontre, mortelles ou divines, ont sans exception un mouvement de recul quand elles me voient. Ça n'a rien d'attirant.

Quand je pense à mon comportement avant que je dompte toutes mes émotions en sa présence, j'ai honte. Je ne dis rien, refroidie. Il s'en rend vite compte.

— C'est une réaction normale, ajoute-t-il, soucieux.

— Non, le contré-je aussitôt. Tu as raison, tu ne devrais pas subir ça. Alors pourquoi tu as posé les pieds dans l'agence de Méroé et d'Éros ?

Son regard me fuit un quart de seconde avant de revenir à moi.

— Pour tenter de trouver ce que mon frère a trouvé, je suppose. Je me suis dit que ça m'apporterait peut-être quelque chose. Et toi ?

— Je ne sais pas si je cherche vraiment, en réalité.

— Kyamites ne t'a pas convaincue ? demande-t-il, la voix éraillée.

Il me pose vraiment cette question ? Est-ce que j'y mets plus de sens qu'il n'en donne ? Confuse, je me lance dans une réponse faiblarde.

— Kyamites est un très gentil garçon, mais…

Phobos pouffe d'un rire que je ne peux *que* qualifier de jaloux.

— Oui, il est très gentil, se moque-t-il.

Au point où sa pique arrogante finit par m'agacer.

— Je dois lui donner rendez-vous pour un dîner, figure-toi, inventé-je de toutes pièces.

— Mmh, j'imagine déjà ton récit trépidant de voyage en Grèce, avec ta gestion de crise aérienne tout à fait personnelle.

Il me taquine, clairement, mais son allusion à mon stratagème limite dans l'avion me fiche un coup de chaud.

J'en viens à resserrer sa main dans la mienne alors qu'elles se câlinaient toutes les deux dans leur coin.

— À propos, bredouillé-je. Pour ce baiser…

— Ce n'était pas un baiser, me coupe-t-il.

Sa voix a pris un ton grave et rauque.

— Une parade, tout du moins, ajoute-t-il. Mais *ça*…

Phobos se redresse, approchant son visage du mien sans lâcher ma main. Son pouce dessine des cercles sur le dos de ma paume. Mon sang ne fait qu'un tour. Un embrasement intérieur me saisit alors que ses lèvres s'entrouvrent pour trouver de l'air. Il me laisse faire le chemin restant alors que je suis raidie sur place. On a bu, on veut s'embrasser et mon cœur cogne bien trop fort, au point de m'assourdir. Comment résister ?

Mon corps ignore tout de mon chamboulement intérieur, il fait ployer ma tête jusqu'à ce que nos deux nez se touchent. Avant même que nos lèvres se frôlent, la confirmation que ce « baiser » dans l'avion n'en soit pas un s'impose. Aucune tension de la sorte, aucun picotement électrique s'évadant de ma nuque, aucun frisson dévastateur dans mon bas-ventre. Il n'y avait rien de tout ça durant les turbulences.

Les tempes battues par le sang, je trouve la force de ne pas aller plus loin. Je dois reprendre le contrôle de la nuit.

— Tu devais dormir en chien-loup… dans le lit, rappelé-je.

Mes paroles chevrotent. Pourtant, Phobos ne discute pas, il s'écarte, se transforme et l'animal imposant se couche de son côté, me libérant un peu de place. Le corps abruti de désir, je reste immobile, les yeux fixés sur le plafond.

Je somnole un long moment dans un confort chaleureux, la respiration régulière du sommeil de Pasiphaé me berçant. Puis, au beau milieu de la nuit, un bruit me réveille. Une sorte de croassement bien plus grave que celui des corbeaux. La fenêtre est entrouverte pour laisser passer de l'air frais dans la chambre. Je me redresse, saute du lit sans un bruit et reprends ma forme divine. J'ouvre la porte de la maisonnette et sors sur la terrasse. J'ai un mauvais pressentiment, pourtant tout est calme dehors. Aucun bruit ne remonte jusqu'ici, mis à part ce cri d'oiseau.

Je contourne la maison et aperçois, perché sur une branche, un oiseau noir au long bec doré. Je m'arrête, surpris. Il fixe la fenêtre de la chambre et déploie ses ailes aux rémiges faites de métal, dans lesquelles la lumière de la lune scintille.

Un oiseau de Stymphale ? Ici ? Mon père avait l'habitude d'en dresser il y a très longtemps, je n'en avais plus vu depuis des siècles. Qu'est-ce qu'il fout là ? Et puis, ses rémiges devraient être argentées et non dorées.

La créature se détache de la branche tout en faisant du surplace. Ses deux ailes l'enveloppent et s'écartent, projetant ses plumes à travers l'ouverture de la fenêtre. Un sursaut me saisit. Je me téléporte aussitôt à l'intérieur et fais barrage devant Pasiphaé. Les plumes se plantent dans mon torse, dans le matelas et dans le mur. Je serre les dents pour ne pas hurler. Et je n'ai même pas le temps de dégommer l'oiseau, il s'envole dès qu'il a exécuté son méfait.

Qu'est-ce que c'est que cette histoire encore ? C'est Pasiphaé qui était visée, et par des créatures appartenant à notre monde !

La sorcière roule sur le côté et soupire dans son sommeil.

— Dors, Phobos…

— J'aimerais bien, murmuré-je, nerveux.

Je vais dans la salle de bains et retire les rémiges. On dirait… du bronze olympien. Je vais guérir même si mes blessures mettront un peu plus de temps à se refermer.

Mais qui mandaterait des oiseaux de Stymphale pour attaquer une sorcière ? Ils ne sont pas contrôlables par n'importe quel humain. Un dieu qui pourrait accéder au métal de l'Olympe ? Ou alors… ou alors, les Atrides ne digèrent pas le refus de Pasiphaé – même si ça me semble extrême comme réaction, ce n'est pas ainsi qu'ils vont amadouer les sorcières – et ils ne nous disent définitivement pas tout sur leurs véritables capacités.

# CHAPITRE XXI

**PASIPHAÉ**

Je me réveille dès qu'un rayon de soleil pénètre dans la chambre. Pendant une demi-seconde, je rechigne, puis je bondis hors du lit. Pas de Phobos, il est déjà debout.

— On va visiter Delphes ! me réjouis-je pour moi-même.

Je me rue dans la salle de bains pour me rafraîchir, je revêts un pantalon en toile et un chemisier blanc, je fourre mon nécessaire de sorcière dans ma sacoche avec la capsule d'Hermès, mon carnet et mon crayon, j'enfile mes bottines de marche et sors de la chambre en trombe. L'odeur du café est la première chose qui me frappe, puis c'est le dos sculptural de mon compagnon de route, en pantalon de lin crème, sa chemise posée sur le comptoir près de lui. L'attaque visuelle de bon matin est fulgurante.

— Bonjour, balbutié-je.

Phobos attrape sa chemise et l'enfile avant de se retourner, des grimaces animant son visage et m'interpellant aussitôt. Je repère alors des blessures sur sa peau tandis qu'il boutonne son vêtement, puis un morceau de tissu taché d'ichor et des éléments métalliques posés sur le comptoir. L'inquiétude me gagne.

— Qu'est-ce qui s'est passé ?

Je m'approche de lui pour l'arrêter et avoir le temps de jeter un œil sur ses plaies. J'écarte même les deux pans de sa chemise. Elles sont nettes et se referment, l'ichor ne coule plus mais ça a été le cas dans la nuit.

— Pourquoi tu ne m'as pas réveillée ?

— Parce que tu dormais et que ce n'est pas grave.

— Fais pas le malin, assieds-toi, exigé-je.

Il se laisse choir sur l'un des hauts tabourets derrière lui, grognon. Pourtant, il n'oppose aucune résistance. Je plonge la main dans ma sacoche et en ressors un petit pot.

— J'ai embarqué une pommade à l'achillée que j'ai faite moi-même. Après t'avoir côtoyé dans le passé, ça me semblait indispensable.

Il se permet un sourire en coin qui me fait secouer la tête. Je retire le couvercle et m'apprête à appliquer le soin quand je stoppe de moi-même. Je ne serais pas en train de vivre une boucle avec lui ? Je me retrouve encore là, à le soigner, debout entre ses jambes, si près de lui et de sa chaleur qui irradie, de son souffle qui chatouille mes cils ? Ma tension grimpe à un niveau stratosphérique.

— Est-ce que tu veux que je…

— Non, c'est bon ! l'interromps-je en posant mes doigts sur la première coupure.

Quelle idiote, j'aurais pu l'écouter jusqu'au bout ! Il allait peut-être se proposer de le faire lui-même et j'aurais échappé à cette situation troublante ! Notre soirée d'hier n'aide pas du tout. Le découvrir autant n'aide pas du tout ! Je plonge tête la première dans une attirance bien plus forte que moi. Je ne veux qu'être là, contre lui.

Je dois garder la tête froide.

— Alors, euh, qu'est-ce qui s'est passé ? relancé-je, la voix cassée.

Je me sens bouillir sur place à l'idée qu'il perçoive très bien le tremolo au fond de ma gorge, alors que mon pouce lisse sa peau plus ferme encore que par le passé. Phobos saisit un morceau métallique sur le comptoir et me le montre.

— Des rémiges d'oiseau de Stymphale, en bronze olympien.

— Quoi ? Elles ne sont pas en argent, ou un métal du genre ?

— Normalement si.

— Mais… pourquoi t'attaquer, toi ?

— Ce n'est pas moi qui étais visé, mais toi.

Je retire ma main de son torse, interloquée.

— J'ignore encore qui et pourquoi, me devance-t-il. L'important c'est que tu sois saine et sauve.

Il ajoute ça d'un ton aussi grondant que le tonnerre. Mon cœur part à toute vitesse. Phobos m'a protégée cette nuit et a dû veiller jusqu'au matin, tout en pansant ses blessures.

— Tu n'aurais pas dû t'interposer, dis-je alors, en reprenant ma tâche.

— Bien sûr que si, je guéris plus vite, rétorque-t-il. La force de projection de ces oiseaux est considérable et leurs plumes s'enfoncent sur plusieurs centimètres, tu aurais pu mourir.

Chamboulée par ses paroles, je ne parviens tout de même pas à me retirer l'idée de la tête qu'il n'avait pas à faire écran pour moi.

— Ce n'est toujours pas ton travail et tu n'es pas un punching-ball, répliqué-je avec rudesse. Ce n'est pas parce que tu guéris tout seul que tu peux passer ton temps à endurer des coups !

Interloqué, il garde le silence. Je reprends mon souffle, encore fébrile. J'en termine avec la dernière plaie quand sa main se pose sur la mienne et la plaque contre son cœur. Chaque battement ressemble à un big bang, aussi profond, espacé et renversant. Il relève mon menton pour plonger ses yeux vairons dans les miens.

— Je vais bien, servante d'Hécate, rappelle-t-il avec plus de calme.

Sa voix grave fait trembler mes os.

— D'accord ?

Je finis par hocher la tête en réalisant, au milieu de cet instant suspendu, que je tiens bien trop à lui pour qu'il se blesse. Voilà pourquoi je ne veux pas qu'il souffre. Phobos est un dieu, oui, mais il demeure vulnérable par certains côtés.

Par Hécate, j'ai le cœur au bord des lèvres. *Je tiens à lui.* Cette prise de conscience me transperce le ventre. Nos fronts se rencontrent instinctivement. Toute la colère qui imprégnait notre échange s'évapore, mais la tension reste. Phobos glisse ses mains au bas de mon dos et ses doigts s'agrippent à mes chairs à travers mon chemisier. Je hoquète, des vertiges pleins la tête. Je m'accroche à ses épaules avec, pour seul désir, un baiser.

— Pourquoi tu n'as plus peur de moi, hein ? Tout était si simple avant, grogne-t-il, le souffle court.

Je suis bien d'accord. Avant, je n'avais pas à me battre contre moi-même pour rompre cette attraction insensée. Maintenant, dès que je suis proche de lui, je ne veux plus fuir, je veux seulement me retrouver là, dans cette situation, pendue à ses lèvres, prête à arracher tous mes vêtements pour céder au plaisir de sa peau contre la mienne.

— Parce que j'ai traversé toutes les nuées de ton pouvoir pour t'atteindre.

Ma réponse lui suffit pour me ramener à lui et m'embrasser. La frustration générée cette nuit a été intense pour nous deux. J'enroule mes bras autour de son cou, comblée. Ses lèvres douces, à nouveau ! Aussi chaudes qu'un matin d'été, parfumées au café. Je les mordille avec passion alors que ses mains remontent ma chemise et entrent en contact avec mon épiderme, provoquant un tel frisson que j'en gémis. Ça l'enhardit et sa langue quémande le droit d'entrer. Je le lui accorde sans hésiter. La danse qu'elles exécutent alors nous rapproche davantage, ma poitrine s'écrase contre la sienne et il quitte le tabouret pour me soulever. J'ai les pieds dans le vide. Je ne songe plus qu'au lit derrière nous !

Pourtant, Phobos s'arrête là, bien malgré lui si j'en crois son front strié par la contrariété. Il me repose à terre et se détourne.

— N'allons pas trop vite, souffle-t-il. J'ignore si ce qu'on ressent est naturel ou non. Les flèches d'Éros ont pour but de forcer les sentiments.

On peut dire que le retour à la réalité est brutal.

— Les flèches d'Éros ? relevé-je, pas très sûre de comprendre.

— L'aiguille de la boussole a été taillée dans l'une des flèches de mon frère. Si la boussole a été enchantée pour nous lier, elle peut très bien manipuler nos sentiments aussi.

Sa supposition me refroidit. J'en étais restée à un rapprochement contraint, mais ça n'allait pas plus loin pour moi. Tout ce que je ressens serait biaisé ?

— Quand on aura le Palladion, on rendra une visite à Éros et Méroé pour tirer tout ça au clair, déclare-t-il.

— Oui, oui, approuvé-je à voix basse.

— En attendant, tu conserves ta distance de sécurité avec moi, dit-il en boutonnant sa chemise en lin.

— Oui, c'est plus sûr, réponds-je en rangeant le pot de soin dans mon sac.

On se dirige ensemble vers la porte avant de nous immobiliser, prêts à nous rentrer dedans au moment de passer le seuil.

— Vas-y, dit-il.

— Non, toi, vas-y.

— Je t'en prie.

— Toi d'abord.

Phobos soupire et se téléporte dans la voiture.

D'accord, ça va être coton aujourd'hui, je le sens. Je ferme le gîte et monte dans la voiture. Mon voisin met ses lunettes de soleil et démarre. On dévale le flan du mont Parnasse avant de rejoindre la route qui mène au site archéologique. Là, Phobos trouve une place où se garer. On s'extirpe du véhicule dans un silence confus. Ce n'est qu'une fois l'entrée franchie que je me remets dans le bain. Je sors mes notes prises dans l'avion et celles de notre visite au musée alors qu'on emprunte la voie sacrée utilisée durant l'Antiquité pour se rendre au temple. Ça grimpe, tout est construit à flanc de montagne. Pourtant, un chemin touristique a été aménagé pour parcourir le site en toute sécurité.

— Il ne reste vraiment pas grand-chose, constate Phobos qui marche à trois ou quatre pas derrière moi.

Le site a été nettoyé et restauré à certains endroits, certes, mais les ruines ne s'élèvent pas à plus d'un ou deux mètres de hauteur la plupart du temps. La voie antique est jonchée des fameux trésors bâtis par les cités grecques pour abriter leurs offrandes, le temple se situe plus haut. Pourtant, je prends mon temps alors que mon compagnon de route aurait plutôt envie de tracer.

— Non, en effet, réponds-je en surveillant notre avancée sur le dépliant pris à l'entrée.

— Tu ne vas rien trouver sur la cavité par ici.

Mais quel grognon ! Si notre attirance n'est que du flan, j'aimerais le digérer seule de mon côté. Pourquoi est-ce qu'il m'a accompagnée alors qu'il savait très bien, pour l'aiguille de la boussole ? C'est tordu, non ?

Si je m'attarde sur les trésors, c'est pour tester une idée qui m'est venue dans la nuit. Mon voyage dans le temps m'a montré le « présent » du passé, peut-être que je peux le faire revivre ici avec un sort. Ce serait plus simple si j'enchantais un objet. Je tourne sur moi-même comme s'il allait surgir de nulle part quand mon regard tombe sur M. Gardons-nos-distances.

— Hé, Phobos ? Tu peux me prêter tes lunettes ?

— Pourquoi ?

— Tu verras.

Je tends le bras avec insistance. Phobos pince les lèvres et finit par me les céder en me les envoyant dans les mains. Je jongle avec, surprise. J'espère que Méroé et Éros vont bel et bien nous expliquer que la boussole est allée trop loin et que le dieu de l'amour va annuler tout ça. Parce que les émotions brutales que je ressens à cet instant, entre le rejet de Phobos, la détresse qu'il provoque en moi et l'espoir de le séduire pour de bon, se partagent la primeur dans mon enveloppe charnelle. De quoi détourner mon attention de ma quête en cours.

Je tiens les lunettes droites et récite le sort que j'avais en tête.

— *Montre-moi les éléments du passé, que le présent devienne son reflet.*

Puis je les enfile et dirige mon regard sur un premier trésor qui n'a même pas un mètre d'élévation restante. Pourtant, avec mon objet enchanté, il se reconstruit sous mes yeux : le portique d'entrée avec ses deux colonnes, la petite pièce à l'arrière pleine de richesses, les parois peintes en plusieurs couleurs vives, les décors sculptés de la frise sous la corniche du toit, les reliefs qui décorent le fronton... Tout m'apparaît tel que c'était durant l'Antiquité.

— Wow, ça marche, soufflé-je, transie d'excitation.

Je tourne autour du trésor, ébahie.

— Une minute, sorcière, semble vouloir m'interrompre Phobos. Tu es en train de manipuler le temps là, non ?

Alors que j'étais détendue et prête à explorer Delphes, la question du dieu de la peur me glace sur place. Je retire les lunettes et esquisse un sourire qui se veut dédramatisant.

— Non, c'est juste une façon de voir les choses.

Phobos croise les bras, perplexe, son regard me perçant comme pour tenter de déchiffrer mes pensées.

— Ton voyage dans le passé était peut-être accidentel, mais tu sais que c'est formellement interdit de jouer avec le temps, n'est-ce pas ?

Les sueurs froides ne sont pas près de me quitter !

— Bien sûr. Mais je ne peux pas agir dans le temps, tu sais, seulement le voir.

Il se tâte.

— Tu veux que je désenvoûte tes lunettes ? proposé-je, l'estomac noué.

— Je ne suis pas certain de la régularité de ton sort, mais on va dire que je n'ai rien entendu.

Oh bon sang, je l'ai échappé belle ! Je chausse à nouveau les lunettes et remonte la voie sacrée tout en fouinant près des ruines. Phobos est parfois obligé de me tirer par le bras pour que j'évite un humain devenu invisible à travers mes verres enchantés. Il balance des excuses sèches et grogne avant de reculer. Je dois paraître dingue pour les touristes qui nous entourent, et mon compagnon de route bien grincheux. Mais je finis par écarter le malaise ambiant. Car outre les trésors, des œuvres d'art offertes au sanctuaire retrouvent leur place originelle : des représentations des dieux – Athéna et Apollon surtout –, des prises de guerre remportées comme des proues de navires ennemis, des statues d'hommes politiques et de rois victorieux en guise de remerciements pour des batailles remportées. C'est d'ailleurs devant l'une d'elles que je fais ma première découverte.

— Oh ! Phobos !

— Quoi ? entends-je à plusieurs mètres.

Je tourne la tête, étonnée qu'il se soit autant éloigné. Je n'avais pas fait attention jusque-là, mais les lunettes me le font voir rajeuni et en tunique de lin sombre, comme il était durant l'Antiquité. Alors qu'évidemment, les humains sont filtrés et n'apparaissent pas.

— Là, il y a quelque chose !

Il s'avance et stoppe à quelques pas de moi. J'ai conscience de désigner du vide pour lui, je vais devoir être plus claire. D'autant plus que mon sort ne l'a pas captivé du tout et qu'il semble donc rechigner à collaborer.

— La statue d'Agamemnon, en bronze, celle qui a disparu et dont les Atrides ont une copie en marbre blanc dans leur jardin ! expliqué-je, électrifiée à l'idée que l'originale se trouvait là.

— Elle doit dater de bien après la mort d'Agamemnon.

— Oh oui, on oscille entre – 500 et – 300 ici.

— Il y a une inscription qui précise qui l'a offerte au sanctuaire ?

Je m'approche du piédestal.

— « Les Atrides remercient la Pythie et n'oublient pas l'oracle de Delphes », lis-je. Tu crois qu'ils parlent de la prédiction de notre venue ?

Phobos croise les bras, préoccupé.

— J'aurais dû les secouer. De toute évidence, la prophétie annonçait quelque chose d'autre pour que des siècles après la consultation de la Pythie par Agamemnon, sa descendance fasse de telles offrandes au temple.

— Les Atrides n'étaient même plus à la tête de Mycènes à cette époque, me rends-je compte.

— Ils se sont débrouillés pour survivre. Ils ont perduré et se sont implantés à la vue de tout le monde grec, ici, à Delphes.

— Oui, tu as raison, approuvé-je. Delphes était peut-être le siège de la Pythie mais aussi le lieu parfait pour exposer sa puissance, son pouvoir et ses richesses. Après tout, les humains considéraient le sanctuaire comme le centre du monde.

— Carrément ?

— Oui, ils racontaient que Zeus avait dépêché deux aigles aux deux extrémités de la terre. Ils devaient ensuite voler à la même allure et l'endroit où ils se rejoindraient serait désigné comme le centre de monde. Les deux aigles se sont arrêtés ici. D'où l'omphalos conservé au musée, le « nombril du monde ». Qui était autrefois placé dans le temple d'Apollon.

À la fin de mon exposé, Phobos paraît perplexe.

— On l'a vue ensemble hier, rappelé-je.

— Le caillou phallique, là ?

Je penche la tête sur le côté.

— Oui, on peut dire ça comme ça… T'as écouté quelque chose de la visite ? douté-je.

— Bien sûr ! Même si Zeus n'a jamais fait ça. Et même si, parfois, j'étais distrait.

— Par quoi ? répliqué-je, scandalisée.

Qu'est-ce qui pouvait être plus intéressant que ce que je racontais sur les objets du musée ? Franchement ? Mais

Phobos ne répond pas, il se contente de me fixer, les sourcils haussés. Je dois comprendre quoi, moi ? Que je suis la fautive ? Je détournais son attention de mes propres paroles, c'est ça ?

C'est vrai qu'on était proches durant notre déambulation. Bien trop proches.

Je me sens à nouveau bouillir d'embarras. Foutus sentiments, s'ils pouvaient disparaître, ce serait parfait. Je remonte les lunettes sur mon nez et m'éclaircis la gorge.

— Bon, reprenons la route, marmonné-je en évitant son regard.

On fait quelques pas en silence.

— En vérité, ce n'est pas si étonnant qu'Agamemnon soit venu ici à son retour de Troie, devise Phobos.

— Pourquoi tu dis ça ?

— Parce qu'il a choisi Cassandre parmi les femmes de Troie pour son butin. Et Cassandre était une Clairvoyante et une Pythie sans temple, maudite par Apollon.

Mes jambes se plantent dans le sol. Un haut-le-cœur me saisit. Je n'y avais pas pensé, alors que je le savais. Je savais ce qui allait advenir de Cassandre. Et elle devait le savoir, elle aussi. Son visage si serein me frappe encore maintenant.

— J'avais oublié qu'Agamemnon en avait fait sa concubine, murmuré-je.

C'est même pour cette raison que la femme d'Agamemnon, Clytemnestre, qui avait déjà vu sa fille Iphigénie sacrifiée par l'Atride, a ourdi un complot contre lui pour le faire assassiner par son amant et qu'elle-même a égorgé Cassandre. Ça aurait pu être moi, d'ailleurs. Si les choses avaient mal tourné, si Kairos ne m'avait pas ramenée dans le présent, Agamemnon aurait pu me garder pour lui comme il l'avait présumé.

— Les tragédiens en ont peut-être fait une victime de Clytemnestre, mais Cassandre voulait en finir, me raconte Phobos d'une voix douce. Elle a eu la mort qu'elle souhaitait.

Ça ne me rassure pas vraiment. Encore une fois, je me torture avec l'idée que j'aurais pu la prévenir. Phobos me répliquerait que je n'ai pas à prendre de telles décisions, que j'aurais changé à la fois l'Histoire et son histoire à elle. Et il aurait raison.

Le cœur lourd, j'aborde une autre question qui me taraude.

— Tu avais l'air de trouver que je t'avais imposé la culpabilité de la chute de Troie et de la défaite de ta mère. Est-ce que tu m'en veux encore ?

Il hausse les épaules, pensif.

— J'ai pensé que j'étais responsable à une époque, c'est vrai. Mais sans t'en vouloir. J'ai fait des choix, moi aussi. Aujourd'hui, je conserve des bribes de la version de l'Histoire précédant ton voyage dans le temps, et rien ne changeait. Troie devait tomber.

Émue, j'esquisse un maigre sourire.

— On va voir ce temple ? me propose-t-il avec plus d'entrain.

Je rechausse les lunettes, déterminée à percer le mystère de la cavité de la Pythie. On reprend la voie sacrée, je croise de nouvelles merveilles comme un palmier tout en métal ou des trépieds géants perchés sur des colonnes, jusqu'à l'imposant temple qui me fait lever la tête tant sa hauteur est impressionnante.

— Wouah !

Phobos retire la monture de mon nez pour l'essayer. Je tombe des nues en constatant qu'il reste en réalité si peu du temple d'Apollon : cinq pauvres morceaux de colonnes et un sol en dalles de pierre éventré par endroits. Là, comme ça, même à plusieurs mètres, je dirais que découvrir une entrée pour la fosse souterraine de la Pythie me paraît mal barré.

— Pas mal, ton sort.

Phobos s'engage sur les marches du temple pour explorer l'intérieur. Je le talonne pour l'assister et éviter qu'il tombe dans les multiples trous qui jonchent le sol, certaines dalles ayant disparu au fil du temps.

— Tu vois quoi ? demandé-je, frustrée.

— Je suis sous le portique et je vais entrer dans le temple.

— Attention où tu mets les pieds ! m'exclamé-je en lui attrapant le bras.

Il remonte les lunettes sur son front avant de poursuivre.

— Viens, le cœur du temple est par là.

On évite les creux remplis d'herbe pour sauter de pierre en pierre, Phobos vérifiant de temps en temps notre avancée dans le temple antique.

— Là. Il y a un escalier qui descend, dit-il en baissant les yeux sur un trou de plus d'un mètre de profondeur.

Je pose un pied en bas. Je ne m'attendais pas à un miracle, mais là, c'est mort. J'ai beau m'agenouiller et tâter les moindres recoins, il n'y a plus aucune trace de l'escalier. La terre semble compacte en plus, elle a rempli l'espace de la rampe depuis bien longtemps. Je me hisse sur une dalle du sol et demeure assise, le découragement me plombant les épaules. Je m'y attendais, OK, mais j'avais encore un peu d'espoir : une faille quelque part, une pierre branlante, un passage secret…

Je m'étale en arrière, me laissant aveugler par le ciel intensément bleu.

— Et maintenant ? s'enquiert Phobos qui prend place non loin de moi.

Que faire ? Envoyer des sorts qui sonderaient les profondeurs, faire en sorte que Phobos ressente ces ondes pour qu'il nous téléporte là où on sentirait un vide ? Mais qu'est-ce qui nous attendrait en bas ?

— Il faut que je réfléchisse, réponds-je.

*Shtouk* !

Le bruit tombe vraiment à pic. Je me redresse, fouille ma sacoche et attrape la capsule. Je déroule le message de mes amies à toute vitesse. J'avale chaque mot bien trop vite, si bien que je m'oblige à revenir au début et à décortiquer tout ça à voix haute pour en faire profiter mon voisin.

— Elles me parlent des origines du site. Avant Apollon, le sanctuaire et sa prophétesse étaient dédiés à une Titanide, Thémis. Elle avait placé le site sous la protection du dragon Python. Apollon l'a abattu pour prendre sa place et s'imposer à Delphes. C'est d'ailleurs le nom de la créature qui a donné celui de la Pythie.

— J'avais oublié cette histoire, commente Phobos en posant ses lunettes sur son front. Je n'étais pas encore né.

— C'est encore plus vieux que toi ? relevé-je d'un ton moqueur.

— Attention à ce que tu dis, servante d'Hécate, s'amuse Phobos.

Je retourne à ma lecture.

— Le plus intéressant est là, écoute : le dragon vivait dans une cavité souterraine, là où l'oracle était donc protégé et rendu aux prêtres. Ce qui signifie que la cavité est assez grande pour abriter un dragon !

Je déchante deux secondes plus tard.

— Ce qui ne change absolument rien au problème. On ignore où elle se situe et l'accès est bouché…

Oh par Hécate, et maintenant, quoi ?

— Je ne serais pas si radical, si j'étais toi, déclare Phobos. On sait maintenant qu'un dragon s'abritait à l'intérieur.

— Et alors ? dis-je en haussant les épaules, d'un ton maussade.

— Et alors, il a bien fallu qu'il y entre et qu'il puisse en sortir. Ce n'est pas par un escalier à taille humaine qu'il le pouvait.

Je bondis sur mes pieds, électrisée par l'idée.

— Il existe une ouverture à taille de dragon quelque part ! Mais où ?

— Forcément hors de portée des humains, sinon ils l'auraient déjà trouvée.

Je lève les yeux sur le mont Parnasse qui poursuit son élévation au-dessus de nous.

— Là-haut ?

— Ça peut valoir le coup de jeter un œil, non ? Le mont Parnasse est vaste, mais on peut se téléporter à divers endroits même ponctuellement. À condition que tu acceptes mon aide.

Il tend la main dans ma direction. Je crois que c'est la première fois que je le vois si enthousiaste depuis que nous sommes en Grèce. Il ne traîne pas non plus des pieds, mais son œil noir et son œil azur brillent à cet instant, il a envie de voir ça.

— C'est la quête d'un antre de dragon qui t'excite comme ça ? le taquiné-je en lui donnant ma main.

Il s'en saisit et m'attire à lui.

— Et l'opportunité de te tenir dans mes bras aussi, ajoute-t-il, en s'enroulant autour de ma taille.

Je ne doute pas de sa prudence et de son ton séducteur si naturel dans sa bouche, mais dès que je suis contre lui, je perds tous mes moyens. Les flèches d'Éros possèdent une magie bien plus puissante que la mienne, c'est certain.

On s'éclipse, direction la montagne.

# CHAPITRE XXII

**PHOBOS**

On se pose ici et là, à des endroits escarpés de la montagne, sur des morceaux de rocher branlant, là où l'humain n'aurait jamais osé se risquer. On tourne un bon moment tous les deux, jusqu'à ce que Pasiphaé s'agrippe un peu plus fort à ma chemise alors qu'on est perchés sur une crête. La vue minérale des pentes, mouchetée d'arbustes verts, me paraît la même depuis le départ de mon côté.

— Qu'est-ce qu'il y a ?

— Regarde, là-bas, dans le creux des deux versants, on ne dirait pas une entaille ?

— On va s'approcher.

Une fois téléportés, on se retrouve au milieu de ronces sèches et foisonnantes. On se fraye un chemin jusqu'à une crevasse masquée par cette végétation abondante. Si nous n'étions pas montés au sommet d'en face, je ne suis pas sûr qu'on l'aurait aperçue comme ça. L'ouverture dans la montagne est effilée, haute de moins de trois mètres. Pasiphaé s'accroupit à l'entrée et observe l'intérieur, son appréhension me gagnant peu à peu.

— Ça a l'air d'aller loin, constate-t-elle. Tu crois qu'un dragon pouvait passer par-là ?

— Python ressemblait à un serpent géant, il était souple. Il pouvait très bien se faufiler là jusqu'à une cavité sous Delphes. On est à six ou sept cents mètres du site. Tu veux qu'on y jette un œil ?

La sorcière serre les poings et approuve d'un hochement de tête. On se laisse glisser à l'intérieur de la faille. Pasiphaé génère une boule de lumière qui volète au-dessus de nous et éclaire notre route. La pente n'est pas raide, pour le moment. Le sol, irrégulier et jonché de pierres, accapare toute notre attention. Le son rapide du souffle de ma compagne scande un silence fragile. Chaque roulement de gravier et chaque choc de pierre l'une contre l'autre résonnent jusqu'au fond du tunnel dont on ne voit pas le bout.

— Tout va bien ? m'enquiers-je au bout d'un moment.

— Oui, répond-elle de la plus laconique des façons.

Elle paraît concentrée sur chacun de ses pas. Elle le dit elle-même : elle n'est pas une femme d'action. Mais sa façon bien à elle de s'entêter au point de relever tous les défis la rend encore plus attirante à mes yeux.

— J'ai l'impression qu'on s'enfonce dans les entrailles de la Terre, finit-elle par ajouter.

— Un peu, oui.

Le tuyau qu'on a emprunté s'est élargi et ressemble de plus en plus à un tunnel quasi cylindrique et irrégulier, creusé à force de passages par Python. On doit être sur la bonne voie. Je n'ai jamais eu la chance de voir de dragon. Mais le diamètre de ce tube est assez considérable pour donner une idée de la taille du monstre.

— Il y a une inscription, là, indique Pasiphaé en s'arrêtant.

Elle dirige la boule lumineuse près de la paroi.

— En plusieurs langues, d'abord du minoen mais les humains ne l'ont jamais déchiffré tant il est ancien…

— Attends, je peux le lire.

Pasiphaé plante sur moi un regard flamboyant d'admiration. J'ai *enfin* l'impression d'être un livre inestimable pour elle ! Ça me rendrait presque nerveux à l'idée de lire cette très vieille langue de travers. J'avais peu d'espoir d'être utile pour elle jusqu'à présent.

— « Ici, vit Python, fils de Gaïa, protecteur de la prophétesse. »

— Il s'agit bien de la cavité de Python ! s'exclame-t-elle en sautillant. Les inscriptions suivantes sont en mycénien, la langue parlée à Troie, puis en grec ancien ! « Ici, vivait Python, terrassé par Apollon, protecteur de la Pythie », et enfin : « Ici, sont protégés la Pythie, servante d'Apollon, et le... »

Elle hoquète, les yeux grands ouverts. Je pourrais déchiffrer, mais je préfère vivre l'instant à travers sa découverte à elle. Ses lèvres se retroussent et ses yeux s'embuent.

— « Et le Palladion, relique sacrée d'Athéna, offert par Agamemnon », termine-t-elle, émue. Le Palladion, on a enfin une mention de sa présence ici.

Elle ne va tout de même pas fondre en larmes ? Pasiphaé se met à courir sur place, les poings levés.

— On a enfin une mention !

Et elle se jette dans mes bras. Je la garde contre moi une poignée de secondes, les rires heureux au creux de mon oreille m'envoyant des chatouilles de bonheur dans la poitrine, avant qu'elle s'écarte, toujours aussi fébrile.

*Oh mais bordel, illumine toutes mes journées comme ça, servante d'Hécate, s'il te plaît !*

— Vite, je dois tout noter !

Elle sort son carnet et recopie les trois inscriptions.

— Même plusieurs siècles après la mort d'Agamemnon, les Delphiens n'ont pas oublié qu'il leur a offert le Palladion.

— Ou alors les Atrides ont fait en sorte que les Delphiens n'oublient pas. Ils ont aussi offert une statue de leur illustre aïeul au sanctuaire.

— C'est vrai, c'est vrai, concède-t-elle en fourrant ses affaires dans sa sacoche. On poursuit ?

Elle presse le pas, toujours avec la plus grande prudence, mais la motivation au beau fixe. Je me mets dans son sillage, curieux de voir ce que nous allons trouver au bout du tunnel.

— On aurait tellement de chance si on tombait sur le Palladion aujourd'hui !

J'aimerais être aussi optimiste qu'elle, mais je ne peux pas m'empêcher de douter. Il serait resté ici plus de trois mille ans sans bouger ? Ce serait extraordinaire. Les humains pillent si aisément. Si on a des inscriptions dans ce tunnel, c'est bien parce qu'ils ont trouvé l'accès par miracle au milieu de la montagne, ou qu'ils ont emprunté le passage perdu du temple. Ce ne serait pas étonnant qu'au moment des diverses destructions ou de l'abandon du site, ils se soient chargés de vider le contenu de la cavité.

Mais je ne dis rien. L'espoir de Pasiphaé est si beau à voir que pour rien au monde je ne ruinerais son sourire.

Je suis si absorbé par cette pensée que je lui rentre dedans sans me rendre compte qu'elle s'est arrêtée au milieu du chemin. Je recule d'un pas. Elle fixe un point sur la paroi, une expression perplexe bien étrange et déconvenue sur le visage.

— Une nouvelle inscription, en grec moderne.

Je lève les yeux, surpris.

— « Quiconque entre ici devra se soumettre aux épreuves des Atrides, rebroussez chemin si le hasard vous a mené jusque-là », lit Pasiphaé.

Elle demeure immobile une poignée de secondes avant de pivoter vers moi.

— C'est une plaisanterie ? Ils ont découvert cet endroit avant tout le monde ?

— Ou ils ne l'ont jamais perdu de vue, corrigé-je.

— … Mais pourquoi des épreuves ?

— Tester qui vient ici et qui s'intéresse de toute évidence au Palladion, supposé-je. Tu es toujours aussi sûre de vouloir l'atteindre ?

La sorcière se ferme sur elle-même avant de hocher la tête.

— Tu peux rentrer si tu ne veux pas aller plus loin.

— Pourquoi tu veux absolument te débarrasser de moi ? répliqué-je aussitôt, intrigué.

Mais de quoi a-t-elle si peur ?

— Ce n'est pas ce que je voulais dire, mais je ne reculerai pas. Ça ne sert à rien de remettre en question ma motivation, tu comprends ?

C'est juste que je crains pour elle, j'avoue. Je *sais* qu'elle en est capable et qu'elle remuerait ciel et terre. Mais je ne veux pas qu'elle soit déçue, ni qu'elle souffre. Ah bordel ! C'est fatigant d'éprouver cette constante inquiétude ! Ça aussi, ça rejoint ma longue liste de plaintes à adresser à mon idiot de frère.

Bon, elle a dit qu'il s'agissait d'un « défi personnel » après ce qu'elle a vécu à Troie, et peut-être qu'elle culpabilise encore à mon sujet. Elle avait l'air de croire que je lui en voulais d'avoir laissé Ulysse s'emparer du Palladion. Je ne me mettrai plus en travers de sa route par excès de prudence ou par envie d'accélérer les choses. Finalement, je commence à apprécier ces temps morts à ses côtés, ces moments où elle prend le temps de réfléchir et de lire, ces moments indispensables pour elle. Je crois que j'avais oublié de simplement « prendre mon temps » et de profiter d'une compagnie comme la sienne.

— Je te le promets, lui assuré-je alors.

Rassurée, elle reprend la marche.

À plusieurs mètres de cette inscription énigmatique, la première épreuve surgit sous la forme d'une énorme dalle circulaire qui bloque complètement le tunnel. Je suis peut-être muni d'une force hors du commun, je ne peux pas non plus déplacer des montagnes. Je tente pourtant ma chance, mais impossible de la pousser ou de la faire coulisser, la pierre de plusieurs tonnes ne bouge pas d'un pouce.

— J'imagine qu'il faut résoudre ce mystère pour que la porte se déverrouille, indique Pasiphaé en observant la surface.

Une série d'enfoncements sont reliés entre eux à la verticale par des traits. Sur le côté droit, quatre cylindres marqués d'un motif sur l'une des deux bases reposent dans une niche creusée à même la paroi.

— Une branche, une flamme, un bâton et un cercle entouré de flammes, énumère Pasiphaé.

— Il faut les ranger dans un ordre précis ?

— Apparemment. La seule logique que je perçois entre les motifs est le feu. Ou plutôt comment faire du feu. Je dirais d'abord la branche qu'on débite pour obtenir des bâtons qu'on entasse, on ajoute la flamme et ça donne une sorte de feu de camp ?

— Ça pourrait marcher, supposé-je.

Pasiphaé enfonce les cylindres dans l'ordre qu'elle a choisi, mais rien ne se passe. Aucun déclic, aucun tremblement qui annoncerait un mouvement.

— C'était trop simple, marmonne-t-elle en retirant les rondins.

Elle prend du recul et s'assied par terre pour réfléchir. Je m'installe contre la paroi et lui laisse de l'espace. Elle se met à se ronger les ongles, l'esprit accaparé.

— Maudits Atrides, murmure-t-elle. Mais je vais trouver. Je vais trouver… Comment tu connais Thyeste ?

Son interpellation me surprend assez pour me répéter la question dans ma tête avant de formuler une réponse.

— Il est venu me voir à New York pour s'enquérir des changements sur l'Olympe et des potentielles conséquences sur la retenue de Tantale aux Enfers. Je dois encore avoir sa carte dans mon portefeuille.

Je sais où le trouver à Mycènes, et heureusement. Parce qu'étant donné toutes les infractions inédites que je note, une descente chez eux devient inévitable.

— Quel est le rapport ?

— Zeus a prononcé les condamnations des prisonniers du Tartare, mais à présent qu'il est hors-jeu, *quid* de ses jugements ?

— Ce n'est vraiment pas rassurant, déclare-t-elle, blême.

— De quoi stimuler la crainte ultime de la Lignée à l'épaule d'ivoire, en effet.

— Et comment ont-ils su, pour les changements sur l'Olympe ? C'est étrange, non ?

Ça, je suis bien d'accord.

— Ils prétendent avoir des liens avec les dieux du vent, tu te souviens ? Mais quelque chose me dérange dans cette version. L'Olympe n'a jamais été plus radieux depuis le couronnement de nos trois reines, on ressent tous une différence au fond. Pourquoi les dieux du vent auraient partagé une source d'inquiétude à des mortels, puisque tout va bien ?

— La Lignée à l'épaule d'ivoire..., marmonne Pasiphaé pour elle-même.

Elle ne m'écoute pas du tout, en fait...

— La lignée ! s'exclame-t-elle. C'est ça, la réponse !

Elle bondit sur ses pieds et s'empare du cylindre au cercle cerné de flammes.

— Un soleil ! Hélios !

Pasiphaé le plante tout en haut.

— La fille d'Hélios, c'est Circé. Et Circé...

Elle analyse les trois motifs restants et saisit le bâton.

— Circé, c'est la baguette. Vient ensuite Médée avec la branche de genévrier. Et enfin, les flammes parce que je balance des boules de feu !

Une fois le dernier cylindre enfoncé, le fameux déclic attendu retentit et la dalle coulisse sur le côté en faisant trembler le sol. Pasiphaé lève les bras pour célébrer la victoire. Au premier pas qu'elle fait de l'autre côté, je lui agrippe le bras.

— Une seconde, Indiana Jones ! Ta lignée ? C'était ça la réponse ? La lignée des sorcières ? Comment ils savaient ? Tu ne trouves pas ça problématique ?

Moi je panique, mais elle, elle semble très rationnelle pour un Petit Bao.

— Tu l'as dit toi-même, ils veulent tester qui vient ici et ils s'intéressent aux sorcières. Tout ce que les Atrides savent de nous est raconté dans les textes connus des humains : Circé et sa baguette, Médée et ses sorts, toutes deux descendantes d'Hélios, et Pasiphaé qui lance des boules de feu à Troie.

OK, OK. Je laisse à nouveau parler ma peur pour elle. Mais elle semble oublier un point important dans tout ça.

— Donc ils savaient qu'un jour une sorcière viendrait ici pour le Palladion.

— Mais ça aussi, c'est devenu un chapitre de l'*Iliade*, puisque j'ai aidé Ulysse à le voler.

— Et si ces épreuves n'étaient programmées que pour t'étudier et te capturer au bout du compte ?

Enfin, elle paraît touchée par une de mes inquiétudes. Elle s'approche de moi et me tapote le bras.

— Mais tu es là, avec moi, et tu es un dieu, dit-elle avec un sourire suave. Allez, en route, Demi-Lune.

Et elle tourne les talons.

Ah bordel ! Elle aura ma peau. Je me presse derrière elle et on poursuit notre route. Au bout d'un moment, des bruits étranges nous parviennent. On dirait des courants d'air, mais étant donné qu'on s'est enfoncé dans la terre pour atteindre le sous-sol du temple de Delphes bouché, je ne parierai pas pour cette solution. Plus on avance et plus le son devient clair : quelque chose tranche l'air à toute vitesse. La boule de lumière finit par se réfléchir dans du métal et provoque des éclats qui scintillent un peu plus loin. Pasiphaé accélère.

On stoppe tous les deux au bord d'un ravin sans fond. Seul un passage étroit s'enfonce dans le tunnel. Ce serait facile de le traverser si une bonne vingtaine de lames, longues de plusieurs mètres chacune, ne descendaient pas du plafond, coupant la route à intervalles réguliers et à toute vitesse, empêchant n'importe qui de traverser pour atteindre une microscopique plateforme et une nouvelle porte fermée à l'autre bout.

— Oh wow, souffle Pasiphaé.

— Le métal est bien doré, grogné-je. Tu as une explication, là aussi ? Pourquoi les Atrides ont une telle somme de bronze olympien à leur disposition et pourquoi l'employer ici ?

— Euh…

Elle se triture les doigts et grimace, mal à l'aise.

— Peut-être que, hum, j'ai dit aux Achéens et à Agamemnon… pour me protéger hein !, que… pour contrer un dieu… il fallait du bronze olympien ?

Tous mes os se glacent de stupeur. Et autant le préciser, cette sensation est très, *très* rare.

— Tu as *quoi* ?

— J'avais oublié que l'épée d'Achille avait été forgée dans cette matière par Héphaïstos ! Et je ne pensais pas qu'on n'avait qu'à se baisser pour en trouver !

— De toute évidence, les Atrides n'ont jamais oublié ce bon conseil ! m'exclamé-je, la colère grondant.

Elle pose ses mains sur ses hanches, soudain pensive.

— Oh. Le temple d'airain créé par Héphaïstos… Voilà pourquoi les Atrides se sont montrés si intéressés par Delphes. C'est pour le matériau ! Ils ont dû le démanteler et offrir une nouvelle version en pierre !

Et elle sourit ! Le Petit Bao sourit de sa conclusion !

Non mais pourquoi je craque pour cette catastrophe ambulante ?! Mais c'est SÛR maintenant que cette attraction est due à une flèche de mon frère ! Forcément ! Elle me colle des sueurs froides. J'ai envie de l'engueuler comme du poisson pourri et en même temps, je fonds de la voir se rapprocher de moi, l'air fautif, le regard désolé, et agripper ma chemise avec ses lèvres cerise tordues en une expression adorable…

— Je suis désolée Phobos, je ne pensais pas que ça irait aussi loin.

*Ah bordel, pourquoi moi…*

Je me frotte le visage.

— Et maintenant, tu fais quoi ? grogné-je.

— Eh bien, Agamemnon m'a vu te figer au moment où tu allais tuer Néoptolème. Donc j'imagine que je dois réitérer ce sort pour stopper le mouvement des lames. Le problème, c'est que j'ai agi de façon spontanée, parce que j'avais peur que tu commettes l'irréparable.

Une rougeur s'empare de ses pommettes et anéantit mon reste de colère. J'imagine qu'Ella a le même genre de pouvoir sur Deimos. On est tous les deux impulsifs et orgueilleux. Et voilà qu'une sorcière débarque et tout s'écroule. Trois mille ans que ce mulot des campagnes complètement insaisissable me hante et je me retrouve là, démuni face à elle. Moi, le dieu qui me suis « insinué en chacun, ruinant les os des guerriers les plus braves », comme l'a si bien formulé Ulysse. Je pose mon index sur son front et la fais reculer comme si elle n'était qu'un bidon d'uranium.

— Je vais t'aider, décidé-je.

Je m'éclipse au beau milieu du chemin, à portée d'une lame qui s'apprête à me faucher. Pasiphaé a un mouvement de recul sur le coup, les yeux écarquillés, puis elle hurle un « NON ! » tout en tendant les bras vers moi. La lame se fige à quelques centimètres de mon corps. Toutes les autres l'imitent et le ballet s'arrête.

La sorcière baisse les bras, sidérée. On se regarde de loin tous les deux, sans rien dire. Puis elle fait quelques pas sur le passage libéré de la menace, se contorsionnant pour enjamber ou raser le sol et éviter les lames qui se sont immobilisées bien trop près du chemin. Je me téléporte au bout en gardant un œil sur elle. Je n'ai pas l'impression qu'elle se rend compte que chacun de ses pas enclenche un mécanisme qui ouvre la porte derrière moi. Il fallait absolument emprunter le passage pour déverrouiller la suite. Le sol tremble et de la poussière chute depuis le plafond de la galerie que nous arpentons.

La main peu délicate de Pasiphaé qui me bouscule me ramène à elle.

— Mais ça va pas, non ?! T'as pas intérêt à recommencer un truc pareil ! Imagine que rien ne soit sorti ?! Que je n'ai rien pu produire comme magie ?! Tu aurais été coupé en deux ! Et de façon longitudinale !

*Hein ?*

— T'es vraiment qu'un idiot ! rugit-elle.

— J'ai confiance en toi.

Elle ravale une suite du même acabit, stupéfaite. Son visage passe du rouge au cramoisi. C'était peut-être irresponsable, oui, mais je n'ai pas hésité une seconde. Si cet aveu semble la bloquer un court instant, elle reprend sur le même ton rageur juste derrière.

— Mais j'ai pu les arrêter uniquement parce que je tiens à toi ! Et je tiens à toi parce qu'une flèche d'Éros nous enchaîne tous les deux ! Si ça n'avait pas été le cas, tu serais mort !

— … De façon longitudinale ?

Elle est si impressionnante en colère que j'ai tenté de dédramatiser, en vain. Pasiphaé bougonne et me donne un coup d'épaule en se remettant en route. Je la suis avec prudence et surtout en me taisant. Mais je dois avouer que ce silence de plomb est bien pire encore. On descend toujours dans les entrailles du mont Parnasse, autant meubler en attendant la prochaine épreuve – si épreuve il y a encore.

— C'est qui Demi-Lune ?

— Le gamin acolyte d'Indiana Jones, grogne Pasiphaé, de mauvaise humeur.

— Un gamin ? relevé-je en grimaçant. Il n'a pas d'adultes autour de lui ?

— Tu as le choix entre son père qui l'a négligé, Willie Scott, la chanteuse de cabaret, ou Marion Ravenwood, son grand amour.

Je me retiens de répondre du tac au tac que Marion est la meilleure option, il n'y a rien de plus artificiel que ce choix imposé.

— Non mais Demi-Lune, c'est bien, murmuré-je, confus.

Heureusement pour nous – et cette conversation –, on débouche sur une vaste salle à nouveau fermée. Toute la surface est occupée par des trépieds de diverses tailles et matières. L'ensemble chaotique et ordonné tout à la fois nous permet seulement de nous glisser entre chaque objet, l'un après l'autre.

— Ils ont l'air fixés au sol, dis-je en en attrapant un pour le bouger.

— Attention, tu pourrais amorcer un piège, me prévient-elle. La Pythie s'asseyait sur un trépied dans la cavité pour rendre ses oracles. Il faut peut-être trouver le bon ?

— On n'a qu'à tous les essayer.

— Ce serait aussi simple ?

— Tu as vu le nombre de trépieds ? On en a pour un moment.

— Il y a forcément un truc. Les Atrides veulent tester d'autres pouvoirs de sorcière. Observer, écouter, analyser…

Elle se met à circuler entre eux et à les étudier de plus près jusqu'à s'arrêter près de l'un d'eux.

— Il semble plus vieux que les autres, lui, non ?

— Je ne sais pas. Essaie-le, de toute façon il faudra bien qu'on identifie le risque.

Je m'éclipse près d'elle, prêt à intervenir au cas où. La sorcière s'appuie sur l'entretoise qui relie les trois pieds sous la vasque, et prend place, aux aguets. Le trépied s'abaisse alors de quelques centimètres et provoque des cliquetis qui parcourent le sol puis les murs. Je lève les yeux, le cœur battant un peu plus fort. Ça bouge, là-haut. Deux ouvertures se créent jusqu'à la surface. On ne doit plus être très loin du site archéologique !

— C'est tout ? murmure Pasiphaé.

Les bruits d'ailes qui s'engouffrent dans les trouées ne me disent rien qui vaille.

— Je ne crois pas, non.

Deux nuées de volatiles sombres aux rémiges dorées déboulent dans la salle et coassent d'un ton grave et menaçant. Pasiphaé saute sur ses pieds.

— Des oiseaux de Stymphale, dis-je avant de me précipiter sur la sorcière pour l'envelopper de mes bras.

Les plumes sont propulsées dans notre direction, certaines rebondissent dangereusement sur les vasques des trépieds et d'autres s'enfoncent dans mon dos. Je serre les dents pour ne pas hurler dans les oreilles de Pasiphaé, bloquée dans mon étreinte. Une fois leurs tirs accomplis, les oiseaux de Stymphale tourbillonnent et retournent à la surface, laissant derrière eux le bruit fracassant des trouées qui se referment.

— Par tous les Enfers, c'est l'histoire de ma vie lorsque je suis avec toi, maugrée-je en desserrant mon emprise.

Pasiphaé contourne un trépied pour se retrouver derrière moi. Elle arrache les quatre plumes plantées dans ma chair sans aucune délicatesse puis fouille sa sacoche. Je l'entends soupirer d'agacement tout en soulevant ma chemise.

— De l'alcool de renouée poivre d'eau, une plante antihémorragique. Je te préviens, ça risque de brûler.

— Vas-y, ne t'en fais pas pour mo… argh…

Je m'agrippe à un trépied, raidi par la douleur alors qu'elle passe sur mes blessures un linge imbibé.

— Elles se refermeront toutes seules, mais au moins elles ne saignent plus, déclare-t-elle en abaissant mon vêtement.

La sorcière revient devant moi, les bras croisés.

— Tu es en colère ?

— C'est une vraie question ? rétorque-t-elle.

— Non, oublie.

Elle tourne sur ses talons, envahie par la peur. Elle sait qu'on n'a pas vraiment le droit à l'erreur, cette fois.

— Comment reconnaître le vrai trépied de la Pythie ? Il n'y a qu'elle et les prêtres qui l'entouraient qui savaient à quoi il ressemblait… Comment le voir…

Elle s'arrête là et pivote dans ma direction avant de tendre la main.

— Phobos, tes lunettes ! S'ils sont tous modernes sauf un, je le verrai avec tes lunettes !

Je les sors de ma poche dans laquelle je les avais glissées pour les lui remettre. Elle les chausse et son sourire s'allonge alors qu'elle sonde l'espace.

— Bingo ! Il n'y en a plus qu'un ! Là-bas ! se réjouit-elle.

Elle s'élance droit devant elle, se fichant le premier trépied dans le ventre.

— Aïe !

Si tous les autres deviennent invisibles à ses yeux, ils deviennent autant d'obstacles sur sa route. Mais, fidèle à elle-même, Pasiphaé s'enfonce dans la forêt de trépieds. Elle persiste jusqu'à en atteindre un en particulier. Elle retire alors les lunettes et me consulte.

— Tu es prêt ? lance-t-elle.

Je me téléporte aussitôt à son côté.

— Prêt.

Pasiphaé s'assied, la langue coincée entre les dents. Même si elle déclenche un nouveau piège, je retrouve enfin son air excité et impatient. Le trépied s'enfonce d'un cran. Le sol tremble mais cette fois, c'est à cause de la dalle qui coulisse, nous ouvrant la voie vers la suite. Pasiphaé bondit et se faufile jusqu'à la porte.

— J'espère que c'est fini mais en même temps, je ne serai pas contre une autre énigme ! s'enthousiasme-t-elle.

Je secoue la tête, le dos courbé. On va peut-être modérer l'excitation, quand même. Je la rejoins d'une téléportation alors qu'elle s'est figée sur le pas. Il n'y a plus de tunnel de l'autre côté, mais une nouvelle salle, plus haute, plus large et plus irrégulière que la précédente.

Nous voilà enfin dans la cavité de Python et de la Pythie. La boule volante de Pasiphaé se plante au sommet, diffusant sa lueur dans les moindres recoins. Au fond, à l'autre bout, un éboulement bloque probablement l'endroit du passage qui menait au temple, situé juste au-dessus de nous. Des effluves nauséabonds sortent soudain de terre en de puissants jets de fumée. Plusieurs failles très fines cisaillent le sol. Il faut imaginer la Pythie au centre de tout cela, perchée sur son trépied et recueillant la parole d'Apollon, en transe. Mais aujourd'hui, la seule chose qui se dresse au même endroit est bien plus précieuse aux yeux de Pasiphaé.

— Le Palladion, souffle-t-elle.

Posé sur un socle, seul, comme s'il attendait qu'on vienne le chercher. La sorcière s'avance lentement, avec cérémonie, alors que le doute m'assaille. Pourquoi Delphes a-t-elle été détruite et abandonnée si le Palladion est resté sur place ? Ça n'a pas de sens. Il est censé garantir la stabilité et l'invincibilité de son propriétaire. Je crois que

Pasiphaé commence à saisir à mesure qu'elle s'en approche. Et lorsqu'elle le prend, une déception sans nom la balaie.

— Phobos, c'est un faux. Il n'émet pas le même éclat.

Je me rapproche d'elle.

— Mais si les Atrides ont fomenté tout ce parcours, on sait qui le détient à présent.

Elle acquiesce mais l'émotion qui la traverse trahit son chagrin.

— Vous n'aurez pas le Palladion ! s'exclame une voix derrière nous.

On fait volte-face, choqués par cette intrusion.

Laodicé se dresse sur le chemin de retour, une épée dorée à la main, un air buté sur le visage.

— L'épée d'Achille, murmuré-je pour avertir ma voisine.

— Vous croyez vraiment que les Atrides vous auraient laissé l'embarquer et assurer votre dessein sans répliquer ? Agamemnon a mis en garde toute sa descendance contre vous. Il faut en finir avant que Tantale ne revienne ! Thyeste a ses manières, et moi j'ai les miennes.

Elle pointe l'épée sur nous.

— Pour enrayer la prophétie, l'un de vous doit mourir.

# CHAPITRE XXIII

**PASIPHAÉ**

Mon souffle se coupe. Un paquet de questions se bouscule dans ma tête : croit-elle vraiment ce qu'elle dit ? Peut-elle tuer un dieu avec l'épée d'Achille ? Elle serait tout à fait capable de m'abattre moi, mais Phobos ? Et pour éviter quelle prophétie, au juste ?

— Les Atrides se mettraient l'Olympe à dos ? réplique Phobos, nerveux.

Laodicé affiche un sourire en coin d'une bravoure hallucinante.

— Nous sommes des descendants de Zeus, vous voyez ? Oui, Héra et Athéna ont été nos guides il y a très longtemps, mais tout le monde sait qu'Athéna préférait Ulysse. Quant à Aphrodite, elle est notre ennemie depuis toujours.

Elle est sérieuse, là ? C'était il y a plus de trois mille ans ! Mon voisin va se braquer si elle continue sur ce ton. Les trois reines sont sa mère, sa grand-mère et sa tante. Si j'étais elle, je ne leur manquerais pas de respect ! … Oh par Hécate, Kyamites, le dieu des haricots, avait raison, Phobos incarne vraiment la « noblesse de l'Olympe ».

Même s'il compresse ses mâchoires, le dieu de la peur ne bronche pas. Il n'est plus le jeune dieu impulsif en pleine guerre de Troie.

— Thyeste a peut-être très envie d'étudier une servante d'Hécate au point de bâtir tout ce parcours, mais je me contenterai de ta mort, sorcière.

Un haut-le-cœur me retourne l'estomac.

— Au point de vouloir l'assassiner dans son sommeil ? grogne Phobos.

— Un moyen comme un autre.

— Il faudra d'abord me passer sur le corps ! soutient Phobos en invoquant sa lance.

Cette fois, les battements de mon cœur s'emballent. Laodicé ne semble pas du tout apeurée par cette perspective pourtant aberrante !

— Ce n'est pas un problème, dit-elle en plongeant sa main dans sa poche pour sortir trois éclats blancs.

D'un mouvement du pied, elle repousse la poussière sur le sol et laisse tomber les trois pépites blanches qu'elle recouvre aussitôt.

— Oh non, échappe Phobos, près de moi. Tu te souviens de la dent de dragon ?

Je me souviens de la vitrine dans la succursale d'Athènes, oui. Je ne fais le lien qu'à présent avec le danger : les dents de dragon jetées au sol de cette manière produisent des Semés, des soldats d'ombre surnaturels, comme ceux qui secondent Phobos et Deimos au Siège de New York. Mais Laodicé s'est contentée de « semer » des éclats et non des dents entières, est-ce que leurs capacités seront amoindries ?

Des mains sombres surgissent du sol et hissent un corps entier, déjà casqué, armes au poing. Phobos invoque une sorte de gilet pare-balles épais pour lui couvrir le torse. Il m'attrape la main sans quitter le camp adverse des yeux.

— Fais attention à toi, dit-il à voix basse. S'il t'arrivait quoi que ce soit, je ne m'en remettrais pas.

Ma gorge se noue si durement que je lutte pour pouvoir répondre.

— Tu n'as pas intérêt à prouver qu'un dieu puisse mourir, finis-je par répliquer. Je viendrai moi-même t'arracher aux Enfers.

Il me sourit avec toute sa splendide vantardise et son assurance me rebooste.

— Occupez-vous du dieu, commande Laodicé en désignant Phobos. Je me réserve la sorcière.

Les trois Semés, épée, lance et hache brandies, se précipitent sur leur cible tandis que l'Atride lève les bras. Une nouvelle nuée d'oiseaux noirs s'engouffrent par le passage derrière elles, battant leurs ailes noires et dorées. Alors que Phobos échange les premières passes d'armes avec les Semés, j'agite mes doigts, espérant que ma main gauche ne m'abandonne pas en plein combat. Je génère des boules de feu et les projette sur les oiseaux de Stymphale en espérant qu'ils ne puissent pas envoyer leurs rémiges avant. J'en aperçois certaines qui percent les flammes et frôlent Phobos, mais la plupart sont repoussées par le souffle brûlant de mon sort. Les cris perçants des volatiles me forcent à plaquer mes paumes sur mes oreilles, je ne m'attendais pas à ça !

Et encore moins à voir surgir la silhouette agile de Laodicé qui s'abat sur moi. Je n'ai que le temps de rouler par terre pour éviter la lame d'Achille. Le bronze olympien se plante dans la roche sans se briser. Laodicé le retire d'un geste fluide, me confortant dans l'idée qu'elle a des capacités exceptionnelles. Comme Néoptolème et Achille. Mais ces héros étaient fils et petit-fils de déesse ! Laodicé a trois mille ans de mélange avec les humains derrière elle, tout devrait s'être estompé depuis longtemps.

— Ne te débats pas, c'est inutile ! rage-t-elle.

Je jette un œil sur Phobos, aux prises avec les trois Semés qui ne le lâchent pas. Ils me semblent pourtant plus flous et transparents que les Semés du Siège. Le dieu de la peur se bat, mais son dos le fait encore souffrir.

Je me relève, les mains en avant, prête à jeter des sorts, l'estomac noué. J'ai l'impression de me retrouver dans la même configuration que lors de la bataille sur l'Olympe : veiller sur ma vie, certes, mais craindre pour celle de mes proches. J'évite à nouveau plusieurs coups d'épée, la sueur au front. Je peux tenter d'occuper Laodicé ou de la convaincre d'arrêter cette folie.

— De quelle prophétie parles-tu ? Thyeste nous a dit qu'elle n'annonçait que notre arrivée en Grèce !

Elle lève les yeux au ciel.

— Depuis quand la Pythie se contente d'annoncer de telles choses ?!

— Alors quoi ? Qu'est-ce qu'elle a dit ? m'agacé-je.

— Que le dieu de la peur et la servante d'Hécate allaient réveiller notre dévoreur ! Si on vous laisse le Palladion, Tantale s'échappera fatalement des Enfers !

La lame d'Achille siffle dans les airs alors que je recule et me jette sur les côtés, la poitrine si compressée que mon souffle se coupe de plus en plus vite. Comment pourrions-nous faire sortir Tantale du Tartare, Phobos et moi ? Ça n'a aucun sens !

Phobos surgit dans le dos de Laodicé alors qu'un des trois Semés a disparu. Ils ont donc une durée de vie limitée. L'Atride doit lire dans mes yeux comme dans un miroir, car elle pivote à temps pour parer l'attaque à la lance. J'en profite pour réciter une formule rapide et me rendre invisible. Je vais pouvoir agir de façon moins frontale.

— Les Semés ! appelle Laodicé.

Les deux ombres armées restantes se ruent sur Phobos et l'un d'eux parvient à lui entailler le bras. Une giclée d'ichor jaillit de sa chair, provoquant en moi une bouffée de panique. Il se téléporte derrière eux pour se mettre hors de portée de Laodicé, il a vu que j'avais disparu. L'Atride, elle, en revenant à moi, se met à scanner l'espace, plus furieuse encore.

— Où est-ce que tu te caches, sorcière ?!

Phobos envoie son pied dans un Semé pour le repousser, il se réduit aussitôt en poussière. Il ne lui en reste plus qu'un. Ce qui signifie que Laodicé n'a plus beaucoup de temps pour m'achever avant que le dieu ne puisse entièrement se consacrer à elle. Je plonge ma main dans ma sacoche et sors les plumes d'oiseaux de Stymphale que j'ai retirées du dos de Phobos tout à l'heure. Elles sortiront de mon invisibilité dès que je les enverrai, mais j'ai une chance de toucher l'Atride et de la mettre hors-jeu !

— *Comme le vent, filez, et touchez l'Atride Laodicé*, prononcé-je à voix basse.

Les deux rémiges percent l'air en direction de la guerrière. Leur sifflement l'alerte aussitôt, elle n'en stoppe qu'une avec son épée, l'autre se plante dans son épaule. Elle recule d'un pas en poussant un cri. Je m'empare des deux dernières plumes sans attendre pour renouveler l'opération mais j'ai révélé ma position et je ne lève les yeux que trop tard. Je me recroqueville sur le côté, prête à encaisser le coup. La lame d'Achille balaie l'air et m'entaille le bras. La brûlure est mille fois pire que ce que j'attendais. Elle m'arrache un gémissement qui rompt mon sort d'invisibilité.

— Pasiphaé ! crie Phobos à l'autre bout de la salle.

— Te voilà enfin, servante d'Hécate ! se réjouit Laodicé.

Elle lève son épée pour me frapper alors que je tremble des pieds à la tête. De la berce du Caucase, ils en ont imbibé l'épée, comme lors de la guerre de Troie ! Mes veines se mettent à charrier du feu et la peur de mourir débloque un sort d'une puissance qui me renverse en arrière.

— DISPARAIS ! hurlé-je.

Laodicé décolle du sol, vole dans les airs et s'évanouit.

Le dernier Semé s'évapore.

Le silence retombe dans la cavité de la Pythie, seules nos respirations saccadées se font entendre. Phobos lâche sa lance et se téléporte à côté de moi. L'ichor roule sur son avant-bras mais il va bien, alors que moi, je n'arrive plus à respirer. Ma main gauche tremble, même nichée contre moi. Un étau me comprime la poitrine. La peur est si vibrante que j'ai envie de repousser Phobos, de crainte qu'il n'aggrave la situation, mais impossible de prononcer un seul mot.

— Je suis là, Pasiphaé, tout va bien, dit-il en posant sa main sur la mienne.

Mon trouble panique doit tant le traverser de toute part qu'il n'ose pas aller plus loin. Du moins, c'est mon impression première, car une connexion semble s'établir. Quelque chose de chaud et d'apaisant passe de sa main à la mienne.

— Je suis là, répète-t-il de sa voix grave.

Elle s'infiltre dans mon corps et dans mon âme, aussi sûrement que la berce du Caucase qu'elle supplante. Il est en train… d'aspirer ma peur ?

Les battements de mon cœur ralentissent, ma respiration s'apaise, mes muscles se relâchent. Je remplis mon ventre d'air avant de l'expulser de nombreuses fois, calmant peu à peu l'emportement. Une émotion forte me réchauffe le ventre.

— Comment tu te sens ?

Je regarde Phobos, touchée au plus profond de moi. Il ne m'a pas serrée dans ses bras ni bousculée, il m'a juste tenu la main et laissé son pouvoir agir. Il ne me semblait pas qu'il était capable de faire ça, et peut-être qu'il l'ignorait lui-même car il paraît sur ses gardes, comme s'il attendait un retour sur l'expérience qu'on vient de vivre. J'ai toujours considéré Phobos comme un exhausteur de peur, mais en réalité, il peut aussi la tempérer et l'annihiler.

— Mieux.

Il se met à sourire, soulagé.

— Tu peux te relever ?

Je m'appuie sur mon bras et grimace aussitôt. La blessure me brûle dès que je bouge.

— Je vais t'aider, décide Phobos en me soulevant.

Je me plaque contre lui, les dents serrées. L'instant de paix qu'il m'a offert s'estompe. La berce du Caucase consume mon sang.

— J'ai besoin de préparer des décoctions pour me soigner, dis-je, crispée.

— On va rentrer au gîte, il n'y a plus rien ici pour nous.

J'acquiesce et il nous téléporte.

Dès qu'on arrive dans la cuisine, il me dépose sur l'un des hauts tabourets du comptoir. La luminosité de l'extérieur me surprend, l'après-midi est bien entamée. Je m'étais habituée à la pénombre du tunnel et à la lueur blanche de mon sort. Je retire la bandoulière de ma sacoche pour la fouiller. Phobos s'en empare sans brusquerie.

— Laisse-moi t'aider, s'il te plaît, dit-il, une once d'autorité dans sa voix. Un linge sec pour nettoyer la plaie, c'est bien ça ?

— Oui, et une infusion d'orties et de dictame de Crète pour chasser la berce de mes veines et calmer la douleur.

Il trouve le sachet du mélange de feuilles asséchées et enchantées au préalable. Alors Phobos branche la bouilloire et s'occupe de préparer la tisane avant de se saisir d'un torchon propre dans le placard. Je déboutonne mon chemisier pour libérer mon bras. La coupure est nette, les rougeurs et les cloques provoquées par la sève apparaissent déjà. La douleur se déchaîne par vagues et ce n'est qu'une blessure minime. Je n'ose imaginer ce qu'a enduré Phobos qui en était recouvert à Troie.

— Tiens, elle est bien chaude, dit-il en déposant une tasse près de moi.

Il me prend ensuite le coude et tamponne avec le plus de douceur possible la plaie.

— Merci, bredouillé-je, buvant avec hâte l'infusion.

Je profite de sa proximité pour observer ses entailles, elles se referment déjà toutes.

Phobos s'attèle à sa tâche dans un silence de plus en plus confortable. Le laisser prendre soin de moi me confond, c'est pourtant apaisant. Et rare. Je n'avais pas été blessée durant la bataille de l'Olympe, du moins physiquement. Mais depuis, j'ai l'impression de devoir gérer toutes les conséquences morales, seule. Malgré mes amies. L'intervention de Phobos me paraît soudain… spéciale. Et très touchante.

— Je peux te poser une question ? me demande-t-il, concentré.

— Bien sûr.

— Où as-tu envoyé Laodicé ?

— Euh, je l'ignore, avoué-je. J'ai juste… agi. Tu crois qu'elle est morte ?

— Non, on aurait son cadavre sinon, affirme-t-il d'un ton catégorique. J'ai surtout l'impression que tu l'as balancée très loin.

— Tant mieux, c'était une sacrée peau de vache, grogné-je.

Ma phrase au grondement contenu le fait sourire.

— Tu t'es bien battue, précise-t-il.

Une rougeur me bat les joues.

— J'ai bien fui chacun de ses coups, tu veux dire ?

— Tu as incendié des oiseaux de Stymphale et tu as touché une Atride avec l'une de leurs rémiges, corrige-t-il.

— Soit, concédé-je, pas peu fière par cette reconnaissance inattendue. Qu'est-ce qu'on fait maintenant ? On va à Mycènes ?

Il se mord la lèvre, je sens l'entourloupe.

— Non, je suis désolé mais pour une quête personnelle, ça devient trop. Les Atrides ont tenté de te tuer à deux reprises et ils nous cachent beaucoup trop de choses. On va rentrer à New York et je vais revenir avec Deimos, les Érinyes et les Semés.

— Mais je pourrais…

— S'il te plaît, insiste-t-il. Tu as frôlé la mort deux fois, aujourd'hui.

Je déglutis, n'osant contester ce fait.

Phobos pousse un soupir en attrapant la petite boîte remplie de baume à l'achillée. Il n'a pas oublié ce soin particulier qu'il applique du bout du doigt.

— Tu m'as demandé, il y a très longtemps, de quoi j'avais peur. Tu te souviens ?

Oh oui, même si c'était il y a quelques jours à peine pour moi. Pendue à ses lèvres, je me contente de hocher la tête.

— Je me suis très souvent posé la question depuis, et sache que c'est la seconde version de moi qui a entraîné cette interrogation, parce qu'avant toi, je n'y avais jamais songé.

Est-ce que ça se transforme en reproche ? Il semble gêné d'évoquer tout ça.

— Pour tout te dire, jusqu'à aujourd'hui, je n'avais peur de rien, poursuit-il tout de même. Ma famille est immortelle et même si parfois je crains pour eux, ce n'est qu'une émotion de surface, parce que je sais qu'ils seront là, quoi qu'il en soit. Mais toi, tu es différente.

— Mortelle, tu veux dire ? tenté-je de comprendre.

— J'ai eu peur pour toi, se presse-t-il de dire. Peur qu'il t'arrive quelque chose, peur que tu souffres, peur que tu disparaisses… encore.

Il recule en terminant sa phrase, surpris par ses propres mots. Mon cœur, lui, a manqué un battement. Est-ce que mon départ de Troie sans explication l'a tant marqué ? Qu'est-ce que ça veut dire aujourd'hui ?

— Ce n'est peut-être que la boussole qui te fait ressentir tout ça, dis-je d'une voix enrouée.

— Peut-être, approuve-t-il en s'emparant d'un bandage pour panser ma blessure. Mais c'est un fait. Et ça m'a taraudé cette nuit quand un oiseau de Stymphale t'a attaquée et tout au long de notre progression dans la cavité. C'est envahissant. Intrusif.

Je suis bien d'accord, mais j'avoue que ça a l'air plus difficile à vivre pour lui que pour moi. Enfin, si, d'accord, c'est parfois déchirant de craindre pour l'autre. Mais ça fait partir du paquet d'émotions et de sentiments qui déboulent quand on tient à quelqu'un.

— Je suis désolée, dis-je alors, déconcertée.

— Non, je ne veux pas que tu t'excuses, voyons.

— Alors quoi ?

Il termine le bandage et se frotte le visage, perturbé.

— Pasiphaé, ça fait plus de trois mille ans que je t'attends et aujourd'hui, je ne suis même plus sûr de la réalité de mes sentiments. Mais j'en ai assez de résister à ce qui nous attire l'un vers l'autre.

Heureusement que l'ortie et le dictame de Crète ont effacé toute douleur en moi, sinon j'aurais pris les frissons et l'accélération de mon cœur pour des symptômes de fièvre. Moi aussi, j'en ai assez de refouler chaque sentiment que j'éprouve pour lui, chaque désir qui flamboie en moi.

— Je te veux, grogne-t-il, l'air fébrile.

Je bous sur place, comme une cocotte-minute qui se mettrait à siffler d'un coup. Il demeure là, si près de moi, sans me toucher, une pure torture ! Son odeur de baies roses et de cèdre se mêle aux plantes et me fait tourner la tête.

— Tu es vraiment une sorcière têtue et maligne, et je t'ai souvent considérée comme un mulot des campagnes, apeuré de tout, un petit bun mou et tremblant, et surtout, reconnaissons-le une bonne fois pour toutes, tu es une vraie *nerd*…

— Hein ? marmonné-je.

— Mais bordel, Pasiphaé, tu es la femme la plus sexy, courageuse et drôle que j'aie jamais rencontrée.

Si je m'attendais à ça… De la fumée me sortirait des oreilles, ce ne serait pas étonnant. Le regard dépareillé du dieu ose enfin se poser sur moi et fait grimper la tension en flèche. Je me laisse glisser du tabouret, déjà essoufflée.

— Embrasse-moi, Phobos.

C'est tout ce dont je suis capable, et de toute façon, il fond sur mes lèvres avec une bien grande satisfaction. J'en profite pour enrouler mon bras valide autour de son cou, histoire de rester debout. Mes jambes flageolent déjà. Son baiser, par toutes les sorcières ! Si fort et si doux à la fois, à son image. Ses mains remontent dans mon dos, semant tellement de frissons sur leur passage.

— Moi aussi, je te veux, parviens-je à dire entre deux baisers.

Et je veux ses lèvres, encore et encore.

— J'adore ton sourire, ton humour et ta bonté…

J'ai l'impression de balancer un ensemble de mots qui le qualifient le mieux mais j'en aurais encore des centaines à prononcer, au point de m'embrouiller les idées. Dans tous les cas, le dernier interloque Phobos qui hausse les sourcils alors que j'avance les lèvres pour en réclamer plus.

— Ma bonté ? C'est la première fois que j'entends ça.

— On sait tous les deux que tu es impatient et grognon, et autoritaire aussi. Et susceptible, et arrogant…

— Tu vas jusqu'où, hein ? grommelle-t-il.

— Ah mais je te trouve canon quand tu es comme ça, parce que tu sais le doser. Ça ne t'empêche pas d'être bienveillant et d'avoir beaucoup à donner.

Il rougit et niche son nez dans mon cou. Trop adorable. Et il m'offre à nouveau un câlin, comme dans les bains du palais de Troie. Je me blottis contre cette force de la nature, capable de mettre une raclée aux meilleurs guerriers du monde antique et de la plus grande délicatesse quand il s'agit de m'approcher. Il dépose des baisers le long de ma carotide, entretenant la fièvre de chaque battement. Puis, sans crier gare, il se détache de moi et se dirige vers la chambre tout en déboutonnant sa chemise déchirée par endroit.

— Je vais prendre une douche.

OK, retournement de situation inattendu. Je pensais qu'on allait se câliner un peu plus, et non pas qu'on en finissait là…

— Tu viens ? demande-t-il sur le seuil.

Je me prends les pieds dans le tabouret en voulant me presser.

— Oui ! Oui !

Il disparaît dans la salle de bains en semant ses vêtements. Les bouffées de chaleur me rendent maladroite au possible, je retire avec peine mon reste de chemisier, je me bats avec mon soutien-gorge, la galère s'accentue avec mon pantalon et mes chaussettes. Lorsqu'il ne me reste plus que ma culotte, Phobos revient dans la chambre, nu, alors que l'eau s'écoule sous la douche.

— Attends, laisse-moi faire, me demande-t-il, la voix éraillée.

Tous mes organes bondissent dans ma poitrine. Il dépose un baiser sur mes lèvres tout en dépêchant ses doigts dans l'élastique de mon sous-vêtement. Lentement, il trace un parcours dans mon cou, entre mes seins, sur mon ventre… Dès qu'il tombe à genoux, il abaisse ma culotte et embrasse mon pubis tout en se débarrassant du vêtement. J'enfonce mes mains dans ses cheveux, hypnotisée par le contrôle de ses gestes. Lorsqu'il se relève, l'œil pétillant et le sourire assoiffé, je me dis que le Phobos mature doit en avoir appris, des choses.

Il me guide jusque sous la douche où l'eau brûlante nous enrobe dans son nuage de vapeur. La peau battue par le jet, je récite un sort pour épargner ma blessure juste à temps. Phobos se laisse tremper, se passant les mains dans ses cheveux. Chaque goutte qui roule sur son corps est une sacrée chanceuse ! Elles s'aventurent dans tous les creux de ses muscles, changent de direction dès qu'il bouge, roulant le long de son abdomen et de l'aine, disparaissant sous son sexe qui se raidit.

Commence alors un rituel dont j'ignorais l'existence avant Phobos : se savonner mutuellement. Il se propose en frottant le savon à l'huile d'olive entre ses paumes. J'accepte sans aucune hésitation, me délectant à l'avance de la manœuvre. Ses mains vont partout. Si bien que j'ai l'impression de me redécouvrir moi-même. Est-ce que j'avais déjà remarqué que la zone derrière les genoux était aussi sensible ? Je n'ai jamais pu longer ma propre échine de cette manière. La peau sous les seins est si fine que le passage de ses pouces m'arrache des plaintes. Quand il s'aventure entre mes cuisses, tout en me gardant dos à lui, je remercie le dieu des salles de bains d'avoir inventé des poignées pour se retenir et enrayer les sursauts inattendus. Ses doigts lissent gentiment mon intimité et se préoccupent un peu plus de mon clitoris, le flattant un moment, suffisamment pour me faire cambrer et gémir.

— À mon tour, décidé-je, le cœur battant à tout rompre.

Je veux prendre mon temps pour tout connaître de lui, mais je dois avouer que je me presse. Ses épaules et son dos sculptural m'absorbent assez pour que je ralentisse. Ses cuisses fermes m'impressionnent, et je ne parle pas de ses tablettes de chocolat. Lorsque j'en arrive à sa clavicule, je souris en songeant à l'endroit que j'avais soigné à Troie. À ses lèvres que j'avais lissées avec une huile parfumée. À ses coups de reins et à ses fesses que j'avais griffées…

À la sortie de la douche, il n'y a plus le bruit de l'eau pour meubler le silence, seuls nos souffles emportés l'émaillent. J'enroule une serviette autour de mes cheveux et passe dans la chambre. Il me rattrape, croisant au passage ses doigts aux miens. Il se laisse choir sur le lit, je lui grimpe aussitôt dessus. À califourchon sur ses genoux, ma poitrine blottie contre la dureté de son torse, je l'embrasse, follement excitée. Ses mains s'égarent sur mes cuisses, s'agrippent à mes fesses et longent mon dos dans une boucle de plus en plus possessive.

— Je suis sous contraceptif, me rassure-t-il alors.

— Moi aussi, répliqué-je.

Il n'y a qu'à Troie que c'était limite, mais je suis à jour. Je saisis sa queue pour la caresser, il me mord la lèvre en réaction. Il est si dur et engorgé que je ne tiendrai pas plus longtemps. Le bandeau d'or qui recouvre ses yeux et ses tempes s'empare de son visage et me fait vriller.

— Bordel, Pasiphaé, prends-moi, souffle-t-il.

Je m'engage avec plaisir. Je guide son sexe à l'entrée du mien et l'enfonce en moi en une fois. Je suis si humide que la pénétration génère une immense satisfaction pour lui comme pour moi. Ses bras m'entourent alors que je m'accoude sur ses épaules. Comme pour notre première fois, ça me semble impossible de m'écarter de lui à cet instant. À mesure que je bouge et que j'impose un rythme, j'ai besoin de lui, de sa peau et de ses baisers. Et à mesure que je bouge, il me love contre lui, envoyant parfois une main blottir un sein ou cajoler mon clitoris. Mais ses lèvres sont à moi et ne me quittent pas.

— Oh Pasiphaé…

— C'est bon…

Il me sourit et ses yeux rongés de désir me confient le fond de sa pensée.

— C'est toi et moi, dis-je en riant.

— Notre magie.

J'accélère alors que ses doigts ne quittent plus mon bouton de plaisir. Nos sentiments sont peut-être artificiels, mais il n'y a rien de plus réel et vrai que cette jouissance qu'on partage, alors que mes muscles se contractent et qu'il se déverse en moi, que nos cris se perdent dans nos baisers et que l'orgasme nous réunit sous toute sa volupté.

Phobos dort contre moi quand j'ouvre les yeux. Il fait sombre, le crépuscule ne répand plus qu'un reste de lumière violette dans la chambre. Je n'avais encore jamais connu ce genre de complicité sur tous les aspects d'une relation. Je ressens une véritable amitié pour lui, j'aime sa compagnie, discuter, l'écouter et plaisanter avec lui ; et en même temps, mes sentiments sont mille fois plus intenses et profonds, je veux partager cette intimité auprès de lui, je veux des projets, me réveiller à ses côtés le matin… Je n'avais encore jamais eu cette idée de « futur » avec quelqu'un. Je ne prévois pas une union et des enfants, c'est loin et prématuré quel que soit mon partenaire, mais je l'imagine avec lui.

Je sors de l'enclave de ses bras sans pour autant me décoller de lui. Si je n'avais jamais eu ces pensées avant, c'est peut-être parce que ce désir de partenaire et de famille a toujours été absent en moi. Et peut-être que c'est la preuve attendue. Celle qui me confirme qu'on est tous les deux sous l'emprise d'une flèche d'Éros. Phobos a l'air de la prendre en compte, mais s'il l'accepte, moi je ne suis pas sûre. Je doutais déjà de l'agence de Méroé en pensant qu'aucune rencontre ne serait naturelle. Mais si en plus le grand amour de ma vie était totalement artificiel… Jamais je n'y accorderais le crédit ou l'importance qu'il faudrait. Et si un jour, le sort se rompt pour X raisons ? Phobos se réveillerait de cette transe acceptée et ouvrirait les yeux sur moi. On arrêterait tout, juste comme ça ? Fourvoyés, déçus et en colère ?

*Shtouk !*

Le bruit me surprend. Phobos grogne mais il se contente de rouler sur le côté. Je sors du lit, fouille ma sacoche et déplie le message de mes amies.

« Pasi, tout va bien ? Où en es-tu ? Si tu as besoin qu'on fasse d'autres recherches, n'hésite pas, on continue de notre côté, mais rien de neuf. Pandore fait un peu de fièvre, elle est fatiguée. Circé la Grande est tombée sur elle au manoir, elle s'est inquiétée de sa petite mine et lui a conseillé des potions. Endora est morte d'inquiétude, elle tourne en rond. Je t'écris vite de mon côté, et j'espère que tu vas bien ! On t'embrasse, Panthéa. »

Un nœud au ventre, je relis le message deux fois de suite, une nouvelle culpabilité s'ancrant dans ma poitrine. Je m'assieds par terre, perdue. Pandore a besoin de moi, Endora aussi, et Panthéa. Je ne peux pas les oublier et accepter de rentrer comme ça, sans le Palladion. Je suis restée là, à faire l'amour avec Phobos, au lieu de me démener pour trouver la relique. Alors que tout est faux et dangereusement addictif.

Et même si j'acceptais de vivre cette illusion avec lui, est-ce que je lui cacherais la vérité au sujet du sort interdit ? De la manipulation du temps ? Du chantage de Kairos ? Si je me confiais à lui, je le mettrais dans une situation insurmontable, l'obligeant à choisir entre son devoir et moi, alors que le Phobos d'avant la boussole d'amour se fichait bien de ma personne. « *Pas elle* », c'est ce qu'il affirmait avant l'offre de Méroé et d'Éros.

Il est temps que je parte et que je poursuive seule, sans lui demander son avis. Alors, pour être certaine de ne pas devoir lui fournir d'explication – parce que ma lâcheté est très forte, elle aussi – et pour être sûre d'avoir suffisamment d'avance, je me penche sur lui et récite mon sort le plus efficace dans un cas pareil :

— *Dors, Phobos, jusqu'au zénith du soleil, rien ne te sortira du sommeil.*

Il m'avait pourtant donné la permission dans l'avion. Et il me fait confiance au point de me remettre sa vie entre les mains. Je le trahis de la plus basse des manières. Si je veux avancer, je n'ai plus qu'à enfouir cette culpabilité étouffante au fond de moi.

Je m'habille et rassemble mes affaires. Je ferme ma valise tout en m'interrogeant sur le bien-fondé de laisser un message. Je ne voudrais pas qu'il fonce tête baissée à ma recherche. J'écris quelques mots et les abandonne sur le comptoir. Il ne me reste plus qu'un appel à passer. Je m'agenouille au-dessus des affaires de Phobos et déniche son portable avec son portefeuille. En fouillant ce dernier, je trouve la carte que je cherchais et... une mèche de cheveux noirs.

*Mes* cheveux. *Ma* mèche. Celle que je lui ai donnée il y a plus de trois mille ans.

Je m'affaisse sur mes talons. Je croyais qu'il l'avait oubliée derrière lui volontairement, mais il est revenu dans la pièce aux soies précieuses pour elle ? Et il la garde sur lui aujourd'hui ? Bon sang, que dois-je croire ? C'est si dur de se convaincre que tout est faux ! J'étais plus ou moins déterminée et voilà ce détail me fait tout remettre en question !

J'inspire et expire avec le plus de calme possible.

Pandore, Endora, Panthéa. *Focus, Pasiphaé.*

Je prends la carte et le téléphone de Phobos. Je sors sur la terrasse, compose le numéro et patiente, le cœur à la dérive.

— Oui ? retentit la voix.

— Thyeste des Atrides ? C'est Pasiphaé.

Une longue seconde s'écoule.

— Pasiphaé ! Quelle surprise, je dois dire. Pourquoi m'appelles-tu ?

— Je voudrais visiter votre maison à Mycènes, je me demandais si vous accepteriez de m'envoyer une voiture à Delphes pour m'y conduire.

— Bien sûr, ce serait avec grand plaisir. Et pour te rassurer tout de suite, Laodicé ne viendra pas te chercher. Elle a déboulé chez nous par magie, alors qu'elle avait « emprunté » l'épée d'Achille qui fait partie de notre collection privée sans prévenir personne. J'insiste, ma sœur s'est permis d'agir de son propre chef. Tout cela ne restera pas impuni, tu ne crains rien dans ma demeure.

Voilà qui est rassurant. De toute façon, si je l'appelle lui, c'est bien parce que Laodicé l'a elle-même affirmé : Thyeste a ses manières, et elle les siennes.

— Merci, je sais que je peux compter sur vous.

J'enjolive les choses, je ne pense pas non plus qu'il soit clair comme de l'eau de roche.

— Je vous attendrai sur la route du site archéologique de Delphes.

— Très bien, je t'envoie tout de suite une voiture d'Athènes, elle te mènera chez moi, à Mycènes.

— C'est parfait, à plus tard.

— À plus tard, chère servante d'Hécate.

Je raccroche. La voiture devrait mettre deux heures, mais je préfère attendre assise dans un café sur la route plutôt qu'ici, à me torturer au sujet de Phobos. Alors je range son portable et son portefeuille à leur place, enfile une veste et ma sacoche, et traîne ma valise dehors. Je referme le gîte, les entrailles sens dessus dessous. Je n'en peux plus de m'en vouloir et d'éprouver cette douleur constante à l'idée d'abandonner quelque chose d'unique avec cet homme – ou ce dieu.

# CHAPITRE XXIV

**PHOBOS**

Lorsque j'ouvre les yeux, le soleil est bien trop haut dans le ciel pour que tout soit normal. J'ai l'impression d'avoir dormi un siècle tant mon sommeil a été lourd et constant. D'habitude, je bouge et j'ouvre l'œil au milieu de la nuit, je suis même sujet aux insomnies passagères. Mais là, c'est comme si j'avais été assommé. Je me réveille dans la même position que lorsque je me suis endormi.

Plus de sorcière à côté de moi, elle doit être debout depuis longtemps. Je me redresse, plus de valise. OK. Là, ça devient inquiétant.

— Pasiphaé ?

Aucune réponse. Je me lève et m'habille. Personne dans la salle de bains, ni dans la cuisine, et encore moins dehors. La seule idée qui me vient en tête, c'est que les Atrides se sont arrangés d'une manière ou d'une autre pour forcer mon sommeil et s'emparer d'elle. Mon cœur fait une embardée. La vue d'un papier posé sur le comptoir m'empêche de filer dégommer Mycènes.

En deux pas, je l'attrape. L'écriture de Pasiphaé me calme. Le message, lui, m'atterre.

« Phobos,

Si tout n'est qu'une illusion, je préfère arrêter là. On mérite mieux, tu ne crois pas ? J'irai m'expliquer avec Méroé, je te laisse ton frère.

Je pars de mon côté pour chercher le Palladion, je n'ai pas abandonné ma quête. Sois prudent de ton côté, je le serai du mien.

Pasiphaé. »

— Merde.

Elle est juste partie d'elle-même. Peut-être que je lui ai fait peur avec mes grandes déclarations… Mais j'avais envie qu'elle reste avec moi, peu importe la flèche de mon frère.

Pister son odeur de frangipanier est inutile, elle s'est rendue à Mycènes, dans la gueule du loup. Fini les conneries, je vais rentrer à New York et en parler avec Deimos pour débarquer chez les Atrides à plusieurs. Je lutte contre mon besoin primaire de foncer droit devant. Peut-être que ce serait accroître le danger pour Pasiphaé. Thyeste avait besoin d'elle quoi qu'il en soit, il la gardera vivante.

Je rassemble mes affaires et me téléporte au Siège. Le gris ambiant de la tour et de la ville me désoriente. J'avais oublié l'automne américain et la morosité des petits matins new-yorkais… Je ne perds pourtant pas de temps, je pose mon sac dans un coin, claque des doigts pour changer de tenue et me parer d'un costume sombre bien plus pro que le lin en Grèce. Puis je m'éclipse devant les portes du bureau de mon frère. Il est tôt, mais avec un peu de chance, il est déjà là. Je frappe tout en poussant un battant.

— Deimos ?

Mon jumeau est bel et bien attablé, penché sur des documents. Sur le plancher, Médée balance ses pieds, allongée sur le ventre, des feutres entre les mains. Elle aussi, elle est très matinale quand elle le veut. Ils lèvent tous les deux la tête et affichent le même air contrarié à l'idée d'être perturbés dans leurs occupations respectives. Puis, en toute synchronie, leurs traits se détendent lorsqu'ils m'aperçoivent. Bon sang, qu'est-ce qu'ils se ressemblent, ces deux-là !

— Tonton Phoby ! s'exclame ma nièce en se levant.

Elle attrape son dessin et trotte pour me le montrer.

— Regarde ! Là, c'est toi...

Elle a dessiné ce qui ressemble à un gros chien poilu gris – une boule serait le terme le plus adéquat – avec un œil bleu et un œil noir – à savoir deux gros points disproportionnés qui louchent.

— Et à côté, c'est moi !

La chevelure rouge est tout ce qui lui ressemble de près ou de loin.

— Et j'ai même écrit nos prénoms !

« Médou é Fobi ».

— Oh, wouah.

Je ne peux pas faire mieux, je n'ai pas encore le filtre aveuglant qu'ont Deimos et Ella avec leur fille : pour eux, chaque dessin est un chef-d'œuvre.

— C'est pour toiiii ! Cadeau ! annonce-t-elle avec un grand sourire.

Je le plie pour le ranger dans ma poche, ce qui fait rugir ma nièce.

— Non ! Tu vas l'abîmer !

Je me dépêche de le déplier et de l'enrouler avant de le glisser à la même place.

— Mieux ?

— Ouiii !

— Tout va bien ? intervient mon frère en me rejoignant.

Médée sautille jusqu'à sa station de dessin pour en entamer un autre.

— On doit parler des Atrides avec les reines, la situation est bien plus grave que prévu. Il faut absolument qu'on inspecte leur demeure à Mycènes.

Mon ton suffit à le convaincre. Deimos a confiance en moi, il n'a jamais remis en question mes avertissements ou mes demandes. Il acquiesce, retourne à son bureau pour fermer les dossiers en cours, et il attrape sa veste.

— Médée, enfile ton manteau, on part sur l'Olympe.

Ma nièce semble électrisée à cette idée.

— On va dans les nuages ?

— Oui, confirme Deimos avec un sourire.

Elle s'élance sur ses affaires et il l'aide à boutonner son vêtement. Une fois prête, elle saute dans ses bras. On s'éclipse dans la foulée. Ella doit encore dormir avant de partir travailler au musée. C'est Deimos qui garde souvent sa fille le matin. Il pourra la confier à notre mère sur l'Olympe avant que nous repartions.

On atterrit devant les marches du palais à l'immense colonnade et au fronton peuplé de paons, de chouettes et de dauphins, attributs animaliers des trois déesses régnantes. Médée s'extasie des nuées sur lesquelles sont bâtis les édifices et avec lesquelles s'entrecroisent le marbre et les poutres métalliques des forges. Le matin est bien calme ici, pourtant les travailleurs sur l'agora et les reines ne chôment pas pour remettre la dimension en état.

On pénètre dans la nef centrale de la salle principale désertée à cette heure-ci. L'estrade, à l'opposé, est vide de trône. Les trois reines, dans un souci d'équité, ont décidé de ne pas en mettre. Elles se tiennent debout pour recevoir, sans que l'une soit plus mise en avant que l'autre. On les retrouve donc toutes les trois, discutant en cercle, un café à la main, vêtues de leurs plus beaux atours : un tailleur pantalon crème pour Athéna, la broche en tête de Gorgone sur la poitrine, une robe fourreau en forme de plume de paon pour Héra, délivrée de son mariage toxique avec Zeus, et une robe rouge fendue pour Aphrodite, éblouissante – mais après tout, elle est notre mère, quoi de plus normal ?

L'impression de sérénité et de lumière qu'elles dégagent me convainc à nouveau que l'Olympe s'est connecté en profondeur avec ses nouvelles maîtresses. Sa splendeur n'a jamais eu plus d'éclat qu'aujourd'hui.

— *Yaya*[10] ! appelle Médée en apercevant Aphrodite.

Les trois déesses ouvrent leur cercle à notre approche. Le visage de notre mère s'illumine lorsque Deimos pose sa fille pour qu'elle se rue vers elle.

— Bébé Médée ! se réjouit la déesse de la beauté en faisant tourner sa petite-fille dans ses bras.

— Deimos, Phobos, nous salue notre grand-mère Héra.

— Neveux, ajoute Athéna. Quel bon vent vous amène ?

— Une affaire terrestre, répond Deimos.

— Concernant les Atrides, ajouté-je.

— Vous avez du nouveau ? s'enquiert Aphrodite.

Deimos me laisse le champ libre pour parler, le tout étant de ne pas laisser mon inquiétude latente pour la situation inconnue de Pasiphaé prendre le dessus. Ma mère comprendrait, et peut-être ma grand-mère aussi, mais Athéna a besoin de rationalité.

— J'ai rencontré Thyeste des Atrides à Athènes, le dirigeant de la Lignée à l'épaule d'ivoire, ainsi que sa sœur Laodicé. Je ne suis pas encore sûr de leur véritable dessein, à part éviter que Tantale ne sorte du Tartare. Mais ils portent un intérêt bien particulier aux sorcières depuis que la Pythie a prédit à Agamemnon que sa descendance en croiserait à nouveau dans le futur. Et surtout depuis qu'elle lui a annoncé que ma venue en Grèce, en compagnie de l'une d'elles, réveillerait Tantale. En conséquence,

10. « Mamie » en grec moderne.

et durant des siècles, ils ont rassemblé des reliques comme l'épée d'Achille ou une dent de dragon dont ils connaissent les propriétés, ils ont élevé des oiseaux de Stymphale...

— Attends une seconde, m'interrompt Athéna.

L'audience a écarquillé les yeux au fur et à mesure de mon récit.

— Un oracle a prédit que ton voyage en Grèce en compagnie d'une sorcière réveillerait Tantale ?

— Les prédictions de la Pythie sont à prendre avec des pincettes, rappelle ma mère, prudente.

— Certes, mais aujourd'hui, on sait que Tantale frôle la poire, dit Athéna.

— Il la frôlait avant que je fasse ce voyage, précisé-je. Ce qui me fait penser qu'autre chose est à l'œuvre. Il n'y a pas que nous comme éléments déclencheurs.

— Juste, appuie Athéna.

Ma mère plisse ses yeux sombres.

— Mais qu'est-ce que tu faisais à Athènes ? Et avec quelle sorcière ?

Je ne veux pas trahir Pasiphaé, je vais garder certaines choses pour moi, pour le moment.

— Du tourisme, réponds-je simplement.

— Avec Pasiphaé, ajoute mon frère en battant des paupières.

Quel traître...

— La bécasse qui a peur de toi ? marmonne notre mère avec une grimace.

— Bécasse, répète Médée en pouffant.

— Ne parle pas d'elle comme ça, grogné-je en faisant tout pour retenir un élan plus révélateur encore.

— Hin hin, suspecte ma mère.

— Revenons-en à l'important, enchaîne Héra. Les Atrides élèvent des oiseaux de Stymphale ? Depuis quand ?

Je hausse les épaules.

— Aucune idée. Sans compter qu'ils ont remplacé leurs rémiges par du bronze olympien. Ils ont donc une source importante à portée de main. Probablement l'ancien temple de Delphes forgé par Héphaïstos.

— Ah, lâche notre tante.

On mesure souvent la valeur d'une situation périlleuse à la position que prend Athéna. Et là, elle écarte les jambes pour bien les planter dans le sol et croise les bras : ça devient préoccupant.

— J'ajoute que Laodicé des Atrides a fait preuve de capacités au combat plutôt étonnantes, du même ordre qu'Achille ou Néoptolème, fut une époque.

— Aucun dieu n'a eu d'enfants avec des mortels depuis bien longtemps, affirme Héra. Et j'espère bien que ce sale rustre de Zeus s'est bel et bien retenu pendant tout ce temps.

— S'il avait été leur père, ils s'en seraient vantés, la rassuré-je. Vos Majestés, j'aimerais mener une intervention dans leur demeure à Mycènes dès que possible.

Aphrodite et Héra consultent Athéna du regard.

— Les Atrides étaient sous ta protection à l'origine, nous te laissons décider.

Athéna baisse les yeux. Elle n'a pas besoin de réfléchir longtemps.

— Allez-y tous les deux, Deimos et Phobos, et prenez les Semés et les Érinyes avec vous. Héphaïstos devrait vous accompagner, il saura détecter le bronze olympien. On ne peut rien faire au sujet des reliques qui ont été offertes aux humains, mais le bronze est le cœur de notre monde, il doit revenir ici.

Satisfait, je fais un pas en arrière, prêt à partir.

— Attends, Phobos, me retient notre tante. Je ne veux pas attiser un quelconque départ de feu avec les Atrides. Pas question d'engendrer un conflit, il faut apaiser cette situation. Compris ?

Je serre les poings. J'acquiesce pourtant, mais s'ils font du mal à Pasiphaé, je ne réponds plus de rien.

— Et euh, il paraît que tu veux te marier, Phobos ? aborde Héra, l'air intéressé. Un grand mariage royal sur l'Olympe, c'est un peu l'événement qui témoignera de toute notre puissance acquise et qui rassemblera tout le monde.

Médée me dévisage, ébahie.

— Tu vas te marier avec une princesse ?

OK. Oui, non, là, il faut partir. Le temps d'esquiver la discussion et j'aperçois Éros qui apparaît par miracle près des colonnes de la salle, des petits yeux fatigués, un large gobelet de cappuccino à la main. Il tombe à pic, celui-là.

— Excusez-moi, dis-je en me précipitant vers lui.

Deimos me talonne.

— Salut les frangins ! lance Éros, tout sourire. J'arrivais sur le chantier de mon futur lieu de travail quand j'ai cru entendre les mots « mariage royal » et « Phobos » dans la même phrase, alors vous me connaissez, j'accours !

J'invoque la boussole d'amour dans ma main et la colle sous le nez de mon petit frère.

— Tu peux me donner une explication ? Depuis quand tu manipules les sentiments des autres comme ça ? En utilisant tes propres flèches pour forcer deux personnes à en éprouver ? Ils sont vraiment indésirables et plus qu'envahissants ! Ce n'est pas parce que vos pouvoirs ne sont plus bridés que vous pouvez faire n'importe quoi, Antéros et toi ! Et en plus, vous confiez ce genre d'objet ultra dangereux à des mortels ?

Je reprends mon souffle, pendu à ses lèvres. Je n'arrive plus à savoir si j'espère qu'il me confirme que le pouvoir de ses flèches agit à travers l'aiguille de la boussole, ou si, au contraire, il n'y a aucune manœuvre de sa part. Qu'est-ce que je préfère ? Mettre enfin Pasiphaé de côté ou respirer et profiter de nous ?

— Attends, quoi ? finit par dire Éros, stupéfait.

— Tu manipules les sentiments, encore ? se met à douter Deimos. Tu sais qu'on peut toujours vous punir pour ça ? D'autant plus si des mortels sont impliqués dans vos bavures.

— Wow, wow, wow, doucement ! tempère Éros. Pour qui vous me prenez au juste ? Et qu'est-ce que tu fais avec cette boussole d'amour ? Je l'avais confiée à Pasiphaé.

— Ah ! Donc tu avoues tout ? balancé-je, le cœur battant.

Notre frère nous oppose son index pour nous stopper là.

— Non, non, je ne vais pas faire ça tout seul. Antéros ! appelle-t-il.

Trois secondes plus tard, son jumeau débarque, en chemise à fleurs, un cocktail dans la main, rehaussant ses lunettes de soleil sur son front.

— Qu'est-ce qu'il se passe ? grommelle-t-il. On est en plein *luau* à Hawaï avec Thanatos.

— Il y a que nos deux frères ici présents, Phobos et Deimos, sont persuadés qu'on force les gens à s'aimer avec une boussole d'amour, récapitule Éros, remonté.

Antéros nous jette un regard perplexe qui se transforme en pouffement moqueur.

— Mais enfin, ce n'est qu'une boussole.

— Dont l'aiguille a été taillée dans l'une de vos flèches, précisé-je.

— Oui, pour qu'elle désigne une personne faite pour le porteur ou la porteuse. J'en reviens pas d'avoir laissé mon mec à Hawaï pour vous expliquer ça : pour forcer des sentiments, il faut que nos flèches se plantent dans votre cœur. Ça, c'est une boussole.

J'en ai le souffle coupé. Alors tout ce que je ressens pour Pasiphaé et tout ce qu'elle peut ressentir pour moi est vrai ? Il n'y a pas d'illusion ? Rien d'artificiel dans cette attraction ? J'avais peur à ce point de me fourvoyer ? Peut-être que mon séjour à l'asile a eu d'autres conséquences auxquelles je ne prêtais aucune attention. Ce néant m'a assiégé pendant si longtemps et m'a empêché de ressentir quoi que ce soit susceptible de réveiller des émotions trop fortes… Peut-être que je me suis caché derrière. Et que Pasiphaé a eu le même raisonnement de son côté : ne prendre aucun risque.

Mais tout est vrai ! Et par tous les fleuves de lave et de feu des Enfers, je craque complètement pour elle…

— Oh wouah, ça, c'est de l'amour, commente Éros, près de moi, lisant clair dans le fil de mes pensées.

La dégustation du cocktail d'Antéros retentit.

— Ouaip. Je confirme. De grandes chances que ce soit réciproque, même.

— Bordel, murmuré-je. Deimos, on doit aller à Mycènes, tout de suite !

J'ai une sorcière à retrouver. Je fais trois pas avant de m'arrêter. J'ai peut-être un peu trop déconné avec mon petit frère. Alors je fais demi-tour et je l'enlace une poignée de secondes avant de me détacher de lui, embarrassé au possible.

— Deimos, préviens Héphaïstos, lancé-je. Je passe prendre les Érinyes et les Semés. On se retrouve chez les Atrides.

Mon jumeau acquiesce tandis qu'Éros, ému, esquisse une accolade vers lui.

— Ne t'emballe pas, le reprend Deimos. Je te confie ma fille, notre mère est occupée par ses tâches journalières. Et *interdiction* de lui coller des paillettes dans les cheveux, on en retrouve partout après !

On s'éclipse tous les deux dès qu'Éros prononce une promesse officielle, un grand sourire aux lèvres, et qu'Antéros se barre en grommelant qu'on perd décidément tous notre temps.

# CHAPITRE XXV

**PASIPHAÉ**

Je suis arrivée dans la nuit à Mycènes. Je m'attendais à une demeure dans la vallée, ou au cœur de la petite ville habitée aujourd'hui, mais non. Les Atrides ont placé leur palais – puisqu'il s'agit de cela à cette échelle – en haut des collines surplombant les restes archéologiques de l'ancienne Mycènes. L'apogée de la cité se placerait entre – 1400 et – 1200, son déclin suit donc de peu la guerre de Troie. C'est-à-dire au moment où Agamemnon, roi marquant de la Lignée à l'épaule d'ivoire, a fait don du Palladion à Delphes, croyant que cette offrande lui conférerait une aura impérissable. Ce qui fut le cas, en quelque sorte.

C'est bien pour cette raison que les Atrides ont bâti leur demeure moderne en s'inspirant de son palais royal. Les murs sont moins blancs et épurés que leur succursale athénienne, plus colorés et naturels – les ocres élégants s'allient à des bleus profonds et des crèmes moins intenses que l'immaculé. Toutes les pièces s'agencent autour d'une immense salle : le mégaron. Au milieu de ce dernier, quatre colonnes entourent un foyer central et carré impressionnant, surmonté d'une hotte brune vertigineuse. Il n'y a pas beaucoup d'ameublements ici, on sent que c'est un lieu de rassemblement, un peu comme le hall de notre maison dans la Clairière. Seul un beau trépied stylisé, en électrum, se dresse près du feu, offrant aux visiteurs ses belles poires grecques.

Je tourne autour, le cœur battant. Je n'ai dormi que quelques heures dans la chambre qui m'a été mise à disposition. Je n'ai pas encore croisé Thyeste, mais on m'a conviée à une collation matinale et j'attends qu'on vienne me chercher. Tout est très calme ici. Très silencieux. Aucune fenêtre dans ce mégaron, elles ne sont présentes que dans les pièces adjacentes. C'est comme si le temps n'existait pas ici, on ne voit pas la course du soleil ni celle de la lune.

— Servante d'Hécate !

La voix de Thyeste me fait sursauter. Il surgit les bras tendus, en jean et en chemise, l'air décontracté.

— Bienvenue chez moi ! Je te prie de m'excuser de ne pas avoir été présent pour t'accueillir, je suis arrivé dans la matinée. Je devais régler quelques affaires à Athènes et notamment celle de ma sœur, Laodicé, ajoute-t-il, l'air grave.

— Où est-elle ? demandé-je, encore convaincue que la guerrière peut se pointer à tout moment, l'épée d'Achille à la main.

— Je l'ai envoyée à Thessalonique, dans le nord.

Il pousse un soupir dramatique au possible. Est-ce qu'il s'invente un personnage de philanthrope collectionneur ou est-ce qu'il l'est réellement ? Je n'arrive pas à mettre le doigt sur son vrai visage. Il ne dit ni ne fait rien de menaçant et pourtant, il cache quelque chose.

— « *Ta descendance croisera la route du dieu de la peur et de la servante d'Hécate, ils arriveront ensemble par le ciel sur les terres achéennes, et provoqueront le réveil de votre dévoreur* », récite-t-il. Ce sont les mots de la Pythie qui nous sont parvenus et qui ont été répétés de génération en génération. Je crains que Laodicé n'ait interprété la prophétie avec trop de sérieux. Bien sûr, nous lui accordons tous de la valeur et elle nous a accompagnés durant des millénaires, mais nous sommes au XXIe siècle, nous ne pouvons plus agir comme par le passé.

Très bien, il est convaincant sur ce point-là.

— Viens, ma famille a très envie de te rencontrer.

Je le suis donc, tendue. Sa sœur aussi trépignait de me voir, ça a mal tourné. Il m'invite dans un beau salon à l'arrière du mégaron, où de larges fenêtres donnent sur les montagnes environnantes. La décoration est à nouveau épurée : des morceaux de fresques antiques représentant des personnages de l'âge d'or mycénien sont accrochés aux murs, des amphores aux panses peintes de bandes concentriques s'alignent sur de longs buffets bas en bois, et de l'or parsème des panneaux entiers sous la forme de petites pieuvres, de disques ou de feuilles.

Richesses et abondance. J'ignore depuis quand les Atrides détiennent à nouveau le Palladion, mais c'est son œuvre.

Au centre de la pièce, installée autour d'une table ronde recouverte de mets, une femme aux longs cheveux noirs tient un bébé dans ses bras, accompagnée d'un enfant de sept ou huit ans qui mord dans une tranche de pain jaune à côté d'elle. Je ne m'attendais vraiment pas à ça. Je ne sais même pas si ça me rassure ou si ça doit m'inquiéter plus encore de voir ses enfants.

— Servante d'Hécate, je te présente les miens, enchaîne Thyeste. Mon fils, Oreste, mon épouse Érope, et ma dernière née, Cassandre.

Si les premiers prénoms ne m'étonnent guère – tous provenant de leur Lignée –, celui de sa fille me surprend. Plus incroyable encore, les yeux du bébé sont dorés, comme ceux de la prophétesse à Troie.

— Bienvenue chez nous, me souhaite Érope avec un sourire aimable.

Elle demeure pourtant d'une impassibilité incroyable. Posée là, comme une reine, aux aguets. J'ai l'impression qu'elle pourrait m'ouvrir en deux si j'osais faire le moindre geste suspect.

— Merci, bredouillé-je.

— Prends place, je t'en prie, poursuit Thyeste.

Je m'assieds avec eux et tente de m'adapter à cette mise en scène étrange dont seule Érope ne semble pas dupe de leur côté. Tandis que Thyeste insiste pour que je me serve parmi les œufs durs, le pain, le fromage frais, les olives et l'huile, me versant lui-même du café et du jus d'orange. Son épouse, elle, me fixe. À l'évidence, ma présence la dérange. Est-ce qu'elle me craint ? A-t-elle peur que je m'en prenne à sa fille qui semble si spéciale, pour la maintenir ainsi contre elle ?

— Je disais à notre invitée que nous ne pouvions plus agir comme par le passé, résume Thyeste en tendant sa main vers son épouse.

Sans me lâcher des yeux une seule seconde, elle l'attrape et leurs doigts se lient avec force, me nouant un peu plus l'estomac. Elle se permet enfin un demi-sourire froid. Phobos n'a pas besoin d'être là pour que je reconnaisse l'émotion brute qu'elle dégage : la peur. Je me réfugie dans mon assiette que je tente d'honorer pour échapper à Érope.

— Alors vous craignez moins Tantale aujourd'hui ? hasardé-je.

Thyeste émet un rire contenu tout en plongeant son morceau de pain dans une coupelle d'huile odorante.

— Ne me fais pas dire ce que je n'ai pas dit. Le dévoreur est une figure bien particulière pour la Lignée. Il en est la tête et le centre. Chaque enfant atride apprend très vite à craindre cet ancêtre qui a offert son propre fils en banquet pour plaire aux dieux. N'est-ce pas, Oreste ?

Le garçon glousse avec nervosité.

— J'ai pas peur, moi, se vante-t-il comme n'importe quel gamin qui veut se convaincre lui-même.

Thyeste me prend à témoin d'un regard appuyé.

— Et que craignent les sorcières ? interroge Érope d'une voix grave.

Bonne question. Je suppose qu'elle tente d'attirer ma sympathie en me montrant qu'on possède tous une phobie… Ce qui me serre d'autant plus le cœur en songeant que je n'ai qu'un Phobos, moi. Endormi et trompé en ce moment même.

On craignait Zeus, mais il a été écarté. Je ne vois pas d'équivalent à leur Tantale.

— Beaucoup de choses, dis-je tout de même, à mi-voix.

Et puis, tout en coupant un œuf dur en plusieurs petits morceaux, une réponse s'impose. Une réponse que je ne peux pas formuler mais qui me semble la meilleure, la plus évidente et incontestable : les sorcières craignent de se perdre elles-mêmes. Ou plutôt, *moi*, je crains de me perdre moi-même. De faire les mauvais choix, de changer ma magie que je considère de nature bénéfique. Le mythe de la méchante sorcière, très courant chez les humains, n'est peut-être pas si dénué de sens si une sorcière ne prend pas la bonne voie…

— Puis-je te poser une question, servante d'Hécate ? poursuit Thyeste en s'affaissant dans sa chaise, son café à la main.

— Oui, bien sûr.

— Qu'as-tu l'intention de faire pour réveiller Tantale ?

Thyeste guette ma réponse, son regard brun planté sur moi. Une pierre tombe au fond de mon ventre.

— Mais rien, balbutié-je. Je n'ai jamais eu l'intention de faire une telle chose !

Il penche la tête et semble me concéder ce point.

— Non, en effet, je ne pense pas que tu aies envie de faire une telle chose, mais je ne pense pas non plus qu'il suffise que le dieu de la peur et une sorcière franchissent la frontière ensemble pour provoquer un tel cataclysme.

Il ponctue sa phrase d'un sourire malin, suspendant notre échange. Ou me donnant plutôt une chance de lui expliquer ce que je prévois de faire, sa famille se posant en témoin. Ou en moyen de pression. Mais puisqu'il a créé un parcours d'épreuves à Delphes dans le but de piéger – ou d'étudier – une sorcière, j'imagine qu'il sait déjà que je veux le Palladion.

Une prise de conscience me fait froid dans le dos.

C'est *moi*. C'est *ma* quête, c'est le fait que je vienne pour le Palladion que la Pythie a tenté de prévenir. J'ignore en quoi c'est lié au réveil de Tantale et même si c'est une réalité ou une façon de formuler leur potentielle perte d'invincibilité. Sans le Palladion, les Atrides seront vulnérables à tout et donc à leur peur ultime : Tantale. Voilà ce que la Pythie a tenté de dire à Agamemnon. Elle ne délivre que des bouts d'histoire, il faut combler les lacunes ensuite. Phobos est inclus seulement parce qu'il m'a accompagnée dans cette quête-là. Mais ce n'est pas juste le fait de passer la frontière qui déclenche tout, Thyeste a raison.

Érope profite de mon silence pour se lever, Cassandre toujours blottie dans ses bras. Thyeste suit le mouvement, alors je l'imite.

— J'emmène les enfants voir ma sœur Iphigénie, la voiture doit nous attendre, dit-elle en attrapant la main de son fils Oreste.

Thyeste approuve. Il embrasse son fils et sa fille avant de serrer son épouse dans ses bras. Ils échangent des paroles à voix basse, émus sans que je comprenne pourquoi. Les yeux d'Érope sont brillants quand elle recule, un sourire figé aux lèvres.

— Je vais proposer à notre invitée de visiter le site et nos collections, dit alors Thyeste.

— Bonne idée, confirme-t-elle. Tu verras, servante d'Hécate, mon époux est un guide hors-pair.

— Je n'en doute pas, murmuré-je.

La famille de l'Atride s'éloigne et le père les regarde jusqu'à ce qu'ils disparaissent. Puis, après un bref soupir, il se tourne vers moi, une expression aimable animant à nouveau ses traits.

— Je te laisse te préparer et on se rejoint dans le mégaron ?

— D'accord.

Je retourne dans ma chambre. La tension ne me quitte pas. Je ne me sens pas en totale sécurité. Pourquoi m'avoir conviée à ce repas familial ? Pourquoi cette scène qui ressemblait à des adieux ? Pourquoi envoie-t-il sa famille loin d'ici ? Est-ce que c'est lié à ma visite ou non ? Et les yeux dorés de sa fille ! Comment c'est possible ? Je ne suis sûre de rien et je refuse d'être prise au dépourvu. Je sors la capsule de ma sacoche en bandoulière et j'écris un message à mes amies.

« J'approche du Palladion, tenez-vous prêtes. J'aurai peut-être besoin de la magie de notre cercle, je mets toutes nos chances de notre côté. »

Et j'envoie.

Lorsque je retourne dans le mégaron, Thyeste me conduit au porche à deux colonnes, accolé à la grande salle, et qui offre une entrée au palais tout en hauteur et en monumentalité. Une fois à l'extérieur, les rayons du soleil de 11 heures m'aveuglent un court instant, le temps que je m'y habitue. Un chemin de fin gravier mène directement au site archéologique de Mycènes, posé sur un mont rocheux au-dessus de vastes plaines, des chaînes de montagnes à l'horizon. La vue est à couper le souffle.

Étant arrivée de nuit, je ne me suis pas rendu compte que le domaine entier semble appartenir aux Atrides, si j'en crois les barrières de sécurité qui l'encerclent. Pourtant, dans mes souvenirs, le site était sous la responsabilité de l'État grec et non pas d'une famille, si riche soit-elle. On entre dans la cité de Mycènes par la porte nord pour ensuite suivre le chemin aménagé qui grimpe au sommet.

— Les ruines du palais d'Agamemnon se trouvent juste là, m'indique Thyeste en enfilant ses lunettes de soleil. Il dominait toute la cité. Et plus on descendait de la colline, plus la ville ancienne s'étendait.

Les amas de pierres qui nous entourent me semblent difficiles à déchiffrer pour un regard peu entraîné. Mon guide me détaille donc tous les fruits des recherches menées : la citerne qui plonge dans le cœur de la terre, les restes d'un atelier d'artisans, le tracé du mégaron du palais de son ancêtre… On a l'air de deux visiteurs en train de flâner parmi des ruines désertes.

— Vous n'accueillez aucun visiteur ? finis-je par demander.

— Si bien sûr, durant le printemps et l'été uniquement. Le reste du temps, le site est consacré aux chercheurs et aux archéologues, il en va de sa sauvegarde.

J'imagine qu'un chantier de fouilles doit être ouvert quelque part. Une fois le sommet exploré, on poursuit le chemin pour dévaler le pan opposé jusqu'à la célèbre porte des Lionnes.

— Tu vois les élévations restantes de la muraille ? Elles sont encore hautes parce que bâties en énormes blocs superposés et sans maçonnerie. Elles sont si imposantes que les voyageurs plus tardifs ont supposé que les Cyclopes les avaient entassées eux-mêmes.

Je dodeline de la tête, presque convaincue. Étant donné la taille des géants à l'œil unique, ce ne serait pas si déconnant. On s'attarde ensuite près du cercle des tombes souterraines, dont la surface est cernée de dalles dressées dessinant un couloir circulaire autour du puits.

— Ces tombes sont bien plus anciennes encore que les murs de la cité, indique Thyeste en s'appuyant sur l'une des pierres. Les Mycéniens de l'époque d'Agamemnon ont bâti cette barrière de protection et leur rendaient un culte. C'est de là que vient la réputation de richesses et d'or à foison de la cité.

Réputation qu'ils ont ranimée aujourd'hui, il faut croire. On sort de la cité par la porte des Lionnes, plus impressionnante encore en vrai qu'en photo, et Thyeste m'emmène dans son sillage, mains croisées dans le dos. Je jette un œil derrière moi, inquiète. Jusqu'où va-t-on comme ça ? Et puis… il n'y avait pas un musée par là ? Je pivote sur moi-même, persuadée de son existence. Il aurait disparu depuis mon voyage dans le temps ? Les Atrides ont tout privatisé ? On est vraiment seuls, tous les deux. Personne à l'horizon.

— Où allons-nous ?

— Au tombeau d'Atrée, le fondateur mortel de notre lignée, répond-il avec cérémonie. Nos ancêtres bâtissaient des édifices funéraires monumentaux en dehors de la cité.

Est-ce que je dois m'inquiéter ? Ou je continue de lui faire confiance ? Parce qu'étrangement, je lui accorde plutôt le bénéfice du doute.

— C'est aussi là-bas que nous avons installé notre collection particulière.

— Dans un ancien caveau ? m'étonné-je.

— Dans un endroit sûr et connu des Atrides seuls. Et de toi, à présent.

Au nez et à la barbe des archéologues et des touristes. Ou alors il me ment. Et il va m'enfermer dans une tombe. Je ferais mieux de rester prudente. Mon guide et moi marchons quelques minutes, la cité de Mycènes comme point de repère derrière nous. Toujours aucun musée ni parking pour accueillir les visiteurs. Tout doit forcément être relégué plus bas.

— Par ici, m'invite-t-il à le suivre.

On s'engage sur un petit chemin de terre qui grimpe. Je ralentis au fur et à mesure qu'on approche du tombeau d'Atrée. « Monumental », oui, c'est le mot. La tombe à tholos – structure circulaire enfouie sous la terre – déploie une grande allée cernée de hauts murs en pierre, menant à une porte imposante surmontée d'un triangle de décharge. On dirait la tombe d'Achille à Troie mais en dix fois plus grand. Les battements sourds de mon cœur et nos pas foulant la terre sèche sont bien les seuls bruits autour de moi. On entre dans l'immense salle voûtée, la clé doit culminer à quinze mètres au moins.

L'endroit est impressionnant, oui, mais aussi très vide. Pourtant Thyeste ne témoigne pas d'embarras. Il ralentit le pas pour me laisser le temps de me briser le cou et d'admirer l'architecture, avant de tendre le bras vers une pièce latérale plus petite. Un coup d'œil à l'intérieur me suffit pour comprendre qu'elle est tout autant démunie que la première.

C'est une plaisanterie ? Il n'y a pas de collection exposée ici !

— Ce n'est pas la véritable salle, précise Thyeste avec un sourire malin. Juste un leurre pour de possibles curieux.

Nerveusement, je souris en retour et fais un pas à l'intérieur de la seconde pièce. Thyeste se dirige vers la paroi opposée. Sa main se pose sur la surface et le geste suffit à enfoncer un pan de la paroi et à la faire coulisser sur le côté. Une large rampe en spirale vers le bas apparaît. Je me mords la lèvre pour retenir un cri de surprise et m'éviter de témoigner trop d'admiration.

— Tu es prête ? questionne Thyeste, l'air sûr, avant de m'entraîner avec lui.

On s'avance et je comprends que le mur qui longe la spirale jusqu'en bas sert de toile à une généalogie immense, aux multiples branches et sous-branches, mentionnant tous les frères et sœurs, cousins et cousines, oncles et tantes. Pourtant, une seule lignée centrale est écrite en blanc : la Lignée à l'épaule d'ivoire directe. Elle débute avec Zeus, puis viennent Tantale et Pélops ; Atrée – dont le frère se nommait Thyeste – et ses fils et filles, dont Agamemnon et Ménélas. C'est devant le fondateur des Atrides que mon guide s'arrête.

— Vois-tu, Pasiphaé, à partir d'Atrée, la lignée devient mortelle et les capacités divines de nos géniteurs divins s'évanouissent au fur et à mesure. Voilà des siècles que nous le savons et que ce fait est indiscutable. Mais tout s'est mis à changer il y a deux ans. Certains d'entre nous ont vu leur force et leur agilité s'améliorer de façon exponentielle, d'autres leurs capacités à raisonner. Nous nous intéressions depuis longtemps aux oiseaux de Stymphale, mais jamais encore nous n'avions pu les contrôler. Et soudain, ils se sont mis à nous obéir. Ma fille est née avec le don de clairvoyance, comme notre illustre aïeule du même nom, alors que nul autre Atride n'avait manifesté ce pouvoir auparavant.

Il désigne l'emplacement d'Agamemnon, lié à Clytemnestre son épouse, mais aussi à Cassandre, la fille de Priam. Je tombe des nues. Avant qu'Agamemnon et Cassandre ne soient tous les deux assassinés, ils ont donc eu un enfant, et c'est lui qui porte la suite de la Lignée à l'épaule d'ivoire, et non les enfants de Clytemnestre.

Thyeste poursuit son exposé en avançant. Je suis le mouvement, éberluée par ces révélations.

— Je me suis aussitôt dit qu'il devait se passer quelque chose avec l'Olympe et nos divins ancêtres. Alors je suis parti à New York pour rencontrer leur ambassadeur terrestre. Souviens-toi, nous avons conservé des relations proches avec les dieux des vents pour guetter votre arrivée, déclare-t-il, complice.

Je hoche la tête. Oui, logique. Les dieux des vents leur ont conseillé d'aller au Siège.

— Et là, j'apprends que Zeus est tombé. Qu'il n'est plus le maître depuis deux ans. Ce qui avait l'air d'être une bonne nouvelle puisque l'Olympe s'est mis à rayonner comme jamais, réveillant nos capacités divines perdues depuis bien longtemps. Mais qui m'a aussi conforté dans l'idée que Tantale pouvait un jour revenir.

Je m'oblige à réagir à cet instant, dans l'espoir de tasser ces inquiétudes.

— Les reines de l'Olympe ne le permettraient pas.

— Mais personne ne peut l'assurer complètement, réplique Thyeste.

Au deux tiers de la rampe, les noms de Laodicé et de Thyeste apparaissent avec Érope, Cassandre et Oreste dont le prénom est le dernier inscrit en blanc pour le moment.

Ils ont bâti cet endroit pour des siècles encore, si j'en crois la place vacante pour alimenter leur arbre généalogique.

On arrive enfin en bas, dans une belle salle circulaire, pleine de vitrines. L'épée d'Achille a retrouvé sa place. L'épaule d'ivoire de Pélops est là, telle que je l'ai vue sous la tente d'Agamemnon. La serpette en or de la Clairvoyante Cassandre, celle avec laquelle elle a cueilli le dictame de Crète que je souhaitais, attire mon œil. Et au milieu de tous ces trésors inestimables, se trouve celui que je convoite.

— Voilà notre seule assurance que rien ne peut nous arriver, déclare Thyeste en tournant autour du Palladion.

La relique luit comme dans mes souvenirs. Il est enfin là, à ma portée, mais la configuration est telle que je n'ose rien dire, rien faire, même bouger un petit doigt. Je suis cernée par une tension imprévue. Thyeste et ses enfants, Thyeste et son épouse, Thyeste et les Atrides, Thyeste et ma culpabilité… Je vais vraiment faire ça ? Retirer l'objet de tous leurs espoirs ? La seule chose qui les rassure depuis des siècles ? Vais-je provoquer sciemment leur chute ?

— Je dois te prévenir, servante d'Hécate, la vitrine est sous alarme et des caméras de surveillance enregistrent tous nos mouvements. Ce n'est peut-être pas une menace à la hauteur de tes pouvoirs, mais s'il m'arrive quoi que ce soit, ça se saura. Ma famille est en sécurité et nous sommes légion.

Il baisse les yeux. Son ton a changé. Ses paroles me compressent l'estomac. Je sens mon cœur battre jusqu'au bout de mes phalanges.

— C'est un avertissement, Pasiphaé de Springfall, dans l'État de New York.

Mon souffle se coupe. S'il a su qu'une Pasiphaé Héliotride passait la frontière, il a bien sûr eu accès au scan de mon faux passeport avec mon adresse.

— Je comprends, prononcé-je d'un ton neutre qui masque ma terreur.

Je comprends qu'il a réellement dit adieu aux siens dans le cas où je m'en prendrais à lui. Et je comprends aussi que c'est ma seule opportunité.

Impossible d'utiliser mes pouvoirs sur lui, impossible de l'assommer, de lui faire perdre la mémoire, rien de tout ça. Il faudrait aussi que je trouve toutes les caméras, que j'efface des fichiers enregistrés quelque part et dont j'ignore tout... Je ne connais rien des technologies humaines. Je ne pourrais pas contrer tous les autres Atrides.

Je fais quelques pas dans la salle, l'esprit moulinant à toute vitesse.

En fait, j'ai une solution. Mais ce serait m'enfoncer encore plus dans l'interdit. Mentir à nouveau à notre communauté, à Circé la Grande et à Médée la Jeune, à Méroé... Et mentir à Phobos. Pour nous protéger et le protéger, lui.

Un sort pour arrêter le temps dans un immense périmètre, celui de Mycènes, je saisis le Palladion et tout reprendrait son cours sans que personne ne s'aperçoive de quoi que ce soit, mon acte s'enfermerait dans une poche hors de tout, le temps se raccorderait à lui-même. Je peux invoquer par la pensée le pouvoir de notre cercle, Endora et Panthéa m'enverraient leur magie et notre pouvoir serait suffisant.

Mais quel risque... Ma culpabilité n'aurait pas de fin.

— Je suis désolée si vous me craignez, je n'ai pas l'intention de vous faire du mal.

*Même si je vais le faire.*

— Aucune sorcière n'a ce dessein.

... *Sauf moi.*

Thyeste sourit, peut-être pas entièrement dupe, mais détendu.

— J'ai toujours l'espoir de pouvoir vous côtoyer dans le futur. Les sorcières me fascinent depuis que je suis enfant.

Il serait déçu, s'il savait.

« Mes sœurs, Panthéa et Endora, entendez-moi : *Temps, nous te défions ; moment, nous t'affrontons ; éternité, nous te brisons ; arrêtez le cours des choses et reprenez-le après cette courte pause.* »

— Nous vivons en communauté fermée. Les sorcières comme moi, qui partent accomplir une quête, sont très rares. J'ai eu la chance d'accomplir la mienne et de voir le Palladion que mon aïeule a livré aux Achéens à Troie, c'est bien suffisant.

Thyeste incline la tête.

Les voix de Panthéa et d'Endora me parviennent et répètent le sort alors que je tourne autour de la vitrine à la serpette d'or.

« *Temps, nous te défions ; moment, nous t'affrontons ; éternité, nous te brisons ; arrêtez le cours des choses et reprenez-le après cette courte pause.* »

L'énergie pure de nos trois voix s'échappe de moi et s'étend. Thyeste s'immobilise. La poussière qui mouchète les faisceaux lumineux des spots se fige. Le son lui-même, celui des aérations et de la brise à la surface, se suspend. Une impression de vide et de silence s'abat sur moi. J'ai l'impression d'étouffer à force de retenir ma respiration.

Je mémorise ma position pour la retrouver dès que j'aurai fini. Je reviens sur mes pas, déverrouille la vitrine d'un sort et saisis le Palladion en tremblant.

La relique me réconforte dès que je la touche alors qu'elle pèse plus lourd que je le croyais. Son pouvoir vibre sous ma peau et m'encourage.

— *Palladion, rétrécis et deviens aussi léger qu'un colibri.*

Et le voilà perdu au creux de ma paume. Je me presse. Vite, la capsule et mon carnet, j'arrache une page et écris un rapide message : « Voici le Palladion, ne me répondez pas, attendez-moi. » J'enroule la relique dans le papier, glisse le tout dans le tube et le rebouche.

*Shtouk !* Le contenu disparaît. Mon cœur bat si fort que j'en ai la nausée. Je produis une illusion qui reprend même la lueur spéciale du trésor. La vitrine retrouve son aspect originel et sa sécurité. J'inspecte mes pieds pour m'assurer que rien n'est tombé de ma sacoche dans la précipitation. Je retourne à ma place, la sueur au front. Je vois flou, j'ai la trouille… J'aimerais que Phobos soit là mais je ne le prie pas, de peur qu'il débarque au milieu de ce sort illégal pour l'autorité de l'Olympe et de l'univers.

J'attends que la magie se lève. Je ferme les yeux et respire. La sueur me couvre le front. Je passe mon bras sur mon visage, la pression au ventre.

— J'apprécie tes paroles, Pasiphaé.

La voix de Thyeste me fait frémir. Je me détourne de lui pour qu'il ne perçoive pas mon épouvante. Je m'éloigne de quelques pas, prétendant m'intéresser à d'autres objets alors que je ne veux que m'extraire de ce souterrain. Je demande pourtant à Thyeste des informations sur certains objets juste pour ne pas précipiter mon départ et ne pas éveiller de soupçons. L'Atride ne semble rien remarquer d'étrange. Pire, mes mots l'ont rassuré. Alors il passe de longues minutes à commenter le poignard qui aurait tué Agamemnon. En temps normal, j'aurais bu ses paroles, mais là, je trépigne intérieurement, mourant d'envie de fuir à toutes jambes.

— Merci de m'avoir conduite jusqu'ici, finis-je par dire avec un sourire. Je vais pouvoir rentrer chez moi, comblée.

— Avec plaisir, servante d'Hécate.

On remonte la rampe. Je me retiens de courir pour au moins profiter de l'air extérieur. La lumière naturelle m'aveugle, c'est bien pour cela que je ne distingue pas, du premier coup d'œil, les silhouettes qui nous attendent au bout de l'allée. Thyeste stoppe à côté de moi.

— Laodicé ? appelle-t-il, interloqué. Tu devais te rendre à Thessalonique.

— Tu crois vraiment que je suis la seule des Atrides à désapprouver tes décisions ?

Une dizaine d'hommes et de femmes l'entourent, tous armés de poignards dorés. Laodicé s'approche de nous avec ses compagnons, agitant sa dague pleine de reflets solaires.

— La vie de cette sorcière ne peut pas valoir plus que notre sécurité à tous !

— Le Palladion est encore en bas, soutient Thyeste.

Laodicé pointe sa lame sur moi. Vraiment, au point au j'en suis, le poids de la culpabilité m'alourdissant les épaules comme Atlas qui porte le monde, je pourrais juste accepter la mort pour les rassurer tous, car il ne leur reste que cela.

— Mais elle peut revenir, elle sait tout de nous à présent ! C'est plus prudent d'en finir maintenant !

— Je ne ferais pas ça, si j'étais toi, Laodicé des Atrides.

La voix menaçante de Phobos retentit depuis le haut des murs cernant l'allée, au-dessus de nous. Et si j'en crois les divinités qui l'entourent, Laodicé et les siens devraient écouter avec attention. Et obéir.

# CHAPITRE XXVI

**PHOBOS**

Que l'Atride bouge même d'un pouce et je lui arrache la tête.

— Pas de vague, Phobos, me rappelle Deimos à mi-voix.

Il sent que la nervosité m'envahit. Pasiphaé me semble bouleversée. Lessivée serait le bon terme. Les bras ballants, les yeux embués, elle guette ce qui se passe autour d'elle, la tête ailleurs. Qu'est-ce qu'il s'est passé ?

L'arrivée des Érinyes, aux ailes battantes sombres, à la peau écarlate et à la chevelure ondulante comme un bouquet de couleuvres, produit son effet : la poignée d'Atrides sans nom hoquète, ne s'attendant pas à cette vue. Ils cherchent peut-être à capturer des sorcières et à être témoins de leurs pouvoirs prodigieux, ils ignorent ce qu'ils peuvent finir par invoquer. Les Érinyes se frottent les mains, impatientes.

— Permission d'égorger ? Patron ? se régale Megaira.

— Pas encore, non, réponds-je, la voix éraillée.

— Pas du tout, même, corrige Deimos.

— Quoi ? doute Tisiphone. On n'est pas là pour enfin coller une raclée à des ordures ?

Mon frère dodeline de la tête.

— On est là pour arrêter tout ça et discuter.

— Rho, j'aurais dû m'en douter, marmonne Alecto, ses ailes et ses épaules s'affaissant. On est venu effrayer du bétail, c'est ça ?

— Eh bien… débute Deimos.

— Tout dépend de Laodicé ! m'exclamé-je. Soit elle dépose les armes, soit elle perd la tête. C'est simple, non ?

Les Érinyes éclatent d'un rire tonitruant qui se répercute dans l'allée sous nos pieds. L'effet produit est si impressionnant que les Atrides reculent d'un pas et déposent leurs poignards, déconfits. Tous, sauf Laodicé. Elle ne manque pas de peur, mais elle craint davantage Tantale. Elle jette un regard empli de colère à Pasiphaé, me rendant plus nerveux encore, avant de se tourner vers son frère.

— Tu n'es qu'un traître à notre cause, Thyeste.

— Arrête cette folie, Laodicé. Le Palladion est en bas, en sécurité. Rien ne va nous arriver sauf si tu t'acharnes !

— Comment tu peux lui faire confiance ? Contre ma parole ? Elle est allée jusqu'au bout des épreuves de Delphes, c'était censé mesurer le degré de la menace, non ?

— Certes, mais on peut aussi discuter, soutient Thyeste.

Deimos se penche vers moi.

— Étrange comme tempérament pour un Atride, non ?

— Oui, à croire qu'ils se sont mêlés aux bonnes personnes, grogné-je, les yeux rivés sur la sorcière.

Elle pâlit à mesure des paroles échangées entre Thyeste et Laodicé.

— Discuter ?! L'éveil de l'Olympe m'a peut-être conféré une force digne de nos aïeuls, mais à toi, il ne t'a cédé que la couardise !

Contre toute attente, Laodicé lève son poignard au-dessus d'elle et le plante dans le cœur de son frère. Les Atrides qui l'entourent reculent, stupéfaits. Pasiphaé ravale un cri, les yeux écarquillés.

— C'est la sorcière qui devait mourir ! s'alarme l'un des Atrides.

— Megaira, empare-toi d'elle ! ordonné-je.

L'Érinye plonge sur Laodicé. Elle l'arrache du sol et s'envole avec elle. Pasiphaé se jette auprès de Thyeste pour tenter d'intervenir. Je saute auprès d'elle pour la seconder, laissant Deimos arrêter les Atrides qui paniquent et déguerpissent dans tous les sens.

Les mains de Pasiphaé agissent vite, déchirent la chemise sans retirer le poignard, mais le corps de Thyeste convulse. Il regarde déjà dans le vide. L'organe vital a été transpercé d'un coup. Il suffit de retirer la lame pour l'achever, car quoi qu'il en soit, il est mort.

— Thyeste, tenez bon !

Elle balbutie des tentatives de sort, mais rien de construit ne franchit sa bouche. Je ne l'avais jamais vue aussi perdue. Le corps s'immobilise, Thyeste expire. J'attrape doucement le bras de la sorcière.

— Pasi, c'est trop tard, tu ne peux rien faire.

Sa main gauche tremble tellement qu'elle ne parvient pas à se calmer.

— Mais j'aurais dû… j'aurais pu…

Un sanglot remonte dans sa gorge.

— Laodicé a tué son frère, tu n'aurais rien pu faire pour contrer ça.

J'attire Pasiphaé contre moi pour la détourner du cadavre. Une impression de déjà-vu me fait douter, peut-être l'un de ces nouveaux souvenirs qui fusionnent avec mon histoire : lors de la bataille sur l'Olympe, contre Zeus, j'ai cherché Pasiphaé des yeux, inquiet pour elle, sans oser l'aborder. Elle était dans le même état qu'à cet instant, ébranlée et confuse. Son empathie pour les autres ne pouvait pas être plus mise à mal que sur un champ de bataille. Mais cette fois, je suis là pour elle.

Elle se blottit contre moi pour pleurer, plus rien n'a d'importance.

— Patron ? Ton frère te demande, intervient Alecto alors qu'on s'est installés contre la muraille cyclopéenne avec Pasiphaé.

Je nous ai éclipsés contre la porte des Lionnes pour éloigner Pasiphaé du tombeau d'Atrée.

— J'arrive, réponds-je.

L'Érinye s'envole pour rejoindre ses camarades. Les Semés les ont aidées à rassembler les Atrides présents à Mycènes pour les parquer dans le mégaron du palais de Thyeste. Héphaïstos est déjà à l'œuvre à l'intérieur, à la recherche du moindre gramme de bronze olympien. Il n'a qu'à tendre la main et le métal lui répond.

— Deimos doit m'attendre pour s'adresser aux Atrides, tu peux rester ici, si tu préfères, proposé-je en me relevant.

Pasiphaé me tend sa main.

— Non, je vais t'accompagner.

Je l'aide, rassuré. Elle paraît toujours aussi chamboulée, mais elle ne s'est pas refermée sur elle-même. Le courage de la sorcière exacerbe mes sentiments pour elle. J'aimerais tout lui balancer au sujet de la boussole, cependant l'instant ne pourrait pas être pire. On traverse un site archéologique hors du commun et elle ne fait aucun commentaire, ne m'explique rien et ne s'extasie sur rien.

— Tu as bien fait, tu sais ? tenté-je de mon côté.

— Quoi donc ? hésite-t-elle avec un regard en coin.

— Pour le Palladion. De leur laisser.

Elle baisse aussitôt les yeux et hoche la tête sans un mot.

— On ne va pas toucher leur salle aux trésors, elle a été verrouillée sans que rien n'ait bougé. Athéna nous a dit que c'était inutile de récupérer les reliques.

— Tant mieux, murmure-t-elle.

Bon sang, c'est étrange, non ? Elle était obsédée par le Palladion et maintenant qu'elle l'a retrouvé, tout s'est éteint en elle. Elle n'a pas pu s'attacher autant à Thyeste tout de même ? Il ne lui voulait peut-être pas de mal, mais il n'était pas non plus le meilleur ami des sorcières.

On rejoint le palais en hauteur. Le mégaron est plein, plongé dans un silence entrecoupé de pleurs. Thyeste a été déposé sur une table, les mains sur le ventre. Une femme se tient droite, près de lui, les traits fermés.

— Tu aurais une obole ? me demande Pasiphaé en chuchotant.

J'ai une petite réserve chez moi pour mes déplacements aux Enfers. Alors j'en invoque une et la remets à la sorcière qui s'avance jusqu'au corps. Elle tend la pièce à la femme.

— Pour le passeur. Si vous la placez dans sa bouche, Thyeste traversera le Styx dans les meilleures conditions.

Aussi pâle et raide qu'un bloc de marbre, la veuve du chef des Atrides finit par l'accepter sans prononcer un mot. Si bien que Pasiphaé rebrousse chemin, muette. On rejoint Deimos, alors que les Érinyes cernent Laodicé, agenouillée et entravée. Les Semés encadrent l'assemblée et leurs ombres provoquent des sursauts de peur. Ils ne sont pas tous accoutumés à de telles choses, c'est certain.

— Bien, entame Deimos. Si les Atrides souhaitaient attirer l'œil de l'Olympe, c'est chose faite. Athéna sera magnanime avec vous si vous nous livrez les dents de dragon ainsi que tout le bronze olympien et si vous abandonnez vos prétentions d'étude ou de meurtre sur les sorcières, nos alliées. Sachez que Tantale ne sortira jamais du Tartare, la condamnation de Zeus est également celle des trois reines, Héra, Aphrodite et Athéna. Quant à Laodicé, nous vous donnons le choix : soit vous la livrez à la justice des humains, soit nous nous en chargerons.

Mon frère s'arrête là. Tous les regards se portent sur la veuve de Thyeste. Elle plante son regard sombre sur nous, bien décidée à faire entendre sa voix.

— Mon nom est Érope des Atrides. Nous allons dresser un bûcher ici, à Mycènes, dans la ville que Thyeste a tant aimée. J'assurerai la régence le temps que mon fils Oreste soit en âge de diriger la Lignée à l'épaule d'ivoire.

Des approbations retentissent dans le mégaron.

— Nous vous avons entendu, dieux de l'Olympe, dit-elle en inclinant la tête. Mais je ne pourrais oublier que mon époux est mort par la faute d'une sorcière.

Pasiphaé fait un pas en arrière.

— Prends garde à ce que tu dis, Érope, préviens-je.

Je sens mon frère se tendre à côté de moi.

— Nous ne te pourchasserons pas, servante d'Hécate, mais ne t'avise pas de reposer les pieds chez nous.

— Très bien, répond Pasiphaé, d'une voix fantôme.

— Quant à Laodicé la traitresse, nous vous la confions. Je ne veux plus jamais voir le visage de celle qui m'a privée du père de mes enfants, termine Érope avant de se pencher sur Thyeste pour lui caresser le visage.

Deimos ordonne aux Érinyes d'emmener la prisonnière à New York, on s'occupera d'elle une fois rentrés.

— Phobos, m'interpelle mon frère à voix basse. Tu veux bien vérifier où en est Héphaïstos et emmener Pasiphaé avec toi ?

Il désigne ma voisine aux yeux embués d'un mouvement de menton, l'air de dire « embarque-la avec toi, ne la laisse pas voir ça ». Car les Atrides entourent Thyeste pour le pleurer dans les règles, à coup de lamentations et d'injonctions à Hadès, pour bien accueillir l'ombre de leur chef aux Enfers.

— J'y vais, approuvé-je en entraînant la sorcière avec moi.

Le dieu des forges est en couple avec sa meilleure amie, ils se voient forcément souvent, ça lui remontera le moral. Même si Heph est le pire râleur du monde. On le trouve dans une salle du bas, une sorte de coffre-fort de plusieurs mètres carrés rempli de lingots, d'armes et de plumes prêtes à être serties aux ailes des oiseaux de Stymphale. Au centre, une maquette du temple de Delphes tel qu'Agamemnon l'a connu.

— Alors tu as vraiment bâti une version du temple en bronze olympien ? interroge Pasiphaé en pénétrant dans la pièce.

Héphaïstos, muni de l'un de ses grands sacs de récolte des minerais, est en train de le remplir avec soin.

— C'est exact, répond-il, presque surpris d'être interrompu dans sa tâche. Au passage, Méroé s'est demandé ce que tu pouvais bien faire dans cette galère.

— Je lui parlerai à mon retour, dit Pasiphaé avec, enfin, un sourire.

Maigre et un poil forcé, mais un sourire.

— Pourquoi avoir fait une telle construction pour les humains ? poursuit-elle en tournant autour de la maquette.

Héphaïstos hausse ses épaules ultra musclées tout en plaquant des mèches de cheveux échappées de son bun. Il se redresse et rabaisse son tee-shirt gris.

— C'était une commande d'Apollon, je l'ai exécutée. Je ne m'attendais pas à ce que les Atrides la démontent un jour.

Il attrape le toit pentu de la maquette et le détache des murs. À l'intérieur, des figurines ailées sont plantées à l'aide de tiges. Pasiphaé m'en avait parlé, je m'en souviens ! J'ai envie d'attirer son regard avec complicité, mais Héphaïstos accapare son attention.

— Ils ont reproduit les musiciennes que j'avais animées à l'intérieur, elles volaient et chantaient dans les airs, c'était un sacré spectacle à voir, commente-t-il en insufflant son pouvoir sur les miniatures.

Les figurines se détachent aussitôt et volètent tout en émettant une musique douce. Les traits de Pasiphaé se détendent.

— Alors Pindare avait raison, il a parlé d'elles dans ses textes.

Une émotion étrange s'empare de moi. J'aimerais remonter le temps et retrouver les instants qu'on a partagés à Delphes, j'ai soudain peur qu'ils s'effacent à jamais. Et si je pense ainsi, c'est parce que nous ne sommes plus liés *de facto* l'un à l'autre. Si je suis attiré par elle et si j'ai envie de plus – c'est très clair dans ma tête et dans mon cœur – j'ignore tout de ce qu'elle désire réellement. Elle pense que j'ai beaucoup à donner, mais je ne parviens pas à la faire sourire dans une situation comme celle-là, alors qu'Héphaïstos, son ami, si.

Est-ce que je peux être la personne qu'il lui faut ?

Est-ce que tout va juste disparaître maintenant que sa quête est accomplie ?

— Phobos, je termine de ramasser ici et ce sera bon pour Mycènes, me dit Heph. Si j'ai bien compris, il faut aussi explorer un tunnel à Delphes pour des lames en bronze olympien ?

Je mets bien quelques secondes à raccorder les wagons.

— Oui, on te donnera la position exacte du lieu.

Le dieu des forges approuve avant de se remettre au travail. Pasiphaé quitte ses prodiges des yeux et se rapproche de moi, un peu moins tendue. Ses yeux rougis me tordent le ventre.

— J'aimerais rentrer chez moi, est-ce que tu pourrais me déposer ?

— Bien sûr, on va prendre ta valise et on part.

— Heph, tu embrasses Méroé pour moi ? Je passerai la voir pour qu'on discute.

— Je lui dirai, répond le dieu des forges avec un sourire aimable.

Il l'aime, Méroé, c'est indéniable. Au point de s'être fondu au milieu des sorcières. Il vit à Springfall, tout comme Hermès, devenu papa au foyer. Est-ce que c'est quelque chose qui m'attire ? Pasiphaé n'est pas Ella qui aime New York et sa vie auprès de Deimos. Et je ne suis pas sûr de vouloir m'exiler dans une petite ville de campagne.

Je suis Pasiphaé, l'esprit embourbé. Je ne sais plus quoi penser. Je préviens Deimos qu'on part et je rejoins ma compagne de voyage qui se tient prête, valise à la main.

Je glisse mon bras autour de sa taille, pose une main sur sa valise et on s'éclipse.

Se retrouver dans son appartement, menu et discret, rempli de plantes et d'odeur de tisane et de fleurs, me fait tourner la tête. Je comprends pourtant que Pasiphaé soupire de soulagement. Ici, elle ne craint plus rien. Si l'après-midi débutait à Mycènes, c'est toujours le matin à Springfall. Il n'est pas tard mais la fatigue pèse sur ses épaules. Il faut que je m'efface pour la laisser respirer. On s'écarte tous les deux et je prends mes distances.

— Ça va aller ? m'enquiers-je.

— Oui, je vais dormir un peu.

— Appelle-moi si tu as besoin de quoi que ce soit, j'entendrai ta voix.

J'esquisse un demi-tour pour me téléporter au Siège.

— Phobos, attends… Euh, je suis désolée pour le sort de sommeil.

En vrai, je l'ai zappé. Mon inquiétude pour elle a pris le dessus.

— J'espère que tu ne m'en veux pas et que tu ne pars pas à cause de ça.

— Non, non, réponds-je immédiatement. Je supposais que tu voulais te reposer.

Elle produit une moue gênée du bout des lèvres.

— Est-ce que tu peux rester ici avec moi ? Je voudrais juste dormir une heure ou deux et je n'ai pas envie d'être seule.

Son rappel au sort du sommeil a également fait remonter son message abandonné sur le comptoir : « Si tout n'est qu'une illusion, je préfère arrêter là. » Ce serait le moment d'aborder le sujet, mais elle me paraît trop épuisée… et je dois m'avouer que j'ai peur de sa réponse. Et si elle n'attendait que cette confirmation pour reprendre sa vie dans son coin ? Est-ce que cette histoire de boussole d'amour n'était qu'un prétexte ? Elle mérite mieux que moi, non ?

Je n'en sais rien… Je n'y connais rien.

— Tu n'es pas obligé, finit-elle par bredouiller. Tu dois me prendre pour une femme qui ne sait pas ce qu'elle veut. C'est moi qui t'ai dit que je voulais arrêter et maintenant je te demande de rester…

— Il n'y avait rien d'artificiel, l'interromps-je alors.

Tant pis pour ma peur. Si elle s'impose ce questionnement maintenant, je vais l'éclairer.

— J'ai vu mon frère sur l'Olympe, il n'y a aucune manipulation. La boussole s'est contentée de nous guider l'un vers l'autre.

Son visage vire à un rose beaucoup trop adorable. On s'est déjà avoué être attirés l'un par l'autre mais avec ce filtre étrange de la boussole à incriminer. Là, ce serait sauter sans filet.

— Oh.

Bordel, pourquoi j'ai ouvert cette porte ?

Pasiphaé lâche sa valise, s'avance vers moi, se pend à mon cou, élève sa jolie bouche cerise vers moi, et m'offre le baiser le plus vaporeux de ma vie.

— Tu veux te reposer avec moi ? réitère-t-elle.

Le cœur charriant un ichor brûlant, je glisse mes mains sur ses joues, mes pouces lissant ses pommettes et ses cils, et je l'embrasse à mon tour, savourant le goût de ses lèvres.

— Oui, je reste.

Pas besoin de parler plus pour le moment. On est d'accord tous les deux sur ce point.

Pasiphaé amène sa valise dans sa chambre, s'échappe dans la salle de bains quelques minutes, revient dans sa fameuse tenue de pilou blanc, ferme les volets pour occulter la lumière du jour, défait sa couette à la housse imprimée de fleurs et me laisse une place à côté d'elle. Je retire ma veste et me glisse auprès d'elle, elle se cale contre moi. J'enroule mon bras autour de ses épaules.

On s'enlace dans la pénombre et je plonge mon nez dans sa douce odeur de frangipanier.

# CHAPITRE XXVII

**PASIPHAÉ**

La spirale est infinie, je m'enfonce sans aucun contrôle sur mon corps. Mes pieds avancent alors que je voudrais faire demi-tour. Rien n'a de sens ici. L'espace est vertigineux, plongé dans une pénombre sinistre. Les noms des Atrides apparaissent au fur et à mesure sur les murs, courent sur le sol, remontent sur les parois…

— Tu as trahi ma confiance, servante d'Hécate.

La voix de Thyeste surgit sur ma route. Son ombre se dessine sous mes yeux.

— Tu as volé le Palladion sous mes yeux, me retirant l'invincibilité d'Athéna. Je suis mort par ta faute.

C'est tout ce que je redoutais. Nouée, je secoue la tête.

— Ce n'est pas ce que je voulais.

— Mais c'est ce que tu as fait !

Je serre les dents, luttant contre une ruée de sanglots. L'ombre de Thyeste demeure là, à me juger et je vais devoir lui faire face toute ma vie. Une silhouette encore plus imposante se dresse derrière lui, décharnée. Une bouche aux longues dents s'approche de son épaule droite.

— Attention, derrière toi ! le préviens-je.

Mais Thyeste ne se retourne pas, ne panique pas, ne bouge pas.

— Qu'est-ce que tu croyais ?

La monstrueuse gueule se plante dans son corps et le dévore. Je pousse un hurlement, terrorisée par cette vision.

Je me redresse dans mon lit, en sueur, la respiration emportée.

Mes yeux cherchent un repère et croise mon réveil à deux cloches. Il est midi passé. Je suis dans ma chambre, à Springfall. Seule. Je retire mon sweat en pilou. La fraîcheur me fait du bien. Je suis fatiguée et je n'ai pourtant plus sommeil. Les angoisses tourbillonnent dans ma tête et me compressent la poitrine. Je sors du lit, décidée à appeler mes amies du cercle pour que nous puissions conclure toute cette histoire le plus vite possible.

Un bruit dans la pièce d'à côté m'interpelle. Phobos est resté ? Je sors de la chambre, le cœur battant. Le dieu de la peur est affairé à ma cuisinière, il a même dressé une table pour une assiette et fait du café. Une boule se coince dans ma gorge. Je suis si contente qu'il soit là. Tellement que je pourrais en pleurer. Ça sent bon, en plus.

— Hé, bonjour.

Il se retourne tout en faisant glisser de sa poêle un pancake sur une assiette remplie.

— Bonjour, Pasiphaé. Bien dormi ?

Comment répondre à cette question ? Oui et non.

— Est-ce que l'as des pancakes est à l'œuvre dans ma cuisine ? réponds-je alors, bien décidée de mettre de côté mes tortures mentales avec lui.

— Tout à fait, admire la technique, s'amuse-t-il en versant le fond de son cul-de-poule sur la surface chaude.

Le rond de pâte liquide frétille. Et je l'admire, oui. Chacun de ses gestes, ses explications techniques, les petits secrets qu'il a fini par découvrir, comme monter les blancs en neige pour les incorporer à la pâte et rendre les pancakes plus moelleux encore. Chacun de ses regards et de ses mots, chaque frémissement de ses lèvres, chacun de ses gestes vers moi se plantent dans mon cœur pour y rester.

Méroé avait raison depuis le début, c'était sûr qu'on était au moins fait pour se plaire. J'accordais trop de place à mes peurs pour lui laisser sa chance, mais je les ai domptées. Je n'ai pas besoin des effets secondaires d'une flèche d'Éros pour éprouver cette quantité de sentiments qui déferlent en moi. Tous viennent de nous et uniquement de nous.

Avoir cette confirmation balaie tout et renforce tout à la fois. Je me sens bien avec lui, amoureuse du plus profond de mon âme, ragaillardie, alors que je ne le devrais pas… Je devrais payer pour les torts que j'ai causés. Circé la Grande me jugera un jour ou l'autre pour les sorts interdits que j'ai performés. Et Phobos se retrouvera au milieu de tout ça.

— Qu'est-ce qu'il y a ? s'enquiert-il en coupant le gaz, son dernier pancake ayant rejoint la pile. Tu sembles préoccupée.

Je devrais pouvoir mettre tout ça de côté… Circé la Grande pourrait aussi ne rien savoir. Lorsque nous aurons donné le Palladion à Kairos, tout s'arrêtera. Et Phobos sera là, avec ses secrets, et moi, les miens.

— Cette aventure à tes côtés, elle était spéciale tu sais, dis-je alors.

— Pour moi aussi.

Son sourire m'emporte. Je devrais être nerveuse, mais ma question me semble la plus naturelle du monde.

— Est-ce que tu veux poursuivre avec moi ? En prenant notre temps ? Qu'on voie où ça nous mène ?

Ses traits tendus par mon inquiétude passagère se relâchent. Ses yeux brillent de mille feux lorsqu'il formule sa réponse, visiblement touché.

— C'est tout ce dont j'ai envie.

Il se penche vers moi pour un baiser que je lui rends avec plaisir.

— Même si on ne *rush* pas tout ? m'assuré-je.

Il frotte le bout de son nez contre le mien.

— Pasiphaé, je t'ai attendue plus de trois mille ans, je t'attendrai encore le temps nécessaire, l'éternité s'il le faut.

J'espère que d'ici là, je me sentirai à nouveau sûre de moi pour être digne de lui. Il me prend dans ses bras et je savoure son aura chaleureuse, son parfum bien à lui et sa douceur. Sa délicatesse inattendue me renversera toujours.

— Tu ne restes pas pour le petit déjeuner ? Ou le déjeuner ? Je ne sais plus où on en est.

— Le déjeuner serait plus correct, mais je tenais à te faire goûter le fruit de mes intenses recherches, s'amuse Phobos. Cela dit, mon frère m'attend au Siège, on a des choses à faire. Je prendrais bien une douche avant de partir, si tu me le permets.

— Bien sûr.

Je me détache de lui, me languissant déjà de son retour.

— Je peux passer ce soir ? J'aimerais te proposer un vrai rencard.

Je hoche la tête, sans pouvoir réfréner un immense sourire. Il m'embrasse à nouveau et s'écarte pour aller à la salle de bains. Je m'assieds à table, le nez dans le café et les pancakes moelleux baignant dans du sirop d'érable et des fruits coupés. À entendre le bruit de l'eau à côté, je songe à nos caresses dans le gîte de Delphes. Les battements de mon cœur bondissent dans ma poitrine. Tout mon désir pour lui est loin d'être tassé. Mais j'aimerais retrouver une paix de l'esprit avant de reprendre des contacts plus intimes avec lui. Je m'en voudrais trop sinon. Je m'en veux suffisamment, déjà.

La sonnerie de mon téléphone fixe interrompt le fil de mes pensées. J'attrape le combiné.

— Allô ?

— Ah ! Tu es rentrée ! On s'inquiétait de ne pas avoir de nouvelles ! soupire Endora.

— Je vais bien et je suis chez moi. Vous voulez passer ?

— On est déjà en bas de chez toi, j'ai piqué le portable de Pandore.

Elles vont sûrement arriver avant que Phobos soit parti, mais après tout, la collision de ces deux mondes devra avoir lieu, aujourd'hui ou demain.

— Montez.

— On arrive tout de suite !

Je raccroche et déverrouille ma porte. Panthéa et Endora grimpent l'escalier à grandes enjambées. Elles sont devant moi en quelques secondes seulement, prêtes à me tomber dans les bras, dans un mélange de soulagement et de joie.

— Je ne suis pas seule, je vous préviens, dis-je en les laissant entrer.

Interloquées, elles avancent et se mettent à fouiner du regard les indices sur l'identité de mon invité. J'avoue que l'unique assiette sur la table doit leur paraître déroutante. Et puis Phobos apparaît sur le seuil de ma chambre, en train de boutonner sa chemise, et leurs mâchoires se décollent pour tomber bien bas.

— Elles voulaient passer, prétexté-je.

Il jette un regard de travers à mes deux amies désarticulées et muettes, avant d'attraper sa veste.

— OK. Je vais y aller. On se voit ce soir ?

— Oui, à ce soir.

Il me fait un clin d'œil et s'éclipse. Des bouffées de chaleur gonflent mes joues.

— Euh, tu sors avec Phobos ? questionne Endora d'une voix haut perchée.

— Oui.

Le fait que je ne cherche même pas à esquiver ni à balbutier les scie en deux.

— On en finit ? lancé-je alors. Je pensais qu'on pourrait aller chez toi, Panthéa, pour invoquer Kairos. C'est isolé, ce sera plus rassurant pour nous.

— Euh, oui, oui, accepte-t-elle, encore hébétée.

— Je m'habille et on y va ?

Je me réfugie dans ma chambre pour enfiler des collants et une robe, un pull et mon manteau. J'ai tellement hâte de me débarrasser de cette histoire. Peut-être qu'une fois le Palladion livré, tout s'apaisera d'un coup. Lorsque je retourne à côté, je les surprends toutes les deux en train de dévorer mes pancakes restants.

— Hé ! m'insurgé-je.

— Ils chont chuper bons, félicite Endora.

— Oui, parce que c'est Phobos qui me les a faits !

— Moooh, me taquine Panthéa.

— Dorénavant, Pasiphaé aura le sexe ET les pancakes, le combo gagnant.

Elles ricanent toutes les deux.

— On y va ? relancé-je, au comble de la gêne.

Elles avalent leur dernière bouchée avant de m'attraper les bras avec toute leur complicité et leur tendresse pour moi. On dévale les marches de l'immeuble, on s'installe dans la voiture d'Endora, direction la petite maison de Panthéa. Notre amie vit dans la forêt, loin de tout. Elle n'aime pas la ville, ni la foule. Son chalet possède son propre potager, son jardin de fleurs et d'herbes médicinales, son abri pour le bois et pour son vélo. On se retrouve souvent ici autour d'un feu de camp pour faire griller des marshmallows avec Méroé et Pandore.

C'est d'ailleurs à ce même endroit, à l'arrière du chalet, qu'on se rend. L'automne s'est emballé : les arbres rougissent, les feuilles brunies forment un tapis odorant, les champignons surgissent. Cette vision de la nature si paisible me rassérène. Endora sort mon message froissé de son sac et dépose avec soin le Palladion miniaturisé sur une souche qui nous sert habituellement de repose-plat. Je lui rends sa taille normale.

On demeure là, toutes les trois, dépassées par ce que nous faisons. C'est du moins mon impression. À force de scruter la relique, ma culpabilité revient me frapper le ventre avec force.

*Qu'est-ce que j'ai fait ?*

Thyeste ne bénéficiait plus de son aura, il est mort par ma faute. Que va-t-il se passer à présent ?

— Tu veux nous raconter ? demande Endora.

Mon récit est court. Une liste de faits. Je refuse de partager ce que je ressens et de leur propulser une nouvelle culpabilité. J'ai fait des choix, à moi de les assumer. Même si c'est bien inutile, elles se rapprochent de moi, touchées par ce que je dégage au sein de notre cercle.

— Tout va s'arrêter aujourd'hui, me promet Panthéa.

— Je l'espère.

Endora pousse un soupir déterminé.

— Allez, ramène-toi, Kairos ! appelle-t-elle.

On n'a pas besoin de le prier plus fort. Le dieu de l'instant opportun apparaît face à nous, enveloppé dans une toge brune, sa chevelure toujours aussi volumineuse sur le sommet de son crâne. Son air féroce fait grimper la tension.

— Enfin, se réjouit-il, les yeux rivés sur le Palladion. Bien joué, sorcière.

Je déglutis, estomaquée par la légèreté de son ton.

— Cette quête a entraîné de nombreux sacrifices, grondé-je.

— Peu m'importent ces détails, réplique-t-il avec un geste expéditif de la main.

Oh, j'ai envie de lui tordre le cou !

— Ma sœur n'est pas un détail, souffle Endora. Est-elle hors de danger ?

— Le temps est relatif, vous savez, semble s'amuser Kairos.

Endora fait un pas en avant, j'attrape aussitôt son bras pour la retenir.

— Pandore guérira, affirme ensuite le dieu.

— Es-tu satisfait ? En as-tu terminé avec nous ? relancé-je pour m'assurer qu'il n'intervienne plus dans nos vies.

— Oui, sorcière.

Kairos saisit le Palladion. Sa lueur se reflète sur son visage d'une façon étonnante. Et sordide. J'appréhende tellement le futur en sachant qu'une telle relique se retrouve entre ses mains ! Aurais-je pu fabriquer un faux ? L'aurait-il su ? Quel mauvais choix de le lui livrer ainsi !

— Qu'as-tu l'intention de faire, à présent ? soufflé-je.

— Ce n'est plus votre problème. Et ne croyez pas que votre nouveau sort de manipulation du temps est passé inaperçu. Vous ignorez tout des conséquences de vos actes.

— On a jeté ce sort pour te permettre d'avoir le Palladion ! m'insurgé-je.

— Encore et toujours une question de choix, Pasiphaé ! s'exclame Kairos.

J'en reste bouche bée.

— Tu aurais pu t'en emparer autrement. Comme vous auriez pu laisser Pandore là où elle se trouvait, aux Enfers. Vos choix, vos conséquences.

Kairos nous adresse un sourire fataliste et disparaît.

J'aurais pu voler le Palladion à Troie et supprimer la moitié de notre communauté. J'aurais pu tuer Thyeste de mes mains et orienter toute la haine des Atrides sur nous. Provoquer une guerre, peut-être. Je pourrais échafauder mille autres façons d'obtenir le Palladion et satisfaire Kairos, aucune ne serait meilleure que l'autre.

— C'est terminé, affirme Endora.

— Tu crois ? douté-je.

— Il a eu ce qu'il voulait.

Je ne suis plus sûre de rien, de mon côté.

— Allez, venez. J'ai promis à Pandore qu'on la retrouverait pour boire un *pumpkin spice latte*.

Je suis mes amies comme une automate. Elles maudissent Kairos et sa grande gueule durant le trajet qui nous ramène dans le centre de Springfall, font la liste des divers sorts qu'elles pourraient lui jeter et enragent de sa suffisance. Mais leur colère trahit leur insécurité à elles aussi. Je ne participe pas, je ressasse chacun de mes choix. Tous mes choix. Même une fois dans la file d'attente pour le café.

On affiche pourtant un sourire convenu dès que Pandore nous rejoint. Elle toussote et sa petite mine finit de creuser mon inquiétude, mais son sourire joyeux n'est pas feint. Elle va mieux. On s'empare de nos *lattes* et on déambule dehors. Je reste en arrière, rongée de toute part.

J'aurais pu faire mieux. J'aurais *dû* faire mieux.

— Quoi ?! s'exclame Pandore en pivotant vers moi.

Je m'arrête sur le trottoir, perdue.

— Tu sors avec le boss des BG de l'Olympe ?!

Tous les regards dans la rue se braquent sur moi. Je m'empourpre !

— Chuuut ! T'es pas obligée de le crier sur tous les toits.

Pandore s'empare de mon bras et piaille d'impatience.

— Raconte-moi tout, je veux *tout* savoir. Il y a quelques jours, tu avais peur de prendre un chat, maintenant tu te tapes le dieu de la peur. Un gouffre sépare ces deux Pasiphaé.

— J-j'ai pas grand-chose à dire, on a voyagé ensemble et…

— Ta petite escapade en Grèce, oui, et ?

— Et rien, on s'est rapprochés.

Bon sang, je vais devoir aussi mentir sur notre histoire… Je ne peux pas confier à Pandore que j'ai voyagé dans le temps puis que je suis partie en quête du Palladion en Grèce.

— Donc plutôt une attraction physique ?

Je soupire et me réfugie dans mon *pumpkin spice latte.*

— Les deux, dis-je ensuite. Je l'aime bien.

Je l'aime, tout court, mais dans quelles conditions ? Quelles conséquences s'abattront sur moi si je vais plus loin avec Phobos ?

Pandore affiche un large sourire.

— C'est génial mais tu n'as pas l'air emballée, constate-t-elle.

— C'est un grand saut dans l'inconnu et je lui cache tant de moi. Je ne pourrais pas revenir en arrière sur certaines choses, tu comprends ?

— Tu as l'impression d'être à un embranchement important de ta vie ? résume-t-elle.

Pandore, du haut de ses vingt-deux ans, est pleine de bêtises juvéniles, de fraîcheur et d'énergie. Et puis, parfois, elle fait preuve de raisonnements profonds assez inattendus. Elle a tout compris, c'est exactement ça. Après avoir été forcée de choisir plusieurs voies en urgence, me voilà devant une nouvelle bifurcation qui ne dépend que de moi : vais-je assumer les fautes que j'ai commises face à Phobos ? Ou non ? Si je poursuis avec lui, je vais devoir lui parler de moi. Je n'envisage pas une histoire sérieuse avec de tels mensonges pesant sur mes épaules.

— Tu sais, Pasi, si on admet qu'une nouvelle dimension apparaît à chaque choix que tu fais, alors il va exister une Pasiphaé qui s'ouvrira à Phobos et une Pasiphaé qui ne lui dira rien.

— Comment savoir quelle est la meilleure ?

— Oh, laisse-moi éclairer ta lanterne. La première va tout raconter et prendre le risque que le canonissime Phobos apprenne ses sombres secrets. Mais soyons sérieuses deux minutes, Pasi. Que veux-tu qu'il découvre de grave, hein ? Que tu mets du pilou ? Ce n'est pas déjà grillé, ça ?

Je lui jette un regard noir.

— Bref, il peut l'accepter parce qu'elle aura été honnête avec lui. OK, elle met du pilou mais elle est trop mignonne dedans. Ça passe. La seconde Pasiphaé, elle, mène une vie parfaite avec le dieu au cul parfait… aïe !

Mon coude dans son flanc, pour la peine.

— Mais un jour, Phobos découvre que cette Pasiphaé met du pilou, et blanc, qui plus est. C'est la catastrophe, elle lui a menti toutes ces années ! Il le prendra mal, bien sûr. Et la quittera sans regarder derrière lui.

Je me rembrunis.

— Donc, tu me conseilles de tout lui dire ?

Pandore hoche la tête, un rictus sur les lèvres.

— C'est souvent la meilleure chose à faire.

Je pousse un soupir. Je sais bien, oui.

— Choisis la dimension où Phobos te fera plein de bébés et vous aurez même un chat qui s'appelle Houdini. S'il te plaît. Je veux être la marraine d'une petite Pasiphobos !

Je marche en silence un moment, plus divisée que jamais.

— On verra.

# CHAPITRE XXVIII

**PHOBOS**

On a passé notre après-midi au Siège, à recenser les Atrides et les saisies faites à Mycènes. Laodicé va rester en cellule à New York – une cellule en bronze olympien qui ne répond donc qu'aux reines – en attente d'un jugement. De nouvelles problématiques ont surgi avec cette affaire, si bien qu'Athéna nous a secondés pour se tenir au courant. Elle se sent responsable. Elle me rend nerveux à mettre son nez dans tout ça. Si la déesse de la guerre et de la stratégie ressent le besoin de prêter plus d'attention à ce qui se passe avec les Atrides, alors la situation n'est pas aussi paisible qu'on le croit.

— Le réveil des pouvoirs chez les humains issus des dieux est une conséquence inattendue du rayonnement de l'Olympe, devise Athéna, un whisky à la main.

Deimos nous a conviés chez lui pour un verre.

— Si vous vouliez du boulot en tant que dirigeants du Siège terrestre, vous allez être servis, ajoute-t-elle.

Moi qui m'ennuyais, me voilà pourvu, en effet.

— Il faudrait demander à Mnémosyne[11] d'établir une liste des lignées pour qu'on les surveille, propose Deimos.

— Bonne idée, elle devrait pouvoir retrouver leurs traces.

11. Titanide de la mémoire et mère des Muses.

Athéna me lance ensuite un regard en coin.

— Et… le Palladion ?

Jusque-là, elle n'a pas cherché à en savoir plus, me confirmant que son intérêt pour la relique s'était tassé. Mais dans son ton, impossible de ne pas noter l'attachement sentimental que la déesse de la raison lui alloue.

— Resté chez les Atrides, à Mycènes. L'endroit est sécurisé, il est l'abri.

Elle sourit.

— Bien. Qu'il y reste.

J'ai envie de rajouter que c'est seulement le fait de Pasiphaé, mais je préfère garder cette information pour moi. Tout comme le voyage dans le temps. La mémoire de mes proches est impactée en profondeur, leur expliquer qu'une poignée d'événements datant de la guerre de Troie ont été ajoutés il y a quelques jours ne servirait à rien. Chapitre clos pour ma part.

— Et le Tartare ? Qu'allez-vous faire ? enchaîné-je.

— Lister les prisonniers et travailler avec le tribunal des Enfers pour réévaluer les condamnations. Mais en attendant, on a passé des commandes aux forges pour renforcer la sécurité. Si le rayonnement de l'Olympe réveille les gènes divins chez les humains, peut-être qu'il agit également aux Enfers.

Son raisonnement me convainc. C'est la suite logique de la chute de Zeus, après tout.

— Si Tantale attrape la poire et la mange, il pourrait sortir de son enfer, souligne Athéna. Ce simple fait annulerait son châtiment. Mais si on bâtit une cage en bronze olympien pour l'enfermer, nous aurons un filet de sécurité en attendant mieux.

— Buvons à cela, dis-je, rassuré.

On trinque tous les trois. Athéna termine le fond de sa liqueur et rentre chez elle. De mon côté, je regarde l'heure. Mon cœur bondit. J'ai hâte de me présenter à sa porte, hâte de passer du temps avec elle, de la tenir dans mes bras.

— Des plans pour ce soir ? me demande mon frère.

— Je vois quelqu'un.

Deimos hausse les sourcils et croise les bras. Il me juge ou quoi ?

— Qu'est-ce qu'il a dit comme bêtise ? devance Ella en nous rejoignant.

Elle connaît les expressions de son époux par cœur.

— Il a rendez-vous avec « quelqu'un », répète mon jumeau.

Ella s'illumine, l'annonce l'emballe au moins autant que moi.

— Qui ? Comment ? Où ?

— Avec qui il est parti en Grèce ? renvoie Deimos comme la première des commères.

— Oh ! Pasiphaé ?! T'as rencard avec Pasiphaé ?

Elle avance vers moi et pose une main pédagogue sur mon épaule.

— Si tu as besoin de conseils pour sortir avec une sorcière, tu peux compter sur moi.

Pourquoi pas, en vrai ? Autant mettre toutes les chances de mon côté. Je veux lui faire plaisir, autant en apprendre davantage sur ses goûts.

— Eh bien je comptais lui acheter des fleurs et…

— Oh non, grimace-t-elle aussitôt.

— Quoi ?

— Pas de fleurs coupées, pas pour une sorcière comme Pasiphaé. Elle a envahi son toit de plantes en pots et en jardinières.

— Tu aurais pu le deviner, depuis le temps que tu traînes ici, marmonne Deimos.

Ella le fusille du regard.

— Qu'est-ce que je dois comprendre ? grogne-t-elle.

— Rien, mon amour.

Dès qu'elle relâche son attention, il désigne la pièce qui nous entoure. Le beau salon des pièces de réception du rez-de-chaussée est jonché de plantes vertes. C'est évident, oui. Où avais-je la tête ? L'intérieur de l'appartement de Pasiphaé en est plein, lui aussi.

— Qu'as-tu prévu d'autre ?

— Regarder un film avec elle.

Ella paraît tout de suite touchée.

— On faisait pareil, nous aussi.

Deimos la serre contre lui pour déposer un baiser sur sa tempe.

— Ça fait longtemps, d'ailleurs, se rend-il compte.

— Dès que Médée est couchée, on peut se mettre un film au fond du lit.

— Bonne idée, approuve Deimos en l'embrassant.

Je me racle la gorge, afin de rappeler ma présence.

*Pitié, épargnez-moi.*

— Oui, Phobos, se reprend Ella. Le mot-clé est « cosy » : petit plaid, verre de vin, câlin. Tu ne peux pas te louper.

Je sais déjà où je vais m'approvisionner, autant ne pas perdre de temps !

— Merci Ella, je vais y aller.

— Bonne soirée, me souhaite mon frère avec un mince sourire.

— À vous aussi, réponds-je avant de m'éclipser.

Je connais un traiteur originaire de Cythère à New York qui fera l'affaire, mais je ne résiste pas à l'envie de passer à la villa pour fouiller la cave familiale. J'arrive au milieu de la nuit, pourtant il y a de la musique sur la terrasse, côté piscine. Je jette un œil, curieux, prêt à découvrir une énième soirée organisée par mes frères, mais non. Juste mon père, ses disques favoris et un bouquin entre les mains, affalé sur une chaise longue.

On dirait un retraité avec l'allure d'un humain de trente-cinq ans.

— Papa ?

Il lève le nez de sa lecture et sourit.

— Tiens, Phobos. Qu'est-ce qui t'amène par ici ?

— La cave. Qu'est-ce que tu lis ?

— Un thriller. C'est pas mal, ce qu'il écrit, ce Stephen King. Plein de psychopathes et de monstres, de morts abjectes… Les humains sont bizarres.

— Je ne dirais pas le contraire. Tu es seul ?

— Ta sœur est dans sa chambre. Elle lit le même livre, on doit en discuter après.

Je n'ai pas croisé Harmonie depuis un moment. Un crochet s'impose.

— Je te laisse, je passais juste comme ça.

— Va. Et prends du vin de Némée, il nous en reste. Si tu veux impressionner ta belle, il n'y a pas mieux.

Mais… Deimos n'a pas pu me devancer, il a autre chose à faire.

— Comment tu sais que c'est pour un dîner à deux ?

Arès me lance un regard perplexe.

— J'ai épousé ta mère il y a quelques millénaires et j'ai engendré tes frères. On ne me la fait pas, à moi. D'ailleurs, tu ferais mieux de te décider, Aphrodite a une liste de prétendantes longue comme le bras.

Rha bon sang, j'oublie toujours que j'ai lancé ma mère sur cette idée.

— Je lui parle demain, promets-je.

— Bien ! commente mon père, satisfait, avant de se replonger dans son livre.

Je pars explorer la cave, choisis une bonne bouteille et me dirige dans les étages. La chambre de ma sœur est la plus encombrée. Ce n'est pas qu'elle manque d'envie ou du besoin nécessaire pour s'occuper de ses affaires, mais ses traumatismes l'ont désordonnée au point où tout son bordel lui paraît normal. C'est du moins la dernière image que j'ai de sa chambre. Car après avoir frappé et attendu qu'elle me laisse entrer, je découvre des coins *rangés*. Ma sœur, elle, demeure invisible cela dit, perdue quelque part entre des montagnes de vêtements et des piles de cartons difformes. Mais des étagères ont été installées et des livres sont classés par couleur. Ce détail me stupéfie.

— Phobos ?

Harmonie apparaît entre deux boîtes, un livre entre les mains. Elle a relevé ses cheveux bruns et ses grands yeux un peu étranges ne reflètent rien d'autre que le bonheur déniché dans son occupation actuelle.

— Ça va, sœurette ?

— Avec papa, on lit une histoire de clown tueur qui se cache dans les égouts, répond-elle, ravie.

Voilà, c'est là où je me dis que tout roule.

— Cool.

J'inspecte de loin sa bibliothèque pour m'assurer qu'il n'y a pas non plus que des histoires d'horreur ou des thrillers, et constate avec surprise que des manuels de jardinerie parsèment la littérature plus classique.

— Tu t'intéresses aux plantes ?

— Ella m'a donné des conseils pour mon carré de jardin.

Notre belle-sœur a su trouver une place bien particulière auprès de chacun d'entre nous. Et je me dis, au fond de moi, que Pasiphaé aurait la sienne et qu'elle mettrait le nez avec joie dans la bibliothèque de ma sœur. Harmonie a bien changé depuis que les sorcières sont entrées dans sa vie. Depuis que la paix a été instaurée, même. Depuis que Zeus n'est plus dans les parages. Elle qui éprouvait des difficultés à communiquer, à faire confiance, à se laisser approcher, elle qui ne parvenait plus à trouver d'équilibre, qui devenait sujette aux accès de folie et aux pertes de contrôle... Voilà qu'une forme de sérénité l'éblouit.

— Tu veux le voir ? me propose-t-elle.

— Oui, s'il te plaît.

Elle lâche son bouquin et me rejoint pour nous éclipser dans son nouveau refuge. Les éclairages extérieurs s'enclenchent à notre arrivée.

— Qu'est-ce que t'en penses ?

Elle a délimité un carré dans lequel des plantes produisent un effet fourre-tout détonnant au milieu du jardin ordonné et délicat de la villa. Mais connaissant les sorcières, les leçons d'Ella ne pouvaient que mener à ce bazar végétal.

— C'est à ton image, extravaguant et magnifique.

Ma remarque la fait rire. Harmonie redevient harmonieuse, je ne pensais pas que ce serait possible de voir cela un jour.

— Tu as une plante à me préconiser pour un cadeau ?

— Pour ton amoureuse ?

Même elle ?!

— Mais comment tu...

Harmonie donne une pichenette sur la bouteille coincée sous mon bras.

— Le vin de Némée de papa, pour quelle autre occasion, hein ?

— Rha, oui, bon. Quelle plante pour une femme qui me plaît vraiment beaucoup ? reformulé-je, les joues bouillantes.

Ma sœur s'éloigne et déambule parmi sa réserve avant de mettre la main sur ce qu'elle cherchait. Elle revient avec un pot en terre cuite contenant une plante aux petites fleurs bleues.

— Un myosotis, pour l'amour éternel, dit-elle en me le refourguant.

*Parfait.*

— Bonne chance, me souhaite-t-elle, ravie.

— Merci, petite sœur.

Je n'ai plus qu'à passer par le traiteur, puis par chez moi pour prendre une douche et je pars à Springfall.

**PASIPHAÉ**

Je suis trop nerveuse, bien trop nerveuse ! Si nerveuse que je n'ai rien préparé pour mon rencard. Alors j'ai appelé ma meilleure amie, Méroé. Et elle me fixe, les yeux arrondis, après mon récit de voyage en Grèce en compagnie de Phobos pour une quête archéologique qui s'est terminée par la version que les dieux colportent : le Palladion est à Mycènes.

— Sans déconner ? finit-elle par lâcher.

— Eh oui, un tunnel plein d'épreuves, comme dans Indiana Jones. C'était même un peu excitant, tu vois ?

— Non, attends, Pasi. OK pour le Palladion, mais euh… toi et Phobos ? Toi et « surtout pas lui » ? Lui et « *pas elle* » ? Pardon, mais qui avait raison depuis le début ?

Je me rembrunis.

— C'est toiiii, grogné-je.

— Oui, oui, ouiii ! chantonne Méroé en sautillant.

Je l'adore, mais elle ne m'aide pas du tout, là. J'agrippe son poignet pour l'entraîner dans ma chambre. J'ai sorti quinze tenues différentes, étalées sur mon lit.

— Qu'est-ce que je mets ? Il m'a déjà vue dans du pilou ou dans des vêtements crades, ce ne serait pas bizarre de porter une robe plus habillée ? Il va se poser des questions, non ? Ou alors je m'en pose trop ? On a déjà couché ensemble, on se plaît, pourquoi je mouline comme ça ?

Méroé fronce les sourcils, intriguée. Elle enlace mes épaules avec confiance.

— Pasiphaé, tu as pris l'avion alors que tu as une trouille bleue des transports. Tu as affronté des épreuves qui auraient tranché n'importe qui d'autre, de manière longitudinale. Tu es partie seule pour confronter les Atrides ! Ce rencard, tu le gères.

Je lui rends son sourire, touchée.

— Tu crois que je suis digne de lui ?

— Ah non, Pasi. Je t'interdis de te poser ce genre de questions. On ne cherche jamais à être digne de l'autre, mais à être digne de soi-même. Et tu es la sorcière la plus bienveillante, courageuse et talentueuse que je connaisse. D'accord ?

Elle ne pouvait pas mieux dire pour m'enfoncer la tête sous l'eau. Je déglutis et me force à approuver. Méroé jette ensuite un œil à mes tenues.

— Choisis la robe bordeaux. Mais peu importe ce que tu portes, Phobos est fou de toi depuis un moment déjà. Tu te souviens de ton rendez-vous avec Kyamites ? J'étais assise avec lui et crois-moi, il n'a rien écouté, il ne regardait que toi. Tu n'as aucun souci à te faire.

**PHOBOS**

En grimpant l'escalier, je tombe sur sa voisine octogénaire qui galère avec son sac de courses. Elle a l'air de tenir à la sorcière, alors autant lui filer un coup de main.

— Bonsoir madame McKlausky.

Ses yeux de rapace s'accrochent sur moi.

— Je vous aide ?

— Qui êtes-vous ?

— Phobos, je viens voir Pasiphaé.

Elle plisse ses paupières, comme pour mieux m'identifier.

— Ah oui, je me souviens de toi, dit-elle en me refourguant son sac.

Puis elle reprend son ascension de l'escalier, je la suis à son rythme.

— Attention avec Pasiphaé, hein. C'est une gentille fille. Interdiction de lui briser le cœur.

— Promis, je ferai attention.

Dès qu'on arrive au troisième et dernier étage, la dame cherche ses clés et la porte de la sorcière s'ouvre. Elle a dû entendre nos voix. Elle apparaît, nimbée de son aura fascinante, sa longue chevelure ondulante sur son épaule et ses lèvres cerise m'accordant le plus beau des sourires. La beauté de cette femme me terrassera à chaque fois.

— Allez, va, Roméo, me chasse la dame, alors que je demeurais immobile devant sa porte. Et bonne soirée, les jeunes.

— Merci, madame McKlausky, répond Pasiphaé.

Je la rejoins, le cœur tambourinant. Elle me laisse un passage, claque le battant derrière moi et se hisse sur la pointe de ses pieds. J'ai les bras chargés mais je ne résiste pas à son baiser. Je la serre contre moi, le tissu de sa robe est si fin qu'il me donne l'impression de toucher sa peau. Elle câline mes lèvres, ses bras tendrement enroulés autour de mon cou.

— Salut, finit-elle par dire entre deux baisers.

— Salut, répliqué-je, comblé.

Quelles étaient mes chances de tomber sur elle ? Et d'être heureux comme ça ?

— Viens, entre, ajoute-t-elle en me libérant de sa délicieuse entrave. Je ne sais pas ce que tu as prévu, mais on peut sortir ou rester ici.

Je brandis un premier sac avant de le déposer sur la table de la cuisine.

— J'ai apporté de quoi manger et boire, le meilleur de la Grèce. Et un rétroprojecteur avec *Indiana Jones* 1, 2 et 3. Il nous faut juste un drap blanc et un sort pour le maintenir tendu.

Son visage s'illumine à mesure que je parle. Je dégaine alors mon présent, ce sera la cerise sur le gâteau. Je sors la plante de l'emballage en papier dans lequel elle était protégée.

— Elle est pour toi.

Pasiphaé, émue, s'en saisit et plonge son nez dans les fleurs.

— « Ne m'oublie pas », bredouille-t-elle. C'est aussi le nom du myosotis.

Je l'ignorais. Ce ne pouvait pas être plus parfait. Je lui caresse la joue, soucieux de ses émotions.

— Tout va bien ?

Elle embrasse le creux de ma paume tout en acquiesçant.

— Je vais chercher un drap, fais comme chez toi.

Elle dispose le myosotis sur l'une de ses étagères, près d'autres plantes de la même taille, puis s'efface dans sa chambre. Je débouche le vin, prends des verres et pose les mets sur la table basse, devant son canapé. Si ce qu'elle a vécu la hante encore, je vais tâcher de lui changer les idées ce soir. Elle revient avec un drap blanc qu'elle déplie et fige d'un sort devant nous. Je n'ai plus qu'à brancher le rétroprojecteur, éteindre quelques lumières et lui servir un verre.

On se retrouve lovés l'un contre l'autre, à picorer devant le générique de son film fétiche. Une onde d'excitation la traverse dès les premières notes de musique. Je vais tenter de suivre l'histoire – et de comprendre qui est Demi-Lune – mais je dois avouer que ses réactions seront bien plus amusantes que le film en lui-même. D'autant plus que dès la première épreuve que l'archéologue doit passer – à savoir échanger un sac de sable contre une idole en or du même poids –, elle se lance dans toute une série de critiques, allongeant mon bras autour d'elle pour se nicher contre moi.

J'ai toujours eu l'impression de n'avoir été que ce rocher isolé au large de Cythère. Et elle est là aujourd'hui, cette sorcière capable de tout. Elle vit à présent dans mon cœur, pour toujours.

**PASIPHAÉ**

On a enchaîné les trois films. Un véritable marathon. On a vidé les merveilleux petits plats qu'il a ramenés de son traiteur et bu son excellent vin, j'ai même préparé un café avant le troisième film pour qu'on tienne jusqu'au bout. On a ri, débattu, on s'est embrassé de longs moments, si bien qu'on est revenus en arrière pour ne rien louper des intrigues... Il ne pouvait pas m'offrir meilleure soirée que celle-ci. Le dernier générique de fin déroule. Phobos affiche un air pensif et sérieux.

— Très bien, je crois que mon choix est fait. Ce sera Marion Ravenwood.

Le grand amour, donc.

— C'est ton dernier mot ? m'amusé-je.

— C'est mon dernier mot.

Je fonds sur ses lèvres souriantes, m'abreuvant de baisers, incapable de me décoller de lui. J'aimerais qu'on soit enfermés dans une boucle infinie, que la nuit ne passe jamais et que le soleil ne se lève pas. Il glisse sa main sur mon genou pour me caresser, semant derrière lui des milliers de frissons.

— Tu veux que je reste ? murmure-t-il près de moi.

*Pour toujours, oui.*

Mais j'ai fait un choix.

Puisque je ne peux pas trahir Endora et Panthéa, puisque je ne peux pas revenir en arrière sur mes sorts interdits ni regretter la vie épargnée de Pandore, puisque je ne peux pas décevoir ma meilleure amie qui me tient en si haute estime, puisque je ne pourrai pas me regarder dans une glace si je poursuis sur cette voie...

Et puisque j'aime Phobos à la folie, j'ai fait un choix.

— Je peux aussi partir et revenir demain, me propose-t-il.

Je souris, confuse.

— Je préférerais, oui.

— Tout ce que tu veux, dit-il avant de m'embrasser.

Il se lève et embarque avec lui des plats vides dans le coin cuisine.

— Laisse, je vais le faire.

— Je peux te donner un coup de main.

Je ne l'en empêche pas. Après tout, il est encore là, avec moi. Alors je range avec lui, déplie le drap et l'enroule, le regarde enfiler sa veste, le cœur au bord des lèvres.

*Reste.* C'est tout ce que je voudrais crier. *Reste !* Mais il a déjà rassemblé ses affaires, et même s'il traîne un peu des pieds, il n'a plus aucune tâche pour se tenir occupé ici. Je pose le drap sur le canapé, désespérée.

— Tu as tout ?

— Si j'oublie quelque chose, je reviendrai, répond-il en me couvant des yeux.

— Oui, ce n'est pas perdu.

Je m'approche de lui, tendue. On se serre l'un contre l'autre. Je noue mes mains dans son dos, enfouissant la tête contre son épaule.

Pandore avait tort sur un point : il n'y a pas que deux Pasiphaé. Je vais choisir la dimension dans laquelle elle épargne Phobos en formulant un nouveau sort interdit.

— Merci pour cette soirée, dit-il. Tu sais combien je tiens à toi…

Je reste blottie contre lui pour ne pas le regarder dans les yeux, j'en serais bien incapable.

— Moi aussi, je t'aime, c'est bien pour cette raison que tu vas m'écouter. *Entends-moi, dieu de la peur, mes mots seront ta nouvelle valeur.*

On ne peut pas faire naître l'amour par magie, c'est impossible. Mais on peut l'anéantir, et c'est irréversible. Phobos ne bouge plus, il n'a plus qu'à absorber ce que je vais lui dire. Alors, la bouche asséchée, les jambes en coton, les battements de mon cœur faisant tressauter ma voix, je récite ce que je prévoyais de dire.

— Tu vas oublier que tu as ressenti de l'amour pour Pasiphaé, tu en éprouveras à nouveau mais pas pour elle.

Je hoquète et ferre au fond de moi le puissant sanglot qui veut me secouer.

— Tu m'oublieras, Phobos, tu passeras à autre chose…

Ses doigts s'agrippent à mes poignets pour me détacher de lui.

— Qu'est-ce que tu fais ? souffle-t-il en luttant contre mon sort.

La blessure que je lui inflige et qui lui embue les yeux me poignarde le ventre de la plus brutale des manières. Je dois réattaquer tout de suite, ne pas lui laisser une seule chance de sortir de cet état qui peine à s'imposer à lui. Alors je m'endurcis et répète, les dents serrées.

— *Entends-moi, dieu de la peur ! Mes mots seront ta nouvelle valeur !*

Phobos relâche son emprise. J'en profite pour encadrer son visage et le regarder dans les yeux. C'est après tout ce dont je me suis vantée auprès de lui par le passé : d'en être capable.

— Écoute-moi, s'il te plaît ! Je fais ça pour toi !

Je déglutis, au bord du précipice. Alors je raffermis mon ton, j'enterre la douleur.

— Tu vas oublier tous les sentiments qui te lient à moi. Tu es venu ici, on a dîné ensemble et on a compris qu'on faisait fausse route parce que… il n'y a pas d'amour entre nous.

Et j'oublierai peut-être moi aussi, un jour, la tempête qui m'anime dès qu'il est là, j'oublierai à quel point il est parfait pour moi. Un jour, je me pardonnerai peut-être de me crever le cœur de cette manière.

Je n'ai plus qu'à prononcer la fin du sort et ce sera terminé.

— *Les mots que j'ai prononcés sont à jamais scellés.*

Je recule d'un pas, chancelante. Phobos redresse la tête et me regarde de loin, comme s'il voyait à travers moi. J'ai fait ce que je reprochais aux autres, j'ai manipulé ses sentiments alors qu'il avait confiance en moi… c'est une faute qui me hantera à vie.

— Je suis désolé, Pasiphaé, dit-il d'un ton à la fois gêné et pressé. On a essayé.

— Oui, me contenté-je de dire.

J'ai cadenassé la moindre de mes émotions, je ne peux pas faire mieux.

— Si jamais tu as besoin de l'aide des dieux, après cette affaire avec les Atrides, tu sais où on est ?

Je hoche la tête.

— Bien, à plus tard alors.

Il se détourne et disparaît.

Le silence s'abat sur mes épaules. Je déglutis, les larmes forçant mon barrage.

Tout se fendille avant de se briser, mon cœur, mon âme et tout ce qui me restait de lui.

Notre histoire ne pouvait pas finir autrement.

# ÉPILOGUE I

**PASIPHAÉ**

*Un mois plus tard*

Houdini ronronne si fort, en faisant ses griffes à deux centimètres de mon visage, que je finis par me réveiller en grimaçant. J'ai encore oublié de fermer les volets hier soir. J'enfonce ma tête sous mon oreiller, ce qui ne décourage pas du tout mon chat. Il grimpe sur mon dos et se roule en boule sur mon coussin.

Toujours là où il faut, c'est un peu la devise d'Houdini.

Comme je ne sortais plus de chez moi et que j'étais devenue amorphe, vidée de toute volonté, dans ma fameuse position défensive de hérisson, Pandore s'est dévouée et a adopté le chat qui me plaisait pour me tenir compagnie. J'ai dû lui faire extrêmement pitié car, pour un animal maltraité en quête de sécurité, il a donné sans compter. Chaque matin, je me lève, sors de mon appartement et fais des courses uniquement pour lui acheter des croquettes. Dès que je suis triste, il s'enroule contre moi et quémande des caresses.

Il est juste comme ça, Houdini.

— OK, t'as gagné, je me lève.

Je rabats la couette, la fraîcheur de la pièce me fait tressaillir. La fin du mois de novembre est glaciale. Il neige depuis deux jours, aujourd'hui ne fait pas exception. J'enfile un gros pull et nourris mon chat. J'allume la bouilloire, mal à l'aise. Je ne supporte plus cet endroit. Mon ventre est constamment noué dès que mes yeux aperçoivent le myosotis dont je ne parviens pas à me débarrasser. Le regard blessé de Phobos est toujours présent dans cette pièce. Je pourrais alléger mes souffrances en déménageant, mais je m'y refuse. Je dois me les infliger. Ne pas oublier que je l'ai trahi.

Mon sommeil est peuplé de Tantale, de Thyeste et de Phobos.

Ma magie devient sombre, inutile. J'en suis écœurée, je ne la pratique plus. Je n'avais pas imaginé une seule seconde qu'elle puisse me desservir.

Seul le temps peut me guérir, mais le temps est bien long. Et depuis quelques jours, je sais qu'il n'arrangera rien du tout. Bien au contraire. Je bois une tisane qui apaise les nausées. Un bébé conçu il y a trois mille ans, c'est bien la dernière épreuve impossible à résoudre à laquelle je pouvais faire face.

Mieux vaut ne pas tarder, Méroé, Panthéa, Endora et Pandore m'attendent pour notre virée olympienne. La grande agora ouvre aujourd'hui – l'immense place cernée de boutiques, dont celle d'Éros et de Méroé. Si ça ne tenait qu'à moi, je resterais ici à papouiller Houdini. Mais mes amies sont assez inquiètes pour moi comme ça. D'autant plus que selon les dires de Méroé, Phobos va très bien. La rupture ne m'affecte que moi, lui, il fait sa vie comme si de rien n'était.

Alors j'essaie de jouer le jeu. Mon but n'est pas qu'elles se retournent contre lui parce qu'il ne témoigne pas de la même peine. Je souris plus, je plaisante, je relativise les choses.

Une fois habillée, je gratouille la tête de mon chat.

— Bon, Houdini, je te confie la maison, sois sage.

Il me donne d'adorables coups de patte en guise de réponse.

Je rejoins l'agence de Méroé, notre point de rendez-vous pour utiliser les plumes d'Hermès. Ma meilleure amie est déjà là. Elle a tant regretté de nous avoir poussés l'un vers l'autre et s'est confondue en excuses un long moment alors que je la rassurais, espérant qu'elle cesse de me faire culpabiliser davantage.

— Pasiphaé !

— Salut Méroé.

J'aimerais lui parler de ce qui m'arrive, mais je ne sais vraiment pas où je vais avec ça. C'est trop tôt. Même si je sais que je pourrais toujours compter sur mon amie. Elle a tout de suite compris que je mette ma quête de l'âme sœur de côté. Elle n'a pas discuté, alors que ce n'est pas son genre.

— Tu es prête pour l'ouverture ? l'interrogé-je.

— Affirmatif ! Avec Éros, on est sur le coup, répond-elle, toute pimpante.

Puis ses lèvres se plissent.

— On a aussi pris la décision de ne pas utiliser les boussoles d'amour. Éros m'a dit que son frère avait paniqué avec celle qu'on t'avait confiée. Elles ne marchent peut-être pas aussi bien qu'on le croyait.

Méroé, qui a toujours été si sûre d'elle dans son travail, doute. Pitié, ne me dites pas que je fais vaciller les certitudes de ma meilleure amie !

— Je suis désolée.

— Arrête, voyons ! C'est moi qui suis désolée de te l'avoir fait tester. Indirectement, ça vous a influencés, c'était une très mauvaise idée, fin de l'histoire.

Mon nœud à l'estomac ne se desserrera pas aujourd'hui.

— Les filles arrivent.

Panthéa, Endora et Pandore entrent à leur tour. Elles sont contentes de me voir, demandent des nouvelles de mon chat et m'entourent de leur bienveillance. On s'empare toutes d'une plume d'Hermès et on se volatilise dans le tourbillon qui mène sur l'Olympe.

La place centrale et sa mosaïque luisent sous le soleil. Le hasard fait que j'atterris sur la figure d'Athéna et reconnais aussitôt le Palladion dans sa main. C'est vraiment parfait pour ruiner une journée. Je m'en détourne. L'automne est beaucoup plus doux ici, autant en profiter. On retire nos écharpes, toujours aussi frappées par l'éclat de la dimension divine. L'ébullition règne, beaucoup de monde vadrouille et se dirige vers l'agora. De grands mâts jalonnent l'axe principal qui mène du palais royal à la plateforme inaugurée en ce jour. À chacun d'eux, est hissée une large bannière qui m'intrigue dans un premier temps. J'ai l'impression de reconnaître un visage de profil, même s'il semble seulement esquissé.

— Oh non, murmure Méroé, près de moi.

Mais… c'est Phobos, non ? Et il n'est pas seul, le profil d'une femme le côtoie. Je dois en avoir le cœur net, alors j'arrête un satyre qui se presse en direction de l'agora.

— Attendez, que se passe-t-il ? À quoi servent tous ces drapeaux ?

Le satyre bat le sol de ses sabots, les cornes rutilantes. Il n'a clairement pas que ça à faire.

— À annoncer le mariage royal ! Le prince Phobos s'est fiancé à la nymphe Clééia, tout l'Olympe ne parle que de ça, l'inauguration de l'agora tombait à pic.

Et il poursuit son chemin en grommelant.

Il y a pire que la vue du Palladion pour ruiner une journée. Bien pire.

Il va se marier ? Déjà ?

Il m'aimait pourtant. Il *m'aimait.* Je vais devenir folle de rage et de douleur.

— Pasi, tu veux qu'on rentre ? me propose Pandore.

Notre petit groupe m'observe avec son habituelle inquiétude.

— Non, non, balayé-je avec un sourire. C'est comme ça, tout va bien. Allons voir l'agora.

On se met en route et j'ai peur. Peur de perdre la tête. Peur de ce gouffre au bord duquel je danse.

**PHOBOS**

— Ce n'était Pasiphaé, là-bas ? me demande Deimos, alors qu'on se presse sur la grande place centrale de l'Olympe.

— Peut-être, je ne l'ai pas vue.

Ce n'est pas la première fois qu'on me questionne à son sujet, que ce soit Ella, Éros, Antéros, Harmonie et même mon père… Et je ne compte pas le nombre de sourcils froncés de mon frère qui hésite toujours à aborder le sujet. Mais vraiment, en quoi ça les regarde ? J'ai tourné la page. Je me suis même posé de nouvelles questions à son sujet, avec un œil neuf. Si Éros et Méroé n'ont pas manipulé la boussole, alors comment Pasiphaé a-t-elle remonté le temps ? Est-ce la combinaison du pouvoir des sorcières et des dieux ? Un sort ? Une magie que je ne connais pas ? Sans réponse, j'ai mis de côté, car il faudrait pour cela que j'interroge Pasiphaé et je ne tiens pas à raviver quoi que ce soit.

— Qu'est-ce que vous avez, tous, avec elle ? râlé-je. Ça n'a pas marché, ça n'a pas marché. Foutez-moi la paix avec ça. On a rompu d'un commun accord.

Deimos lève les mains comme pour s'excuser.

— Je ne t'importunerai plus avec ça, promet-il.

— Merci.

— Et Clééia, alors ? Ce mariage te convient ?

Je hausse les épaules.

— Elle fait partie des nymphes célestes, elle est brillante et douce.

Et voilà. J'ai fait le tour. Mais c'est déjà pas mal pour bâtir quelque chose, non ? J'ai ressenti un petit truc avec elle, quand ma mère m'a présenté son panel de prétendantes, juste après ma rupture avec la sorcière.

Deimos grimace sans commenter.

— Ce n'est pas ce que tu as ressenti quand tu as vu Ella la première fois ? Monsieur J'ai-fait-un-mariage-arrangé ?

— Si, si, cède-t-il.

— Tu ferais mieux de te concentrer sur la déification de ta femme, j'imagine qu'Ella hésite encore sur ses attributs, non ?

— Elle vogue entre des citrouilles et des plantes pour le moment.

Je lui renvoie sa grimace perplexe.

— Elle a plus besoin d'aide que moi, tu ne crois pas ?

— Oui, en effet, concède Deimos.

— Bon. On va aux Enfers ? Je te rappelle qu'Hadès nous attend.

— Allons-y.

On s'éclipse tous les deux.

Le roi des Enfers nous attend près du fleuve de lave Phlégéton, à l'entrée du Tartare. Il a envoyé un message urgent aux reines, elles nous ont dépêchés en retour. Éris se tient auprès de lui, les bras croisés. Hadès affiche sa mine des jours sombres, emmitouflé dans son manteau noir.

— Que se passe-t-il ? interroge aussitôt Deimos.

— Regardez par vous-même, réplique Hadès en désignant le pont qui enjambe le fleuve pour atteindre les portes du Tartare.

La construction en pierre date de la toute fin de l'ère des Titans, quand Zeus a pris le pouvoir et fait bâtir cet endroit pour retenir ses ennemis prisonniers. Autant dire que ce pont est vieux de plusieurs millénaires bien tassés. Mais voilà, des morceaux se détachent et tombent dans la lave, par intermittence régulière. Il se délite.

— Quelqu'un peut m'expliquer pourquoi l'Olympe rayonne comme jamais et pourquoi le Tartare est en train de s'effondrer ? grogne Hadès, la pointe de panique n'échappant à aucun d'entre nous.

— Merde, souffle mon frère en ouvrant son porte-cigarettes.

Je lui en prends une, angoissé.

— Je peux vous assurer d'une chose, entame Éris, la nervosité au summum. Si les monstres qui errent là-dedans s'échappent, la bataille qui aura lieu ici ne laissera pas notre monde indemne.

# ÉPILOGUE II

**PANTHÉA**

Le supplice de Pasiphaé me retourne l'estomac. Elle a beau tout faire pour le cacher, je ne suis pas dupe. Son chagrin intarissable parcourt notre cercle depuis un mois. Je ne sais pas quoi faire pour elle. Ce n'est pas une simple peine de cœur, c'est bien plus profond. Une culpabilité qui la ronge et qui change sa magie. J'ai lu beaucoup de témoignages et de récits de sorcières du passé, leurs doutes, leurs quêtes, leurs chemins… Jamais encore je n'avais croisé cette possibilité : inverser le cours d'une magie, la ternir et l'aigrir.

Je m'éloigne de notre petit groupe qui explore l'agora bondée de l'Olympe. Elles vont à la boutique d'Éros et de Méroé, je les rejoindrai plus tard. J'ai toujours détesté la foule, je préfère éviter la cohue de la place centrale pour déambuler sur le côté. L'angoisse ne me quitte pas. Pourtant, j'ai toujours eu l'impression d'être la plus sensée et tranquille du groupe. J'aime mon antre dans la forêt, le calme de la bibliothèque dans la Clairière, ma solitude. Pandore me qualifie même d'« imperturbable Panthéa ». Le questionnement qui me harcèle jour et nuit depuis peu ne me ressemble pas. Je plonge mes mains dans mon manteau au motif tartan, abandonnant l'enroulement de mes doigts dans le bout de ma natte complexe qui retombe sur mon épaule.

Quel avenir nous attend ? Nous avons changé le cours du présent, Pasiphaé a été catapultée dans le passé, qu'en sera-t-il du futur ? Moi qui ne m'en suis jamais souciée jusque-là, voilà que la question me taraude.

— Je peux peut-être t'aider ?

Une voix m'interpelle juste derrière moi. Surprise, j'effectue un demi-tour et aperçois une femme qui me sourit, à quelques pas, debout devant une haute ouverture rectangulaire. Avec hésitation, je m'approche d'elle. Des rides animent la moindre de ses expressions. Ses longs cheveux poivre et sel sont coiffés avec soin, tout comme les miens, et son regard, aussi gris et brillant que le mercure liquide, me scrute avec gentillesse. Elle paraît âgée et jeune tout à la fois, impossible de trancher.

— Est-ce que tu t'adresses à moi ?

— Oui, j'ai remarqué ton air pensif et comme j'attends mon ou ma première cliente, je me suis dit que peut-être tu voudrais tenter l'expérience.

Elle n'ajoute rien. Aussi, je lève la tête pour observer la devanture de sa boutique, curieuse de savoir ce qu'elle peut bien prodiguer. La façade, contrairement à tous les autres commerces de l'agora, est dépouillée. La pierre n'a pas été polie, les blocs ont été taillés et posés les uns sur les autres pour former une masse quadrangulaire sans fantaisie. L'intérieur, derrière la déesse, est plongé dans le noir. Impossible d'en voir plus. Il n'y a qu'un mot inscrit en grosses lettres grecques sur le linteau : ANANKÉ, et un panneau amovible posé à un mètre indiquant « Liseuse de bonne aventure ».

— Oh, je ne suis pas sûre de croire à tout ça, m'excusé-je, gênée.

La déesse, enveloppée dans une longue robe plissée nacrée, parcourue de reflets argentés, sourit de nouveau sans sembler blessée par mes paroles.

— Qu'as-tu à perdre ? À part un peu de ton temps ?

Elle fait un pas vers moi.

— Tu n'es pas à l'aise dans la foule et tu as besoin de réponses. N'es-tu pas curieuse ?

À vrai dire, un peu. Au moins, elle me changerait les idées. Pandore serait la première à me donner un coup de coude pour que je tente l'aventure.

— D'accord, cédé-je. Pourquoi pas !

— Tu ne le regretteras pas, m'assure-t-elle d'un clin d'œil.

Elle me guide à travers un couloir plongé dans le noir. Sa chevelure émet alors une lueur cristalline fascinante. Elle écarte un pan de rideau opaque au bout de quelques pas. J'entre dans une salle incroyable, sphérique et bleu nuit. Des anneaux de bronze doré géants, gravés des signes astrologiques et des constellations, tournent à l'intérieur comme si leur centre de gravité se trouvait au cœur de la sphère. Une lumière étrange, miroitante et claire, baigne l'endroit. Ananké s'est avancée sur un sol invisible qui nous mène au milieu de la pièce, je la rejoins, ébahie. Elle fait apparaître un sablier qui flotte dans les airs, prêt à se lancer, ainsi qu'un jeu de cartes.

— À l'occasion du renouveau de l'Olympe et de l'ouverture de l'agora, j'ai créé un tarot olympien que tu vas inaugurer.

Elle bloque le jeu entre ses mains et les écarte, provoquant une lévitation des cartes qui se mélangent seules. J'aperçois, parmi toutes les figures qui semblent les peupler, des divinités et des sorcières aux reflets mouvants et dorés. Un jeu *enchanté*.

— Ton prénom ?

— Panthéa, réponds-je, troublée par l'atmosphère mystérieuse qui règne ici.

— Panthéa. Toutes mes lectures sont limitées dans le temps et dans l'espace, m'annonce-t-elle. As-tu une question précise à me poser ?

Toutes mes appréhensions se bloquent au fond de ma gorge. Comment les déclamer à voix haute face à une inconnue ? Alors, je me contente de mon désir d'orientation, pour savoir quel chemin suivre à l'avenir, j'ai besoin d'une boussole.

Ma requête aussitôt formulée, Ananké fixe son regard divin sur les cartes et le sablier se retourne, entamant son décompte.

# DIVINITÉS GRECQUES

**Aiôn** : dieu de l'éternité

**Antéros** : dieu de l'amour réciproque

**Aphrodite** : déesse de la beauté, de l'amour et du désir, reine de l'Olympe

**Apollon** : dieu du soleil, de la médecine, des arts et de la divination, protecteur de Delphes

**Arès** : dieu de la guerre

**Athéna** : déesse de la sagesse, de la stratégie et des arts, reine de l'Olympe

**Chronos** : dieu du temps

**Deimos** : dieu de la terreur

**Les Érinyes** : Megaira, Alecto et Tisiphone ; déesses de la vengeance et du châtiment

**Éris** : déesse de la discorde

**Éros** : dieu de l'amour

**Gaïa** : déesse-mère de la Terre, mère des Titans et des Divinités

**Hadès** : roi des Enfers, dieu des morts

**Hécate** : déesse de la magie, ancienne psychopompe

**Hécatonchires** : créatures à cent bras et cinquante têtes, gardiennes du Tartare

**Héphaïstos** : dieu des forges et des volcans

**Héra** : déesse du mariage et de la fécondité, reine de l'Olympe

**Hermès** : dieu messager du commerce et des voleurs, et psychopompe

**Kairos** : dieu de l'instant opportun

**Perséphone** : reine des Enfers, déesse du printemps

**Phobos** : dieu de la peur

**Python** : dragon-serpent, fils de Gaïa et gardien de Delphes

**Les Semés (ou Spartes)** : Échion, Oudaïos, Chthonios, Hypérénor et Péloros ; ombres armées servant Phobos

**Tantale** : fils de Zeus, père de Pélops et grand-père d'Atrée, condamné au Tartare

**Thémis** : Titanide de la justice et protectrice de Delphes avant Apollon

**Zeus** : ancien roi de l'Olympe, dieu de la foudre, maître des destinées

# REMERCIEMENTS

Un immense merci à mon aurige et bras droit Zélie, qui mène le char sur les batailles passées et à venir de l'édition avec ce nouveau cycle ! Grand merci également à toute la troupe de BMR, qui s'équipe d'armure, de casque et de lance chaque matin et se bat pour nos livres : Cécile, Chloé, Marie, Cécile et Nicolas. Un troisième merci à Marie Chivot-Buhler pour la correction et la chasse aux imperfections du texte. Et pour finir, merci Séverine et Claire pour votre relecture, le repos des guerrières vous attend ! 😆

Vous souhaitez en savoir plus sur la suite ? Retrouvez toute mon actualité sur Facebook : Liv Stone – auteure et sur Instagram : @livstoneauteure !

« Pour l'éditeur, le principe est d'utiliser des papiers composés de fibres naturelles, renouvelables, recyclables et fabriquées à partir de bois issus de forêts qui adoptent un système d'aménagement durable. En outre, l'éditeur attend de ses fournisseurs de papier qu'ils s'inscrivent dans une démarche de certification environnementale reconnue. »

Composition et mise en pages : Nord Compo

PAPIER À BASE DE FIBRES CERTIFIÉES

hachette s'engage pour l'environnement en réduisant l'empreinte carbone de ses livres. Celle de cet exemplaire est de : 680 g éq. $CO_2$
Rendez-vous sur www.hachette-durable.fr

Achevé d'imprimer en Espagne par Rodesa
Dépôt légal 1re publication : septembre 2023
78-4575-9 – ISBN : 978-2-01-720698-9
Édition : 01 – Dépôt légal : septembre 2023